Arthur Conan Doyle

GRANDES AVENTURAS DE SHERLOCK HOLMES

Ilustrações de João Pirolla
Seleção e Tradução de Daniel Knight

TORDSILHAS
Fabulous Classics

Rio de Janeiro, 2023

Grandes Aventuras de Sherlock Holmes

Copyright © 2023 Tordesilhas Fabulous Classics é um selo da Alaúde Editora Ltda, empresa do Grupo Editorial Alta Books (Starlin Alta Editora e Consultoria LTDA).
ISBN: 978-65-5568-113-0

Translated from original Sherlock Holmes: The Complete Illustrated Short Stories. PORTUGUESE language edition published by Tordesilhas Fabulous Classics.

Impresso no Brasil – 1ª Edição, 2023 – Edição revisada conforme o Acordo Ortográfico da Língua Portuguesa de 2009.

Dados Internacionais de Catalogação na Publicação (CIP) de acordo com ISBD

D754g	Doyle, Arthur Conan
	Grandes Aventuras de Sherlock Holmes / Arthur Conan Doyle ; traduzido por Daniel Knight ; ilustrado por João Pirolla. - Rio de Janeiro : Alta Books, 2023.
	400 p. : il. ; 15,4cm x 23cm.
	Tradução de: Sherlock Holmes: The Complete Illustrated Short Stories
	ISBN: 978-65-5568-113-0
	1. Literatura inglesa. 2. Ficção. I. Knight, Daniel. II. Pirolla, João. III. Título.
2022-3249	CDD 843
	CDU 821.133.1-3

Elaborado por Vagner Rodolfo da Silva - CRB-8/9410

Índice para catálogo sistemático:
1. Literatura inglesa : Ficção 843
2. Literatura inglesa : Ficção 821.133.1-3

Todos os direitos estão reservados e protegidos por Lei. Nenhuma parte deste livro, sem autorização prévia por escrito da editora, poderá ser reproduzida ou transmitida. A violação dos Direitos Autorais é crime estabelecido na Lei nº 9.610/98 e com punição de acordo com o artigo 184 do Código Penal.

O conteúdo desta obra fora formulado exclusivamente pelo(s) autor(es).

Marcas Registradas: Todos os termos mencionados e reconhecidos como Marca Registrada e/ou Comercial são de responsabilidade de seus proprietários. A editora informa não estar associada a nenhum produto e/ou fornecedor apresentado no livro.

Material de apoio e erratas: Se parte integrante da obra e/ou por real necessidade, no site da editora o leitor encontrará os materiais de apoio (download), errata e/ou quaisquer outros conteúdos aplicáveis à obra. Acesse o site www.altabooks.com.br e procure pelo título do livro desejado para ter acesso ao conteúdo..

Suporte Técnico: A obra é comercializada na forma em que está, sem direito a suporte técnico ou orientação pessoal/exclusiva ao leitor.

A editora não se responsabiliza pela manutenção, atualização e idioma dos sites, programas, materiais complementares ou similares referidos pelos autores nesta obra.

Produção Editorial: Grupo Editorial Alta Books
Diretor Editorial: Anderson Vieira
Vendas Governamentais: Cristiane Mutūs
Gerência Comercial: Claudio Lima
Gerência Marketing: Andréa Guatiello

Assistente Editorial: Mariana Portugal
Tradução: Daniel Knight
Copidesque: Fátima Couto
Revisão: Ana Luiza Cândido, Cacilda Guerra, Márcia Moura
Cotejo: Thamiris Leiroza
Projeto Gráfico e Capa: Paulo Gomes
Ilustração: João Pirolla
Aparato: Kátia Chiaradia

Rua Viúva Cláudio, 291 – Bairro Industrial do Jacaré
CEP: 20.970-031 – Rio de Janeiro (RJ)
Tels.: (21) 3278-8069 / 3278-8419
www.altabooks.com.br – altabooks@altabooks.com.br
Ouvidoria: ouvidoria@altabooks.com.br

Editora afiliada à:

SUMÁRIO

Por que ler este Clássico?, **IX**

Prefácio, **XIX**

Um Escândalo na Boêmia, **1**

A Liga dos Ruivos, **29**

Os Cinco Caroços de Laranja, **53**

O Homem da Boca Torta, **73**

O Carbúnculo Azul, **99**

O "Gloria Scott", **121**

O Ritual Musgrave, **141**

O Intérprete Grego, **161**

O Tratado Naval, **181**

O Problema Final, **215**

A Casa Vazia, **235**

Charles Augustus Milverton, **257**

Os Seis Napoleões, **275**

O Detetive Moribundo, **297**

O Soldado Embranquecido, **315**

O Vampiro de Sussex, **337**

A Juba de Leão, **357**

Sobre o Autor, **377**

Por que ler este clássico?

Cara leitora, caro leitor, seja muito bem-vinda ou bem-vindo! Talvez este livro esteja em suas mãos no meio de uma livraria e você esteja se perguntando: *devo ou não devo comprá-lo?* Ou, talvez, em um cenário diferente, você já o tenha comprado ou ganhado e esteja tentando decidir se vale a pena começar a lê-lo agora ou se ele será mais um livro junto a outros tantos que repousam em sua prateleira, pelo menos por um tempinho. Convenhamos: esta decisão é sua e apenas sua, mas você não precisa tomá-la sem ajuda! É claro, nosso maior desejo é que você pegue uma deliciosa xícara do que quiser, escolha um lugar bastante confortável com boa iluminação, de preferência, e comece a ler este livro imediatamente. Porém, nós entendemos que a decisão de começar, ou não, a ler cabe inteiramente a você e respeitamos a sua vontade.

Por isso, faremos um trato. Nós lhe apresentaremos, a seguir, alguns motivos para você ler este clássico. Serão curiosidades, fatos históricos, características do autor, entre outros motivos que você precisa continuar a ler para descobrir. Se você, lendo estes motivos, decidir não continuar a leitura, tudo bem, respeitamos sua decisão. Mas temos um bom percentual de certeza – aproximadamente 83,7%, segundo nossos cálculos bastante arbitrários, otimistas e bem-humorados – de que esta pequena introdução lhe dará toda a motivação que você necessita para ler *Grandes Aventuras de Sherlock Holmes*.

E aí, o que acha? Temos um trato?

Se a resposta for sim, lhe esperamos a seguir. Se for não, releia esta introdução do começo até que a sua resposta mude.

[pausa dramática para você refletir na sua resposta]

COMEÇANDO DO COMEÇO

Agora, talvez você esteja se perguntando: *O que é um clássico? E o que um livro precisa ter para ser considerado um clássico?* A "verdade-verdadeira" é que não podemos lhe dar essa resposta com precisão. Não há, no mundo, uma lista atualizada que nos diga: "Este livro é um clássico. Este? Não, este não é." Mas isso não significa que não consigamos identificar um clássico ou, pelo menos, tentar fazê-lo.

Para ser um clássico, um livro não precisa, necessariamente, ser antigo. Mas ele precisa, sim, ter algumas das características próprias deste grupo de seletos textos. Por isso, nós podemos também conhecer clássicos mais atuais, que são chamados de clássicos modernos. Além disso, nem todo clássico terá todas as características mais típicas dos clássicos, pois elas são apenas parâmetros. A literatura, felizmente, é muito mais complexa que os rótulos. Tendo isso esclarecido, sigamos para as características mais comuns dos clássicos:

1. UM LIVRO CLÁSSICO É UM LIVRO SEM PRAZO DE VALIDADE

Muitos livros clássicos são bastante antigos e falam sobre uma sociedade que praticamente já não existe. E essa ausência de "prazo de validade" não se dá somente pela atemporalidade do que está escrito, mas também pela sua capacidade de dialogar com o presente e com o futuro. Isso acontece porque grandes obras literárias não falam apenas sobre acontecimentos, mas os usam para falar sobre pessoas, sentimentos humanos universais e sobre a própria humanidade.

É por isso que obras de mais de dois mil anos ainda conseguem trazer emoção para aqueles que as leem hoje, porque os clássicos têm um poder de gerar identificação, como se estivéssemos contemplando um espelho que revele nossa própria alma.

2. UM CLÁSSICO DEIXA UMA PROFUNDA MARCA EM QUEM O LÊ

Seja por choque, aversão, nojo, felicidade, empatia, independentemente do sentimento, a verdade é que os clássicos deixam impressões em qualquer um que os leia. Basicamente, se você leu um clássico, dificilmente se esquecerá dele ou sairá intacto da leitura, sem ter nenhum conceito mudado, questionado ou reafirmado. A verdade é que os clássicos exercem tanta influência em quem os lê que há fragmentos deles presentes em grandes partes da nossa sociedade.

3. UM CLÁSSICO SEMPRE É PAI DE OUTROS LIVROS

Um livro incrível tende a inspirar outras pessoas. Não a fazerem uma cópia, mas a pensarem em suas próprias histórias com uma inspiração na obra lida. Os clássicos, por sua capacidade de marcar e impactar pessoas, geralmente são "pais" de outros livros. *As Aventuras de Sherlock Holmes*, por exemplo, influenciaram incontáveis livros e filmes de investigação policial, dando abertura para muitos detetives que fizeram – e ainda fazem – parte da cultura mundial. Mais adiante falaremos disso um pouco melhor.

Um clássico pode, inclusive, ser pai de outros clássicos, mas, por suas características únicas e um tanto revolucionárias, muitas vezes é possível apontar qual dos dois clássicos veio primeiro, e quais as influências dos "pais" em seus "filhos".

4. UM CLÁSSICO TENDE A TER VÁRIAS ADAPTAÇÕES

São incontáveis as adaptações dos clássicos. Seja transformando-os em filmes, séries, ou até adaptações literárias, passando o livro para o gênero HQ ou simplesmente criando uma edição nova, com um propósito diferente, como um clássico de leitura mais complicada que é adaptado para ser lido pelo público infantil.

5. UM CLÁSSICO É UMA OBRA QUE LEVANTA INCONTÁVEIS DISCUSSÕES

Talvez você já tenha ouvido falar sobre o questionamento: "Capitu traiu ou não traiu Bentinho?" A verdade é que o livro *Dom Casmurro* foi publicado pela primeira vez no século XIX e, mesmo tantos anos depois, ele ainda é tema de discussões e discordâncias. Esse exemplo mostra mais um pouco do que é ser um clássico: algo tão memorável que mesmo muito tempo após sua publicação, ainda há pontos que são tema de polêmicas ou conversas. Nem todos os clássicos geram divisões de opinião, mas todos geram um impulso de que é preciso falar sobre ele, sobre os sentimentos que ele traz para o leitor.

6. LER UM CLÁSSICO É COMO RELÊ-LO

Talvez você nunca tenha lido o clássico em si, mas quando você o lê, você se depara com uma sensação de "acho que eu já vi isso em algum lugar". Essa percepção vem justamente do quão enraizado este clássico está em nossa sociedade, de sua influência em outras obras... Você pode não o ter lido, mas provavelmente já entrou em contato com algo que foi profundamente influenciado por ele. É elementar, meu caro leitor!

Você pode ter pensado em alguns livros ou filmes que se encaixam nessas definições. A verdade é que não vamos conseguir definir com precisão completa tudo que faz de um clássico, justamente, um clássico, mas estas características são um bom parâmetro para iniciar essa avaliação, e, a partir delas, podemos confirmar: Sherlock Holmes é um clássico.

MAS POR QUE LER ESTE CLÁSSICO?

Talvez você nunca tenha ouvido falar do famoso detetive Sherlock Holmes, mas com certeza já teve contato com algo que é um fruto ou um resquício de sua influência. Isso acontece pois, apesar de o autor dos livros de Sherlock Holmes, Sir Arthur Conan Doyle, não ter fundado o romance policial, seus livros tiveram tamanho sucesso mundial que se tornaram uma verdadeira referência para a gigante maioria de autores que o sucedeu no gênero. Só para você saber, o conto "Os assassinatos da rua Morgue", de Edgar Allan Poe, segundo muitos críticos, foi a história que fundou o gênero.

Mas por que os contos e livros de Sherlock Holmes fizeram tanto sucesso? Bom, o estilo literário de investigação e suspense era um tanto revolucionário para a época, pois tinha por trás de si a intenção de brincar com a percepção do leitor, que podia tanto ficar surpreso com o resultado inusitado da investigação quanto acompanhar as pistas e tentar deduzir seu desenrolar. As pessoas amam um mistério! A verdade é que os finais da aventura de um dos detetives mais famosos do mundo sempre tinham algo de surpreendente e, acredite, este algo tende a fazer parte da história, como uma pista, mas tão incrível é seu desenvolvimento que só percebemos isso quando a trama é revelada.

Por isso, a primeira motivação para que você leia este clássico é esta: você poderá treinar suas habilidades investigativas, desvendando mistérios e conhecendo mais sobre este gênero que faz tanto sucesso no mundo. A segunda é que você poderá enxergar as influências deste clássico em seu cotidiano, ao assistir a séries, filmes, ler outros livros de investigação... Já pensou que legal você poder dizer ou pensar "Este filme é uma releitura de um conto de Conan Doyle"? A terceira motivação, e talvez mais importante, é que este clássico é, de fato, genial. É aquele tipo de genialidade que faz com que o leitor se sinta inteligente! A leitura flui bem, não é difícil e a atmosfera investigativa traz momentos muito divertidos devido aos hábitos peculiares do detetive, de maneira que ler Sherlock Holmes e contemplar sua genialidade nos dá vontade de ler. Não apenas ler outras de suas histórias, mas de desbravar o mundo através da leitura. Isso é incrível, não é? Muitos leitores fiéis iniciaram sua jornada com Sherlock Holmes, e muitos outros releem suas obras quando lhes falta vontade ou disposição para ler. Já dissemos que as pessoas amam um mistério?!

Aliás, se você está aqui, continuando esta leitura, só podemos deduzir algo: você está no processo de convencimento. Nas próximas páginas, falaremos um pouco mais sobre o tema, a sociedade em que os personagens estão inseridos, os próprios personagens, entre outros pontos de interesse. Vamos lá?

COMO ERA LONDRES NA ÉPOCA EM QUE AS AVENTURAS FORAM ESCRITAS?

Os muitos contos e livros sobre o detetive Sherlock Holmes foram publicados entre 1887 e 1927 (mas em alguns desses anos não houve publicações). Isso significa que praticamente todas as histórias do detetive tiveram como contexto histórico a Era Vitoriana e a Era Eduardiana, abrangendo não apenas Londres, mas também todo o Reino Unido. Esses dois períodos, com ênfase na época de produção dessas obras, foram marcados por paz e prosperidade. Isso só foi possível devido ao sucesso das expansões marítimas inglesas, que gerou lucro suficiente para consolidar a Revolução Industrial e proporcionar o surgimento de novas invenções e tecnologias. Durante a época vitoriana, a população inglesa cresceu muito, sobretudo em Londres. Também se consolidou uma política interna muito liberal. Os valores sociais vitorianos não eram outros: puritanos, ou seja, muita dedicação ao trabalho, defesa da moral, ênfase nos deveres da fé e também no descanso aos domingos. Você poderá perceber alguns desses elementos na sociedade retratada no livro!

O número de moradores na cidade já ultrapassava o de moradores no campo, e a industrialização estimulou a formação da classe média burguesa que passou a ter muita voz na sociedade. Tudo isso junto a uma população que só crescia acabou favorecendo a desigualdade social em Londres. Os burgueses em ascensão econômica viviam muito próximos a moradores das ruas e à população de baixa renda, gerando alguns conflitos e, ao mesmo tempo, semeando nos mais pobres o desejo de emancipação. Nada muito diferente do que vivemos hoje, não?

O fato é que todo o crescimento econômico e industrial dessa época acabou ocasionando algo muito fácil de ser percebido nas aventuras vividas pelo detetive inglês: a metodologia científica e a lógica dedutiva. A maior prova é que justamente nesta época foram forjados dois grandes nomes da ciência: Sigmund Freud e Charles Darwin. Por isso, você poderá perceber que a valorização da investigação, da lógica analítica e do apoio à ciência estão muito presentes nas narrativas.

PARA VOCÊ NÃO CAIR DE PARAQUEDAS

Sabemos que algumas pessoas não gostam de cair de paraquedas em uma história, sem saber quase nada sobre ela. Por isso, preparamos aqui um breve resumo sobre os personagens que você encontrará a seguir.

SHERLOCK HOLMES: Mas é claro que começaríamos por ele, o emblemático e tão admirado detetive londrino. Sherlock é, a princípio, um gênio. Mas ele não se contenta com sua genialidade e capacidade dedutiva. Pelo contrário, ele é muito focado nas áreas que acredita que lhe convêm, passando seus dias estudando química, crimes do passado, música e até mesmo apicultura. O segredo de seu sucesso não é um talento nato e inalcançável, mas sim paixão e dedicação plena aos estudos.

Sherlock Holmes realmente existiu? Infelizmente não. O detetive é fictício, mas Doyle se inspirou em uma pessoa real para criar o personagem, seu professor de medicina, Dr. Joseph Bell, da Universidade de Edimburgo, na Escócia. Joseph tinha grande apreço pela dedução, usando a análise corporal para saber mais sobre seus pacientes. Ele ainda foi cirurgião particular da Rainha Vitória, poeta amador e grande amante dos jardins e das flores, com grandes conhecimentos botânicos.

DR. WATSON: Watson é Doutor, mas não por ter um doutorado, e sim por ser um médico que serviu na Segunda Guerra Afegã como cirurgião assistente no Quinto Regimento de Fuzileiros de Northumberland, estacionado na Índia. Ele acabou com a perna ferida e precisou voltar para Londres para sua recuperação. Watson conheceu Sherlock como colega de quarto e sua relação evoluiu, indo para uma amizade e, em seguida, para uma parceira inigualável. É Watson quem relata os contos e livros de Sherlock Holmes, ele é o narrador da maioria delas.

IRENE ADLER: Irene é uma das personagens de maior destaque nas obras de Sherlock Holmes, mesmo aparecendo em apenas um conto. Sherlock a define com o título de *a mulher*, admitindo que ele a considera acima de seu nível. Isso é muito interessante pois a personagem já fala, no século XIX, da emancipação e do reconhecimento da inteligência feminina, um tema que muitos acreditam que teve início com o feminismo do século XX. Você conhecerá Irene Adler e temos certeza de que a achará muito intrigante, motivo pelo qual ela é muito presente mundo afora nas adaptações sobre Sherlock Holmes.

PROFESSOR MORIARTY: Todo herói tem seu vilão, e todo detetive tem seu criminoso. Moriarty é um gênio do crime, o homem mais perigoso dentre os encontrados por Holmes. Enquanto Sherlock é um consultor de detetives, uma vez que estes se dirigem a ele por orientações e para pedir ajuda, Moriarty é o consultor dos criminosos.

Moriarty também não é real e, para criá-lo, Doyle provavelmente se inspirou em Adam Worth, um famoso criminoso americano na época. Comandava uma imensa quadrilha e nenhum de seus empregados sabia seu nome. Trabalhando sem violência, o criminoso conseguia não deixar quase nenhuma pista em seus crimes. Tanto sua genialidade quanto seu método de trabalho fazem parte de Moriarty.

POR QUE ESTE CLÁSSICO AINDA HOJE É IMPORTANTE DE SER LIDO?

Talvez você tenha pensado: "Nossa, o livro foi escrito dois séculos atrás!" Como já falamos mais no início deste texto, os clássicos são atemporais em muitos aspectos, e um deles é nos ensinamentos que eles podem trazer. A sociedade de Holmes era muito diferente e, mesmo assim, podemos analisar a atemporalidade de certos temas que fazem parte da narrativa e que a tornam muito mais rica!

E mais um ponto: precisamos falar da importância do estudo. Apesar de muitos filmes e séries retratarem Sherlock como um gênio nato, seu segredo não era uma capacidade maior que pessoas comuns, e sim muito tempo dedicado ao estudo e às experiências. Em tempos em que até a forma esférica da terra é questionada, é fundamental ter como modelo um livro que valoriza justamente o pensamento lógico e a dedução. É claro, vale-nos o pensamento questionador em incontáveis momentos de nossa vida, mas Sherlock Holmes nos ensina a abraçar a ciência e as suas descobertas e a utilizar os conhecimentos de outros para fazer o *quase* impossível. É preciso prestar atenção aos detalhes, saber associar e relacionar informações e, mais importante, estudar muito. E não apenas para resolver crimes da literatura, mas em muitas ocasiões na nossa vida. Sherlock tinha uma memória incrível, mas ele não apenas decorava as informações, ele era mestre, sempre disposto a aprender mais e a utilizá--las para seus objetivos, sem ser usado por elas.

Nos livros, há mais um elemento muito importante de ser discutido: Sherlock Holmes sabe muito, provavelmente muito mais do que os que estão no seu entorno, mas isto não é motivo para arrogância. Apesar de a tendência da sociedade ser associar maior conhecimento a uma suposta superioridade, o livro nos mostra que o conhecimento é muito impor-tante, sim, mas não é motivo para ninguém se achar uma pessoa melhor que as outras. Um exemplo claríssimo é que Holmes é genial, mas há muitos casos que não chegariam perto de serem resolvidos sem Watson, um completo iniciante na dedução.

ADAPTAÇÕES

Como já mencionamos, tamanha é a genialidade de Sherlock Holmes que o detetive é um dos personagens mais retratados na televisão e no cinema, com mais de duzentos filmes, sem contar as séries! Por conta disso, deixamos aqui algumas adaptações mais recentes, mas lembramos que seria ótimo você buscar outras e pesquisar mais sobre suas diferentes representações.

SHERLOCK HOLMES – O JOGO DE SOMBRAS

Este filme, de 2011, é interpretado por Robert Downey Jr., ator que fez personagens muito famosos nas últimas décadas, como o Homem de Ferro, e retrata a aventura de Sherlock Holmes na perseguição do Professor Moriarty. Ele conta com os personagens mais famosos da trama, muitos efeitos visuais incríveis e uma história diferente de tudo que esperamos.

SHERLOCK

Uma das séries mais bem avaliadas da história, ela conta com Benedict Cumberbatch no papel de Sherlock. Em vez de apresentar um compilado das histórias e buscar desenvolver uma nova, a proposta de *Sherlock* é retomar os contos de Sir Arthur Conan Doyle assumindo uma perspectiva mais atual. Como seria se Sherlock Holmes vivesse no século XXI?

ELEMENTARY

Nesta série, quem faz o papel de Sherlock Holmes é Jonny Lee Miller. Há dois pontos inovadores nesta série: Watson é uma mulher, interpretada por Lucy Liu, e as tramas do detetive são trazidas para o cenário de Nova York, também com um ar de modernidade.

CONSIDERAÇÕES FINAIS

Cara leitora, caro leitor, esperamos que você tenha encontrado, nesta pequena introdução, toda a motivação de que precisa para decidir se aventurar na companhia de um dos detetives mais famosos da história e do mundo. A literatura é algo incrível, pois nos permite viajar por histórias, épocas e lugares nunca antes sonhados, deixando sempre uma marca em nós. Esperamos que esta leitura lhe marque e que você saia pelo menos um pouco parecido com Sherlock Holmes ao final dela: disposto a conhecer o novo e a aprender mais sobre ele.

UM CASO RARO

Prefácio

Sherlock Holmes é um caso raro, talvez único, na história da literatura. Se pouquíssimos personagens clássicos recebem tamanha atenção (novos filmes, séries de TV, peças de teatro, brinquedos e jogos infantis, além de releituras literárias de todos os tipos) quase cem anos após sua última aparição (1927), nenhum outro se tornou mais famoso que seu próprio criador e rompeu as barreiras entre ficção e realidade.

Em janeiro de 2008, uma pesquisa realizada no Reino Unido mostrou que 23% dos britânicos achavam que o primeiro-ministro Winston Churchill nunca havia existido em carne e osso, enquanto 58% consideravam Sherlock Holmes como personagem histórico. Engana-se quem pensa que se trata de um fenômeno contemporâneo. De acordo com os jornais londrinos de 1893, uma multidão cabisbaixa tomou as ruas da cidade usando braçadeiras pretas no dia em que Sherlock Holmes morreu. Como se não bastasse, a mesma data ficou eternizada na cidadezinha suíça de Meiringen, palco da última batalha entre o grande detetive e seu arqui-inimigo, o professor Moriarty, onde uma estátua de Holmes foi construída e uma placa perto das cataratas de Reichenbach lembra aos turistas em inglês, alemão e francês: "Neste lugar terrível, no dia 4 de maio de 1891, Sherlock Holmes derrotou o professor Moriarty." (O conto "O Problema Final", que relata a morte de Holmes, conta os fatos dois anos depois, por isso a discrepância nas datas.) Não seria exagero dizer que Holmes recebe mais homenagens que seu criador e que a imensa maioria da população humana não fictícia.

O que fez e ainda faz com que Holmes convença as pessoas de sua existência material? Eu não saberia dizer. Fica o leitor convidado a ler dez histórias protagonizadas pelo maior defensor da lei de todos os tempos e tirar as próprias conclusões. Estão contempladas neste volume todas as fases da carreira de Holmes (da descoberta de seus dons, nos tempos de faculdade, à aposentadoria), com destaque para momentos e coadjuvantes emblemáticos, como a aventura da casa vazia e a presença de Irene

Adler. Com isso, esperamos que os aficionados considerem este volume digno de fazer parte de seu arquivo de história do crime e que os novatos encontrem aqui sua acolhida ao universo inesgotável de Sherlock Holmes, que tem encantado os mais diversos leitores há treze décadas.

— DANIEL KNIGHT

1

Para Sherlock Holmes, ela sempre é *a* mulher. Raras foram as vezes em que ele a chamou por outro nome. Aos olhos dele, ela supera e ofusca todo o sexo feminino. Não que ele sentisse qualquer vislumbre de amor por Irene Adler. Todas as emoções, e aquela em particular, eram repulsivas à sua mente fria, precisa, mas admiravelmente equilibrada. Ele era, no meu parecer, a máquina de raciocínio e observação mais perfeita que o mundo já viu; mas, como amante, não teria sido muito apropriado. Ele jamais mencionava as paixões suaves a não ser com sarcasmo e zombaria. Eram um prato cheio para o observador – excelentes para enxergar por baixo da névoa que cobre os motivos e as ações. Mas, para o pensador treinado, admitir tais intervenções em uma personalidade refinada e metódica perturbaria as ideias e traria incertezas. Rachaduras em uma ferramenta delicada ou um risco nas potentes lentes de aumento não seriam para uma natureza como a dele incômodo maior que uma emoção forte. Ainda assim, havia apenas uma mulher para ele, a falecida Irene Adler, cuja memória é dúbia e questionável.

Holmes e eu nos víamos pouco naquele tempo. Meu casamento nos havia afastado um do outro. Minha enorme felicidade e os interesses domésticos que envolvem o homem que começa a formar uma família foram suficientes para absorver toda a minha atenção; por outro lado, Holmes, que detestava toda e qualquer forma de sociedade do fundo de sua alma boêmia, permaneceu em nossa residência da Baker Street, enterrado entre velhos livros, alternando-se de semana a semana entre cocaína e ambição, o entorpecimento da droga e a energia violenta de sua natureza intensa. Ele continuava, como sempre, profundamente interessado no estudo do crime, e ocupava seu gigantesco dom e sua capacidade extraordinária de observação em seguir pistas e esclarecer mistérios que haviam sido descartados como insolúveis pela polícia oficial. Vez ou outra, eu tinha notícia dos seus feitos: da notificação para Odessa no caso do assassinato Trepoff, da solução para a tragédia dos irmãos Atkinson em Trincomalee e, por fim, da missão que ele havia cumprido com grande cuidado e sucesso para a família real holandesa. Além desses fatos, que eu apenas compartilhava com os leitores de jornal, eu não sabia quase nada sobre meu antigo amigo e companheiro.

Uma noite – 20 de março de 1888 –, voltando da visita a um paciente (pois eu havia retornado à prática civil), fui levado à Baker Street. Ao passar pela conhecida porta, que na minha cabeça sempre estará associada ao meu namoro e aos incidentes sombrios de *Um estudo em vermelho*, fiquei ansioso e fui tomado pelo desejo de rever Holmes e saber como ele estaria empregando seu talento. Pela janela, notei que a luz do quarto dele estava acesa, e ao olhar para cima pude ver uma silhueta alta e magra passar duas vezes de um lado para outro.

Ele marchava pelo quarto com ansiedade e rapidez, com a cabeça enterrada no peito e as mãos entrelaçadas atrás das costas. Para mim, que conhecia todos os seus hábitos e humores, aquele comportamento falava por si. Ele estava trabalhando. Havia despertado do sonho da droga e seguia o rastro de algum problema novo. Toquei a campainha e fui levado ao gabinete que havia sido em parte meu.

Ele não foi efusivo. Raramente era, mas estava feliz por me ver, acho. Sem dizer quase nenhuma palavra, mas com um olhar solícito, ele acenou para a poltrona, atirou-me uma caixa de charutos e indicou uma *spirit case* e um sifão a um canto. Em seguida, ele se colocou diante da lareira e me olhou de cima a baixo com seu jeito peculiar e introspectivo.

– Wedlock lhe faz bem, Watson – comentou. – Acho que você ganhou três quilos e meio desde a última vez.

– Três – respondi.

– De fato, eu devia ter pensado mais. Julgo que só um pouco mais, Watson. E, como posso ver, está de volta à medicina. Você não havia me dito que tinha intenção de voltar à prática.

– Então, como você sabe?

– Eu vejo, eu deduzo. Como eu sei que você se molhou muito ultimamente, e que você tem uma empregada bastante descuidada?

– Meu caro Holmes – respondi –, isso é espantoso. Tenho certeza de que você teria sido queimado na fogueira se tivesse vivido alguns séculos atrás. É verdade que andei pelo campo quinta-feira e voltei para casa em frangalhos; mas, como troquei de roupa, não consigo imaginar como você percebeu. Quanto à empregada, ela é incorrigível e foi demitida pela minha mulher; mas, de novo, não consigo entender como você descobriu.

Ele deu uma risada abafada de si para si e esfregou as mãos longas e nervosas.

— É muito simples — ele disse. — Meus olhos me dizem que o couro do seu sapato esquerdo tem, bem onde o fogo da lareira está batendo, seis riscos quase paralelos. Sem dúvida, foram feitos por alguém que tentou tirar crostas de lama da sola sem o menor cuidado. Donde, como você pode ver, se originou minha dupla dedução: você saiu com um tempo horrível e tem um espécime particularmente maligno de rasgador de sapatos da criadagem de Londres. Quanto ao seu trabalho, se um cavalheiro entra na minha casa cheirando a iodofórmio, exibindo uma marca preta de nitrato de prata na ponta do indicador direito e uma protuberância no chapéu, que indica onde ele esconde o estetoscópio, eu seria um idiota se não declarasse que ele é um membro ativo da profissão médica.

Era impossível não rir da desenvoltura com que ele explicava os processos de dedução.

— Quando ouço as suas explicações — comentei —, sempre parece tão ridiculamente simples que eu mesmo poderia fazê-las sem dificuldade alguma, embora a cada etapa do raciocínio eu fique perplexo até que você esclareça o processo. E, mesmo assim, acredito que meus olhos sejam tão bons quanto os seus.

— Sem dúvida — respondeu, acendendo um cigarro e jogando-se em uma poltrona. — Você vê, mas não observa. A diferença é clara. Por exemplo, você está acostumado a ver os degraus que ligam o *hall* a este cômodo.

— Estou.

— Quantas vezes você já viu esses degraus?

— Bem, algumas centenas de vezes.

— Então, quantos são?

— Quantos?! Não sei.

— Exatamente. Você não observou. Mas viu. Essa é a questão. Agora, eu sei que há dezessete degraus porque vi e observei. Aliás, já que você se interessa por esses probleminhas, e como você teve a bondade de fazer a crônica de uma ou duas das minhas experiências triviais, talvez você se interesse por isto.

Ele me passou uma folha grossa de papel de carta pintado de rosa que estava o tempo todo em cima da mesa.

– Veio com a correspondência – ele disse. – Leia em voz alta.

O bilhete estava sem data, assinatura e endereço.

> *"O senhor será visitado hoje, às quinze para as oito da noite, por um cavalheiro que deseja consultá-lo sobre assunto da maior gravidade. Serviços prestados recentemente a uma das casas reais da Europa mostram que o senhor é daqueles em que se pode confiar quando a importância excede quase todos os exageros. Esta opinião do senhor nós por toda parte recebemos. Esteja então no seu escritório a essa hora e não se aborreça se seu visitante usar máscara."*

– Isso é de fato um mistério – comentei. – O que você imagina que seja?

– Ainda não tenho informações. É um erro capital teorizar antes de ter informações. Sem perceber, o sujeito começa a fazer com que os fatos justifiquem a teoria, em vez de fazer com que a teoria justifique os fatos. O que você consegue deduzir?

Examinei a escrita e o papel com cuidado.

– O homem que escreveu é rico – comentei fazendo o possível para imitar meu companheiro. – Um maço desse papel não custa menos de meia coroa. É estranho, muito espesso e resistente.

– Estranho, eis a palavra – Holmes disse. – Esse papel não é inglês de jeito nenhum. Segure-o contra a luz.

Fiz como ele pediu e vi um *E* maiúsculo com um *g* minúsculo, um *P*, e um *G* maiúsculo com um *t* minúsculo grafados na textura do papel.

– O que você acha? – Holmes perguntou.

– O nome da fábrica, sem dúvida; ou melhor, as iniciais da fábrica.

– Sem dúvida alguma. O *G* maiúsculo com o *t* minúsculo significa *Gesellschaft*, "companhia" em alemão. É uma abreviação comum, como "Cia.". *P*, é claro, significa *Papier*. Para o *Eg.*, vamos dar uma olhada no nosso *Continental Gazetteer*.

Ele tirou um livro marrom pesado da prateleira.

– Eglow, Eglonitz... achamos, Egria. Em um país que fala alemão... na Boêmia, perto de Carlsbad. "Famoso como cenário da morte de Wallenstein e pela grande quantidade de fábricas de vidro e de papel." Eh, eh, eh, meu rapaz, o que você acha disso?

Os olhos dele brilhavam, e ele soprou uma nuvem azul e triunfante de fumaça do cigarro.

– O papel foi fabricado na Boêmia – eu disse.

– Exatamente. E o homem que escreveu o bilhete é alemão. Você reparou nas construções peculiares das frases? "Esta opinião do senhor nós por toda parte recebemos." Um francês ou um russo não poderia ter escrito isso. É o alemão que trata os verbos tão mal. Portanto, só nos resta saber qual é o desejo desse alemão que escreve em papel da Boêmia e que prefere usar máscara quando aparece. E aí vem ele, se não me engano, solucionar todas as nossas dúvidas.

Enquanto ele falava, ouvi cascos de cavalo e rodas contra a calçada, e logo em seguida um toque ríspido da campainha. Holmes assobiou.

– Pelo som, é um par – ele disse. – Sim – prosseguiu, espiando pela janela –, uma boa berlinda e um par de belezuras. Cento e cinquenta guinéus por cabeça. No mínimo, há dinheiro nesse caso, Watson.

– Acho que está na minha hora, Holmes.

– De forma alguma, doutor. Não saia daí. Fico perdido sem o meu Boswell. E o caso é promissor. Seria uma pena perdê-lo.

– Mas seu cliente...

– Não se preocupe com ele. Eu posso querer a sua ajuda, e ele também. Aí vem ele. Sente-se na poltrona, doutor, e preste a maior atenção.

Passos lentos e pesados, que ouvimos no topo da escada e no corredor, pararam de frente para a porta. Em seguida, veio uma batida forte e autoritária.

– Entre – Holmes disse.

Entrou um homem que dificilmente teria menos de um metro e noventa e cinco de altura, com o peito e os membros de um Hércules. Estava vestido com tamanha riqueza que, na Inglaterra, esbarrava no limite do mau gosto. Faixas grossas de astracã talhado cobriam as mangas e transpassavam o peito do colete, enquanto o manto azul-escuro que ele trazia sobre os ombros era riscado com seda de cores brilhantes e se prendia ao pescoço por um berilo flamejante que servia de broche. As botas, que se estendiam até metade da panturrilha, adornadas por pele marrom na parte superior, completavam a ideia de opulência bárbara que aquela aparição sugeria. Ele trazia nas mãos um chapéu de abas largas. Usava uma viseira preta que se estendia da testa até um pouco abaixo das maçãs do rosto, e dava a impressão de tê-la colocado naquele momento, pois ainda estava com a mão sobre ela quando entrou. Pela parte inferior do rosto, parecia ser um homem de personalidade forte, com lábios grossos e um queixo grande e liso, indicação de firmeza que beirava a obstinação.

— O senhor recebeu meu bilhete? — ele perguntou em uma voz profunda e ríspida com forte sotaque alemão. — Eu disse que viria.

Ele olhava de um de nós para o outro, indeciso quanto a qual se dirigir.

— Sente-se, por favor — Holmes disse. — Este é meu amigo e colega, o dr. Watson, que de quando em quando faz a bondade de me ajudar. A quem tenho a honra de me dirigir?

— Pode me tratar por conde Von Kramm, fidalgo da Boêmia. Devo entender que esse homem, seu amigo, é honrado e discreto, e que posso confiar nele para um assunto de extrema importância. Caso contrário, devo preferir me comunicar apenas com o senhor.

Eu ia me levantar e sair, mas Holmes me segurou pelo pulso e me empurrou de volta para minha cadeira.

— Fale com ambos ou não vai falar com nenhum — ele disse. — O senhor pode dizer diante deste cavalheiro qualquer coisa que queira dizer a mim.

O conde encolheu os ombros largos.

— Então, vou começar — ele disse —, pedindo que os senhores se comprometam a dois anos de segredo absoluto. Ao fim desse período, a questão deixará de ter qualquer importância. No momento, contudo, não seria exagero dizer que pode influenciar a história da Europa.

— Eu me comprometo — Holmes disse.

— Eu também.

— Perdoem-me pela máscara — nosso estranho visitante prosseguiu. — Meu augusto empregador deseja que seu agente permaneça oculto aos senhores, e devo confessar sem rodeios que o título pelo qual acabo de me identificar não é exatamente meu.

— Eu estava ciente disso — Holmes disse com secura.

— As circunstâncias são extremamente delicadas, e todas as precauções devem ser tomadas para conter o que pode se tornar um escândalo imenso e comprometer uma das famílias reais da Europa. Para ser direto, o problema envolve a grande casa de Ormstein, reis da Boêmia por direito.

— Eu estava ciente disso também — Holmes murmurou, relaxando na poltrona e fechando os olhos.

Nosso visitante olhou com certa surpresa para a figura lânguida e preguiçosa do homem que sem dúvida lhe havia sido descrito como a mente mais eficaz e o agente mais dinâmico da Europa. Holmes abriu os olhos devagar e olhou com impaciência para o cliente gigante.

— Se Vossa Majestade concordasse em expor o caso — comentou —, eu teria melhores condições de ajudá-lo.

O homem saltou da cadeira e marchou pelo quarto numa agitação incontrolável. Em seguida, desesperado, arrancou a máscara do rosto e a atirou ao chão.

— Tem razão — ele gritou —, eu sou o rei. Por que tentar fingir o contrário?

— De fato — Holmes murmurou. — Antes mesmo que Vossa Majestade começasse a falar, eu sabia que estava me dirigindo a Wilhelm Gottsreich Sigsmond von Ormstein, grão-duque de Cassel-Falstein e rei da Boêmia.

— Mas o senhor deve entender... — o estranho visitante disse, e sentou-se novamente, passando a mão pela testa comprida e branca. — O senhor deve entender que não estou acostumado a tratar de tais negócios em pessoa. No entanto, o assunto é tão delicado que eu não poderia confiar em um terceiro sem me colocar nas mãos dele. Vim incógnito de Praga até aqui para consultá-lo.

— Então, por favor, consulte-me — Holmes disse e fechou os olhos mais uma vez.

— Farei um resumo dos fatos. Por volta de cinco anos atrás, durante uma demorada visita a Varsóvia, relacionei-me com a famosa aventureira Irene Adler. O senhor sem dúvida deve conhecer esse nome.

8 *Grandes Aventuras de Sherlock Holmes*

— Faça a gentileza de procurá-la no meu arquivo, doutor — Holmes murmurou sem abrir os olhos. Havia vários anos ele tinha adotado um sistema de registrar notícias, de forma que era difícil mencionar alguém ou alguma coisa sem que ele pudesse fornecer informação instantânea. Naquele caso, encontrei a biografia entre a de um rabino e a de um comandante que havia escrito uma monografia sobre peixes do fundo do mar.

— Vejamos — Holmes disse. — Hum! Nascida em Nova Jersey no ano de 1858. Contralto... hum! La Scala, hum! *Prima donna* da ópera imperial de Varsóvia... sim! Abandonou os palcos... ah! Vive em Londres... certo! Vossa Majestade, se não me engano, se enredou com essa jovem, escreveu algumas cartas comprometedoras e agora quer recuperá-las.

— Exatamente. Mas como...

— Houve casamento em segredo?

— Nunca.

— Não há documentos nem certidões?

— Nada.

— Então não compreendo Vossa Majestade. Caso a jovem queira usar as cartas para chantagem ou para qualquer outro propósito, como ela seria capaz de provar a sua autenticidade?

— Pela caligrafia.

— Puf, puf! Falsificação.

— Meu papel personalizado.

— Roubo.

— Meu lacre pessoal.

— Imitação.

— Minha fotografia.

— Comprada.

— Nós dois aparecemos juntos na fotografia.

— Nossa! Isso é muito ruim! Vossa Majestade de fato cometeu uma imprudência.

— Eu fiquei louco, maluco.

— O senhor se comprometeu seriamente.

— Eu era apenas o príncipe herdeiro. Era jovem. Não tenho mais de trinta anos.

— A foto precisa ser recuperada.

— Já tentamos, sem sucesso.

— Vossa Majestade deve pagar. A foto precisa ser comprada.

— Ela não vende.

— Então roube.

— Cinco tentativas já foram feitas. Paguei dois ladrões para revistar a casa dela. Desviamos a bagagem quando ela viajou. Ela já foi assaltada na rua duas vezes. Não funcionou.

— Nenhum sinal da foto?

— Nem o menor sinal.

Holmes riu.

— É um belo probleminha.

— Mas, para mim, é um problema muito sério — o rei respondeu em tom de desaprovação.

— Muito sério, sem dúvida. E o que ela pretende fazer com a foto?

— Destruir a minha vida.

— Mas como?

— Eu estou prestes a me casar.

— Fiquei sabendo.

— Com Clotilde Lothman von Saxe-Meningen, segunda filha do rei da Escandinávia. O senhor deve ter ouvido comentários sobre a rigidez da família. Ela mesma é o refinamento em pessoa. Uma sombra de dúvida sobre o meu comportamento poria fim a tudo.

— E Irene Adler?

— Ameaça enviar a fotografia a eles. E é isso que ela vai fazer. Eu sei. O senhor não a conhece, ela tem uma alma de aço. O rosto da mais bela entre as mulheres e a mente do mais decidido entre os homens. Para que eu não me case com outra mulher, não há limites para ela; nenhum.

— O senhor tem certeza de que ela ainda não enviou a fotografia?

— Tenho.

— Como?

— Ela disse que enviaria apenas no dia do anúncio público do noivado, o que acontece na próxima segunda-feira.

— Ah, então ainda temos três dias — Holmes disse com um bocejo. — É muita sorte, já que tenho um ou dois assuntos importantes para tratar no momento. Vossa Majestade pretende, é claro, permanecer em Londres.

— É claro. Estarei no Langham sob o nome de conde Von Kramm.

— Então lhe enviarei algumas linhas para informá-lo sobre nossos avanços.

— Faça isso, eu lhe imploro. Estarei explodindo de ansiedade.

— Quanto a dinheiro?

— O senhor tem carta branca.

— Completamente?

— Eu lhe daria uma das províncias do meu reino por aquela foto.

— E para os gastos do momento?

O rei tirou uma bolsa pesada de couro de camurça e a deixou em cima da mesa.

— E o endereço de *mademoiselle*?

— Briony Lodge, Serpentine Avenue, St. John's Wood.

Holmes anotou.

— Mais uma pergunta. A fotografia cabe em um porta-retrato?

— Sim.

— Então, uma boa-noite a Vossa Majestade, e acredito que logo teremos boas notícias para o senhor. E boa noite, Watson — ele acrescentou enquanto as rodas da berlinda real desciam a rua. — Se você puder fazer a bondade de aparecer amanhã às três horas, eu gostaria de conversar com você sobre essa questão.

~2~

À s três em ponto eu estava na Baker Street, mas Holmes ainda não havia voltado. A senhoria me informou que ele havia saído de casa logo após as oito da manhã. Sentei-me ao lado da lareira com a intenção de esperá-lo pelo tempo que fosse necessário. Eu já estava envolvido pela investigação, pois embora não apresentasse nenhuma das características bizarras e sinistras associadas aos dois crimes relatados em escritos anteriores, a natureza do caso e a posição elevada do cliente garantiam a peculiaridade. Na verdade, além da natureza do caso que meu amigo tinha em mãos, havia algo em sua compreensão profunda do problema e em seu raciocínio agudo e incisivo que tornava prazeroso estudar seu sistema de trabalho e seguir os métodos sutis e rápidos pelos quais ele desenredava os mistérios mais intrincados. Fiquei tão acostumado a seus sucessos infalíveis que a mera possibilidade de fracasso nem sequer me passava pela cabeça.

Eram quase quatro horas quando a porta se abriu e um cavalariço aparentemente bêbado, despenteado e usando costeletas, de rosto vermelho e vestimentas reprováveis, entrou na sala. Mesmo acostumado como estava à espetacular habilidade do meu amigo em se disfarçar, precisei olhar três vezes antes de me certificar de que era ele. Com um aceno de cabeça, ele se enfiou dentro do quarto, de onde surgiu cinco minutos depois, vestindo terno de *tweed* e apresentando-se de forma respeitável como nos velhos tempos. Com as mãos nos bolsos, esticou as pernas em frente à lareira e riu com entusiasmo por alguns minutos.

– Ora essa! – ele exclamou, depois engasgou e retomou o riso até ser obrigado a se recostar na cadeira, lânguido e inerme.

– O que foi?

– É engraçado demais. Tenho certeza de que você jamais conseguiria adivinhar como passei a manhã ou o que acabei fazendo.

– Nem imagino. Suponho que você tenha ido observar o aspecto e talvez a casa da srta. Irene Adler.

12 *Grandes Aventuras de Sherlock Holmes*

— Exatamente. Mas o resultado foi um tanto incomum. Em todo caso, vou contar. Saí de casa pouco depois das oito da manhã, caracterizado como cavalariço desempregado. A simpatia e a camaradagem entre o pessoal que lida com cavalos é uma maravilha. Seja um deles, e é possível ficar a par de tudo o que há para saber. Logo encontrei Briony Lodge. É uma casa pequena e bem-acabada, com jardim nos fundos, mas construída de frente para a estrada, com dois andares. Fechadura Chubb na porta. Uma sala de estar grande à direita, bem mobiliada, com janelas amplas que quase alcançam o chão, providas daqueles ferrolhos ingleses absurdos que até uma criança poderia abrir. Lá atrás não havia nada digno de nota, a não ser o fato de a janela do corredor poder ser alcançada do topo da cocheira. Andei em volta dela e examinei-a de perto de todos os pontos de vista, mas não notei mais nada digno de interesse.

"Em seguida, perambulei rua abaixo e descobri, como esperado, uma estrebaria em uma vereda paralela a um dos muros do jardim. Dei uma mão aos cavalariços que estavam escovando os cavalos e em troca recebi duas pratas, um copo de *half-and-half*, duas cachimbadas de tabaco forte e toda a informação que eu podia querer sobre a srta. Adler, sem mencionar a dúzia de outras pessoas da vizinhança em quem eu não tinha o menor interesse, mas cuja biografia fui obrigado a ouvir."

— E o que você ouviu sobre Irene Adler?

— Oh, ela mexeu com a cabeça daqueles homens. Ela é a coisa mais deliciosa que existe, é o que dizem na Estrebaria Serpentine. Ela vive discretamente, canta em concertos, sai às cinco todo dia e volta às sete em ponto para o jantar. Quase não muda os horários, apenas quando canta. Tem um único visitante do gênero masculino, mas com muita frequência. Ele é moreno, elegante e bem-vestido; costuma aparecer pelo menos uma vez por dia, normalmente duas. Trata-se do sr. Godfrey Norton, do Inner Temple. Veja as vantagens de ser confidente de um cocheiro. Eles haviam levado o homem da Estrebaria Serpentine para casa um sem-número de vezes e sabiam tudo sobre ele. Ouvi o que tinham para dizer e voltei a andar para cima e para baixo perto de Briony Lodge, ponderando minha estratégia.

"É claro que esse Godfrey Norton é um ponto importante do problema. Ele é advogado. Isso não é de bom agouro. Qual é a relação entre os dois, e qual é a razão de tantas visitas? Ela é cliente, amiga ou amante dele? Na primeira hipótese, é provável que ela tenha transferido a posse da fotografia para ele. Na última, é menos provável. A resposta para essas perguntas dependia de uma escolha minha: continuar meu trabalho em Briony Lodge ou dedicar minha atenção aos aposentos do cavalheiro no Temple. Era uma escolha delicada, que havia ampliado o campo da minha investigação. Temo que você esteja entediado com tantos detalhes, mas, caso esteja disposto a entender a situação, é preciso que tome conhecimento dessas pequenas dificuldades."

– Estou ouvindo cada palavra – respondi.

– Eu ainda estava pesando as possibilidades quando um cabriolé se dirigiu até Briony Lodge, e um cavalheiro saltou. O homem tinha uma elegância extraordinária, sua postura lembrava a de uma águia, e ele usava bigode. Sem dúvida, o homem sobre quem haviam me falado. Ele parecia estar cheio de pressa, gritou para o cocheiro esperar e passou pela criada, que abriu a porta como se estivesse em sua própria casa.

"Ele estava na casa havia mais ou menos meia hora, e eu podia vê-lo de relance pelas janelas da sala de estar, andando, falando com entusiasmo e gesticulando. Dela, nem sinal. Dentro em pouco ele saiu, e parecia ainda mais agitado do que antes. Antes de entrar no coche, tirou um relógio de ouro do bolso e o olhou com seriedade. 'Dirija feito um louco', ele gritou, 'primeiro para Gross e Hankey's, na Regent Street, depois para a Igreja de Santa Mônica, na Edgware Road. Meio guinéu se fizer isso em vinte minutos!'

"Lá se foram eles, e eu estava pensando se não faria bem em segui-los, quando um pequeno landau apareceu no topo da vereda. O cocheiro tinha metade do casaco desabotoada e a gravata embaixo das orelhas, enquanto todos os fechos do arreio estavam escapando da fivela. Ele mal tinha estacionado quando ela atravessou a porta correndo e subiu no veículo. Tive apenas um vislumbre dela, mas era uma mulher adorável; um homem morreria por aquele rosto.

" 'John, para a Igreja de Santa Mônica', ela gritou, 'e meio soberano se você conseguir chegar em vinte minutos.'

"Era bom demais para deixar passar, Watson. Eu estava calculando se seria melhor correr atrás do landau ou me empoleirar nele, quando um coche veio pela rua. O motorista olhou duas vezes para um passageiro tão esfarrapado como eu, mas entrei antes de qualquer objeção. 'Para a Igreja de

Santa Mônica', eu disse, 'e meio soberano se chegarmos em vinte minutos.' Faltavam vinte minutos para o meio-dia, e o que pairava no ar era evidente.

"Meu cocheiro foi rápido. Não me lembro de já ter viajado tão rápido, mas os outros chegaram primeiro. O coche, o landau e os cavalos esbaforidos estavam em frente à porta quando cheguei. Paguei o sujeito e corri para a igreja. Não havia vivalma lá dentro, a não ser pelos dois que eu havia seguido e por um clérigo de sobrepeliz, que parecia estar discutindo com eles. Os três estavam agrupados diante do altar. Perambulei pela nave lateral como qualquer desocupado que visitasse uma igreja. De repente, para meu espanto, os três que estavam no altar se voltaram para mim, e Godfrey Norton veio correndo com todo o vigor na minha direção. 'Graças a Deus!', ele gritou. 'Você serve. Venha! Venha!'

" 'O que é isso?', perguntei.

" 'Venha, rapaz, venha, são só três minutos para que isso possa ser legal.'

"Fui meio arrastado para o altar, e antes que eu descobrisse onde estava, encontrei-me balbuciando respostas que haviam sido murmuradas no meu ouvido, garantindo coisas sobre as quais eu não fazia a menor ideia e colaborando para a união estável de Irene Adler, solteira, e Godfrey Norton, solteiro. Tudo isso não levou mais de um instante, e logo havia um cavalheiro agradecendo-me de um lado e uma dama do outro, enquanto o clérigo abria um sorriso à minha frente. Foi a circunstância mais sem nexo de toda a minha vida, e foi a lembrança disso que me fez rir de repente minutos atrás. Parece que, por causa de alguma formalidade, o clérigo se recusava terminantemente a casá-los sem uma testemunha qualquer, e que minha aparição foi uma sorte que poupou o noivo de excursionar pelas ruas em busca de um padrinho. A noiva me deu um soberano, e pretendo empenhá-lo em uma corrente de relógio, em memória da ocasião."

– Foi uma virada surpreendente – eu disse. – O que houve em seguida?

– Bem, percebi que meus planos estavam seriamente ameaçados. A princípio, o casal parecia querer partir imediatamente, o que exigiria medidas instantâneas e enérgicas de minha parte. Diante da igreja, no entanto, eles se separaram; ele voltou para o Temple e ela foi para casa. "Devo passear no parque às cinco, como de costume", ela disse antes de sair. Não ouvi mais nada. Eles se dirigiram cada um para um lado, e eu vim tomar minhas providências.

– Que são?

Um Escândalo na Boêmia **15**

– Um bife frio e um copo de cerveja – respondeu ele, e tocou a sineta. – Estive ocupado demais para pensar em comida, e provavelmente vou ficar ainda mais ocupado hoje à noite. A propósito, doutor, devo precisar da sua colaboração.

– Será um prazer.

– Você não se importa em infringir a lei?

– De forma alguma.

– Nem de correr o risco de ir para a cadeia?

– Não se for por uma boa causa.

– Oh, a causa é excelente!

– Então conte comigo.

– Eu tinha certeza de que poderia confiar em você.

– Mas o que você quer que eu faça?

– Antes que a sra. Turner tire a mesa, você terá suas respostas. Agora – ele disse, faminto, voltando-se para a refeição simples que nossa senhoria havia preparado –, vou falar enquanto como, pois não tenho muito tempo. São quase cinco horas. Daqui a duas horas, devemos estar no campo de batalha. A senhorita, ou melhor, a sra. Irene volta do passeio às sete. Devemos estar em Briony Lodge para encontrá-la.

– E então?

– Deixe comigo. Já planejei tudo. Há um único ponto no qual devo insistir. Você não deve interferir, não importa o que aconteça. Entendeu?

– Não devo reagir?

– Não deve fazer absolutamente nada. É provável que haja alguns incômodos. Não interfira. Eu vou acabar sendo levado para dentro da casa. Quatro ou cinco minutos depois, a janela da sala será aberta. Você deve se posicionar perto da janela aberta.

– Sim.

– Você deve me observar, pois vou estar em um ponto em que poderá me ver.

– Sim.

— E quando eu erguer a mão... e só então... você deve jogar na sala o que eu lhe der para jogar, e deve, ao mesmo tempo, gritar "fogo". Está acompanhando bem a minha exposição?

— Perfeitamente.

— Não é nada formidável — ele disse, e tirou do bolso um cilindro que parecia um charuto. — É um foguete de fumaça comum, com uma cápsula embutida em cada extremidade para que acenda sozinha. Sua tarefa se resume a isso. Quando você gritar "fogo", outras pessoas vão fazer a mesma coisa. Nesse momento você deve andar até o fim da rua, e eu aparecerei dez minutos depois. Espero que tenha sido claro.

— Não devo reagir, devo me aproximar da janela, ficar de olho em você e, ao seu sinal, jogar esse objeto, gritar "fogo", e depois esperar na esquina.

— Exato.

— Então pode confiar em mim.

— Excelente. Acredito que seja quase o momento que planejei para o novo *rôle** que preciso interpretar.

Ele se enfiou dentro do quarto e voltou poucos momentos depois no personagem de um clérigo não conformista amável e simplório. O chapeláo preto, as calças largas, a gravata branca, o sorriso carismático e o ar de curiosidade bondosa poderiam ser igualados apenas pelo sr. John Hare. Holmes ia além da mera mudança de figurino. A forma de se expressar, a conduta, sua própria alma parecia mudar a cada novo papel que ele assumia. O palco perdeu um grande ator, assim como a ciência perdeu um pensador agudo, quando ele se especializou em crimes.

Faltavam quinze minutos para as seis horas quando deixamos a Baker Street, e chegamos à Serpentine Avenue dez minutos antes do horário. O sol já estava se pondo e os candeeiros começavam a se acender enquanto caminhávamos diante de Briony Lodge, esperando a moradora. A casa era como a descrição sucinta de Sherlock Holmes me havia feito imaginar, mas a região me pareceu menos reservada do que eu esperava. Pelo contrário, para uma rua pequena em um bairro pacato, a movimentação era notável. Havia um grupo de homens de roupas surradas que ria e fumava na esquina, um afiador de tesouras com sua roda, dois guardas flertando com uma

---

* Papel. Em francês no original. (N. da E.)

babá e vários jovens bem-vestidos que perambulavam com um cigarro na boca.

— Entenda — Holmes comentou enquanto andávamos de um lado para outro em frente à casa —, o casamento deixa tudo mais simples. A fotografia se tornou uma faca de dois gumes. É plausível que o sr. Godfrey Norton deva chegar tão perto dela quanto a princesa do nosso cliente. A pergunta é: onde está essa foto?

— Boa pergunta.

— É improvável que ela a carregue consigo. É uma foto própria para porta-retrato. Grande demais para ser escondida em um vestido de mulher. Ela sabe que o rei é capaz de armar uma emboscada e de mandar revistá-la. Duas tentativas do gênero já foram feitas. Devemos acreditar, portanto, que ela não a carrega consigo.

— Onde, então?

— Deve estar com o banqueiro ou com o advogado. Ambas as possibilidades existem. Mas estou propenso a não acreditar em nenhuma delas. As mulheres são misteriosas por natureza e gostam de se encarregar dos próprios mistérios. Por que ela a entregaria a alguém? Ela pode confiar na própria tutela, mas não sabe a que influência indireta ou política um homem de negócios pode se sujeitar. Além disso, tenha em mente que ela pretende usar a fotografia daqui a poucos dias. Deve estar em algum lugar ao alcance da mão. Deve estar dentro de casa.

— Mas a casa dela já foi revistada duas vezes.

— Ora! Não souberam procurar.

— E como você vai procurar?

— Não vou procurar.

— Então?

— Vou fazer com que ela me mostre.

— Ela vai se recusar.

— Ela não vai conseguir. Mas estou ouvindo barulho de rodas. É a carruagem dela. Siga minhas instruções ao pé da letra.

Enquanto ele falava, a luz dos faroletes de uma carruagem surgiu na curva da avenida. Era um pequeno landau elegante, que parou ruidosamente na porta de Briony Lodge. Quando o veículo estacionou, um dos malandros que estavam na esquina se precipitou para abrir a porta na esperança de ser recompensado com uma moeda, mas foi empurrado por outro que tinha a mesma intenção. Teve início uma disputa violenta, que foi ampliada pelos dois guardas do lado de um dos malandros e pelo afiador de tesouras do lado do outro, com o mesmo ímpeto. Alguém levou um soco, e no instante seguinte a dama, que havia saído da carruagem, tornou-se o centro de um aglomerado de homens ruborizados em meio a uma briga selvagem de punhos e bastões. Holmes se infiltrou na multidão para proteger a dama; mas, ao se aproximar dela, soltou um grito e caiu no chão, com sangue escorrendo pelo rosto. Quando ele caiu, os guardas correram para um lado e os vagabundos para outro, enquanto várias pessoas que assistiam de longe ao tumulto e que estavam vestidas com mais bom gosto se agruparam para ajudar a dama e para cuidar do homem ferido. Irene Adler, como vou continuar a chamá-la, havia corrido para casa; mas permaneceu no topo da escada, com suas esplêndidas formas delineadas contra a luz do *hall*, olhando para a rua.

— O pobre cavalheiro está muito machucado? — ela perguntou.

— Ele morreu — várias vozes gritaram.

— Não, não, ele ainda está vivo — outra voz se elevou. — Mas vai morrer antes de chegar a um hospital.

— É um camarada valente — uma mulher disse. — Eles teriam levado a bolsa e o relógio da senhora se não fosse por ele. Era uma gangue, e uma gangue perigosa. Ah, ele está respirando de novo.

— Ele não pode ficar deitado na rua. Podemos levá-lo para dentro, minha senhora?

— É claro. Tragam-no para a sala de estar. O sofá é confortável. Por aqui, por favor!

Ele foi carregado com calma e solenidade para dentro de Briony Lodge e acomodado na sala de estar, enquanto eu continuava a acompanhar a ação pelo meu posto na janela. Haviam acendido os candeeiros, mas não abaixaram as persianas, de forma que eu podia ver Holmes deitado no sofá. Não sei se ele foi tomado de remorsos naquele momento por causa do papel que estava interpretando, mas sei que nunca senti tanta vergonha de mim mesmo nesta vida como quando vi a bela criatura contra quem eu conspirava e a graça e a gentileza com que ela cuidava do homem ferido. No entanto, abandonar a função que me havia sido confiada seria uma traição horrível a Holmes. Endureci o coração e tirei a bomba de fumaça do sobretudo. Afinal, pensei, não estamos fazendo mal a ela. Estamos impedindo que ela faça mal a alguém.

Holmes havia se sentado no sofá; vi que ele se movia como se precisasse de ar. Uma criada correu e escancarou a janela. Ao mesmo tempo, vi que ele erguia a mão, e, a esse sinal, lancei a bomba para dentro da sala e gritei "fogo". A palavra nem sequer havia acabado de sair da minha boca quando toda a multidão de espectadores, vestidos com mais ou menos bom gosto – cavalheiros, estribeiros e criadas –, uniu-se num único grito de "fogo". Densas nuvens de fumaça ondulavam pela sala e através da janela aberta. Pude distinguir vultos precipitados, e, no momento seguinte, a voz de Holmes vinda de dentro, garantindo que não passava de um alarme falso. Cheguei à esquina após me esgueirar pela multidão barulhenta, e dez minutos depois fiquei exultante ao sentir o braço do meu amigo tocar o meu e poder sair daquele alvoroço. Ele andou rápido e em silêncio por alguns minutos, até dobrarmos em uma rua tranquila que leva a Edgware Road.

– Você se saiu muito bem, doutor – ele comentou. – Não poderia ter sido melhor. Deu certo.

– Você pegou a foto?

– Sei onde está.

– E como você descobriu?

– Ela me mostrou, como eu disse que faria.

– Ainda não entendo.

– Não quero fazer nenhum mistério – ele disse, rindo. – É simples. Você viu, é claro, que todo mundo que estava na rua era cúmplice. Foram todos contratados.

– Imaginei.

– Então, quando a confusão começou, eu tinha um pouco de tinta fresca na palma da mão. Quando caí, bati com a mão no rosto e fiquei naquela situação lastimável. É um truque antigo.

– Isso eu também percebi.

– Depois eles me levaram para dentro. Ela foi obrigada a aceitar. O que mais ela poderia ter feito? E na sala de estar, o cômodo do qual eu suspeita-

va. Estava lá ou no quarto dela, e eu me dispus a descobrir onde. Fui colocado em um sofá, gesticulei que precisava de ar, isso fez com que abrissem a janela, e você teve a oportunidade.

— Como isso foi útil?

— Foi de suma importância. Quando uma mulher acha que a casa está pegando fogo, seu primeiro instinto é correr para a coisa que mais valoriza. É um impulso totalmente irresistível, e já me aproveitei dele mais de uma vez. No caso do escândalo da substituição de Darlington foi muito valioso, assim como na questão do Castelo de Arnsworth. A mulher casada protege o filho, a solteira agarra a caixa de joias. Era claro para mim que nossa dama de hoje não tem nada em casa que ela valorize mais do que aquilo que estamos buscando. Ela correria para resgatar o que nós queremos. O alarme de fogo foi incrível. A fumaça e os gritos foram da espécie que abala nervos de aço. A reação dela foi fantástica. A fotografia está em um espaço atrás de um compartimento logo acima do cordão da campainha do lado direito. Ela chegou até lá em um instante, e eu cheguei a ver um pedaço da foto, conforme ela começava a tirá-la dali. Quando gritei que era alarme falso, ela a colocou no mesmo lugar, olhou para a bomba e saiu correndo da sala, e foi a última vez que a vi desde então. Eu me levantei, pedi desculpas e saí da casa. Hesitei quanto a pegar a fotografia de uma vez, mas o cocheiro apareceu e me olhou torto, e achei que seria mais seguro esperar. Qualquer precipitação pode colocar tudo a perder.

— E agora? — perguntei.

— Nossa busca está praticamente terminada. Devo voltar aqui com o rei amanhã, e com você também, caso deseje nos acompanhar. Seremos introduzidos à sala de estar para esperar a senhora, mas é possível que ao chegar ela não encontre nem a nós nem à fotografia. Será uma satisfação para Sua Majestade retomá-la com as próprias mãos.

— E quando vocês virão?

— Às oito da manhã. Ela não deve estar acordada, o que deixa o campo livre. Além disso, devemos ser ágeis, pois esse casamento deve significar uma mudança total de vida e de costumes para ela. Preciso telegrafar para o rei sem demora.

Chegamos à Baker Street e paramos diante da porta. Ele estava procurando a chave no bolso quando alguém de passagem disse:

— Boa noite, sr. Sherlock Holmes.

Havia várias pessoas na calçada naquele momento, mas a saudação pareceu vir de um jovem magro de sobretudo que saiu correndo.

– Já ouvi essa voz – Holmes disse, encarando a rua mal iluminada. – Mas, com os diabos, pergunto-me quem pode ter sido.

3

Dormi aquela noite na Baker Street, e estávamos ocupados com torradas e café quando o rei da Boêmia entrou correndo no cômodo.

– Você conseguiu! – ele gritou enquanto agarrava Sherlock Holmes pelos ombros e o encarava com ansiedade.

– Ainda não.

– Mas tem esperança?

– Tenho esperança.

– Então, vamos. Não me aguento de impaciência.

– Precisamos de um coche.

– Não, minha berlinda está esperando.

– Isso simplifica as coisas.

Descemos e partimos uma vez mais para Briony Lodge.

– Irene Adler está casada – Holmes comentou.

– Casada! Quando?

– Ontem.

– Com quem?

– Com um advogado inglês de nome Norton.

– Mas é impossível que ela o ame.

– Espero que ame.

– Por quê?

– Porque isso pouparia Vossa Majestade do medo de incômodos futuros. Se ela ama o marido, não ama Vossa Majestade. Se ela não ama Vossa Majestade, não tem razão para atrapalhar os planos de Vossa Majestade.

– É verdade! Ainda assim…! Bem! Eu gostaria que ela pertencesse à minha classe. Que rainha ela não teria sido!

Ele caiu em um silêncio melancólico até apearmos na Serpentine Avenue.

A porta de Briony Lodge estava aberta, e uma mulher idosa esperava no topo da escada. Ela nos olhava com sarcasmo enquanto saíamos da berlinda.

— Sr. Sherlock Holmes, suponho — ela disse.

— Eu sou o sr. Holmes — meu companheiro respondeu com olhos inquisidores e espantados.

— Sim! Minha patroa disse que era provável que o senhor viesse. Ela partiu com o marido hoje cedo, no trem das cinco e quinze, de Charing Cross para o continente.

— O quê?! — Sherlock Holmes cambaleou para trás, branco de desgosto e surpresa. — Quer dizer que ela saiu da Inglaterra?

— Para nunca mais voltar.

— E os papéis? — o rei perguntou, rouco. — Tudo está perdido.

— Vamos ver.

Ele empurrou a criada de lado e correu para a sala de estar, seguido pelo rei e por mim. Os móveis estavam espalhados para todos os lados, as prateleiras desmontadas e as gavetas abertas, como se a mulher as houvesse saqueado antes de fugir. Holmes correu até o cordão da campainha, abriu uma pequena portada e mergulhou a mão nela, de onde tirou uma fotografia e uma carta. A fotografia era da própria Irene Adler em traje de gala, e a carta estava endereçada ao "Sr. Sherlock Holmes, Esq., a ser entregue em mãos". Meu amigo abriu o envelope, e nós três lemos a carta juntos. Estava datada de meia-noite do dia anterior, e dizia o seguinte:

"Meu caro sr. Sherlock Holmes

O senhor se saiu muito bem. Fui totalmente enganada. Até depois do alarme de fogo, eu não desconfiava de nada. Mas então, quando percebi como eu havia me entregado, comecei a pensar. Eu havia sido advertida contra o senhor meses atrás. Soube que, se o rei contratasse um agente, sem dúvida seria o senhor. E fui informada do seu endereço. Ainda assim, o senhor me fez revelar o que queria saber. Mesmo depois que comecei a desconfiar, foi difícil pensar mal de um velho clérigo tão doce. Mas, como o senhor sabe, tenho formação de atriz. O figurino masculino não me é estranho. Costumo tirar vantagem da liberdade que ele proporciona. Man-

dei John, o cocheiro, vigiá-lo; corri, coloquei meu traje de passeio, como costumo dizer, e desci assim que o senhor saiu.

Bem, segui o senhor até a sua porta, e tive certeza de que eu de fato era objeto de interesse do célebre Sherlock Holmes. Em seguida, de forma um tanto quanto imprudente, desejei boa noite ao senhor e parti para o Temple para encontrar meu marido.

Ambos julgamos que o melhor expediente é a fuga, já que somos perseguidos por um antagonista tão incrível; então o ninho estará vazio quando o senhor chegar amanhã. Quanto à fotografia, seu cliente pode descansar em paz. Amo e sou amada por um homem melhor que ele. O rei pode seguir com seus planos sem obstáculos por parte de uma pessoa cruelmente injustiçada por ele. Vou guardá-la apenas por proteção, e para conservar uma arma contra qualquer medida que possa ser tomada no futuro. Deixo uma fotografia pela qual ele pode ter algum interesse; e sigo, meu caro sr. Sherlock Holmes, sinceramente sua,

Irene Norton, née Adler."

— Que mulher, ah, que mulher! — o rei da Boêmia gritou quando nós três acabamos de ler a epístola. — Não disse que ela é rápida e decidida? Não teria sido uma ótima rainha? Não é uma pena que ela não seja do meu nível?

— Pelo que percebi da moça, ela parece, de fato, estar em um nível muito diferente do de Vossa Majestade — Holmes disse com frieza. — Lamento que não tenhamos podido liquidar o problema de Vossa Majestade de forma mais apropriada.

— Pelo contrário, meu caro senhor — o rei gritou. — Nada poderia ser mais apropriado. Sei que a palavra dela é inquebrável. A fotografia está tão segura quanto se estivesse em chamas.

— Fico satisfeito em ouvir isso.

— Tenho uma dívida imensa com o senhor. Por favor, diga como posso recompensá-lo. Este anel...

Ele tirou do dedo um anel espiralado de esmeralda e o colocou na palma da mão.

— Vossa Majestade possui algo a que eu daria ainda mais valor.

— Basta dizer.

— Essa fotografia!

O rei olhou para ele com espanto.

— A fotografia de Irene! — gritou. — Claro, se o senhor quiser.

— Agradeço a Vossa Majestade. Então, o assunto está encerrado. Tenho a honra de lhe desejar um ótimo dia.

Ele se inclinou e, afastando-se sem dar atenção à mão que o rei lhe havia estendido, foi para casa em minha companhia.

E assim um grande escândalo ameaçou o reino da Boêmia, e assim os mais elaborados planos do sr. Sherlock Holmes foram batidos pela perspicácia de uma mulher. Ele costumava se divertir à custa da inteligência das mulheres, mas ultimamente abandonou esse hábito. E quando fala sobre Irene Adler, ou quando se refere à sua fotografia, ela é sempre distinguida com o honroso título de *a* mulher.

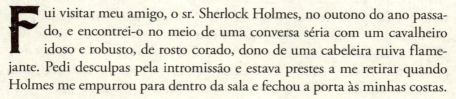

Fui visitar meu amigo, o sr. Sherlock Holmes, no outono do ano passado, e encontrei-o no meio de uma conversa séria com um cavalheiro idoso e robusto, de rosto corado, dono de uma cabeleira ruiva flamejante. Pedi desculpas pela intromissão e estava prestes a me retirar quando Holmes me empurrou para dentro da sala e fechou a porta às minhas costas.

— Você não poderia ter escolhido hora melhor, meu caro Watson — ele disse com cortesia.

— Achei que você estivesse ocupado.

— E estou. Bastante, para ser sincero.

— Então posso esperar em outro lugar.

— De forma alguma. Sr. Wilson, este cavalheiro me acompanhou em muitos dos meus casos mais bem-sucedidos, e não tenho dúvida de que dará contribuições inestimáveis também no seu caso.

O robusto cavalheiro se ergueu um pouco da cadeira e me saudou com um leve aceno, mostrando curiosidade nos olhos pequenos e fundos.

— Use o sofá — Holmes disse enquanto se recostava na poltrona e juntava as pontas dos dedos, como era seu hábito quando precisava se concentrar. — Bem sei, meu caro Watson, que você compartilha meu gosto por tudo o que é estranho e que foge às convenções e à rotina enfadonha da vida cotidiana. Seu gosto se mostra pelo entusiasmo que o levou a narrar e, se você me permite o comentário, embelezar várias das minhas pequenas aventuras.

— Seus casos de fato despertam muito interesse em mim — observei.

— Talvez você se lembre de que outro dia, logo antes de nos lançarmos naquele problema muito simples apresentado pela srta. Mary Sutherland, afirmei que quem busca o estranho e o extraordinário deve se ater à vida real, que é sempre mais intrincada que qualquer produto da imaginação.

— Lembro que tomei a liberdade de pôr sua afirmação em dúvida.

— Tomou, doutor, mas é melhor que você ceda ao meu ponto de vista, caso contrário vou dobrar sua razão com uma pilha tão grande de fatos que não lhe sobrará escolha a não ser reconhecer que estou certo. Mas o sr. Jabez Wilson aqui fez a gentileza de vir me visitar e começar uma história que promete ser uma das melhores que ouvi em um bom tempo. Você já me ouviu dizer mais de uma vez que as coisas mais estranhas e singelas não estão ligadas aos crimes grandes, mas aos pequenos, tão pequenos que às vezes nos fazem duvidar se de fato um crime foi cometido. Até agora, pelo que entendi do caso em pauta, não saberia dizer se estamos diante de um crime ou não, mas os eventos estão, sem dúvida, entre os mais curiosos que já ouvi. Sr. Wilson, teria a bondade de recomeçar a história? Não peço isso apenas porque meu amigo não teve a oportunidade de ouvir a primeira parte, mas também porque o caráter peculiar dos fatos me deixa ansioso por cada detalhe possível que o senhor possa me fornecer. Em geral, quando ouço o menor indício do curso dos acontecimentos, consigo me guiar pelos milhares de outros casos similares que me vêm à memória. No momento, sou forçado a admitir que esses fatos, ao que me consta, não têm par.

O corpulento cliente encheu o peito com um pouco de orgulho e tirou do bolso do sobretudo um jornal sujo e amassado. Enquanto ele passava os olhos pela coluna dos anúncios com o papel esticado no colo e a cabeça inclinada para a frente, prestei atenção no sujeito e tentei, à moda do meu companheiro, ler o que pudesse se insinuar pela roupa ou pela aparência.

Contudo, minhas observações não deram muito resultado. Nosso visitante dava todas as mostras de ser um comerciante inglês comum: obeso, imponente e lento. Vestia calças xadrez largas, uma sobrecasaca preta desabotoada e um colete que deixava à mostra uma corrente de relógio pesada, além de um broche quadrado. Na cadeira ao lado havia um chapéu puído e um sobretudo marrom desbotado com colarinho de veludo. Afinal, por mais que eu o examinasse, não havia nada digno de nota no indivíduo, a não ser pela cabeleira, que parecia estar em chamas, e pela intensa expressão de desgosto e vergonha.

O olho rápido de Sherlock Holmes captou o que estava acontecendo; ele balançou a cabeça e sorriu ao perceber minha expressão curiosa.

— Além do óbvio, que ele fez um trabalho manual por algum tempo, toma rapé, é maçom, esteve na China e andou escrevendo consideravelmente, não consegui deduzir nada.

O sr. Jabez Wilson deu um pulo na cadeira, com o dedo indicador no papel, mas os olhos no meu companheiro.

A Liga dos Ruivos 31

– Como, pelo amor de Deus, o senhor sabe de tudo isso, sr. Holmes? – ele perguntou. – Como o senhor sabe, por exemplo, que eu fiz um trabalho manual? É tão verdadeiro quanto os Evangelhos que comecei como carpinteiro num navio.

– Suas mãos, meu caro. A direita é visivelmente maior que a esquerda. O senhor a usou para trabalhar, os músculos estão mais desenvolvidos.

– Bom, e o rapé? E a maçonaria?

– Explicar uma coisa dessas seria insultar a sua inteligência, ainda mais porque, contra as regras da sua ordem, o senhor usa um broche com arco e compasso.

– É verdade. Eu tinha esquecido. Mas como o senhor sabia que escrevi muito?

– O que mais poderia significar essa manga direita tão lustrosa, enquanto a esquerda está lisa perto do cotovelo que o senhor apoiava na mesa?

– Tudo bem, mas e a China?

– O peixe que o senhor tem tatuado logo acima do pulso direito não pode ter sido feito em outro lugar. Estudei uma ou duas coisas sobre tatuagem e cheguei a escrever alguns artigos a respeito. Essa forma de colorir de rosa as escamas do peixe é uma especificidade da China. Além disso, o fato de o senhor trazer uma moeda chinesa pendurada na corrente do relógio de bolso torna tudo ainda mais simples.

O sr. Jabez Wilson deu uma risada sonora.

– Ora essa! No começo, achei que o senhor tivesse feito alguma coisa muito inteligente, mas no fim das contas não foi nada de mais.

– Começo a acreditar, Watson – Holmes disse –, que dar explicações é um erro. *Omne ignoto pro magnífico**, você sabe, e minha pobre reputaçãozinha, do jeito como as coisas estão, vai acabar naufragando se eu insistir em ser honesto. O senhor encontrou o anúncio, sr. Wilson?

– Sim, encontrei – ele respondeu com o dedo grosso e vermelho no meio da página. – Aqui está. Foi assim que tudo começou. Pode ler.

Peguei o papel e li o que se segue:

---

* "Tudo o que ignoramos é visto como magnífico." Em latim no original. (N. do T.)

"Para a Liga dos Ruivos.

Como legado do falecido Ezekiah Hopkins, de Lebanon, Pensilvânia, EUA, foi aberta uma vaga que garante a um membro da liga salário de quatro libras por semana para a realização de trabalho simbólico. Qualquer homem ruivo saudável física e mentalmente, acima de vinte e um anos, pode se candidatar. Apresentar-se em pessoa, segunda-feira, às onze da manhã, no escritório da liga: Pope's Court, no 7, Fleet Street. Tratar com Duncan Ross."

— Com os diabos, o que significa isso? — perguntei depois de ler pela segunda vez.

Holmes riu consigo mesmo e se contorceu na cadeira, como costuma fazer quando está animado.

— Um pouco fora dos eixos, não é? — ele disse. — E agora, sr. Wilson, vamos começar do zero. Conte tudo sobre o senhor, sua família e o que aconteceu por causa desse anúncio. Mas antes disso, preste atenção, doutor, no jornal e na data.

— É o *Morning Chronicle* de 27 de abril de 1890. Exatamente dois meses atrás.

— Muito bem. Pode começar, sr. Wilson?

— Bom, como eu lhe contei, sr. Sherlock Holmes — Jabez Wilson disse, enxugando a testa —, tenho uma loja de penhores na Coburg Square, perto do centro da cidade. Nada de mais, e nos últimos anos não tem dado mais lucro que o suficiente para me sustentar. Cheguei a manter dois assistentes, mas agora tenho só um, e ainda assim seria difícil lhe pagar se ele não aceitasse vir por metade do salário para aprender a profissão.

— Como se chama esse jovem prestativo? — Sherlock Holmes perguntou.

— Ele se chama Vincent Spaulding, e não é tão jovem assim. É difícil dizer quantos anos ele tem. É um ótimo assistente, sr. Holmes, muito esperto; sei que ele poderia conseguir coisa melhor e ganhar o dobro do que eu posso pagar. Mas, no fim das contas, se ele está contente, por que eu colocaria minhocas na sua cabeça?

— Realmente. É uma sorte ter um funcionário que concorde em receber menos que o preço de mercado. Não é uma experiência das mais comuns entre os empregadores de hoje. Talvez isso seja tão assombroso quanto o anúncio que o senhor nos mostrou.

– Ah, mas ele tem defeitos também – o sr. Wilson disse. – Nunca vi alguém gostar tanto de fotografia. Ele sai por aí com uma câmera enquanto devia estar desenvolvendo a inteligência, depois se enfia no porão como um coelho na toca para revelar as fotos. Esse é o pior defeito dele, mas, no geral, trabalha bem. Ele não tem vícios.

– Imagino que ele ainda esteja com o senhor.

– Sim, senhor. Ele e uma menina de catorze anos que cozinha um pouco e cuida da limpeza: eis toda a população da minha casa, pois sou viúvo e nunca tive família. Vivemos uma vida tranquila, nós três; temos um teto, pagamos as contas e nada muito além disso.

"O anúncio foi nosso primeiro problema. Spaulding foi até o escritório, hoje faz dois meses, e disse:

" 'Como eu queria ser ruivo, sr. Wilson!'

" 'Por quê?', eu perguntei.

" 'Ora', ele disse, 'abriram uma vaga na Liga dos Ruivos. Os membros ganham uma pequena fortuna, e ouvi dizer que não há gente suficiente para preencher as vagas, então os curadores não sabem o que fazer com o dinheiro. Se o meu cabelo pudesse mudar de cor, eu adoraria tirar uma casquinha.'

" 'E o que é isso?', eu perguntei. Entenda, sr. Holmes, eu sou um sujeito muito caseiro, e como não preciso sair para trabalhar porque meu trabalho vem até mim, às vezes passo semanas a fio sem colocar os pés na rua. Por isso, nunca sei direito o que está acontecendo e sempre fico feliz quando alguém me conta as novidades.

" 'O senhor nunca ouviu falar da Liga dos Ruivos?', ele perguntou com os olhos arregalados.

" 'Nunca.'

" 'Ora, que coisa! O senhor pode se candidatar a uma vaga.'

" 'E por que eu faria isso?', perguntei.

" 'Ah, só umas centenas de libras por ano, mas o trabalho é leve e não impede que se cuide de outras coisas.'

"Bom, não é difícil imaginar que essa conversa me fez abrir bem os ouvidos, já que meu negócio não ia bem, e um extra de centenas de libras viria a calhar.

34   *Grandes Aventuras de Sherlock Holmes*

" 'Explique direito como isso funciona', eu disse.

" 'Bom', ele respondeu mostrando o artigo, 'o senhor mesmo pode ver que a liga está com vagas abertas, e aqui está o endereço onde os candidatos devem se inscrever. Pelo que entendi, a liga foi fundada por um milionário americano, Ezekiah Hopkins, que tinha ideias esquisitas. Ele era ruivo e tinha simpatia por todos os ruivos; então, quando ele morreu, descobriram que ele havia deixado uma fortuna enorme na mão de curadores, com instruções de usá-la para facilitar a vida de quem tem o cabelo vermelho. Ouvi dizer que o pagamento é muito bom e que os membros não têm quase nada para fazer.'

" 'Mas', eu disse, 'provavelmente um milhão de ruivos vão se candidatar.'

" 'Nem tantos', ele respondeu. 'Pense que é uma coisa que se restringe a londrinos adultos. O americano saiu de Londres quando era moço e quis fazer uma boa ação à velha cidade. Além disso, ouvi dizer que nem adianta se inscrever se seu cabelo for avermelhado ou castanho-claro ou qualquer coisa além de vermelho brilhante da cor do fogo. Bom, se o senhor estivesse interessado, sr. Wilson, não precisaria fazer muito esforço; mas talvez o senhor não queira se incomodar por causa de umas centenas de libras.'

"É verdade, cavalheiros, vocês podem conferir com os próprios olhos que meu cabelo é de uma coloração forte, então parei para pensar que, caso houvesse uma competição, eu não conhecia ninguém que pudesse me derrotar. Vincent Spaulding tinha tanta informação que achei que ele pudesse ser de alguma utilidade, por isso lhe pedi que baixasse as portas e viesse comigo. Ele estava querendo uma folga, então encerrou o expediente na mesma hora e saiu comigo para o endereço que aparecia no anúncio.

"Acho que nunca mais vou ver uma coisa daquelas, sr. Holmes. Dos quatro cantos, todo mundo que tinha uma mecha de cabelo ruivo deu as caras no centro da cidade para responder ao anúncio. A Fleet Street estava abarrotada de cabeças vermelhas, e Pope's Court parecia o carrinho de laranjas de um vendedor ambulante. Não pensei que existissem tantos ruivos no país inteiro. Era possível encontrar todas as tonalidades – palha, limão-siciliano, laranja, tijolo, *setter* irlandês, barro. Mas, como Spaulding disse, era difícil encontrar alguém que tivesse o cabelo de cor viva como fogo. Quando vi aquela quantidade de gente, me desesperei e quase desisti, mas Spaulding não permitiu. Não sei como ele conseguiu, mas me puxou e me levou aos trancos e barrancos até que deixamos a multidão para trás e nos vimos diante dos degraus que levavam ao escritório. A movimentação na escada tinha fluxo duplo, gente

A Liga dos Ruivos 35

esperançosa subindo e gente desanimada descendo; mas cavamos nosso caminho como podíamos e logo entramos no escritório."

– Uma experiência e tanto – Holmes observou enquanto o cliente fazia uma pausa para refrescar a memória com um pouco de rapé. – Por favor, continue, seu depoimento é interessantíssimo.

– Não havia nada no escritório além de um par de cadeiras de madeira e uma mesa de pinho. Atrás da mesa estava sentado um sujeito baixo, com um cabelo ainda mais ruivo que o meu. Ele conversava com os candidatos, um por um, e acabava encontrando algum problema que os desqualificasse. Conseguir uma vaga não parecia ser simples. No entanto, quando chegou a nossa vez, o baixinho gostou mais de mim do que dos outros e fechou a porta quando entramos, de forma a levar uma conversa particular comigo.

" 'Este é o sr. Jabez Wilson', meu assistente disse, 'e ele gostaria de ocupar uma vaga na liga.'

" 'Bom, ele parece bastante apto', o outro respondeu. 'Preenche todos os requisitos. Não consigo me lembrar da última vez que vi alguém tão adequado.' Ele deu um passo para trás, inclinou a cabeça para o lado e fixou os olhos no meu cabelo até me deixar com vergonha. De repente ele deu um pulo para a frente, apertou-me a mão e me deu os parabéns calorosamente.

" 'Seria injusto até mesmo parar para pensar', ele disse. 'No entanto, peço desculpas por tomar uma precaução necessária.' Após essas palavras, ele segurou meu cabelo com as duas mãos e puxou-o até que eu gritasse de dor. 'O senhor está com água nos olhos', ele disse enquanto me soltava. 'Acredito que esteja tudo em ordem. Mas é preciso tomar cuidado, porque já fomos enganados duas vezes por perucas e uma por tinta. Não conto as histórias que envolvem cera de sapateiro para que o senhor não fique com nojo da humanidade.' Ele foi até a janela e gritou o mais alto que podia para dizer que a vaga havia sido preenchida. Um gemido de decepção veio lá de baixo, e em seguida as pessoas foram embora, cada uma para um lado, até que não houvesse um ruivo à vista, a não ser por mim e pelo administrador.

" 'Meu nome', ele disse, 'é Duncan Ross, e eu mesmo sou um dos pensionistas que se beneficiam dos fundos deixados pelo nosso nobre benfeitor. O senhor é casado, sr. Wilson? Tem família?'

"Respondi que não.

"Ele fechou a cara.

36   Grandes Aventuras de Sherlock Holmes

" 'Meu Deus!', ele disse com seriedade, 'isso é grave! Sinto muito pelo senhor. Temos interesse, obviamente, em ver a propagação dos ruivos. É lamentável que o senhor seja solteiro.'

"Fiquei tenso, sr. Holmes, pois achei que não conseguiria a vaga, mas ele pensou por alguns minutos e disse que estava tudo bem.

" 'Na maioria dos casos', ele disse, 'não haveria discussão, mas devemos abrir uma exceção para alguém que tenha cabelos assim. Quando o senhor pode assumir sua nova função?'

" 'Bom, é um pouco complicado porque já tenho um negócio', eu disse.

" 'Ora, não se preocupe, sr. Wilson!', Vincent Spaulding disse. 'Posso tomar conta de tudo para o senhor.'

" 'Qual é o cronograma?', perguntei.

" 'Das dez às duas.'

"Bem, o grosso do trabalho de uma loja de penhores é feito à noite, sr. Holmes, principalmente nas noites de quinta e sexta, logo antes de os trabalhadores receberem o pagamento, então seria uma chance de ganhar um extra pela manhã. Além disso, eu sabia que meu assistente era um bom sujeito e seria capaz de cuidar de qualquer imprevisto.

" 'Sem problemas', eu disse. 'E quanto ao pagamento?'

" 'Quatro libras por semana.'

" 'E o trabalho?'

" 'Completamente simbólico.'

" 'O que quer dizer isso?'

" 'Bem, o senhor precisa estar no escritório, ou pelo menos dentro do prédio, o tempo todo. Caso saia daqui, o senhor será privado de sua vaga na liga para sempre. O testamento é muito claro nesse ponto. O senhor não cumpre com o acordo se arredar pé do escritório durante o tempo acordado.'

" 'São só quatro horas por dia, sair não vai nem me passar pela cabeça', eu disse.

" 'Não importa o motivo', o sr. Duncan Ross disse, 'doença, problema profissional ou seja lá o que for. O senhor deve permanecer aqui ou perde o pagamento.'

" 'E o trabalho?'

" 'Consiste em copiar a *Encyclopaedia Britannica*. O primeiro volume está naquela estante. O senhor deve trazer tinta, caneta e mata-borrão, nós fornecemos mesa e cadeira. O senhor pode começar amanhã?'

" 'Claro', respondi.

" 'Então até a próxima, sr. Jabez Wilson, e meus parabéns pelo cargo importante que o senhor teve a felicidade de conquistar.' Ele fez um aceno de despedida, e eu fui para casa acompanhado pelo meu assistente, sem saber direito o que dizer ou fazer, tamanha era minha alegria.

"Bem, pensei sobre o assunto o dia todo, e à noite, com a calma já recuperada, me convenci de que a história não devia passar de uma brincadeira ou de uma fraude, embora não conseguisse nem imaginar qual fosse o motivo. Parecia inacreditável que alguém fizesse um testamento como aquele ou que se pagasse tanto por um trabalho tão simples quanto copiar a *Encyclopaedia Britannica*. Vincent Spaulding fez o que podia para me animar, mas, por volta da hora de dormir, já tinha me convencido de que era melhor não me envolver com aquilo. No entanto, na manhã do dia seguinte, resolvi, em todo caso, dar uma olhada; então peguei uma pena grande, sete folhas de papel almaço e parti para Pope's Court.

"Foi uma surpresa e uma felicidade encontrar tudo em ordem. A mesa estava pronta, e o sr. Duncan Ross estava lá para se certificar de que eu estava trabalhando. Ele me pediu para começar pela letra *A* e se retirou, mas voltava de tempos em tempos para ver se estava tudo bem comigo. Às duas horas, ele se despediu de mim, me cumprimentou pela quantidade que eu havia escrito e trancou a porta do escritório às minhas costas.

"Isso se repetiu um dia atrás do outro, sr. Holmes, até que sábado o administrador veio e pôs quatro soberanos de ouro como pagamento pelo trabalho da semana. Aconteceu a mesma coisa nas semanas seguintes. Eu chegava todo dia às dez e saía todo dia às duas. Aos poucos, o sr. Duncan Ross passou a aparecer uma vez por dia e, depois de um tempo, deixou de aparecer. Mesmo assim, obviamente não saí da sala nem por um instante, pois não sabia quando ele poderia voltar, e não arriscaria perder uma posição tão boa.

"Oito semanas se passaram, e eu já havia escrito sobre Abades, Armadura, Arquitetura, Ática, e acreditava que, com perseverança, poderia chegar à letra *B* em pouco tempo. Gastei um dinheiro considerável em papel almaço, e já havia quase enchido uma prateleira com os meus escritos. De repente, tudo acabou."

38 *Grandes Aventuras de Sherlock Holmes*

– Acabou?

– Sim, senhor. Hoje de manhã. Fui para o trabalho, como de costume, às dez da manhã, mas a porta estava trancada e vi um quadradinho de cartolina afixado no meio dela. Aqui está, podem ver com os próprios olhos.

Ele estendeu um pedaço de cartolina branca mais ou menos do tamanho de uma folha de papel de carta. Dizia o seguinte:

"A LIGA DOS RUIVOS SE DISSOLVEU 9 DE OUTUBRO DE 1890".

Sherlock Holmes e eu analisamos o breve anúncio e o rosto pesaroso por trás dele, até que o lado cômico da história ficou tão forte que ambos tivemos um ataque de riso.

– Não vejo graça nenhuma – nosso cliente exclamou, corando até a raiz do cabelo flamejante. – Se o melhor que vocês sabem fazer é rir, vou procurar ajuda em outro lugar.

– Não, não – Holmes exclamou enquanto o empurrava de volta para a cadeira de onde ele já estava se levantando. – Nada neste mundo me faria perder o seu caso. É tão incomum que chega a ser revigorante. Mas tem, sim, se o senhor me desculpa a franqueza, certa graça. Por favor, diga-me, o que o senhor fez depois de encontrar o cartão na porta?

– Fiquei sem chão, meu senhor. Não sabia o que fazer. Em seguida fui até os escritórios vizinhos, mas ninguém sabia de nada. Por fim, fui até o locador, que trabalha com contabilidade e mora no térreo, e perguntei se ele poderia me dizer o que havia acontecido com a Liga dos Ruivos. Ele respondeu que nunca tinha ouvido falar sobre a agremiação. Perguntei quem era o sr. Duncan Ross. Ele respondeu que era a primeira vez que ouvia aquele nome.

" 'Ora', eu respondi, 'o cavalheiro do número 4.'

" 'O quê? O ruivo?'

" 'Sim.'

" 'Ah', ele disse, 'o nome dele era William Morris. Era procurador, e estava alugando meu imóvel temporariamente até poder se instalar no escritório novo. Ele se mudou ontem.'

" 'Onde posso encontrar esse sujeito?'

A Liga dos Ruivos 39

" 'Ora, no escritório novo. Ele me deu o endereço. Sim, King Edward Street, número 17, perto da catedral.'

"Saí correndo, sr. Holmes, mas, quando cheguei ao endereço, encontrei uma fábrica de joelheiras, e ninguém ali ouviu falar nem no sr. William Morris nem no sr. Duncan Ross."

— E o que o senhor fez em seguida? — Holmes perguntou.

— Voltei para casa, na Saxe-Coburg Square, e pedi um conselho ao meu assistente. Mas ele não conseguiu me ajudar. Tudo o que ele fez foi me pedir para esperar alguma notícia pelo correio. Mas não era o suficiente para mim, sr. Holmes, eu não queria me dar por vencido sem lutar, de forma que, como ouvi dizer que o senhor faz a gentileza de dar conselhos para infelizes que estejam precisando, vim direto para cá.

— E foi uma decisão muito sábia — Holmes disse. — Seu caso é extraordinário, vou ficar muito feliz em cuidar dele. Pelo que o senhor me contou, acredito que seja possível que estejam em jogo questões mais sérias do que podemos pensar à primeira vista.

— Graves demais! — o sr. Jabez Wilson disse. — Ora essa, eu perdi quatro libras por semana.

— No que diz respeito ao senhor — Holmes observou —, não vejo por que alimentar qualquer sentimento negativo contra aquela liga incomum. Pelo contrário, já que o senhor ficou, pelas minhas contas, umas trinta libras mais rico, sem mencionar o conhecimento adquirido sobre todos os assuntos que comecem com a letra *A*. O senhor não perdeu nada por causa deles.

— Não, senhor. Mas quero entender o que aconteceu, descobrir quem eles são e por que eles quiseram me pregar essa peça — se é que foi uma peça. Foi uma brincadeira bem cara para eles.

— Vamos nos empenhar para esclarecer essas questões. Mas, primeiro, uma ou duas perguntas, sr. Wilson. Esse assistente, que foi quem chamou a sua atenção para o anúncio, há quanto tempo ele está com o senhor?

— Naquela época, fazia mais ou menos um mês.

— Como ele chegou até o senhor?

— Em resposta a um anúncio.

— Ele foi o único a responder?

— Não, ele e mais uma dúzia.

40 *Grandes Aventuras de Sherlock Holmes*

— Por que ele foi o escolhido?

— Porque ele era bom e barato.

— Concordou com metade do preço, certo?

— Sim.

— Como ele é, esse Vincent Spaulding?

— Pequeno, robusto, de gestos rápidos, e não usa barba, apesar de ter mais de trinta anos. Tem uma mancha branca de ácido na testa.

Holmes se inclinou na cadeira, consideravelmente exaltado.

— Foi o que eu pensei – ele disse. – O senhor já reparou se ele tem as orelhas furadas?

— Sim, senhor. Ele me disse que os furos foram feitos por uma cigana quando ele era moço.

— Hum! – Holmes disse ao se afundar de novo na poltrona e em seus pensamentos. – Ele ainda está com o senhor?

— Oh, sim, senhor; eu estava conversando com ele antes de vir para cá.

— E ele cuida direito dos seus negócios quando o senhor não está por perto?

— Não tenho do que reclamar. Nem há muito o que fazer de manhã.

— Isso é suficiente, sr. Wilson. Terei gosto em lhe dar minha opinião daqui a um ou dois dias. Hoje é sábado, acredito que tudo estará resolvido na segunda-feira.

— Bem, Watson – Holmes disse depois que nosso visitante saiu –, o que você acha disso tudo?

— Nada – respondi com franqueza. – O caso é misterioso demais.

— Em geral – Holmes disse –, quanto mais estranha é uma coisa, menos misteriosa ela se prova. São os crimes comuns que realmente intrigam, assim como os rostos comuns são os mais difíceis de identificar. Em todo caso, não posso me demorar.

— E o que você vai fazer agora? – perguntei.

— Fumar – ele respondeu. – É um problema de três cachimbos, e peço encarecidamente que você não me dirija a palavra nos próximos cinquenta minutos.

Ele se encolheu na cadeira, com os joelhos ossudos à altura do nariz de falcão, e ficou ali, de olhos fechados e com o cachimbo preto como se fosse

A Liga dos Ruivos **41**

o bico de um pássaro raro. Cheguei a acreditar que ele houvesse caído no sono; eu mesmo já estava quase cochilando quando, de repente, ele pulou da cadeira com expressão decidida e deixou o cachimbo no consolo da lareira.

— Sarasate vai tocar no St. James's Hall hoje à tarde — ele disse. — O que você acha, Watson? Seus pacientes podem abrir mão de você por algumas horas?

— Não tenho nada para fazer hoje. Meu consultório nunca pede muito de mim.

— Então ponha o chapéu e venha. Vamos pelo centro, podemos almoçar no caminho. Vi que há muita música alemã no programa, o que é muito mais do meu gosto que a italiana ou a francesa. É mais introspectiva, e eu quero introspecção. Vamos embora!

Fomos de metrô até Aldersgate; em seguida, uma caminhada rápida nos levou até a Saxe-Coburg Square, a cena da história peculiar que ouvimos durante a manhã. Era um lugarzinho sem conforto que não conseguia esconder a má aparência por mais que tivesse um ar bem-arrumado, onde quatro sobrados de tijolos descoloridos davam para um cercado atrás do qual ervas daninhas e um loureiro murcho lutavam arduamente contra uma atmosfera incompatível carregada de fumaça. Presa por três bolas douradas, uma placa de madeira marrom onde se lia "Jabez Wilson" em letras brancas anunciava que uma casa de esquina era o lugar onde nosso cliente ruivo mantinha seu negócio. Sherlock Holmes parou com a cabeça inclinada e examinou os arredores com os olhos brilhando por baixo das pálpebras franzidas. Em seguida, subiu a rua devagar e voltou até a esquina, sem tirar os olhos das casas. Por fim, voltou até a casa de penhores e, depois de dar dois ou três golpes fortes de bengala na calçada, foi até a porta e bateu. No mesmo instante, estávamos diante de um jovem bem barbeado de aspecto radiante que nos pediu para entrar.

— Obrigado — Holmes disse —, só gostaria de perguntar como faço para chegar até o Strand.

— Terceira à direita, quarta à esquerda — ele respondeu de imediato e fechou a porta.

— O camarada é esperto — Holmes observou enquanto nos afastávamos. — Ele é, de acordo com os meus critérios, o quarto homem mais esperto de Londres, e, em ousadia, não tenho dúvidas de que ele garante o terceiro lugar. Não é a primeira vez que ouço falar nele.

— É claro — eu disse — que o assistente do sr. Wilson é uma chave importante para esse mistério da Liga dos Ruivos. Você perguntou o caminho só para poder olhar para ele.

— Não, não foi para olhar para ele.

— Por que você fez aquilo, então?

— Para ver os joelhos das calças dele.

— E o que você descobriu?

— O que eu esperava descobrir.

— Por que você bateu na calçada com a bengala?

— Meu caro doutor, é hora de observar, não de conversar. Somos espiões em território inimigo. Já sabemos algo sobre a Saxe-Coburg Square. Agora vamos explorar os arredores.

O que nós vimos quando dobramos a esquina era tão diferente do que havíamos deixado para trás quanto a frente de um quadro costuma ser do fundo da tela. Era uma das principais artérias do trânsito da cidade, ligando o centro ao norte e ao oeste. A pista estava fechada pelo intenso fluxo de comércio que jorrava nos dois sentidos, e as calçadas estavam pretas por causa do enxame de pedestres. Diante daquelas lojas caras e daqueles escritórios luxuosos, era difícil acreditar que eles ficavam bem ao lado da pracinha apagada de onde havíamos acabado de sair.

— Vejamos — Sherlock Holmes disse, passando os olhos pelo lugar. — Eu gostaria de me lembrar da ordem dessas casas. Conhecer os detalhes de Londres é um dos meus *hobbies*. Eis a tabacaria do Mortimer, a banquinha de jornal, a agência do City and Suburban Bank, o restaurante vegetariano e o depósito de coches de McFarlane. Isso nos leva direto ao próximo quarteirão. E agora que nosso trabalho está terminado, doutor, é hora de um pouco de diversão. Um sanduíche, uma xícara de café, e rumo à terra do violino, onde tudo é doçura, delicadeza, harmonia e não há nenhum cliente ruivo para nos atormentar com enigmas.

Meu amigo era um amante da música; além de tocar com muita habilidade, era um compositor de talento nada comum. Ele passou a tarde sentado na plateia, tomado pela felicidade mais genuína, balançando suavemente os dedos longos no ritmo da música, enquanto seu rosto sorridente e os olhos lânguidos e sonhadores não lembravam em nada o cão de caça, o agente da lei incansável, agudo e persistente que ele costumava ser. Naquela personalidade peculiar, duas faces se alternavam, de forma que a extrema precisão e a astúcia representavam, como pensei várias vezes, uma reação à veia poética e ao humor contemplativo que às vezes o dominavam. A mudança de atitude o levava de um langor extremo a rompantes de energia; como eu bem sabia, ele nunca atingia resultados tão formidáveis quanto depois de passar dias a fio mergulhado na poltrona, entre improvisações musicais e livros antigos. Depois disso, ele é tomado pelo êxtase de uma caçada, e sua brilhante capacidade de raciocínio atinge o patamar da intuição, a ponto de levar quem não está familiarizado com ele a olhá-lo com desconfiança, como se o conhecimento daquele homem excedesse o de um simples mortal. Quando percebi que ele estava tão envolvido com a música no St. James's Hall, senti que algo terrível estava para acontecer com quem quer que ele estivesse tentando derrotar.

— Sem dúvida você está com vontade de voltar para casa, doutor — ele disse enquanto saíamos.

— Sim, seria bom.

— E preciso resolver alguns assuntos que devem me tomar algumas horas. O que está acontecendo na Coburg Square é grave.

— Por quê?

— Um crime notável está prestes a acontecer. Tenho motivos para acreditar que vamos conseguir chegar a tempo de impedi-lo. Mas o fato de hoje ser sábado complica bastante as coisas. Vou precisar incomodá-lo hoje à noite.

— A que horas?

— Dez seria o ideal.

— Pode me esperar na Baker Street às dez.

— Muito bem. E é bom deixar avisado, doutor, que podemos correr algum perigo, então faça a gentileza de trazer o seu revólver.

Ele acenou, deu meia-volta e misturou-se à multidão.

Confesso que não me considero menos esperto que meus pares, mas sempre me senti atormentado com minha própria estupidez quando ficava perto de Sherlock Holmes. Eu ouvi a mesma coisa que ele, vi a mesma coisa que ele, mas, pelo que ele havia dito, estava claro que ele percebera com clareza não só o que havia acontecido como também o que estava por acontecer, enquanto para mim tudo ainda era confuso e estranho. Enquanto voltava para casa, em Kensington, pensei com cuidado no caso todo, desde a história inacreditável do copista da *Encyclopaedia* até o passeio na Saxe-Coburg Square e o jeito pouco animador como meu amigo se havia despedido de mim. O que seria essa expedição noturna? Por que eu deveria ir armado? Aonde nós iríamos? O que íamos fazer? Holmes havia dito que o assistente da loja de penhores era um sujeito formidável, alguém capaz de apostar alto. Tentei desvendar o que significava essa afirmação, mas acabei por desistir e deixar tudo de lado até que a noite trouxesse uma explicação.

Eram nove e quinze da noite quando saí de casa e cruzei o parque para sair na Oxford e, em seguida, na Baker Street. Dois fiacres estavam parados na porta. Quando entrei, ouvi vozes vindo de cima. Na sala, encontrei Holmes em uma conversa animada com dois homens; reconheci um deles como Peter Jones, agente da polícia oficial, enquanto o outro era um sujeito alto, magro e de rosto triste, usando um chapéu novo e uma sobrecasaca que inspirava respeito.

— Ah! Agora o time está completo — Holmes disse. — Watson, acredito que você conheça o sr. Jones, da Scotland Yard. Permita que eu lhe apresente o sr. Merryweather, que vai nos acompanhar.

— Ora, vamos caçar juntos de novo, doutor — Jones disse do seu jeito presunçoso. — Nosso amigo aqui é ótimo para sentir o faro. Tudo o que ele precisa é de um cachorro velho para correr atrás da presa.

— Espero que no fim das contas nós não estejamos correndo atrás do próprio rabo — o sr. Merryweather observou em um tom sombrio.

— Pode confiar no sr. Holmes sem medo — o policial disse majestosamente. — Ele tem seus próprios métodos, que são, se ele me perdoa a franqueza, um pouco teóricos e fantásticos demais, mas tem talento para ser detetive. Não é exagero dizer que uma ou duas vezes, como nos casos do assassinato de Shoto e do tesouro de Agra, ele esteve mais perto da verdade que os oficiais.

— Bom, se o senhor diz, sr. Jones, tudo bem — o desconhecido comentou com respeito. — Mesmo assim, devo avisar que as cartas fazem falta. É a primeira vez em vinte e sete anos que falto a uma partida de *bridge*.

— Acredito que os cavalheiros vão descobrir — Sherlock Holmes disse — que hoje estão fazendo a maior aposta de sua vida, e que o jogo vai ser mais estimulante. Para o senhor, sr. Merryweather, estão em jogo trinta mil libras; e para você, Jones, o homem que você quer apanhar.

— John Clay, assassino, ladrão e falsário. Ele ainda é jovem, sr. Merryweather, mas já é um dos melhores no que faz, e eu trocaria a prisão dele pela de qualquer outro criminoso de Londres. É um sujeito notável, o jovem John Clay. Neto de um duque, estudou em Eton e Oxford. Tem o cérebro tão rápido quanto os dedos, e embora tenhamos notícia dele o tempo todo, não fazemos ideia de onde encontrá-lo em pessoa. Ele invade uma casa na Escócia hoje e amanhã está arrecadando fundos para construir um orfanato na Cornualha. Estou seguindo a sua pista há anos, e nunca pus os olhos nele.

— Espero que eu possa ter o prazer de apresentá-lo a você logo mais. Também cruzei com o sr. John Clay uma ou duas vezes, e devo concordar com você quando diz que ele é um dos melhores no que faz. Contudo, já passa das dez; precisamos ir. Se os senhores não se incomodarem em tomar o primeiro fiacre, Watson e eu iremos no segundo.

Sherlock Holmes não estava muito comunicativo durante a longa viagem; ficou recostado no assento, cantarolando baixinho as melodias que havia escutado durante a tarde. Passamos por um labirinto interminável de ruas iluminadas até chegar à Farringdon Street.

— Estamos perto — meu amigo observou. — Aquele camarada, Merryweather, é diretor de um banco e tem interesses pessoais nesse caso. Achei que também fosse bom ter Jones por perto. Ele não é má pessoa, embora seja um completo imbecil. Tem uma virtude profissional: é corajoso como um buldogue, e quando põe as garras sobre alguém, é firme como uma lagosta. Chegamos, e lá estão eles, esperando por nós.

Estávamos na mesma rua de tráfego intenso que havíamos visitado pela manhã. Nossos carros foram dispensados, e, guiados pelo sr. Merryweather, atravessamos uma passagem estreita e passamos por uma porta lateral. Do lado de dentro, um corredor pequeno dava em um enorme portão de ferro que também foi aberto, levando a uma escada tortuosa que acabava em outro portão grande. O sr. Merryweather parou para acender uma lanterna e em seguida nos guiou por uma passagem subterrânea que cheirava a terra. Uma terceira porta dava para um cômodo amplo que devia ser um porão e estava cheio de caixotes e de caixas grandes.

— Vocês não são muito vulneráveis por cima — Holmes disse, usando a lanterna para observar o lugar.

— Nem por baixo — o sr. Merryweather respondeu, acendendo um fósforo. — Meu Deus! Parece uma caverna! — ele observou com espanto, olhando para cima.

46   *Grandes Aventuras de Sherlock Holmes*

— Preciso pedir que o senhor faça um pouco de silêncio — Holmes respondeu com seriedade. — O senhor já pôs em risco todo o nosso plano. Posso pedir que o senhor tenha a bondade de se sentar em uma caixa e parar de interferir?

O solene sr. Merryweather se empoleirou em um caixote sem esconder a mágoa, enquanto Holmes se ajoelhava e, com o auxílio da lanterna e de uma lupa, começava a examinar o chão minuciosamente. Poucos segundos foram suficientes, pois logo ele estava de pé outra vez. Guardou a lupa no bolso.

— Temos pelo menos uma hora — ele disse —, pois eles não podem fazer muita coisa até que o bom sr. Wilson vá para a cama. Depois disso, eles não vão perder nem um minuto, já que quanto antes terminarem o serviço, mais tempo terão para fugir. Como deve ter percebido, doutor, estamos no porão de um dos bancos mais importantes de Londres. O sr. Merryweather é o diretor da instituição, e vai lhe explicar por que um dos criminosos mais ousados de Londres se interessaria por este porão.

— Por causa do ouro francês — o diretor suspirou. — Fomos avisados várias vezes de que alguém poderia tentar alguma coisa.

— Ouro francês?

— Sim. Alguns meses atrás tivemos a chance de aumentar nossos recursos, e por isso pegamos um empréstimo de trinta mil napoleões ao Banco da França. Veio a público que não conseguimos guardar o dinheiro, que ainda está empacotado no porão. O caixote que me serve de assento contém dois mil napoleões guardados entre barras de chumbo. Nossos cofres estão mais cheios que os de qualquer outra agência bancária, e isso deixa os diretores apreensivos.

— O que faz muito sentido — Holmes observou. — Mas agora devemos fazer alguns planos. Acredito que daqui a uma hora tudo estará resolvido. Até lá, sr. Merryweather, devemos tapar essa lanterna.

— E ficar no escuro?

— Receio que sim. Eu até trouxe um baralho. Imaginei que, como somos uma *partie carrée***, o senhor não ficaria sem sua partida de *bridge*. Mas vejo que o inimigo tomou muitas precauções, e manter uma luz acesa seria arriscado para nós. E, acima de tudo, precisamos escolher muito bem onde vamos ficar. As pessoas que vão entrar aqui são ousadas, e embora nós

---

** Partida de cartas jogada por quatro pessoas. Em francês no original. (N. da E.)

estejamos em vantagem, elas podem nos causar algum dano se não tomarmos cuidado. Vou ficar atrás desse caixote. E vocês fiquem atrás daqueles. Quando eu der o sinal com a luz, nós atacamos. Se elas atirarem, Watson, não hesite nem um segundo em abrir fogo.

Coloquei meu revólver engatilhado em cima da caixa de madeira que me servia de esconderijo. Holmes tapou a lanterna, deixando-nos na mais completa escuridão – eu nunca havia estado em um lugar tão escuro. O cheiro de metal quente servia como garantia de que a luz ainda estava ali, pronta para brilhar a qualquer momento. Quanto a mim, meus nervos estavam abalados por causa da expectativa, e me senti triste e deprimido com a escuridão repentina e o ar frio e pegajoso do porão.

– Eles só têm uma chance de escapar – Holmes sussurrou. – Pelos fundos, pela saída que dá para a Saxe-Coburg Square. Espero que você tenha feito como eu pedi, Jones.

– Um inspetor e dois oficiais estão plantados na porta.

– Então todos os buracos estão tapados. Agora precisamos ficar em silêncio.

Quanto tempo! Não foi mais do que uma hora e quinze minutos, mas parecia que a noite estava prestes a acabar e que o sol poderia aparecer a qualquer momento. Meus braços e pernas estavam exaustos e duros, porque achei que seria melhor não mudar de posição. Meus nervos estavam no limite da tensão, e minha audição ficou tão aguda que eu podia ouvir não apenas a respiração leve dos meus companheiros, mas conseguia distinguir a respiração mais pesada de Jones do leve suspiro do diretor. De onde eu estava, conseguia enxergar o chão. De repente, percebi uma luz.

A princípio, não passava de um lampejo nas pedras do chão, que aumentou aos poucos até se tornar uma linha amarela. Em seguida, sem o menor sinal ou ruído, uma mão apareceu, uma mão branca, quase feminina, no centro da área iluminada. Por um minuto ou mais, a mão saiu do chão e ficou ali, contorcendo os dedos. Desapareceu tão repentinamente quanto havia aparecido, e tudo voltou a ser escuridão, a não ser pelo facho de luz, que destacava uma fenda entre as pedras.

O desaparecimento da mão foi apenas momentâneo. Uma das pedras saiu do lugar com um barulho forte e deixou um quadrado no chão, por onde era possível ver a luz de uma lanterna. Pela abertura surgiu um rosto juvenil bem barbeado e com uma expressão ansiosa. Em seguida, com as mãos apoiadas em cada lado do buraco, a figura se ergueu até a altura dos joelhos. No instante seguinte, já estava ao lado do buraco, ajudando um companheiro tão baixo e ágil quanto ele, dono de um rosto pálido e de cabelos muito ruivos, a sair.

— Tudo em ordem — ele sussurrou. — Onde estão o cinzel e os sacos? Pelo amor de Deus! Pule, Archie, pule! Eu me viro sozinho!

Sherlock Holmes deu um pulo e agarrou o invasor pelo colarinho. O outro mergulhou no buraco; ouvi barulho de roupa rasgando quando Jones o pegou pela camisa. A luz destacou o cano de um revólver, mas Holmes acertou o pulso do sujeito, e a arma caiu.

— Não adianta, John Clay — Holmes disse com suavidade —, você não tem chance.

— É o que eu estou vendo — o outro respondeu com a maior frieza. — Acredito que meu parceiro esteja bem, embora vocês tenham ficado com um pedaço do casaco dele.

— Três homens estão esperando por ele na porta — Holmes respondeu.

— Ah, é mesmo? Parece que você fez um trabalho bem completo. Preciso tirar o chapéu.

— E eu tiro o meu para você — Holmes respondeu. — A ideia dos ruivos foi inovadora e eficaz.

— Você não vai demorar a ver o seu amigo de novo — Jones disse. — Ele é mais ágil que eu, vai descer bem rápido. Estenda os pulsos para que eu coloque as algemas.

— Peço-lhe que não encoste essas mãos imundas em mim — nosso prisioneiro disse enquanto as algemas se fechavam. — Pode ser que vocês não saibam, mas tenho sangue real nas veias. Façam a bondade de sempre pedir "por favor" quando se dirigirem a mim, e me chamem de *sir*.

— Certo — Jones disse abafando o riso. — Por favor, milorde, suba as escadas porque precisamos de um carro para levar Vossa Alteza até a delegacia.

— Assim é melhor — John Clay disse. Ele fez uma reverência para nós três e saiu em silêncio, escoltado pelo detetive.

— Ora, sr. Holmes — o sr. Merryweather disse enquanto saíamos do porão —, não sei mesmo o que o banco pode fazer para lhe agradecer ou recompensá-lo. Não há dúvida de que o senhor previu e desarticulou completa-

mente uma das melhores tentativas de roubo que presenciei ao longo da minha carreira.

— Eu tinha uma ou duas contas para acertar com o sr. John Clay — Holmes disse. — Gastei um pouco de dinheiro com esse caso, e gostaria que o banco me reembolsasse, mas, fora isso, sinto-me recompensado por ter vivido uma experiência única em vários aspectos, e também por ter ouvido a extraordinária história da Liga dos Ruivos.

— Ora, Watson — ele me explicou de manhã, enquanto tomávamos um copo de uísque na Baker Street —, era óbvio desde o primeiro momento que a única razão possível para toda aquela história do anúncio e de copiar a *Encyclopaedia* era tirar do caminho o dono da casa de penhores, que não é uma das pessoas mais espertas do mundo. Foi um jeito estranho de lidar com a situação, mas é difícil pensar em alguma coisa melhor. Clay se inspirou no cabelo do cúmplice para ter essa ideia, não tenho dúvida. Umas boas libras por semana seriam um ótimo chamariz. E que diferença fariam para quem estava correndo atrás de milhares? Eles puseram o anúncio no jornal; um vigarista cuida do escritório, o outro convence o sujeito a participar da liga, e juntos eles garantem que não serão incomodados durante toda a manhã. Como o assistente trabalhava por metade do salário, era óbvio que tinha algum motivo forte para isso.

— Mas como você descobriu o motivo?

— Se a casa tivesse alguma presença feminina, eu teria pensado em um caso de amor banal. Isso estava fora de cogitação. A casa de penhores era um empreendimento pequeno, não havia nada que justificasse tanto cuidado. Só podia ser alguma coisa fora da casa. O quê? Pensei no gosto do assistente por fotografia e no hábito de passar horas no porão. O porão! Era a chave. Fiz investigações sobre o assistente misterioso e descobri que estava lidando com um dos criminosos mais ousados de Londres. Ele estava fazendo alguma coisa no porão — alguma coisa à qual ele precisava se dedicar durante várias horas por dia ao longo de meses. Mais uma vez: o quê? Não consegui pensar em nada a não ser que ele estava fazendo um túnel para outro prédio.

"Minha linha de raciocínio tinha chegado até esse ponto quando fomos visitar o lugar. Você ficou surpreso porque bati no chão com a bengala. Eu estava verificando se o porão se estendia para a frente ou para trás. Não era para a frente. Em seguida toquei a campainha e, como eu queria, o assistente atendeu. Tivemos algumas escaramuças, mas nunca havíamos ficado frente a frente. Mal olhei para o rosto dele. O que eu queria ver eram os joelhos. Você mesmo deve ter reparado como estavam sujos e esfarrapados. Era a prova de que ele estava cavando. Só faltava saber uma coisa: por que ele estava cavando? Andei até a esquina, vi que havia uma agência bancária nos arredores e percebi que o problema estava resolvido. Quando você foi para casa, conversei com a Scotland Yard e com o diretor do banco. Você viu o resultado."

— E como você sabia que eles tentariam roubar o banco justo hoje?

— Bom, fechar o escritório da liga significava que eles não se importavam mais com a presença do sr. Jabez Wilson; em outras palavras, que o túnel estava pronto. Era fundamental colocar o plano em prática logo, pois o túnel poderia ser descoberto ou o ouro poderia ir para outro lugar. O melhor dia seria sábado, porque lhes daria dois dias para fugir. Por isso, acreditei que seria hoje à noite.

— Belo raciocínio — eu exclamei com sincera admiração. — É uma longa corrente de pensamentos, e mesmo assim todos os elos se encaixam.

— Serviu para me tirar do tédio — ele respondeu, bocejando. — Ai de mim! Sinto que ele já está prestes a voltar. Minha vida se resume ao esforço de fugir da banalidade da existência. Esses probleminhas me ajudam a fazer isso.

— E você acaba sendo um benfeitor — eu disse.

Ele deu de ombros.

— Bom, talvez, no fim das contas, eu seja de alguma serventia — ele afirmou. — *L'homme c'est rien – l'oeuvre c'est tout****, como Gustave Flaubert escreveu a George Sand.

*** "O homem não é nada – a obra é tudo." Em francês no original. (N. do T.)

Quando passo os olhos pelas minhas anotações de 1882 a 1890, encontro tantos casos de Sherlock Holmes cheios de detalhes estranhos e interessantes que não é fácil saber quais deixar de lado. Alguns, contudo, já ganharam notoriedade através dos jornais, e outros não chegaram a oferecer espaço para que meu amigo mostrasse o talento peculiar que possuía em grau tão elevado e que é o objeto dos meus escritos. Há também os casos que driblaram sua competência analítica e que, como narrativa, seriam peças sem fim; alguns foram elucidados apenas parcialmente, tendo as conclusões ancoradas em conjecturas e especulações, e não na prova absolutamente lógica que lhe era tão cara. No entanto, um desses casos que só foram resolvidos em parte é tão notável que me sinto tentado a relatá-lo, apesar de apresentar detalhes que nunca vieram e provavelmente nunca virão à luz.

O ano de 1887 nos propiciou uma longa série de casos de maior ou menor interesse, cujas anotações guardei. Estão no arquivo correspondente àqueles doze meses a aventura da Paradol Chamber, o caso da Sociedade de Mendicância (que se reunia em um clube luxuoso na abóbada de um armazém); os fatos relacionados ao desaparecimento do barco britânico *Sophy Anderson*; as estranhas aventuras dos Grice Paterson na ilha de Uffa; e, por fim, o envenenamento de Camberwell. Nesse último, como alguns devem se lembrar, Sherlock Holmes conseguiu provar, dando corda no relógio do morto, a que horas ele havia ido para a cama – dedução de extrema importância para solucionar o caso. Devo esboçar todas essas histórias daqui a algum tempo, mas nenhuma delas é tão extraordinária quanto a estranha série de eventos que agora me proponho a contar.

Era fim de setembro, e a ventania equinocial havia chegado com mais força que de costume. O vento não parava de uivar, e a chuva explodia nas janelas, de forma que até mesmo aqui, no coração da moderníssima cidade de Londres, fomos obrigados a abandonar a rotina e reconhecer as forças da natureza que guinchavam contra a humanidade por trás das grades da civilização como uma fera indomável. Conforme a noite caía, a tempestade ficou ainda mais pesada, e o som do vento entrando pela chaminé fazia pensar em uma criança chorando e soluçando. Sherlock Holmes, visivelmente mal-humorado, sentou-se de um lado da lareira para consultar seus arquivos criminais, enquanto, do outro lado, eu estava tão imerso em uma das histórias marítimas de Clark Russell que o vento do texto parecia se misturar ao vento da rua, e a chuva parecia se estender até as ondas do mar. Minha mulher havia viajado para visitar uma tia, então, por alguns dias, hospedei-me na Baker Street.

— Ora — eu disse, levantando os olhos do livro para encarar meu amigo —, a campainha tocou? Quem sairia de casa com um tempo desses? Você está esperando algum amigo?

— Além de você, não tenho nenhum — ele respondeu. — E não incentivo visitas.

— Um cliente, então?

— Se for, o caso é sério. Nada que não fosse sério tiraria alguém de casa com esse tempo a essa hora. É mais provável que seja visita para a senhoria.

Sherlock Holmes estava errado; seguiram-se passos no corredor e uma batida na porta. Ele estendeu o braço comprido para apontar a luz para a cadeira vazia onde o recém-chegado se sentaria.

— Entre — ele disse.

O homem que entrou tinha aparência jovem, com cerca de vinte e poucos anos, era elegante, bem-vestido, e se portava com cortesia e refinamento. O guarda-chuva ensopado que ele trazia nas mãos e a capa de chuva eram testemunhas do tempo terrível que ele havia enfrentado. Ele passou os olhos perturbados pela sala ao redor. Estava pálido, e sem dúvida oprimido por grande angústia.

— Os senhores me perdoem — ele disse, colocando o pincenê no rosto. — Espero não estar atrapalhando. Sinto muito por ter trazido um pouco da tempestade para dentro do seu abrigo.

— Vamos pendurar seu casaco e o guarda-chuva — Holmes disse. — Vão secar rápido. Posso ver que o senhor veio do sudoeste.

— Sim. De Horsham.

— Essa mistura de barro com lama no bico do seu sapato é típica de lá.

— Vim pedir um conselho.

— Isso vai ser fácil de conseguir.

— E ajuda.

— Já não é tão fácil.

— Ouvi falar sobre o senhor, sr. Holmes. O major Prendergast me contou como o senhor o salvou no escândalo do Clube Tankerville.

— Ah, claro. Ele foi acusado injustamente de trapacear nas cartas.

— Ele disse que não há nada que o senhor não possa resolver.

— Ele exagerou.

— Disse que ninguém engana o senhor.

— Fui enganado quatro vezes; três por homens e uma por uma mulher.

— Mas o que isso significa diante do número dos seus acertos?

— É verdade que costumo acertar.

— Então vai acertar no meu caso também.

— Peço-lhe que se sente perto da lareira e me conte os detalhes.

— Não é um caso comum.

— O mesmo pode ser dito de todos os outros que chegam até mim. Eu sou o último recurso.

— Ainda assim, eu me pergunto se o senhor já ouviu algo mais misterioso e inexplicável que a série de eventos que aconteceu com a minha família.

— O senhor está despertando meu interesse — Holmes disse. — Por favor, conte tudo desde o começo, depois lhe pedirei os detalhes do que me parecer mais importante.

— Meu nome — ele disse — é John Openshaw, mas, pelo que entendi, essa história horrível tem pouco a ver com a minha pessoa. É um problema hereditário, portanto, para que o senhor tenha uma ideia geral, preciso falar um pouco do passado.

"Meu avô teve dois filhos: meu tio Elias e meu pai, Joseph. Meu pai tinha uma fábrica em Coventry que começou pequena e que ele fez crescer quando as bicicletas ficaram populares. Foi ele quem desenvolveu os pneus inquebráveis Openshaw, que deram tão certo que permitiram que ele se aposentasse com bastante conforto.

"Meu tio Elias emigrou para os Estados Unidos quando moço e se envolveu com plantações na Flórida, onde dizem que se saiu bem. Na época da guerra, ele lutou ao lado de Jackson, depois ao lado de Hood, chegando à patente de coronel. Quando Lee baixou as armas, meu tio voltou para a fazenda, onde permaneceu por três ou quatro anos. Por volta de 1869, 1870, ele voltou à Europa e se estabeleceu numa pequena propriedade em Sussex, perto de Horsham. O motivo de ele ter abandonado o país onde havia enriquecido consideravelmente foi sua aversão aos negros e sua recusa em aceitar a ideia de que alguns benefícios sociais seriam estendidos a eles. Ele tinha um temperamento inflamado, não media as palavras quando saía do sério e era extremamente reservado. Durante os anos em que viveu em Horsham, duvido que tenha posto o pé na cidade. Ele se exercitava em um jardim e em dois ou três parques nos arredores da casa, mas com muita frequência passava semanas a fio sem sair do quarto. Bebia e fumava demais, mas não tinha contato com ninguém e recusava amizades, até mesmo a do próprio irmão.

"Ele não desgostava de mim. Na verdade, simpatizava comigo. Quando nos vimos pela primeira vez, eu era um menino de mais ou menos doze anos. Isso foi por volta de 1878; ele já estava na Inglaterra havia quase dez anos. Implorou ao meu pai que deixasse que eu fosse morar com ele, e, à sua maneira, era bastante gentil comigo. Quando sóbrio, gostava de jogar gamão comigo e me transformou em seu representante para lidar com empregados e comerciantes, de forma que, aos dezesseis anos, eu já era de certa forma o chefe da casa. Eu tinha todas as chaves e podia ir aonde quisesse e fazer o que bem entendesse, desde que não perturbasse o isolamento do meu tio. A única exceção era um quarto de despejo no sótão que estava sempre trancado e onde ninguém podia entrar, nem eu. Minha curiosidade infantil me levou a espiar pelo buraco da fechadura, mas nunca vi nada além de um monte de baús e pacotes, como se espera daquele tipo de cômodo.

"Um dia, em março de 1883, vi uma carta com selo estrangeiro diante do prato do coronel. Não era comum que ele recebesse cartas, pois não tinha amigos de espécie alguma e pagava as contas em dinheiro vivo e à vista.

" 'Da Índia', ele disse. 'O que será?'

"Ele abriu o envelope com pressa, e cinco caroços ressecados de laranja caíram no prato. Aquilo me fez rir, mas engoli o riso assim que vi a sua expressão. De boca aberta, olhos esbugalhados e rosto branco como leite, ele parecia hipnotizado pelo envelope, que ainda segurava com a mão trêmula.

" 'K. K. K.', ele gritou. 'Meu Deus, meu Deus, meus pecados vieram atrás de mim.'

" 'O que foi, tio?', perguntei.

" 'A morte', ele disse antes de se levantar e ir para o quarto, deixando-me horrorizado.

"Peguei o envelope e vi que o lado de dentro da aba trazia a letra K repetida três vezes em tinta vermelha. Não havia mais nada além dos cinco caroços. Qual seria a razão daquele pavor? Deixei a mesa do café e, ao subir as escadas, encontrei-o descendo com uma chave enferrujada que devia ser do sótão em uma das mãos e uma caixinha de bronze, do tipo que se usa para guardar dinheiro, na outra.

" 'Eles podem fazer o que quiserem, mas sou eu que vou dar o xeque-mate. Diga a Mary que vou precisar de fogo no meu quarto hoje, e mande chamar Fordham, o advogado de Horsham.'

"Fiz o que ele pedia. Quando o advogado chegou, minha presença foi solicitada no quarto. O fogo crepitava. Não deixei de reparar nos restos de papel queimado na lareira, ao lado da caixa de bronze vazia. Percebi, espantado, que os três K que eu havia visto de manhã estavam pintados na capa da caixa.

" 'Estou fazendo meu testamento, John', meu tio disse, 'e quero que você esteja presente. Deixo minha propriedade, com tudo o que tem de bom e de ruim, para meu irmão, seu pai; portanto, para você também, de forma indireta. Se você puder desfrutá-la em paz, ótimo! Se parecer impossível, aceite um conselho, meu bom rapaz, e dê tudo para o seu pior inimigo. Lamento ter que dar um presente tão ambíguo, mas não sei que rumo as coisas vão tomar. Faça a gentileza de assinar o papel que o sr. Fordham está segurando.'

"Assinei o papel, e o advogado o levou. Como não poderia deixar de ser, aquilo causou forte impacto em mim; pensei muito sob todos os ângulos e não consegui chegar a uma conclusão satisfatória. Ainda assim, não consegui me livrar da sensação de perigo que aquilo havia provocado, embora ela se tornasse menos aguda conforme as semanas se sucediam sem a menor ameaça contra nossa segurança. No entanto, meu tio estava mudado. Bebia mais do que nunca e ficou ainda menos inclinado a qualquer companhia. Ele passava a maior parte do tempo trancado no quarto, mas às vezes saía de lá possuído por uma espécie de delírio da embriaguez e ia até o jardim com um revólver na mão, gritando que não tinha medo de ninguém, nem do diabo, e que não ficaria preso feito uma ovelha no cercado. Mas quando o sangue esfriava, ele voltava correndo para casa e trancava a porta atrás de si como se não aguentasse mais encarar um terror que o tomava até o fundo da alma. Não era raro, mesmo em dias frios, que o rosto dele pingasse como se ele tivesse acabado de mergulhá-lo em uma bacia cheia de água.

"Bem, para acabar logo com a história, sr. Holmes, e para não abusar da sua paciência, um dia ele saiu para uma daquelas excursões de bêbado pelo jardim e nunca mais voltou. Saímos para procurá-lo e o encontramos de bruços em um laguinho no fim do jardim. Não havia sinal de violência, e a profundidade da água não chega a meio metro, de forma que o júri, levando em conta a personalidade pouco comum do falecido, concluiu que ele havia se suicidado. Mas eu sabia que meu tio não podia nem ouvir falar na morte, e não consegui me convencer de que ele havia ido ao encontro dela por vontade própria. No entanto, não havia o que fazer, e meu pai tomou posse da herança, que consistia na casa e em catorze mil libras na conta bancária."

– Um instante – Holmes disse. – Não é preciso chegar ao fim da história para que eu saiba que se trata de uma das coisas mais extraordinárias que já ouvi. Diga a data em que seu tio recebeu a carta e a data do suposto suicídio.

– A carta chegou dia 10 de março de 1883. Ele morreu sete semanas depois, na noite do dia 2 de maio.

– Obrigado. Por favor, continue.

– Quando meu pai assumiu a propriedade de Horsham, encarregou-se, a meu pedido, de uma revista minuciosa do sótão, que ficava fechado o tempo todo. Encontramos a caixa de bronze lá, vazia. Do lado de dentro da tampa havia um papel com as letras K. K. K. e a inscrição: "Cartas, memorandos, recibos e um catálogo". Acredito que essas palavras indicavam o que continham os papéis que o coronel Openshaw havia destruído. De resto, não havia mais nada digno de nota no sótão, a não ser vários papéis e cadernos espalhados que tratavam da vida do meu tio nos Estados Unidos. Alguns datavam da guerra e mostravam que ele havia cumprido bem o dever e merecido a reputação de soldado valente. Outros datavam da reconstrução dos estados do Sul e tratavam sobretudo de política, pois ele havia se engajado ferrenhamente na oposição aos políticos do Norte, que pareciam querer tirar proveito da situação.

60 *Grandes Aventuras de Sherlock Holmes*

"Bem, meu pai foi morar em Horsham no começo de 1884, e tudo correu bem até janeiro de 1885. No quinto dia depois do ano-novo, ouvi meu pai gritar de espanto na mesa do café da manhã. Em uma mão ele segurava um envelope aberto, e na outra, cinco caroços de laranja. Ele sempre havia tirado sarro da história que eu contava sobre o coronel, dizendo que não passava de conto da carochinha, mas, agora que estava acontecendo com ele, parecia ter ficado bastante assustado e sem reação.

" 'Com os diabos, o que significa isso, John?', ele gaguejou.

"Meu coração pesava como chumbo.

" 'K. K. K.', eu disse.

"Ele olhou dentro do envelope.

" 'É isso mesmo. Aqui estão as letras. Mas o que é isso que está escrito aqui em cima?'

" 'Ponha os papéis em cima do relógio de sol', li por sobre o ombro dele.

" 'Que papéis? Que relógio de sol?', ele perguntou.

" 'O relógio de sol do jardim', eu disse, 'não há outro. Mas os papéis devem ser os que foram destruídos.'

" 'Ora essa', ele disse, enchendo-se de coragem. 'Estamos em um país civilizado e não vamos tolerar esse tipo de palhaçada por aqui. De onde vem esse negócio?'

" 'De Dundee', respondi, passando os olhos pelo carimbo postal.

" 'Que brincadeira de mau gosto!', ele disse. 'O que eu tenho a ver com relógios de sol e papéis? Vou ignorar essa besteira.'

" 'Acho melhor chamar a polícia', eu disse.

" 'Para quê? Para virar motivo de chacota dos policiais? Nada disso.'

" 'Então eu chamo a polícia.'

" 'Não. Você está proibido de fazer isso. Não vou criar confusão por causa de uma baboseira dessas.'

"Não adiantava discutir, ele era muito teimoso. Mas fiquei cheio de maus pressentimentos.

"Três dias depois de receber a carta, meu pai saiu de casa para visitar um velho amigo, o major Freebody, que comanda um dos fortes em Portsdown Hill. Isso me deixou feliz, pois achava que ele corria menos perigo longe de casa. Eu estava errado. Dois dias depois, recebi um telegrama do major implorando minha presença o mais rápido possível. Meu pai havia caído em uma das pedreiras que abundam naquela região, ferindo gravemente a cabeça. Corri até lá, mas ele faleceu sem recuperar a consciência. Ao que tudo indica, ele estava voltando de Fareham ao anoitecer. Como não conhecia bem a região e a pedreira não tinha qualquer isolamento, o júri não titubeou em declarar morte acidental. Analisei tudo com cuidado e não encontrei nada que insinuasse assassinato. Não havia sinal de violência, nenhuma pegada, nada havia sido roubado, nenhum suspeito fora visto nos arredores. Mesmo assim, não preciso dizer que não consegui me tranquilizar, longe disso, e que estava quase certo de que meu pai havia sido alvo de uma trama criminosa.

"Foi desse jeito sinistro que tomei posse da minha herança. O senhor pode me perguntar por que não abri mão dela. Eu responderia que estou convencido de que nossos problemas têm algo a ver com algum incidente que aconteceu na vida do meu tio, e que o perigo seria o mesmo em qualquer casa.

"Foi em janeiro de 1885 que meu pobre pai encontrou seu fim; passaram-se dois anos e oito meses desde então. Durante esse tempo, fui feliz em Horsham e tive esperanças de que a maldição da família houvesse acabado na geração anterior à minha. No entanto, era cedo demais para me acomodar; ontem de manhã o golpe se abateu sobre mim exatamente da mesma forma que havia acontecido com meu pai."

O jovem tirou um envelope amassado do bolso e, virando-o sobre a mesa, deixou cair cinco caroços de laranja.

– Este é o envelope – ele prosseguiu. – O carimbo postal é de Londres, zona leste da cidade. Dentro dele estão as mesmas palavras que havia na última mensagem que meu pai recebeu: "K. K. K.", e abaixo "Ponha os papéis em cima do relógio de sol".

– O que o senhor fez? – Holmes perguntou.

– Nada.

– Nada?

– Para dizer a verdade – ele mergulhou o rosto nas mãos brancas e finas –, me senti indefeso como um coelho diante de uma cobra. Um mal inexorável se abateu sobre mim, e não há nada que eu possa fazer.

62 *Grandes Aventuras de Sherlock Holmes*

– Chhh, chhh – fez Sherlock Holmes. – É melhor fazer alguma coisa, rapaz, ou será o seu fim. Você precisa reagir para se salvar; não é hora de se desesperar.

– Chamei a polícia.

– E?

– Eles me ouviram com um sorriso no rosto. Tenho certeza de que o inspetor acha que as cartas são de brincadeira e que a morte dos meus parentes foi de fato acidental, como o júri alegou, sem relação com seja o que for.

Holmes agitou os punhos fechados no ar.

– Quanta imbecilidade!

– No entanto, eles permitiram que um guarda vigiasse a casa.

– Ele acompanhou o senhor até aqui?

– Não, ele não pode sair de lá.

Sherlock Holmes demonstrou irritação mais uma vez.

– Por que o senhor veio até aqui? E, acima de tudo, por que não veio antes?

– Não sei. Foi só hoje que resolvi falar com o major Prendergast sobre o que está acontecendo.

– Faz dois dias que a carta chegou. Já devíamos ter feito alguma coisa. Espero que o senhor não tenha deixado de lado mais nada que possa nos ajudar.

– Só mais uma coisa – John Openshaw disse.

Ele vasculhou o bolso do casaco até encontrar um pedaço de papel azulado.

– No dia em que meu tio queimou os papéis – ele disse –, lembro-me de ter visto alguns pedaços que escaparam do fogo; eles eram dessa cor. Encontrei essa folha no chão do quarto dele, e acho que se trata de um dos papéis que se perdeu dos demais e escapou à destruição. Além do fato de mencionar caroços, não vejo como poderia nos ajudar. Acredito que seja uma página de um diário pessoal. A letra é do meu tio, não tenho dúvida.

Holmes aproximou a luz, e ambos nos curvamos sobre a folha de papel; a margem rasgada indicava que havia, de fato, sido arrancada de um caderno. O cabeçalho dizia "março, 1869", e abaixo lemos essas anotações enigmáticas:

"4 – Hudson veio. A mesma plataforma de sempre.
7 – Caroços para McCauley em Paramore e para Swain de St. Augustine.
9 – McCauley despachado.
10 – Swain despachado.
12 – Visita a Paramore. Tudo em ordem."

– Obrigado – Holmes disse, dobrando o papel e devolvendo-o ao visitante. – Agora o senhor não pode se dar o luxo de perder nem mais um instante. Não temos tempo nem sequer para conversar sobre a história que acabo de ouvir. O senhor deve voltar para casa imediatamente e agir.

– Agir como?

– Só há uma coisa a fazer. E deve ser feita o mais rápido possível. Coloque esse papel azul na caixa de bronze que o senhor mencionou junto com um bilhete explicando que é o único que sobrou, porque os outros papéis foram queimados pelo seu tio. Use palavras convincentes. Feito isso, coloque a caixa no relógio de sol, como solicitado. Alguma dúvida?

– Nenhuma.

– Não pense em vingança nem em nada do tipo agora. Creio que poderemos nos vingar pela lei, mas primeiro precisamos tecer nossa teia com cuidado; por outro lado, a teia deles já está pronta. A primeira medida é anular o perigo imediato. A segunda é esclarecer o mistério e punir os culpados.

– Obrigado – o jovem disse, levantando-se. – Recuperei a esperança. Vou agir exatamente como o senhor pediu.

– Não perca nem um segundo. E, acima de tudo, tome cuidado nesse ínterim, pois não há dúvida nenhuma de que o senhor corre um risco bastante real e iminente. Como pretende voltar para casa?

– Vou pegar o trem de Waterloo.

– Agora não são nem nove horas. As ruas estão cheias, acho que o senhor vai estar seguro. Mas todo cuidado é pouco.

– Estou armado.

— Melhor assim. Amanhã vou trabalhar no seu caso.

— Então vamos nos encontrar em Horsham?

— Não. O segredo está em Londres. E é aqui que vou descobri-lo.

— Então, estarei de volta dentro de um ou dois dias com notícias sobre os papéis. Vou seguir o conselho à risca.

Ele se despediu de nós dois e saiu. Lá fora o vento ainda uivava e a chuva castigava as janelas. Aquela história bizarra parecia ter sido atirada contra nós pela fúria da natureza – como algas marinhas no meio de uma tempestade – e ter sido recolhida por ela mais uma vez.

Sherlock Holmes permaneceu em silêncio por algum tempo, sentado de cabeça baixa, com os olhos fixos no brilho avermelhado do fogo. Em seguida, encheu o cachimbo, reclinou-se na poltrona e observou os anéis de fumaça seguirem em fila rumo ao teto.

— Watson — ele disse por fim –, acho que não vimos nada tão fora do comum em nenhum dos nossos casos.

— Talvez no caso do Signo dos Quatro.

— Bem, é verdade. Talvez o Signo dos Quatro seja uma exceção. No entanto, parece que John Openshaw corre um perigo ainda maior do que os Sholtos.

— Mas – perguntei – você tem uma ideia concreta do que seja esse perigo?

— Não há dúvida nenhuma a respeito da sua natureza — ele respondeu.

— Então o que está acontecendo? Quem é K. K. K. e por que ele está perseguindo aquela família?

Sherlock Holmes fechou os olhos e apoiou os cotovelos nos braços da poltrona, unindo as pontas dos dedos.

— O pensador ideal — ele disse –, após ver um único fato de todos os ângulos, é capaz de deduzir não só toda a corrente de eventos que culminaram naquele ponto, mas também tudo o que pode acontecer a partir do mesmo ponto. Assim como Cuvier podia descrever um animal inteiro ao ver apenas um osso, o observador que desvendou um elo de uma série de incidentes é capaz de afirmar com exatidão quais são todos os outros elos, passados e futuros. Ainda não podemos dizer a que ponto a razão poderia chegar por si só. Os problemas podem ser resolvidos de uma forma que assombra todos os que buscam a ajuda dos sentidos. Contudo, para dominar a arte à perfeição, é preciso que o pensador possa utilizar todos os fatos dos quais tomou nota, o que por si só, como você está prestes a comprovar, implica saber tudo, feito um tanto quanto raro, mesmo nos nossos tempos de enciclopédias e de fácil acesso à informação. Por outro lado, não é de todo impossível que alguém saiba tudo o que possa ser útil para o trabalho que desempenha; é o que eu mesmo tenho me esforçado para fazer. Se não me falha a memória, no começo da nossa amizade você mesmo definiu meus limites de forma bastante precisa.

– Sim – respondi rindo. – Uma lista e tanto. Lembro que seus conhecimentos sobre política, astronomia e filosofia estavam marcados com zero. Botânica, desnivelado; geologia, grande entendedor de manchas de lama produzidas em certas regiões da cidade; excêntrico em química; pouco sistemático em anatomia; uma enciclopédia dos anais do crime e de literatura sensacionalista; violinista, boxeador, esgrimista, conhecedor de leis e consumidor suicida de tabaco e cocaína. Acho que esses eram os pontos principais da minha análise.

Holmes deu um sorriso amarelo à menção do último item.

– Bem – ele disse –, digo agora, como disse daquela vez, que devemos manter o pequeno sótão que temos dentro da cabeça mobiliado com o que precisamos usar; o resto pode ir para o quarto de despejo chamado biblioteca, onde pode ser encontrado quando for necessário. Para o caso que nos acaba de ser confiado, vamos precisar de todas as nossas forças. Faça a gentileza de me passar a letra *K* da *Enciclopédia Americana* que está na estante ao seu lado. Obrigado. Agora vamos analisar a situação e ver o que podemos deduzir. Em primeiro lugar, podemos começar pela forte suspeita de que o coronel Openshaw tinha algum motivo muito bom para ir embora dos Estados Unidos. Na idade dele, é difícil que alguém resolva mudar toda a rotina e ainda por cima trocar o clima da Flórida pela vida solitária de uma cidadezinha inglesa. Seu gosto por solidão total na Inglaterra indica que ele estava com medo de alguma coisa ou de alguém, então podemos tomar como hipótese de trabalho que foi exatamente o medo de algo ou de alguém que o fez sair dos Estados Unidos. Quanto ao que ele temia, só é possível deduzir através das cartas exóticas que ele e os sucessores receberam. Você prestou atenção no carimbo postal dessas cartas?

– O primeiro era de Pondicherry, o segundo de Dundee, e o terceiro de Londres.

– Do leste de Londres. O que você deduz a partir disso?

66 *Grandes Aventuras de Sherlock Holmes*

– São regiões portuárias. Quem escreveu estava a bordo de um navio.

– Excelente. Já temos uma pista. Há uma probabilidade, uma probabilidade grande, de que quem as escreveu estava a bordo de um navio. Agora vamos a outro ponto. No caso de Pondicherry, a ameaça levou sete semanas para se cumprir; no caso de Dundee, uns três ou quatro dias. Isso sugere alguma coisa?

– A distância da viagem.

– Mas a carta também precisou percorrer uma distância maior.

– Então não vejo aonde você quer chegar.

– Há uma hipótese plausível de que esse sujeito ou esses sujeitos esteja ou estejam em um navio. Parece que eles mandam o símbolo de aviso antes de partir em missão. O ato seguiu a ameaça bastante rápido quando ela veio de Dundee. Se eles tivessem saído de Pondicherry num barco a vapor, teriam chegado quase ao mesmo tempo que a carta. Mas o fato é que sete semanas se passaram. Acho que essas sete semanas mostram a diferença entre o navio que trouxe quem escreveu e o barco do correio.

– É possível.

– Mais do que isso. É provável. Agora você pode entender a urgência do caso e por que eu pedi que o jovem Openshaw tomasse todo o cuidado. O golpe chega após o tempo que leva para que o remetente percorra o caminho. Mas a última carta veio de Londres, portanto não devemos contar com um atraso.

– Meu Deus! – exclamei. – O que toda essa perseguição significa?

– Os papéis que estavam com Openshaw são evidentemente de importância vital para a pessoa ou para as pessoas que estão a bordo do navio. Acho que está bem claro que há mais de uma. Sem ajuda, ninguém teria conseguido levar a cabo dois assassinatos de modo tão perfeito a ponto de enganar um médico-legista. Várias pessoas devem ter se envolvido, e deve ser gente hábil e determinada. Eles querem os papéis, não importa com quem eles estejam. Dessa forma, K. K. K. deixa de ser as iniciais de um indivíduo e se revela como a insígnia de uma associação.

– Mas de qual associação?

– Você nunca ouviu falar – Sherlock Holmes disse, inclinando-se para a frente e baixando o tom de voz – na Ku Klux Klan?

– Nunca.

Holmes virou as páginas do livro apoiado nos joelhos.

– Aqui está – ele disse:

"Ku Klux Klan. Nome derivado de uma suposta semelhança com o som produzido quando se engatilha um rifle. Sociedade secreta formada por ex-soldados confederados dos estados do Sul após a Guerra Civil. Rapidamente se espalhou por todo o país, ganhando mais força no Tennessee, na Louisiana, nas duas Carolinas, na Geórgia e na Flórida. Sua força foi empenhada em causas políticas como a repressão a eleitores negros e ao assassinato ou exílio daqueles que se opõem aos seus métodos. Os atos de violência costumavam ser precedidos por um sinal pouco comum, mas facilmente reconhecível – um ramo de folhas de carvalho em algumas regiões, sementes de melão ou caroços de laranja em outras. Ao receber o sinal, a vítima devia concordar abertamente com o que fosse pedido ou deixar o país. Caso contrário, a morte era inevitável. A sociedade era tão bem organizada e seus métodos tão sistemáticos que praticamente não há registro de casos em que alguém tenha descumprido suas regras impunemente ou em que os responsáveis pelos atos de violência tenham sido identificados. A sociedade prosperou por anos, apesar dos esforços do governo dos Estados Unidos e das altas classes das comunidades do Sul. Por fim, no ano de 1869, o movimento ruiu sem maiores explicações, embora eventos esporádicos e isolados tenham ocorrido desde então."

Holmes soltou o livro.

– Observe – ele disse – que a ruína repentina da sociedade secreta coincide com a fuga de Openshaw com os papéis. Pode se tratar de causa e efeito. Não é de admirar que a perseguição à família dele seja implacável. Entenda que o diário e os registros podem envolver alguns dos homens mais poderosos do Sul, muitos dos quais não vão conseguir dormir em paz até terem certeza de estar em segurança.

– Então a página que nós vimos…

– É exatamente como era de se esperar. Dizia, se não estou enganado, "mandei os caroços para A, B e C", ou seja, ele mandou a ameaça da sociedade secreta. Em seguida, entradas sucessivas informam que A e B foram despachados, ou deixaram o país, e, por fim, que C recebeu uma visita que, imagino, deve ter sido sinistra. Bom, doutor, acho que nós podemos jogar um pouco de luz nessa escuridão toda. Acredito que, enquanto isso, a única chance do jovem Openshaw é fazer o que eu disse. Não há mais o que fazer ou comentar hoje, então passe-me o violino e vamos tentar tirar da cabeça por meia hora essa tempestade horrível e a miséria da raça humana.

O tempo havia clareado pela manhã, e o sol raiava suavemente através do véu que paira sobre a metrópole. Sherlock Holmes já estava tomando o café da manhã quando eu desci.

— Desculpe por não esperar — ele disse. — Prevejo um dia longo investigando o caso do jovem Openshaw.

— Que providências você vai tomar? — perguntei.

— Depende muito dos resultados das minhas primeiras investigações. Talvez eu precise mesmo ir para Horsham, no fim das contas.

— Não é melhor ir para lá primeiro?

— Não. Vou começar pelo centro da cidade. Toque o sino para que a empregada traga seu café.

Enquanto esperava, peguei o jornal aberto que estava em cima da mesa e passei os olhos por ele. Uma manchete me esfriou o coração.

— Holmes — eu gritei —, você está atrasado demais!

— Ah — ele disse, abaixando a xícara —, era o que eu temia. Como aconteceu isso?

Ele falava com calma, mas pude perceber que ele estava bastante perturbado.

— Meus olhos bateram no nome Openshaw e na manchete "Tragédia perto da Ponte de Waterloo". A notícia diz:

> *"Entre as nove e as dez horas da noite de ontem o policial Cook, da divisão H, de serviço nos arredores da Ponte Waterloo, ouviu um grito de ajuda e um barulho na água. Por causa da tempestade e da escuridão, foi impossível realizar um resgate, mesmo com a ajuda dos transeuntes. No entanto, deu-se o alarme e, com auxílio da polícia marítima, o corpo foi recuperado. Foi confirmado que se tratava de um jovem cavalheiro cujo nome era John Openshaw e que morava perto de Horsham, como dizia um envelope encontrado no bolso do falecido. A explicação mais provável é que ele estava correndo para pegar o último trem e, desorientado pela escuridão,*

cruzou uma das plataformas de desembarque para barcos a vapor.
O corpo não apresenta traços de violência, portanto não há dúvi-
da de que se trata de um infeliz acidente, que deveria chamar a
atenção das autoridades para a falta de segurança das plataformas
de desembarque."

Ficamos em silêncio por alguns minutos; eu nunca havia visto Holmes tão triste e agitado.

— Isso feriu meu orgulho, Watson — ele disse por fim. — Um sentimento mesquinho, claro, mas feriu meu orgulho. Agora é pessoal, e, se Deus me der saúde, vou pôr as mãos nesse bando. Ele veio me pedir ajuda, e eu o mandei para a morte...!

Ele se levantou de um salto e se pôs a andar pela sala em agitação incontrolável, entrelaçando as mãos finas sem parar.

— Esses sem-vergonha devem ter muita manha — ele exclamou. — Como eles podem tê-lo atraído para uma armadilha dessas? A área de embarque e desembarque de barcos a vapor não fica no caminho da estação. Estou certo de que a ponte tinha gente demais para o que eles planejavam, mesmo com aquela tempestade. Bem, Watson, vamos ver quem ri por último. Agora, vou sair.

— Você vai chamar a polícia?

— Não; eu sou a minha própria polícia. Quando eu acabar de tecer minha teia, os oficiais podem pegar as moscas. Antes, nunca.

Passei o dia imerso nas minhas atividades profissionais, e já era noite avançada quando voltei para a Baker Street. Sherlock Holmes ainda não havia chegado. Eram quase dez horas quando ele entrou, pálido e exausto. Ele andou até o aparador, pegou uma fatia de pão e engoliu-a com voracidade antes de tomar um longo gole de água.

— Você estava com fome — observei.

— Eu estava morrendo de fome. Não tinha percebido que não comi nada desde o café da manhã.

— Nada?

— Nem uma migalha. Não tive tempo para pensar em comida.

— E como você se saiu?

70 *Grandes Aventuras de Sherlock Holmes*

— Bem.

— Alguma pista?

— Eles estão na palma da minha mão. O jovem Openshaw vai ser vingado em breve. Ora, Watson, vamos virar o feitiço contra o feiticeiro. Não é uma boa ideia?

— Como assim?

Ele pegou uma laranja do armário e a espremeu até que os caroços caíssem na mesa. Em seguida pegou cinco e os meteu dentro de um envelope. Do lado de dentro da aba, escreveu "de S. H. para J. C.", selou o envelope e endereçou-a para o "Capitão James Calhoun, veleiro *Lone Star*, Savannah, Georgia".

— Esta carta vai estar à sua espera quando ele chegar ao porto — ele disse, rindo silenciosamente. — Deve servir para tirar o sono. Assim como Openshaw, ele tem um perseguidor incansável.

— E quem é esse capitão Calhoun?

— O chefe do bando. Vou pegar os outros, mas ele é o primeiro da lista.

— Como você chegou até ele?

Ele tirou uma folha grande de papel do bolso, toda coberta com datas e nomes.

— Gastei o dia inteiro — ele disse — nos registros do *Lloyd's* e lendo jornais velhos em arquivos para entender o trajeto completo de cada navio que chegou a Pondicherry em janeiro e fevereiro de 1883. Havia registro de trinta e seis. Dentre eles, o *Lone Star** atraiu minha atenção instantaneamente, já que, embora tivesse partido de Londres, trazia o apelido de um dos estados da União.

— O Texas é a *lone star*, certo?

— Não tenho certeza qual dos estados é a *lone star*, mas entendi que aquela embarcação tinha origem americana.

— E depois?

— Procurei nos arquivos de Dundee e descobri que o veleiro *Lone Star* esteve lá em janeiro de 1885; isso transformou minha suspeita em certeza.

---

* "Estrela solitária." Referência às estrelas da bandeira americana, cada uma das quais simboliza um estado. (N. do T.)

Em seguida averiguei quais as embarcações que estão ancoradas no porto de Londres.

— E?

— O *Lone Star* chegou na semana passada. Fui até as docas e descobri que ele partiu hoje cedo de volta para os Estados Unidos, para Savannah. Telegrafei para Gravesend e fiquei sabendo que ele passou por lá há algum tempo, e, como o vento está a favor, não duvido que já tenha passado de Goodwins e não esteja muito longe da ilha de Wight.

— E o que você vai fazer?

— Ah, ele está nas minhas mãos. Ele e os dois cúmplices são, pelo que pude averiguar, os únicos americanos a bordo. O resto da tripulação é formada por alemães e finlandeses. Também sei que nenhum dos três estava no barco ontem à noite. Quem me disse isso foi o estivador que cuidou do carregamento deles. Quando eles chegarem a Savannah, o barco dos correios já vai ter entregado essa carta, e o telégrafo já vai ter informado a polícia local de que os três cavalheiros são procurados aqui em Londres sob a acusação de assassinato.

No entanto, até mesmo os mais bem urdidos planos humanos são sujeitos a falhas, e os assassinos de John Openshaw nunca receberam os caroços de laranja que revelariam que eles estavam sendo perseguidos por outra inteligência tão aguda e determinada quanto a deles. As ventanias equinociais daquele ano foram longas e pesadas. Esperamos em vão por notícias de Savannah a respeito do *Lone Star*. Soubemos apenas que em algum ponto do oceano Atlântico um mastro quebrado foi visto entre as ondas exibindo as iniciais L. S. É tudo o que podemos saber sobre o destino final do *Lone Star*.

Isa Whitney, irmão do falecido Elias Whitney, diretor da Faculdade de Teologia de Saint George, usava ópio. Pelo que entendi, ele adquiriu o vício por causa de um desatino bobo nos tempos de faculdade, pois, influenciado pela leitura da descrição dos sonhos e sensações de De Quincey, havia juntado láudano ao tabaco na tentativa de atingir os mesmos efeitos. Ele descobriu, como tantos outros, que começar é muito mais fácil que parar, e durante vários anos continuou a ser escravo da droga e a inspirar uma mescla de horror e pena nos amigos e nos parentes. Posso vê-lo como se estivesse diante dos meus olhos, o rosto amarelado, as pálpebras caídas sobre as pupilas diminutas, a ruína e os escombros de um aristocrata.

Uma noite – em junho de 1889 – a campainha da minha casa tocou por volta da hora em que se dá o primeiro bocejo olhando para o relógio. Endireitei o corpo na cadeira e minha mulher soltou o bordado no colo, com a decepção estampada no rosto.

– Um paciente! – ela disse. – Você vai ter que sair.

Fiquei aborrecido, pois o dia havia sido longo e eu o considerava acabado.

Ouvimos o barulho da porta, algumas palavras atropeladas e, em seguida, passos rápidos no linóleo. Nossa porta se abriu para a entrada de uma mulher toda vestida de preto, usando um véu.

– Peço desculpas por vir tão tarde – ela começou, mas logo em seguida perdeu o controle, avançou na nossa direção, passou os braços em volta do pescoço da minha mulher e chorou no ombro dela. – Estou tão mal – gritou –, preciso de ajuda!

– Ora – minha mulher disse depois de levantar o véu –, é Kate Whitney. Que susto, Kate! Eu não fazia ideia de que fosse você.

– Não sei o que fazer, então vim direto para cá.

Era sempre assim. As pessoas com problemas eram atraídas pela minha mulher como formigas pelo doce.

74 *Grandes Aventuras de Sherlock Holmes*

– Que bom que você veio. Agora tome um pouco de vinho e de água e sente-se com calma para nos contar tudo. Ou é melhor que eu mande James para a cama?

– Ah, não, não. Também quero os conselhos e a ajuda do doutor. O assunto é Isa. Faz dois dias que ele não volta para casa. Estou com tanto medo!

Não era a primeira vez que ela nos contava sobre o problema do marido, para mim como médico, para minha mulher como uma velha amiga e companheira dos tempos de escola. Tentamos acalmá-la e confortá-la o máximo que pudemos. Ela sabia onde o marido estava? Havia alguma coisa que nós pudéssemos fazer para trazê-lo de volta?

Havia. Informações confiáveis diziam que, quando tomado pela necessidade da droga, ele frequentava um antro no extremo leste de Londres. Até então, suas orgias haviam se limitado a um único dia, ao fim do qual ele voltava para casa, cheio de espasmos. Mas ele havia perdido todo o controle sobre o vício, e sem dúvida estava no meio da escória do cais, inalando o veneno ou dormindo por efeito dele. A mulher tinha certeza de que ele estava no Bar de Ouro, na Upper Swandam Lane. Mas o que ela poderia fazer? Como ela, uma moça tímida, poderia entrar ali e puxar o marido do bando de canalhas que pairava em volta dele?

Tal era o problema, e obviamente uma única solução era possível. Eu não poderia ir com ela até lá? E, pensando bem, por que ela deveria ir? Eu era o médico de Isa Whitney e exercia influência sobre ele. Seria mais fácil se eu fosse sozinho. Dei minha palavra de que o mandaria para casa dentro de duas horas caso ele realmente estivesse no endereço que ela havia me dado. Dez minutos depois, abandonei minha poltrona e o conforto da sala de estar e parti de fiacre a toda a velocidade rumo a uma missão estranha, como me parecia naquele momento, embora coubesse apenas ao futuro mostrar que seria muito mais estranha do que eu poderia supor.

Nenhuma grande dificuldade se apresentou na etapa inicial da aventura. A Upper Swandam Lane é um beco asqueroso que se esconde por trás das nogueiras altas que margeiam a porção norte do rio a leste da Ponte de Londres. Entre uma loja de bebida e outra de roupa barata, acessível apenas por uma escada que mais parecia um penhasco e levava até uma fenda escura como a abertura de uma caverna, encontrei o antro que estava procurando. Pedi ao cocheiro que esperasse, desci a escada, que tinha marcas no centro provocadas pelas incessantes idas e vindas de pés bêbados, e, com a ajuda de uma lâmpada a óleo posicionada sobre a porta, encontrei a maçaneta e entrei em uma sala grande e baixa, onde o ar era espesso e pesado por causa da fumaça marrom do ópio, decorada por beliches de madeira dispostos como em um navio de imigrantes.

Através da escuridão era possível enxergar o contorno de corpos deitados em posições estranhas e grotescas, ombros curvados, joelhos dobrados, cabeças inclinadas para trás e queixos apontando para o teto, com um ou outro par de olhos opacos que se voltavam para o recém-chegado. As sombras emitiam pequenos círculos vermelhos de luz de brilho intermitente, conforme o fogo que queimava o veneno nos cachimbos de metal aumentava ou diminuía. A maioria estava em silêncio, mas alguns deles murmuravam de si para si, enquanto outros falavam em um tom de voz monocórdio e baixo, uma conversa que saía em jatos e de repente se dispersava até o silêncio, em que cada um balbuciava os próprios pensamentos sem dar muita atenção às palavras do vizinho. No canto mais afastado da sala havia um aquecedor pequeno queimando carvão, ao lado do qual estava um velho alto e magro sentado em um banco de madeira, com o queixo apoiado em ambos os punhos e com os cotovelos sobre os joelhos, encarando o fogo.

Assim que entrei, um criado malaio me estendeu um cachimbo, um pouco da droga e acenou para um beliche vazio.

– Obrigado, não vim para ficar – eu disse. – Acho que um amigo meu está aqui, o sr. Isa Whitney, e eu gostaria de falar com ele.

Houve um movimento e uma interjeição à minha direita. Forcei a vista na escuridão e vi Whitney me encarando, pálido, magro e descabelado.

– Meu Deus! É Watson – ele disse.

O estado dele era lamentável; o efeito colateral o deixara com os nervos em frangalhos.

– Diga, Watson, que horas são?

– Quase onze.

– De que dia?

– Sexta-feira, 19 de junho.

– Minha nossa! Eu achei que fosse quarta. É quarta. Por que você quer me assustar desse jeito? O que você ganha com isso?

Ele mergulhou o rosto nos braços e começou a soluçar em tom de soprano.

— Tenho certeza de que é sexta. Faz dois dias que a sua mulher está esperando por você. Devia ter vergonha de si mesmo.

— E tenho. Mas você está enganado, Watson, porque faz apenas algumas horas que eu estou aqui, três cachimbos, quatro cachimbos... perdi a conta. Mas vou voltar para casa com você. Não quero assustar a Kate... pobrezinha da Kate. Você pode me dar a mão? Veio de fiacre?

— Sim, o cocheiro está esperando.

— Então vamos embora. Mas eu devo estar devendo dinheiro. Descubra quanto, Watson. Não estou me sentindo nada bem. Não posso fazer nada sem ajuda.

Andei pelo corredor estreito formado pelas duas filas de camas, segurando a respiração para evitar o vapor entorpecente e fétido da droga, à procura do encarregado pelo estabelecimento. Quando passei ao lado do sujeito alto que estava sentado ao lado do aquecedor, senti um puxão brusco na manga e ouvi um sussurro: "Ande um pouco para a frente, depois olhe para mim." Ouvi essas palavras com muita clareza. Baixei os olhos. Ninguém podia ter dito aquilo a não ser o homem que estava ao meu lado, no entanto ele continuava tão absorto quanto antes, muito alto, muito magro, curvado pela idade, com um cachimbo de ópio equilibrado entre os joelhos. Dei dois passos para a frente e olhei para trás. Precisei me segurar para não gritar de susto. Ele havia se virado de forma que ninguém além de mim pudesse vê-lo. Ele ganhou corpo, perdeu as rugas, recuperou o brilho dos olhos, e lá estava, sentado diante do fogo e sorrindo do meu espanto, ninguém menos que Sherlock Holmes. Ele fez um gesto discreto para que eu me aproximasse e, no mesmo instante, conforme virava o rosto para o outro lado, afundou-se na senilidade.

— Holmes — sussurrei —, que diabo você está fazendo neste antro?

— Fale o mais baixo que puder — respondeu —, minha audição é excelente. Se você fizer a enorme bondade de se livrar daquele seu amigo bebum, seria uma enorme alegria conversar com você.

— Um fiacre está esperando lá fora.

— Então, por favor, mande-o para casa. Pode confiar nele sem medo, ele está cambaleante demais para se meter em confusão. Também devo recomendar que você mande pelo cocheiro um bilhete para sua mulher, avisando-a de que vai compartilhar do meu fado. Se tiver a bondade de me esperar lá fora, estarei com você dentro de cinco minutos.

Eu não poderia querer nada melhor do que me juntar ao meu amigo em uma das aventuras extraordinárias que para ele eram a condição normal da existência. Nos minutos seguintes, escrevi o bilhete, paguei a conta de Whitney, acompanhei-o até o fiacre e vi o veículo desaparecer na escuridão. Pouco tempo depois uma figura decrépita saiu do antro; eu estava mais uma vez na companhia de Sherlock Holmes. Por duas ruas ele cambaleou com as costas curvadas e com passo incerto. Em seguida, após olhar rapidamente à nossa volta, endireitou a postura e irrompeu em um ataque de riso.

– Imagino, Watson – ele disse –, que agora você ache que acrescentei ópio às injeções de cocaína e às outras pequenas fraquezas sobre as quais você me fez o favor de dar sua opinião profissional.

– Fiquei chocado por encontrar você naquele lugar.

– Não mais do que eu fiquei por encontrar você.

– Vim procurar um amigo.

– E eu vim procurar um inimigo!

– Um inimigo?

– Sim, um dos meus inimigos por natureza, ou melhor, minha presa por natureza. Em resumo, Watson, estou no meio de uma investigação muito interessante e esperava encontrar pistas nas divagações incoerentes dos viciados, como já me aconteceu antes. Se alguém me reconhecesse naquele antro, não restaria nada de mim para contar a história, pois já me vali dele no passado, e o proprietário, um marinheiro indiano, jurou se vingar de mim. No fundo daquele prédio há um alçapão, perto do ancoradouro, que poderia contar histórias bem estranhas sobre o que se passa por aqui em noites sem luar.

– O quê?! Você não pode estar falando de assassinato!

– Ora, Watson, assassinato! Nós ficaríamos ricos se ganhássemos mil libras para cada pobre-diabo morto naquele antro. É o pior matadouro às margens do rio, e temo que Neville Saint Clair tenha entrado lá para nunca mais sair. Mas, ora, nosso transporte devia estar aqui!

Ele pôs os dois indicadores entre os dentes e soltou um assovio agudo, respondido ao longe por um som semelhante, seguido de perto pelo barulho de rodas e pelo tilintar de cascos de cavalo.

— Agora, Watson — Holmes disse enquanto uma carruagem pequena deslizava pelas sombras, projetando dois túneis dourados de luz pelos faróis laterais —, você vai me acompanhar, certo?

— Se eu puder ajudar.

— Ora, um companheiro de confiança sempre pode ajudar. E um cronista, mais ainda. Meu quarto em Cedars tem duas camas.

— Cedars?

— É o nome da propriedade do sr. Saint Clair. Estou hospedado lá para conduzir a investigação.

— Onde fica?

— Perto de Lee, em Kent. Temos uma estrada de mais de dez quilômetros pela frente.

— Não estou entendendo nada.

— Claro que não está. Você ficará sabendo de tudo daqui a pouco. Suba! Certo, John, não vamos precisar de você. Tome meia-coroa. Venha me procurar amanhã, por volta das onze horas. Solte o cabresto. Até mais!

Ele chicoteou o cavalo de leve, e nós partimos por uma sucessão interminável de ruas desertas e lúgubres que se abriam aos poucos, até passarmos voando por uma ponte larga e balaustrada sobre o rio lodoso que fluía calmamente. Do outro lado da ponte se estendia um vasto caminho de tijolos e argamassa; o silêncio era rompido apenas pelos passos cadenciados de um policial ou pelas cantigas e pelos gritos de um grupo de boêmios. Nuvens esparsas passavam devagar pelo céu; entre elas, uma ou outra estrela emitia um brilho fraco. Holmes dirigia em silêncio, com ar de quem está perdido em pensamentos e a cabeça enfiada no peito; enquanto isso, eu estava curioso para entender o que havia por trás daquela nova investigação, que parecia exigir tanto esforço, mas tive medo de quebrar a linha de pensamentos que ele desenvolvia. Rodamos alguns quilômetros e estávamos quase saindo do perímetro, quando ele se sacudiu, encolheu os ombros e acendeu o cachimbo como quem se convence de que está fazendo o melhor que pode.

— Você tem o dom do silêncio, Watson — ele disse. — Isso faz de você uma companhia inestimável. Para mim faz uma enorme diferença, pode ter certeza disso, ter alguém com quem falar, já que meus pensamentos não são

O Homem da Boca Torta 79

dos melhores. Eu estava imaginando o que posso dizer para aquela mulher tão doce quando ela for me encontrar na porta.

– Você esqueceu que eu não faço ideia do que você está falando.

– O tempo que levaremos para chegar a Lee é suficiente para eu lhe contar tudo. Parece inacreditavelmente simples; mesmo assim, não sei por quê, não consigo ligar os pontos. O fio da meada é longo, é verdade, mas não consigo pegá-lo pela ponta. Vou explicar o caso de forma clara e concisa, Watson, e talvez você enxergue uma fagulha onde só existe escuridão para mim.

– Por favor.

– Alguns anos atrás, em maio de 1884, para ser mais preciso, um cavalheiro de nome Neville Saint Clair chegou a Lee aparentando ter muito dinheiro. Ele adquiriu uma grande propriedade onde se acomodou e passou a levar uma boa vida. Após se familiarizar aos poucos com os vizinhos, ele se casou, em 1887, com a filha de um cervejeiro local, com quem teve dois filhos. Ele não tinha emprego, mas mantinha interesses que o ligavam a várias empresas, o que fez com que criasse a rotina de ir para a cidade pela manhã e voltar de Cannon Street às cinco e catorze todo dia. O sr. Saint Clair tem trinta e sete anos de idade, é moderado, bom marido, pai carinhoso, e despertou a simpatia de todos os que o conhecem. Devo dizer que as dívidas com as quais ele está comprometido no momento, até onde foi possível apurar, somam oitenta e oito libras e dez xelins, enquanto seu crédito no banco é de duzentas e vinte libras. Não há motivo, portanto, para pensarmos que dinheiro seja uma preocupação para ele.

"Segunda passada, o sr. Neville Saint Clair foi para a cidade mais cedo do que de costume. Antes de sair, disse que precisava resolver duas tarefas profissionais importantes e que traria, na volta, uma caixa de blocos para o filho. Por puro acaso, a mulher dele recebeu um telegrama na mesma segunda, pouco depois que o marido saiu, comunicando que uma soma considerável, com a qual ela contava, estava à sua espera no prédio da Aberdeen Shipping Company. Ora, quem está familiarizado com Londres sabe que o prédio em questão fica na Fresno Street, que cruza com a Upper Swandam Lane, onde você me encontrou mais cedo. A sra. Saint Clair almoçou, saiu para ir até o centro da cidade, fez compras, foi até onde precisava ir, pegou o dinheiro, e, exatamente às quatro e trinta e cinco, viu-se caminhando pela Swandam Lane, no caminho de volta até a estação. Você entendeu tudo até agora?"

Grandes Aventuras de Sherlock Holmes

— Com muita clareza.

— Não sei se você se lembra, mas segunda foi um dia de temperatura extremamente alta; a sra. Saint Clair estava andando devagar, olhando em volta à procura de um fiacre, pois não se sentia segura naquela região. De repente, enquanto andava pela Swandam Lane, ela ouviu um grito e quase morreu de susto ao ver o marido olhando para ela do alto de uma janela de segundo andar, acenando. A janela estava aberta, ela viu nitidamente o rosto dele e notou que estava muito perturbado. Ele balançou as mãos de forma desvairada e, em seguida, desapareceu de vista de um jeito tão brusco que a fez acreditar que ele houvesse sido puxado por trás por uma força irresistível. Um pequeno detalhe não passou despercebido pelos atentos olhos femininos; embora ele vestisse o mesmo casaco preto com o qual havia saído de casa, estava com o colarinho desfeito e sem gravata.

"Convencida de que havia alguma coisa errada, ela correu escada abaixo, pois o marido não estava em outro lugar senão no antro onde nós dois nos encontramos hoje, e, após passar pela entrada, tentou subir as escadas que levam ao primeiro andar. Ao pé da escada, contudo, ela encontrou o canalha do marinheiro sobre quem eu lhe falei. Ele se colocou no caminho e, com a ajuda de um dinamarquês que trabalha como seu assistente, colocou a mulher na rua. Tomada por medos e dúvidas enlouquecedores, ela saiu correndo e, com uma sorte rara, encontrou alguns policiais e um inspetor na Fresno Street, todos a caminho da ronda. O inspetor e dois homens voltaram com ela e, apesar da resistência e da teimosia do proprietário, conseguiram entrar no cômodo onde o sr. Saint Clair supostamente estava. Não havia sinal dele. Na verdade, não havia ninguém em todo aquele andar do prédio, a não ser um aleijado de aparência repugnante, que, ao que tudo indica, morava lá. Tanto ele quanto o marinheiro juraram de pés juntos que mais ninguém havia estado ali durante a tarde toda. Foram tão firmes que desconcertaram o inspetor, e ele ficou quase convencido de que a sra. Saint Clair tinha visto uma miragem, até que ela deu um grito, avançou sobre uma caixinha de madeira sobre a mesa e removeu a tampa. Uma cascata de blocos caiu no chão. Era o brinquedo que o marido havia prometido levar para casa.

"Tal descoberta, somada à perplexidade visível do aleijado, fez com que o inspetor percebesse que o problema era sério. O lugar foi revistado de cima a baixo, e os resultados indicavam um crime medonho. A sala da frente estava mobiliada para servir de sala de estar e dava para um quarto com janela para o cais. Entre o cais e o quarto há um corredor estreito, que fica seco quando a maré está baixa, mas se enche com pelo menos um metro e meio de água quando a maré está alta. A janela é grande e se abre de baixo para cima. Durante a revista, marcas de sangue foram encontradas no peitoril da janela, e algumas gotas dispersas estavam visíveis no chão de madeira. Todas as roupas do sr. Neville Saint Clair, com exceção do paletó, estavam na sala, amontoadas atrás de uma cortina. Botas, meias, chapéu e relógio – encontraram tudo. Nenhuma dessas peças mostrava marcas de violência. Não havia nenhum outro sinal do sr. Neville Saint Clair. Ele deve ter saído pela janela, pois aparentemente não há outra saída possível, e as agourentas marcas de sangue no peitoril levam a crer que são muito pequenas as chances de que ele tenha se salvado a nado, pois a maré estava no ponto mais alto quando a tragédia aconteceu.

"Agora vamos aos bandidos que estão diretamente envolvidos na questão. O marinheiro é conhecido por ter péssimos antecedentes, mas a sra. Saint Clair disse que ele estava ao pé da escada segundos depois da aparição do marido dela na janela, portanto é difícil que ele tenha sido mais que um coadjuvante. Ele se defendeu com a alegação de total ignorância dos fatos, argumentando que não tinha qualquer relação com a conduta de Hugh Boone, seu inquilino, e que, portanto, não poderia prestar contas sobre as roupas do cavalheiro desaparecido.

"Fim de assunto para o marinheiro. Agora vamos à figura sinistra que vive no segundo andar daquele antro e que, sem dúvida, foi o último ser humano a pôr os olhos em Neville Saint Clair. Seu nome é Hugh Boone, e seu rosto medonho é bastante familiar para quem frequenta o centro da cidade. É um mendigo profissional, embora, para driblar a polícia, ele finja vender fósforos. Descendo a Threadneedle Street e virando à esquerda, há, como você deve ter percebido, uma pequena reentrância no muro. É ali que a criatura senta todo dia, de pernas cruzadas, com os fósforos no colo, proporcionando uma visão que inspira piedade suficiente para que uma pequena chuva de caridade caia sobre o chapéu de couro sujo que ele estende. Eu já havia notado o sujeito mais de uma vez, mesmo antes de usá-lo como contato profissional, e fiquei surpreso com a quantidade de dinheiro que ele recolhia em pouco tempo. Sua aparência é tão fora do comum que é impossível não prestar atenção nele. Cabelos emaranhados ruivos, rosto pálido desfigurado por uma cicatriz horrível, que, ao se contrair, entorta a ponta do lábio superior, queixo de buldogue, dois olhos escuros muito penetrantes, que contrastam singularmente com a cor do cabelo, tudo isso o destaca da multidão de pedintes, assim como a inteligência, pois ele tem

Grandes Aventuras de Sherlock Holmes

respostas na ponta da língua para qualquer gracinha dos transeuntes. Esse é o sujeito que descobrimos ser inquilino do antro e ter sido a última pessoa a ver o cavalheiro que estamos procurando."

— Mas um aleijado! — eu disse. — Como é possível que ele tenha encarado sozinho um homem na flor da idade?

— Se digo que ele é aleijado, é porque ele anda mancando; mas, de resto, parece ser forte e bem nutrido. Sem dúvida alguém com a sua experiência clínica sabe, Watson, que a fraqueza de um membro costuma ser compensada por uma força excepcional nos outros.

— Por favor, continue a contar a história.

— A sra. Saint Clair desmaiou ao ver o sangue na janela e foi levada para casa pelos policiais, já que sua presença não ajudaria em nada. O inspetor Barton, encarregado do caso, fez uma revista muito detalhada do local e não encontrou nada que pudesse ser útil. Não ter prendido Boone imediatamente foi um erro, pois isso lhe deu alguns minutos para que se comunicasse com seu amigo, o marinheiro. Mas tal erro logo foi corrigido, e ele foi detido e revistado, sem que nada que o incriminasse fosse encontrado. A manga direita da camisa estava, é verdade, manchada de sangue, mas ele mostrou o dedo anelar, que tinha um corte perto da unha, e disse ser aquela a origem do sangue, acrescentando que ele estava perto da janela pouco antes de cortar o dedo, de forma que as manchas observadas ali vinham sem dúvida da mesma fonte. Alegou enfaticamente nunca ter visto o sr. Neville Saint Clair, e jurou que a aparição das roupas daquela pessoa no seu quarto eram um mistério tão grande para ele quanto para a polícia. Quanto à declaração da sra. Saint Clair de que ela havia visto o marido na janela, ele afirmou tratar-se de sonho ou loucura. Protestando aos gritos, ele foi levado para a delegacia, enquanto o inspetor continuou revistando o local, na esperança de que a maré vazante pudesse fornecer novas pistas.

"E forneceu, mas o que eles encontraram na lama não foi o que temiam. Acharam não o próprio Neville Saint Clair, mas seu paletó, que se revelou com o recuo da maré. E o que você acha que havia nos bolsos?"

— Não faço ideia.

— É, acho que você não conseguiria adivinhar. Todos os bolsos estavam cheios de moedas; quatrocentos e vinte e um *pence* e duzentos e setenta *halfpence*. Não admira que a maré não o tenha levado. Mas um corpo humano é outra história. Há um torvelinho violento entre o cais e a casa. Não me espanta que o paletó cheio de peso tenha ficado ali enquanto o corpo sem roupas foi arrastado para o rio.

— Mas, se todas as outras roupas foram encontradas no quarto, o corpo estava vestido apenas com o casaco?

— Não, senhor. Mas era preciso que os fatos se apresentassem de forma enganadora. Suponha que o tal Boone tenha jogado Neville Saint Clair pela janela. Ninguém na face da terra poderia ter visto isso. O que ele faria depois? É óbvio que seu primeiro pensamento seria se livrar de todas as peças incriminadoras. É provável que ele tenha pegado o paletó e que estivesse prestes a se livrar dele quando se deu conta de que não afundaria. Ele sabia que não dispunha de muito tempo, pois havia escutado a confusão no andar de baixo quando a esposa tentou subir à força, e talvez o cúmplice já houvesse lhe contado que a polícia estava a caminho. Não havia um único segundo a perder. Ele correu até algum depósito secreto onde guardava os frutos da mendicância e enfiou todas as moedas nos bolsos do paletó para garantir que afundasse. O paletó foi arremessado na água, e o mesmo teria acontecido a todas as outras peças, mas ele escutou o barulho dos passos e não teve tempo para fazer mais nada além de fechar a janela antes que a polícia surgisse.

— É verossímil.

— Bom, na falta de coisa melhor, vamos usar isso como hipótese de trabalho. Boone, como eu já disse, foi preso e levado para a delegacia, mas não foi possível encontrar nenhuma acusação anterior contra ele. Há anos ele era conhecido como mendigo profissional, mas parecia levar uma vida tranquila e inocente. Eis a situação do caso no presente momento; as perguntas à espera de resposta, o que Neville Saint Clair estava fazendo naquele antro, o que aconteceu com ele, onde ele está e o que Hugh Boone tem a ver com o seu sumiço, estão todas mais distantes que nunca de uma solução. Confesso que não consigo me lembrar de nenhum dos meus casos que tivesse parecido tão simples à primeira vista e acabasse apresentando tanta dificuldade.

Enquanto Sherlock Holmes dava os detalhes daquela série de acontecimentos singulares, nós deixamos a metrópole para trás e seguimos entre cercas do campo. Assim que ele acabou de falar, no entanto, passamos por dois povoados afastados, onde ainda era possível ver algumas luzes nas janelas.

84 *Grandes Aventuras de Sherlock Holmes*

— Estamos nas imediações de Lee — meu companheiro disse. — Passamos por três dos condados da Inglaterra nesta viagem; começamos em Middlesex, tangenciamos Surrey e acabamos em Kent. Você está vendo aquela luz entre as árvores? É Cedars, e aquela luz está iluminando uma mulher cujo ouvido ansioso já captou, não duvido nada, o tilintar das patas do nosso cavalo.

— Mas por que você precisou sair da Baker Street? — perguntei.

— Porque várias investigações precisam ser feitas aqui. A sra. Saint Clair fez a grande gentileza de colocar dois quartos à minha disposição, e pode ter certeza de que meu amigo e colega vai ser muito bem recebido por ela. Detesto encontrá-la sem poder dar nenhuma informação sobre o seu marido, Watson. Chegamos. Uou, uou!

Paramos em frente a uma propriedade grande. Um cavalariço foi cuidar do cavalo. Eu saltei e segui Holmes pelo caminho pequeno e sinuoso que levava até a casa. Enquanto nos aproximávamos, a porta se abriu e uma mulher loira apareceu, coberta por uma espécie de *mousseline de soie* com um toque de um vaporoso *chiffon* rosa no pescoço e nos punhos. De pé na entrada, com o corpo delineado contra a luz, uma das mãos encostada na porta e a outra meio erguida em um gesto de impaciência, a cabeça e o rosto projetados para a frente, os olhos cheios de avidez e os lábios entreabertos, ela era uma pergunta em forma de gente.

— E então? — ela exclamou — E então?

Em seguida, ao perceber que duas pessoas se aproximavam, ela soltou um grito de esperança que se transformou em um suspiro quando meu companheiro balançou a cabeça e encolheu os ombros.

— Alguma notícia boa?

— Nenhuma.

— Alguma notícia ruim?

— Não.

— Graças a Deus. Mas entre. O senhor deve estar exausto, o dia deve ter sido longo.

— Este é meu amigo, o dr. Watson. Foi de importância crucial em vários dos meus casos, e um acaso fortuito fez com que eu pudesse contar com a ajuda dele nesta investigação.

– Que bom que o senhor veio! – ela disse, apertando minha mão com entusiasmo. – Espero que o senhor leve em consideração o golpe que se abateu sobre nós e perdoe qualquer negligência.

– Minha cara senhora – eu disse –, sou veterano de guerra, e mesmo se não fosse, a senhora não precisaria se desculpar. Tenho a única intenção de ser útil à senhora ou ao meu amigo.

– Agora, sr. Sherlock Holmes – ela disse enquanto entrávamos em uma sala de jantar bem iluminada, onde encontramos a mesa posta e uma ceia fria –, gostaria muito que o senhor desse respostas diretas para uma ou duas perguntas muito diretas que quero lhe fazer.

– Pois não, senhora.

– Não se preocupe em me poupar. Não sou histérica nem dada a desmaios. Só quero saber a sua opinião.

– A respeito de quê?

– Do fundo do coração, o senhor acha que Neville está vivo?

A pergunta pareceu constranger Sherlock Holmes.

– Pode ser franco! – ela repetiu, pondo-se de pé sobre o tapete e olhando para ele de cima para baixo.

– Francamente, acho que não.

– O senhor acha que ele está morto?

– Acho.

– Assassinado?

– Eu não diria isso. Talvez.

– E quando ele se foi?

– Segunda-feira.

– Sendo assim, sr. Holmes, talvez o senhor tenha a bondade de me explicar como recebi uma carta dele hoje.

Sherlock Holmes pulou da cadeira como se tivesse sido galvanizado.

– O quê?! – ele rugiu.

– Sim, hoje.

Ela não parava de sorrir, e segurava um pedacinho de papel.

– Posso ver?

– Claro.

Ele tomou o papel da mão dela, tamanha era sua ansiedade, estendeu o bilhete sobre a mesa, puxou a luz para perto e analisou-o minuciosamente. Eu me levantei e fui espiar por cima dos seus ombros. O envelope era grosso e tinha estampado o carimbo postal de Gravesend, com data daquele mesmo dia, ou melhor, do dia anterior, pois já havia passado da meia-noite fazia muito tempo.

– Essa caligrafia grosseira não pode ser do seu marido, de jeito nenhum.

– A caligrafia do envelope não é dele, mas a do bilhete é.

– Também é possível notar que quem quer que tenha sobrescritado o envelope precisou pesquisar o endereço.

– Como o senhor sabe disso?

– Veja, o nome foi escrito com tinta branca. O resto tem essa cor acinzentada que indica o uso de mata-borrão. Se tudo tivesse sido escrito de uma vez só e depois secado com mata-borrão, nada teria essa tonalidade mais escura. Esse homem escreveu o nome e fez uma pausa antes de escrever o endereço, o que significa que é uma informação que não lhe é familiar. Isso não passa, é claro, de um detalhe insignificante, mas nada tem mais valor que um detalhe insignificante. Vejamos a carta. Ah! Havia um carimbo aqui!

– Sim, havia uma chancela. A chancela dele.

– A senhora tem certeza de que é a letra dele?

– Uma das letras dele.

– Uma das?

– A letra de quando ele escreve com pressa. É muito diferente da caligrafia que ele usa normalmente, mas sei do que estou falando.

– "Querida, não tenha medo. Tudo vai ficar bem. Aconteceu um erro grave que talvez demore a ser corrigido. Tenha paciência. Neville." Foi escrito na guarda de um livro, sem marca d'água. Postado hoje em Gravesend por um homem que estava com o polegar sujo. Ah! E a aba foi colada com saliva, se não estou muito enganado, por alguém que andou mascando tabaco. E não há dúvida de que essa é a letra do seu marido?

– Nenhuma. Essas palavras foram escritas por Neville.

– E foram postadas hoje em Gravesend. Bem, sra. Saint Clair, não deixa de ser um bom sinal, mas eu não me arriscaria a dizer que o perigo passou.

88 *Grandes Aventuras de Sherlock Holmes*

— Mas ele tem que estar vivo, sr. Holmes.

— A não ser que isso não passe de uma farsa engenhosa para nos colocar na pista errada. A chancela, no fim das contas, não prova nada. O carimbo pode ter sido roubado.

— Não e não; eu tenho absoluta certeza de que é a letra dele!

— Muito bem. No entanto, a carta pode ter sido escrita segunda-feira e ter sido postada hoje.

— É possível.

— Nesse caso, muita coisa deve ter acontecido desde então.

— Oh, não me faça perder as esperanças, sr. Holmes! Sei que ele está bem. Nossa união é tão forte que eu saberia se algo sério acontecesse com ele. No dia em que nos vimos pela última vez, ele se cortou no quarto, e eu, que estava na sala de jantar, tive certeza de que alguma coisa havia acontecido e subi a escada correndo. O senhor acha que eu sentiria uma bobagem dessas e não saberia se ele tivesse morrido?

— Já vi muita coisa para ignorar que os sentimentos de uma mulher podem ter mais valor que um raciocínio lógico. E a carta sem dúvida é uma ótima prova para corroborar a opinião da senhora. Mas, se o seu marido está vivo, e bem o suficiente para escrever cartas, por que ele continua desaparecido?

— Não consigo imaginar. Está além do meu alcance.

— E segunda-feira ele não comentou nada antes de sair?

— Não.

— E a senhora ficou surpresa quando o viu em Swandam Lane?

— Muito surpresa.

— A janela estava aberta?

— Sim.

— Então ele podia ter chamado a senhora?

— Podia.

— Pelo que entendi, ele apenas deu um grito inarticulado, certo?

— Certo.

— A senhora acha que foi um grito de socorro?

— Sim. Ele balançou as mãos.

— Mas pode ter sido um grito de surpresa. O gesto com as mãos pode ter sido provocado pelo espanto de ver a senhora ali.

— É possível.

— E a senhora acha que ele foi puxado para trás.

— Ele desapareceu de repente.

— Ele deve ter pulado para trás. Não havia mais ninguém lá.

— Não, mas aquele homem horrível confessou ter estado lá, e o marinheiro ficou ao pé da escada.

— De fato. Seu marido, pelo que a senhora pôde ver, estava vestido normalmente?

— Mas com o colarinho desfeito e sem gravata. Eu vi muito bem.

— Ele nunca falou sobre Swandam Lane?

— Nunca.

— Ele deu algum sinal de estar viciado em ópio?

— Nunca.

— Obrigado, sra. Saint Clair. Eu precisava que esses detalhes ficassem totalmente claros. Agora vamos comer um pouco e depois vamos nos recolher, pois amanhã será um dia cheio.

Um quarto grande, com duas camas, foi colocado à nossa disposição, e eu entrei imediatamente embaixo dos lençóis, pois a aventura havia me esgotado. Sherlock Holmes, contudo, era do tipo que, quando tinha um problema por resolver, chegava a passar dias, até mesmo semanas sem descansar, pensando e repensando, observando os fatos de todos os pontos de vista, até compreender tudo ou chegar à conclusão de que as informações disponíveis eram insuficientes. Logo ficou claro para mim que ele estava preparado para uma noite branca. Ele tirou o casaco e o paletó, vestiu um robe azul comprido e em seguida andou pela sala recolhendo os travesseiros da cama e as almofadas do sofá e das poltronas para fazer algo como um divã oriental, sobre o qual ele se empoleirou de pernas cruzadas com uma onça de tabaco e fósforos. Sob a iluminação fraca do quarto eu o via sentado com um velho cachimbo nos lábios, soltando espirais de fumaça para cima, com os olhos pregados no teto, em silêncio, imóvel, enquanto a luz destacava seus traços de águia. Foi a última imagem que vi antes de dormir e a primeira que vi depois de ser acordado por uma exclamação e encontrar um sol de verão iluminando o aposento. Ele continuava com o cachimbo entre os lábios, soltando fumaça, e o quarto todo estava tomado por uma nuvem densa de tabaco. Ele tinha fumado tudo o que eu tinha visto na noite anterior.

— Está acordado, Watson? — perguntou.

— Sim.

— Disposto a dar um passeio matutino?

— Claro.

— Então vista-se. Todo mundo ainda está dormindo, mas sei onde fica o quarto do cavalariço, e não vamos ter problema para conseguir transporte.

Ele ria consigo mesmo enquanto falava; seus olhos faiscavam, e ele parecia uma pessoa muito diferente do pensador sombrio da noite anterior.

Enquanto me vestia, bati os olhos no relógio. Não era de espantar que todo mundo ainda estivesse dormindo. Quatro horas e vinte e cinco minutos. Eu mal havia acabado de me arrumar quando Holmes voltou para dizer que o rapaz estava preparando o cavalo.

— Quero pôr em prática uma teoria minha — ele disse enquanto calçava as botas. — Acho, Watson, que você está diante de um dos maiores idiotas da Europa. Eu mereço ser levado a pontapés daqui até Charing Cross. Mas acho que consegui solucionar o caso.

— E onde está a solução? — perguntei sorrindo.

— No banheiro — ele respondeu. — Não é brincadeira — acrescentou ao ver meu ar de incredulidade. — Fui até o banheiro, peguei a solução do caso e a coloquei nesta mala. Venha, meu rapaz, e vamos ver se ela soluciona alguma coisa.

Descemos o mais rápido possível e saímos para a manhã ensolarada. Lá estava a nossa caleche, trazida pelo cavalariço. Subimos e pegamos a estrada para Londres. Encontramos pelo caminho algumas carroças que levavam legumes para a metrópole, mas as quintas que ladeavam a estrada estavam tão silenciosas e sem vida como se fizessem parte de uma cidade de sonho.

— Sob alguns aspectos, foi um caso incomum — Holmes disse ao bater de leve no cavalo. — Confesso que fiz papel de toupeira no começo, mas antes tarde do que nunca.

Na cidade, as primeiras pessoas a acordar começavam a olhar pela janela com cara de sono. Cruzamos o rio e descemos a Wellington Street para fazer uma curva fechada à direita, chegando até a Bow Street. Sherlock Holmes era famoso entre os membros da força policial, e foi saudado por dois guardas na porta. Um deles segurou nosso cavalo enquanto o outro nos acompanhava.

– Quem é o encarregado? – Holmes perguntou.

– O inspetor Bradstreet, senhor.

– Ah, Bradstreet, como vai?

Um oficial alto e corpulento surgiu de um corredor.

– Preciso dar uma palavrinha com você, Bradstreet.

– Como posso ajudá-lo, sr. Holmes?

– Vim ver aquele mendigo, Boone... aquele que foi acusado de estar envolvido no desaparecimento do sr. Neville Saint Clair, de Lee.

– Pois não. Ele está detido até segunda ordem.

– Eu soube. Ele está aqui?

– Em uma das celas.

– Ele está tranquilo?

– Ele não dá problema nenhum. Mas como o filho da mãe é sujo!

– Sujo?

– Sim, ele não lava nada além das mãos, está com a cara preta feito um funileiro. Bem, quando as investigações acabarem, ele vai ser obrigado a tomar banho na prisão, e acho que se o senhor o visse concordaria que ele está bem precisado.

– Eu gostaria muito de vê-lo.

– Gostaria? Sem problemas. Venha comigo. Pode deixar a sua mala aqui.

– Não, prefiro levá-la.

– Muito bem. Venha comigo, por favor.

Ele nos conduziu por um corredor, passou por uma porta com tranca, desceu uma escada curva e nos levou até um corredor caiado, margeado por duas filas de portas.

92 *Grandes Aventuras de Sherlock Holmes*

— A dele é a terceira da direita para a esquerda — o inspetor disse. — Aqui está.

O inspetor abriu um painel na parte superior da porta e espiou dentro da cela.

— Ele está dormindo. Mas dá para ver muito bem.

Nós dois colocamos os olhos na grade. O prisioneiro estava deitado com o rosto virado para o nosso lado, dormindo profundamente, a respiração pesada e lenta. Era um sujeito de estatura mediana, tão malvestido quanto sua ocupação faria supor, com uma camisa escura aparecendo através de um rasgo no paletó esfarrapado. Estava, como o inspetor havia dito, encardido, mas nem a sujeira era capaz de disfarçar sua feiura repulsiva. Uma cicatriz se estendia de um olho até o queixo, entortando um lado do lábio superior, de forma que três dentes estavam sempre expostos em um rosnado perpétuo. Um emaranhado de cabelo ruivo lhe caía sobre a testa e os olhos.

— Ele é lindo, não é? — o inspetor disse.

— Ele precisa muito de um banho — Holmes observou. — Eu imaginei mesmo que ele fosse precisar, por isso tomei a liberdade de trazer umas coisas.

Ele abriu a mala enquanto falava e tirou, para minha surpresa, uma esponja de banho enorme.

— He! He! O senhor é engraçado — o inspetor riu.

— Agora, se o senhor fizer a bondade de abrir a porta bem devagar, nós podemos dar um trato no visual dele.

— Bem, não vejo por que não — o inspetor disse. — Ele não é nenhum motivo de honra para as celas de Bow Street, certo?

Ele girou a chave na fechadura e nós entramos na cela sem fazer o menor ruído. O dorminhoco se mexeu, apenas para em seguida recair em sono profundo. Holmes se deteve ao lado da moringa, molhou a esponja e a esfregou duas vezes, para cima e para baixo, no rosto do prisioneiro.

— Permita que eu lhes apresente — ele gritou — o sr. Neville Saint Clair, de Lee, condado de Kent.

Nunca na vida vi uma cena como aquela. O rosto dele caiu como se fosse a casca de uma árvore. Lá se foi a tintura marrom. Também se foram a cicatriz e a boca torta que lhe davam uma expressão tão repugnante! Um puxão arrancou os cabelos ruivos, e lá estava, sentado na cama, um homem pálido, triste, de aparência refinada, cabelos negros e pele lisa, esfregando os olhos e olhando ao seu redor com perplexidade sonolenta. De repente, ao perceber que havia sido desmascarado, ele gritou e se jogou de cara no travesseiro.

– Deus do céu! – o inspetor exclamou. – É mesmo o homem desaparecido. Eu vi o retrato.

O prisioneiro assumiu o tom despreocupado de quem se rende ao próprio destino.

– Que seja – ele disse. – Posso saber de que estou sendo acusado?

– Pelo desaparecimento do sr. Neville... Ora, se você fosse acusado disso seria uma acusação de suicídio – o inspetor disse com um sorriso amarelo. – Estou na polícia há vinte e sete anos; este caso é o campeão.

– Se eu sou o sr. Neville Saint Clair, é óbvio que não houve crime, portanto minha detenção é ilegal.

– Não houve crime, apenas um grande equívoco – Holmes disse. – Seria melhor ter confiado na sua mulher.

– O problema não é minha mulher, são as crianças – o prisioneiro gemeu. – Que Deus me ajude. Eu não queria que elas tivessem vergonha do pai. Meu Deus! Vocês descobriram tudo! O que me resta?

Sherlock Holmes sentou-se na cama e deu um tapinha no ombro dele.

– Se não houver escolha senão resolver a questão perante a lei – disse –, vai ser difícil evitar que a notícia se espalhe. Por outro lado, se você conseguir convencer as autoridades de que qualquer acusação é infundada, não vejo motivo para que os detalhes da sua história saiam dos arquivos policiais. Posso garantir que o inspetor Bradstreet vai tomar nota de cada palavra e remetê-las às autoridades competentes. O caso nem sequer precisa ir para o tribunal.

– Deus o abençoe! – o prisioneiro gritou com exaltação. – Eu me submeteria à prisão, e até a execução, para que meu segredo não manchasse a vida dos meus filhos.

"Vocês vão ser os primeiros a ouvir minha história. Meu pai era professor em Chesterfield, onde recebi uma educação excelente. Viajei na juventude, fiz teatro e, por fim, tornei-me repórter de um jornal noturno de Londres. Um dia meu editor propôs uma série de reportagens sobre os mendigos, e eu me ofereci para levar o trabalho a cabo. Foi o ponto de partida para as minhas aventuras. O melhor jeito para apurar os fatos seria me fingir de mendigo. Quando fui ator, aprendi, é claro, os segredos da maquiagem, e minha habilidade chegou ao ponto de ser assunto nos bastidores. Era um conhecimento do qual eu poderia tirar vantagem. Pintei o rosto e, para causar uma impressão mais forte, fiz uma cicatriz e prendi um pedaço do lábio com a ajuda de um pouco de massa da cor da pele. Em seguida, com uma peruca ruiva e vestido a caráter, tomei um posto na região mais movimentada do centro da cidade, aparentemente como vendedor de fósforos, mas, na verdade, como mendigo. Ao voltar para casa, descobri, para meu espanto, que havia recebido nada menos que vinte e seis xelins e quatro *pence*.

"Escrevi as reportagens e pensei um pouco mais sobre o que havia acontecido, até que, um tempo depois, precisei ajudar um amigo e contraí uma dívida de vinte e cinco libras. Eu não tinha ideia de onde conseguir o dinheiro, até que tive uma inspiração. Implorei quinze dias ao credor, pedi férias do trabalho e passei esse tempo mendigando disfarçado no centro da cidade. Consegui o dinheiro em dez dias e paguei a dívida.

"Bem, vocês podem imaginar como era difícil me contentar com um trabalho duro que rendia duas libras por semana quando eu sabia que poderia ganhar o mesmo valor por dia sem fazer nada além de passar um pouco de tinta no rosto e colocar um chapéu no chão. Foi uma luta pesada entre orgulho e dinheiro, mas o vil metal venceu; larguei o jornalismo e fui passar os dias sentado em uma esquina, inspirando pena com minha aparência horripilante e enchendo os bolsos de cobre. Uma única pessoa sabia a verdade: o proprietário de um antro onde eu costumava me hospedar na Swandam Lane para me transformar em mendigo sórdido de manhã e em homem bem-vestido no fim da tarde. Essa pessoa, um marinheiro indiano, era regiamente bem paga, de forma que eu não tinha medo de que meu segredo corresse algum perigo.

"Não demorou muito para que eu juntasse uma quantidade considerável de dinheiro. Não estou dizendo que todo mendigo de Londres ganhe setecentas libras por ano – o que é menos do que eu conseguia –, mas meu talento de maquiador e minha agilidade verbal, melhorada pela prática, me colocavam em outro patamar e fizeram de mim uma figura conhecida na região. Todo dia uma chuva de moedas desabava sobre mim, a ponto de nos piores dias ainda ser possível tirar duas libras.

O Homem da Boca Torta **95**

"Quanto mais rico, mais ganancioso eu ficava. Comprei uma casa no campo e me casei sem que ninguém nem sequer suspeitasse o que eu fazia da vida. Minha querida mulher sabia que eu trabalhava no centro da cidade, e não muito mais do que isso.

"Segunda passada, eu havia dado o dia por encerrado e estava me trocando no quarto que alugo quando olhei pela janela e vi, para o meu assombro, que minha mulher estava parada na rua, com os olhos grudados em mim. Dei um grito de susto, levantei os braços para cobrir o rosto, corri até o marinheiro e supliquei que ele não deixasse ninguém subir. Ouvi a voz dela, mas sabia que ela não chegaria até mim. Com a maior velocidade, tirei as roupas, me vesti de mendigo, coloquei a peruca e me pintei. O disfarce era tão bem-feito que nem os olhos da minha mulher poderiam me desmascarar. Mas passou-me pela cabeça que talvez o quarto pudesse passar por uma revista e, nesse caso, as roupas me denunciariam. Escancarei a janela com tanta violência que abri um corte na mão que eu mesmo tinha feito antes de sair do quarto pela manhã. Em seguida, peguei meu paletó, que estava pesado por causa dos cobres que eu havia acabado de transferir da minha bolsa de pedinte para os bolsos. Eu o joguei pela janela e ele desapareceu no Tâmisa. As outras roupas teriam seguido o mesmo caminho, mas fui interrompido pela aparição da polícia, e minutos depois – devo confessar que foi um alívio –, em vez de ser identificado como Neville Saint Clair, fui acusado do seu assassinato.

"Não sei se é necessário esclarecer mais alguma coisa. Eu estava decidido a manter o disfarce pelo maior tempo possível, daí minha recusa em lavar o rosto. Como eu sabia que minha mulher ficaria extremamente angustiada, aproveitei-me de um momento de distração dos guardas e passei minha chancela para o marinheiro, junto com um bilhete rabiscado às pressas dizendo que ela não precisava se preocupar comigo."

– Ela só recebeu esse bilhete ontem – Holmes disse.

– Deus do céu! Que semana ela não deve ter passado!

– A polícia ficou de olho no tal do marinheiro – o inspetor Bradstreet disse –, e é compreensível que ele tenha tido problemas para passar despercebido. Provavelmente ele passou a carta para um terceiro, que deve ter se esquecido dela por alguns dias.

– Foi isso – Holmes disse com um aceno de aprovação –, não resta dúvida. Mas você nunca foi processado por mendicância?

— Várias vezes, mas o dinheiro da multa é insignificante para mim.

— É bom que isso pare por aqui — Bradstreet disse. — Já que a polícia não vai abrir a boca, é bom que Hugh Boone desapareça.

— Juro por tudo o que existe de mais sagrado.

— Sendo assim, acho que o caso acaba aqui. Mas, se você for pego como pedinte mais uma vez, tudo vai vir a público. Sr. Holmes, nossa dívida com o senhor é enorme. Eu gostaria de conseguir chegar às mesmas conclusões que o senhor.

— Cheguei a essa conclusão — meu amigo disse —, sentando em cima de cinco travesseiros e consumindo uma onça de tabaco forte. Acredito, Watson, que se tomarmos o rumo da Baker Street vamos chegar a tempo para o café da manhã.

Visitei meu amigo Sherlock Holmes na segunda manhã depois do Natal para lhe dar meus cumprimentos de fim de ano. Encontrei-o estirado no sofá, vestido com um roupão roxo; ao alcance da mão, o suporte de charutos à direita, e à esquerda uma pilha de jornais amassados que, sem dúvida, haviam sido consultados pouco antes da minha chegada. Um chapéu surrado, gasto pelo uso, cheio de rasgos, repousava no ângulo esquerdo das costas de uma cadeira de madeira, ao lado do sofá. A lente de aumento e o fórceps pousados no assento da cadeira sugeriam que o chapéu estava naquela posição para que se pudesse examiná-lo melhor.

– Você está ocupado – eu disse. – Não quero atrapalhar.

– Nada disso. Fico feliz por ter um amigo com quem discutir os resultados dos meus casos. A questão é das mais triviais – disse ele, balançando o polegar na direção do chapéu –, mas alguns de seus aspectos não são de todo desprovidos de interesse e podem até mesmo ser instrutivos.

Fui até a lareira, sentei-me na poltrona e esfreguei as mãos perto do fogo, pois fazia muito frio, o que era possível dizer apenas pelo estado das janelas, cheias de gelo.

– Imagino – sugeri – que, por mais despretensioso que pareça, esse chapéu deve estar ligado a alguma história sombria. Talvez seja a pista pela qual você vai chegar à solução de algum mistério e à punição dos criminosos.

– Não, não. Nada de crime – Sherlock Holmes disse rindo. – Só uma daquelas situações extravagantes que acontecem quando quatro milhões de seres humanos resolvem se acotovelar dentro de uns poucos quilômetros quadrados. A combinação de eventos gerada pelas ações e reações de uma colmeia humana de tal magnitude ocasiona o surgimento de alguns probleminhas que podem ser notáveis e estranhos, sem nada de criminoso. Já enfrentamos casos assim.

– De fato – respondi –, tanto que, dos últimos seis casos que registrei em minhas anotações, três não tinham nada a ver com os domínios da lei.

100 *Grandes Aventuras de Sherlock Holmes*

— Justamente. Você está falando da minha tentativa de recuperar os papéis que estavam com Irene Adler, do caso peculiar da srta. Mary Sutherland e da aventura do homem da boca torta. Bem, não tenho dúvida de que o presente caso é da mesma categoria. Você conhece Peterson, o comissário?

— Sim.

— Ele é o dono dessa relíquia.

— O chapéu é dele?

— Não, não; foi ele que o encontrou. Não sabemos quem é o dono. Peço que você não encare esse chapéu como um mero chapéu-coco surrado, e sim como um problema intelectual. Antes de tudo, permita que eu explique como ele chegou aqui. Veio na manhã de Natal, acompanhado de um belo ganso gordo que sem dúvida deve estar assando agora diante da lareira de Peterson. Eis os fatos. Por volta das cinco da manhã de Natal, Peterson, que, como você sabe, é um sujeito muito honesto, estava passando por Tottenham Court Road ao voltar para casa de alguma comemoraçãozinha. Ali, viu um homem alto cambalear carregando um ganso branco no ombro. Na esquina da Goodge Street, alguns arruaceiros apareceram. Um deles derrubou o chapéu do homem, o que fez com que ele sacasse um bastão para se defender e acabasse quebrando a vitrine de uma loja com ele. Peterson avançou para defender o estranho de seus agressores, mas ele, chocado ao notar a vitrine quebrada e mais ainda ao ver alguém de uniforme e com cara de autoridade se aproximar dele, soltou o ganso, saiu correndo e sumiu no labirinto de ruelas que fica atrás de Tottenham Court Road. Os arruaceiros também fugiram quando Peterson apareceu, de forma que ele ficou sozinho no campo de batalha, livre para pegar o espólio, esse chapéu surrado e um inocente ganso de Natal.

— E ele o devolveu ao dono, certo?

— Meu caro amigo, aí está o problema. É verdade que havia um cartãozinho amarrado à perna da ave com os dizeres "Para a sra. Henry Baker". Também é verdade que as iniciais "H. B." podem ser lidas no forro do chapéu, mas, como temos milhares de Bakers e centenas de Henry Bakers nesta nossa cidade, não é fácil devolver o que um deles perdeu.

— Então o que Peterson fez?

— Trouxe tudo aqui no dia de Natal, chapéu e ganso, pois ele sabe que até o menor dos problemas me interessa. O ganso ficou à espera até hoje, quando, apesar do tempo frio, ficou claro que seria melhor comê-lo sem mais delongas. Portanto, Peterson o levou para cumprir o destino inevitável de um ganso, e eu continuei a guardar o chapéu do cavalheiro desconhecido que perdeu a ceia de Natal.

– Ele não pôs um anúncio?

– Não.

– Então, como podemos descobrir de quem se trata?

– Deduzindo.

– A partir do chapéu?

– Exatamente.

– Você só pode estar brincando. O que se pode deduzir desse pedaço de feltro?

– Aqui está a minha lupa. Você conhece meus métodos. O que você consegue deduzir a respeito da personalidade do indivíduo que usava essa peça?

Peguei o chapéu estropiado e o virei nas mãos com certo pesar. Era um chapéu preto bastante comum, gasto pelo uso. O forro, que um dia havia sido de seda vermelha, estava desbotado. Não trazia o nome do fabricante, mas, como Holmes havia notado, as iniciais H. B. apareciam em um dos lados. Vi dois furos, mas nem sinal do elástico que devia passar por eles. De resto, estava rasgado, muito empoeirado e cheio de manchas, embora elas parecessem fruto de uma tentativa de esconder a descoloração com tinta.

– Não vi nada de mais – eu disse, devolvendo o chapéu para o meu amigo.

– Pelo contrário, Watson, você viu tudo. No entanto, não foi capaz de pensar sobre o que viu. Você é muito tímido para traduzir suas deduções em palavras.

– Então, por favor, diga-me o que você pode deduzir a partir desse chapéu.

Ele olhou para o chapéu da forma introspectiva que lhe era característica.

– Talvez agora esteja menos sugestivo do que antes – ele notou –, mas mesmo assim ainda permite algumas inferências corretas e outras bastante prováveis. Assim que se bate os olhos no chapéu, é possível dizer que o sujeito é um intelectual, da mesma forma que se pode dizer que ele teve uma situação financeira muito boa três anos atrás, mas agora passa por maus bocados. Ele é precavido, mas isso está começando a mudar, o que implica

102 *Grandes Aventuras de Sherlock Holmes*

uma decadência moral. Isso, somado ao declínio financeiro, parece indicar que ele está sob a influência de algo ruim, talvez de bebida, o que deve ter contribuído para o fato óbvio de que a esposa deixou de amá-lo.

— Meu caro Holmes!

— Ele ainda tem, contudo, algum respeito por si mesmo — ele continuou, ignorando meu protesto. — É um homem de meia-idade, sedentário, que sai pouco e está completamente fora de forma; tem cabelos grisalhos que cortou poucos dias atrás e que unta com pasta de limão. Esses são os fatos mais claros que se pode deduzir a partir do seu chapéu. Aliás, também é possível dizer que ele não tem gás em casa.

— Você só pode estar brincando, Holmes.

— De forma alguma. Será possível que nem agora, depois de saber os resultados da minha observação, você é capaz de notá-los?

— Não há dúvida de que eu sou um idiota, mas devo confessar que não consigo acompanhar seu raciocínio. Por exemplo, o que o faz pensar que ele seja um intelectual?

Para responder, Holmes pôs o chapéu na cabeça. Ele passou direto pela testa e foi parar no nariz.

— Capacidade de armazenamento — ele disse. — Um homem com uma cabeça desse tamanho tem que ter alguma coisa dentro dela.

— E as complicações financeiras?

— Esse chapéu tem três anos. É de ótima qualidade. Veja como é bem-feito, bem confeccionado. Se alguém podia bancar um chapéu desses três anos atrás e não trocou de chapéu desde então, isso só pode significar que o padrão de vida caiu.

— Bem, isso ficou bastante claro, com certeza. Mas como você sabe que ele é precavido? E a decadência moral?

Sherlock Holmes riu.

— Aqui está a precaução — ele disse, colocando o dedo sobre o pequeno anel por onde deveria passar um elástico para segurar o chapéu. — Não se vende esse tipo de coisa para chapéu. Se alguém faz questão disso, deve ser precavido, pois tomou uma providência pouco comum contra o vento. Mas, já que o elástico se rompeu e ele não tomou o cuidado de colocar outro, quer dizer que já não é mais precavido, o que mostra uma pessoa desanimada. Por outro lado, ele tentou esconder as manchas com tinta, sinal de que ainda não perdeu completamente o respeito por si mesmo.

— Seu raciocínio faz sentido.

— Os outros pontos, que ele está na meia-idade, tem cabelo grisalho que foi cortado recentemente e que usa creme de limão, podem ser obtidos com um exame cuidadoso da parte de baixo do forro. A lupa revela vários pedacinhos de cabelo recém-cortados pela tesoura de um barbeiro. Todos eles são grudentos e têm um cheiro fácil de distinguir. Você pode perceber que essa poeira não tem a cor cinzenta das ruas, pois trata-se do pó amarronzado de casa, o que mostra que esse chapéu passa a maior parte do tempo pendurado. As marcas de umidade no interior dizem que quem usa esse chapéu transpira bastante, portanto não deve estar na melhor forma.

— Mas a mulher... você disse que ela não o ama mais.

— Há semanas ninguém limpa esse chapéu. Se um dia você aparecer aqui, meu caro Watson, com uma semana de pó acumulada no chapéu, e se a sua esposa tiver permitido que você saia de casa assim, vou chegar à triste conclusão de que você também perdeu o afeto dela.

— Ele pode ser solteiro.

— Não. O ganso era uma tentativa de fazer as pazes com a mulher. Lembre-se do cartão preso na perna.

— Você tem resposta para tudo. Mas, que diabo! Como você deduziu que ele não tem gás em casa?

— Uma ou duas manchas de gordura podem acontecer com qualquer um; mas se vejo pelo menos cinco, sou levado a crer que o indivíduo tem contato frequente com gordura, e provavelmente vai para o quarto à noite com o chapéu em uma mão e uma vela pingando na outra. Seja como for, não dá para se manchar de gordura com um cano de gás. Satisfeito?

— Muito engenhoso — eu disse, rindo —, mas já que, como você mesmo disse, não há crime na história e o pior que aconteceu foi a perda de um ganso, tudo parece não passar de um desperdício de energia.

Sherlock Holmes abriu a boca para responder, mas o comissário Peterson entrou afobado pela porta, com o rosto vermelho e uma expressão de espanto.

— O ganso, sr. Holmes, o ganso! — ele arfava.

104 *Grandes Aventuras de Sherlock Holmes*

– Ei! Qual é o problema com o ganso? Ele ressuscitou e saiu voando pela janela da cozinha?

Holmes se virou no sofá para poder ver melhor o rosto perturbado da visita.

– Olhe aqui! Veja o que a minha mulher encontrou no papo dele!

Ele estendeu a mão aberta e nos mostrou uma pedra azul cintilante, um pouco menor que um feijão, mas de tal brilho e pureza que, em contraste com a palma da mão, parecia uma fagulha elétrica faiscando no escuro.

Sherlock Holmes se sentou e soltou um assobio.

– Meu Deus, Peterson – ele disse –, isso sim é que é achar um tesouro perdido! Acredito que você saiba o que encontrou.

– Um diamante! Uma pedra preciosa! Corta vidro como se fosse massa.

– É mais que uma pedra preciosa. É *a* pedra preciosa.

– Não vá dizer que é o carbúnculo azul da condessa de Morcar?! – eu exclamei.

– Exatamente. Sei de cor o tamanho e a forma, já que leio o anúncio sobre o desaparecimento dessa pedra todo dia no *Times*. É incomparável. Não vamos conseguir nem imaginar o preço, mas a recompensa de mil libras não chega à vigésima parte do preço de mercado.

– Mil libras! Meu Deus do céu!

O comissário se jogou numa cadeira, enquanto passava os olhos de um para o outro.

– Esse é o valor da recompensa, mas tenho motivos para acreditar que essa pedra tem um valor sentimental, e que a condessa daria metade de tudo o que tem para recuperá-la.

– Ela foi perdida, se não me engano, no Hotel Cosmopolitan – eu disse.

– Exatamente, dia 22 de dezembro, cinco dias atrás. John Horner, encanador, foi acusado de haver subtraído a joia dos pertences da dama. As provas contra ele eram tão fortes que o caso foi levado ao tribunal. Acho que tenho alguma coisa sobre o assunto.

Ele revirou os jornais, olhando as datas, e por fim puxou um deles, dobrou-o ao meio e leu o seguinte parágrafo:

"Roubo de joia no Hotel Cosmopolitan. John Horner, 26, encanador, será levado ao tribunal sob acusação de haver, no dia 22 do corrente, subtraído a pedra preciosa conhecida como carbúnculo azul dos pertences da condessa de Morcar. James Ryder, gerente do hotel, afirma haver acompanhado Horner até o quarto da condessa de Morcar no dia do furto para que ele pudesse soldar a segunda barra da grade da lareira, que estava frouxa. Ele permaneceu ao lado de Horner, porém sua presença acabou sendo solicitada em outro lugar. Ao voltar, descobriu que Horner havia desaparecido e que a cômoda tinha sido arrombada. Logo em seguida viu um pequeno porta-joias, onde, como se soube depois, a condessa costumava guardar a joia, esvaziado de seu conteúdo. Ryder deu o alarme no mesmo instante, e Horner foi preso, mas a joia não foi encontrada em parte alguma. Catherine Cusack, criada da condessa, disse em depoimento que correu para o quarto, onde encontrou tudo no estado descrito pela testemunha anterior, quando ouviu Ryder gritar de susto ao descobrir o roubo. De acordo com o inspetor Bradstreet, da divisão B, ao ser preso Horner lutou e alegou inocência com veemência. Posto que o prisioneiro já havia sido condenado por roubo uma vez, o magistrado se recusou a lidar com o caso de forma mais sucinta e o encaminhou ao tribunal. Horner, que deu sinais de intensa comoção ao longo do processo, desmaiou e saiu do tribunal carregado."

– Hum! Chega do tribunal de polícia – Holmes disse, imerso em pensamentos, deixando o jornal de lado. – Agora nossa tarefa é desvendar a sequência de eventos que começa com um porta-joias saqueado e termina no papo de um ganso em Tottenham Court Road. Veja, Watson, nossas deduçõezinhas acabaram por tomar um aspecto muito menos inocente. A pedra está aqui; a pedra veio do ganso; o ganso veio do sr. Henry Baker, o cavalheiro do chapéu que tem todas aquelas características com as quais eu o estava entediando agora há pouco. Então precisamos nos dedicar com seriedade a encontrar o cavalheiro e entender qual é o papel dele nesse mistério. Devemos tentar os meios mais simples primeiro, ou seja, anunciar em todos os jornais. Se isso não der certo, vou ter que recorrer a outros métodos.

– O que você vai dizer no anúncio?

– Primeiro, preciso de lápis e papel. Agora, vejamos: "Encontrados na esquina da Goodge Street um ganso e um chapéu preto. O sr. Henry Baker pode recuperá-los às seis e meia da tarde de hoje no número 221B da Baker Street." Curto e direto.

– Bastante. Mas ele vai ler?

– Bom, é melhor que ele fique de olho nos jornais, já que, para um pobre, a perda foi grande. Ele ficou tão assustado pelo azar de ter quebrado a janela e pela aparição do Peterson que não pensou em nada além de fugir; mas desde então deve ter se arrependido amargamente do impulso que o fez deixar a ave para trás. Além do mais, a menção direta ao nome fará com que ele o veja, pois todo mundo que o conhece vai chamar a atenção dele para o anúncio. Aqui está, Peterson; corra e coloque isso nos jornais.

– Em quais?

– Ah, no *Globe*, no *Star*, no *Pall Mall*, na *St. James Gazette*, no *Evening News*, no *Standard*, no *Echo* e em qualquer outro de que você se lembre.

– Sim, senhor. E a pedra?

– Ah, sim, fica comigo. Obrigado. E devo pedir, Peterson, que você compre um ganso no caminho e o deixe aqui comigo, pois precisamos dar um para o cavalheiro em troca daquele que sua família está devorando.

Depois que o comissário saiu, Holmes pegou a pedra e a segurou contra a luz.

– Veja como brilha. É claro que isso é um chamariz do crime, como toda joia de verdade. As pedras preciosas são as iscas favoritas do demônio. Cada detalhe lavrado em uma joia equivale a um caso de sangue derramado. Esta aqui não tem nem vinte anos. Foi encontrada nas margens do rio Amony, no sul da China, e é notável por ter todas as características de um carbúnculo, a não ser pela cor azul, em vez de vermelha. Apesar da pouca idade, já tem uma história sinistra. Dois assassinatos, um arremesso de ácido, um suicídio, tudo por causa desses três gramas de carvão cristalizado. Quem diria que um brinquedinho tão bonito seria uma fonte de abastecimento da forca e da prisão? Vou colocá-lo no cofre e escrever para a condessa dizendo que está aqui.

– Você acha que o tal de Horner é inocente?

– Não saberia dizer.

108 *Grandes Aventuras de Sherlock Holmes*

— Bem, então você acha que o outro, Henry Baker, pode ter alguma coisa a ver com isso?

— Acho que é bem provável que Henry Baker seja cem por cento inocente e que ele não fazia ideia de que o ganso que ele estava carregando valia mais do que se fosse feito de ouro puro. No entanto, só vou ter certeza disso depois que responderem ao nosso anúncio e eu puder fazer um teste bem simples.

— E até lá não há nada a fazer?

— Nada.

— Sendo assim, vou retomar minhas obrigações profissionais. Mas devo voltar na hora marcada pelo anúncio, pois gostaria de ver o fim de um caso tão intrincado.

— É sempre um prazer vê-lo. Eu janto às sete. Galinhola, se não me engano. Aliás, em vista dos acontecimentos recentes, talvez eu deva pedir à sra. Hudson que dê uma olhada no papo dela.

Acabei me atrasando por causa de um paciente, e passava de seis e meia quando voltei à Baker Street. Ao me aproximar da casa, vi um homem alto, de gorro escocês, com o casaco abotoado até o queixo, esperando diante da porta, debaixo do semicírculo de luz formado pela bandeira de vidro. Assim que cheguei, a porta se abriu, e nós dois fomos juntos até o apartamento de Holmes.

— Acredito que o senhor seja Henry Baker — ele disse, levantando-se da poltrona e cumprimentando o visitante com os modos afáveis e tranquilos que ele assumia com tanta facilidade. — Por favor, sente-se perto do fogo, sr. Baker. Está frio, e posso ver que a sua circulação está mais adaptada ao verão que ao inverno. Ah, Watson, você chegou na hora certa. Aquele chapéu é seu, sr. Baker?

— Sim, senhor, sem dúvida nenhuma, é meu.

Ele era forte e tinha ombros roliços, uma cabeça sólida e um rosto largo e inteligente delineado pela barba castanha. O rosto avermelhado e a mão trêmula me fizeram lembrar as suposições de Holmes quanto aos seus hábitos. Trazia o sobretudo preto e gasto abotoado e com a gola levantada; os pulsos magros apareciam sem dar sinal de que ele estivesse usando camisa. Ele falava pausadamente e escolhia as palavras com cuidado, dando a impressão de uma pessoa letrada que havia sido maltratada pela sorte.

O Carbúnculo Azul **109**

– Guardamos seus pertences – Holmes disse – porque esperávamos que o senhor pusesse um anúncio procurando por eles. Não consigo entender por que o senhor não fez isso.

Nosso visitante riu, embaraçado.

– Os xelins não são tão abundantes como antes – ele disse. – Tive certeza de que o bando de arruaceiros que me atacou havia ficado com o chapéu e com o ganso. Preferi não gastar dinheiro à toa.

– Naturalmente. A propósito, fomos obrigados a comer o ganso.

– Comer! – Nosso visitante levantou metade do corpo da cadeira, tamanha foi a sua agitação.

– Sim; se não houvéssemos feito isso, que serventia ele teria agora? Mas acredito que esse outro ganso, que tem praticamente o mesmo peso e está em ótimo estado, possa substituí-lo, não?

– Claro, claro! – o sr. Baker respondeu, suspirando de alívio.

– Ainda temos os restos da sua ave, caso o senhor queira...

O sujeito caiu na gargalhada.

– Podem servir como troféu da minha aventura – ele disse –, mas, além disso, não consigo entender por que eu me interessaria pelas *disjecta membra* do falecido. Não, senhor; acho que, com sua licença, prefiro concentrar minha atenção na bela ave que estou vendo agora.

Sherlock Holmes me encarou e encolheu os ombros brandamente.

– Então, aqui estão o seu chapéu e o seu ganso – ele disse. – Aliás, o senhor se incomodaria em me dizer onde conseguiu o outro? Sou entusiasta da carne de aves, e poucas vezes vi um ganso tão bom.

– Não me incomoda de forma alguma – Baker respondeu depois de se levantar e colocar sua nova propriedade debaixo do braço. – Temos um pequeno grupo que frequenta a Hospedaria Alpha, perto do museu. Podemos ser encontrados no próprio museu durante o dia. Este ano, nosso bom anfitrião, de nome Windigate, instituiu um clube do ganso, que consistia em pagar alguns centavos por semana para ganhar um ganso no Natal. Paguei meus centavos em dia; o senhor já sabe o resto da história. Sou imensamente grato ao senhor; esse gorro escocês não combina com a minha idade nem com a minha seriedade.

Com uma solenidade cômica, ele fez uma reverência de despedida e seguiu seu caminho.

Grandes Aventuras de Sherlock Holmes

— Era o que eu queria do sr. Henry Baker — Holmes disse após fechar a porta. — É bastante óbvio que ele não sabe de nada. Está com fome, Watson?

— Para falar a verdade, não.

— Então sugiro adiarmos nosso jantar para a hora da ceia, de forma a seguir as pistas enquanto ainda estão quentes.

— Claro.

Enfrentamos a noite gelada munidos de sobretudo e cachecol. Na rua, as estrelas brilhavam em um céu sem nuvens, e o hálito dos passantes se transformava em fumaça, lembrando os resíduos de um tiro. Nossos passos ecoavam enquanto passávamos pelo bairro dos médicos — Wimpole Street, Harley Street e em seguida Wigmore Street, até a Oxford Street. Em quinze minutos chegamos à Alpha, em Bloomsbury, uma hospedaria na esquina de uma das ruas que desembocam em Holborn. Holmes empurrou a porta do bar e pediu dois copos de cerveja para o dono, um homem de avental branco e rosto avermelhado.

— Se for tão boa quanto seus gansos, a cerveja deve ser excelente — ele disse.

— Meus gansos? — o sujeito parecia surpreso.

— Sim. Meia hora atrás eu estava conversando com o sr. Henry Baker, um membro do seu clube do ganso.

— Ah, sim, entendi. Mas, veja, não são *nossos* gansos.

— Sério? Então são de quem?

— Bem, comprei duas dúzias de um vendedor de Covent Garden.

— Ora! Conheço alguns deles. Qual foi o que vendeu os gansos?

— Ele se chama Breckinridge.

— Ah, não conheço. Bem, à sua saúde e à prosperidade da sua hospedaria. Boa noite.

Abotoando o casaco enquanto saíamos na noite fria, ele continuou:

— Agora, Watson, vamos ao sr. Breckinridge. Lembre-se de que, embora tenhamos apenas um mero ganso em uma das pontas da meada, na outra ponta está um homem que vai pegar pelo menos sete anos se não conseguirmos provar sua inocência. É possível que nossa investigação acabe por confirmar que ele é mesmo culpado, mas, em todo caso, estamos seguindo uma trilha que a polícia deixou de lado e que chegou até nós por acaso. Vamos até o fim, seja lá qual for. Então, rumo ao sul; avante!

Passamos por Holborn, descemos a Endell Street e ziguezagueamos por bairros miseráveis até o mercado de Covent Garden. Uma das maiores barracas trazia o nome de Breckinridge; o proprietário, um sujeito com cara de cavalo, estava ajudando um moleque a abri-la.

— Boa noite. Que frio! — Holmes disse.

O comerciante concordou em silêncio e fuzilou meu companheiro com um olhar inquisidor.

— Pelo que estou vendo, os gansos acabaram — Holmes disse, apontando as tábuas vazias.

— Amanhã vou ter mais quinhentos.

— Amanhã não serve.

— Bom, naquela barraca ali o senhor pode encontrar um hoje.

— Ah, mas foi a sua barraca que me recomendaram.

— Quem recomendou?

— O dono da Alpha.

— Ah, sim; mandei duas dúzias para ele.

— Eram ótimos. De onde eles vieram?

Para minha surpresa, a pergunta deixou o vendedor furioso.

— Escute aqui — ele disse, inclinando a cabeça e com as mãos na cintura —, aonde o senhor quer chegar? Vamos pôr as cartas na mesa.

— Estão na mesa. Eu gostaria de saber quem lhe vendeu os gansos que o senhor forneceu para a hospedaria.

— Não vou responder. Assunto encerrado!

— Não tem problema. Só não entendo por que o senhor se irritou tanto por uma ninharia dessas.

— Por que eu me irritei? O senhor também se irritaria se estivesse na minha pele. Pago um bom dinheiro por um bom produto, e isso é tudo o que me interessa. Mas só ouço: "Onde estão os gansos?", "Quem comprou os gansos?", e "Quanto custam os gansos?". Até parece que são os únicos gansos do mundo.

– Bom, não tenho nada a ver com as outras pessoas que fizeram esse tipo de pergunta – Holmes disse em tom despreocupado. – Se o senhor não me disser, é só cancelar a aposta. Mas estou sempre disposto a colocar meu conhecimento sobre aves à prova, e apostei cinco que o ganso que eu comi foi criado no campo.

– Bom, então o senhor perdeu, porque ele foi criado na cidade – o comerciante respondeu.

– Não pode ser.

– Pode, sim.

– Não acredito.

– Então o senhor sabe mais dessas aves do que eu, que mexo com elas desde que era moleque? Estou dizendo que todos os gansos que foram para a Alpha foram criados na cidade.

– O senhor não vai me convencer disso.

– Quer apostar, então?

– Vai perder o seu dinheiro, pois tenho certeza de que estou certo. Mas aposto um soberano, para ensiná-lo a não ser teimoso.

O vendedor soltou um riso sinistro.

– Traga os registros, Bill – ele disse.

O menino colocou um caderninho fino e um caderno grande sob a luz da lâmpada.

– Vamos lá, senhor sabichão – o vendedor disse –, achei que não houvesse patos aqui, mas o senhor está me fazendo mudar de opinião. Está vendo esse caderninho?

– Sim.

– É a lista dos meus fornecedores. Está vendo? Então, nesta página aqui estão os fornecedores do campo; os números depois dos nomes indicam onde eles estão registrados no caderno grande. Agora veja esta página em tinta vermelha: é a lista dos fornecedores da cidade. Veja o terceiro nome. Leia em voz alta.

– Sra. Oakshott, 177, Brixton Road: 249 – Holmes leu.

– Isso mesmo. Agora encontre o registro no caderno grande.

Holmes foi até a página indicada.

O Carbúnculo Azul 113

– Aqui está: "Sra. Oakshott, 177, Brixton Road, fornecedora de aves e de ovos."

– E qual é o último registro?

– Vinte e dois de dezembro. Vinte e quatro gansos por sete xelins e seis *pence*.

– Isso mesmo. E logo abaixo?

– Vendidos para o sr. Windigate, da Alpha, por doze xelins.

– Mais alguma dúvida?

Sherlock Holmes parecia estar profundamente ofendido. Jogou um soberano na mesa e se virou como se estivesse desanimado demais para falar. Alguns metros depois, ele parou e riu muito daquele seu jeito característico, sem emitir nenhum som.

– Um homem com aquelas suíças e com uma garrafa de gim no bolso jamais recusa uma aposta – ele disse. – Se eu tivesse oferecido cem libras em troca de resposta, atrevo-me a dizer que ele não se empenharia em dar informações tão completas quanto fez ao achar que estava me levando no papo. Ora, Watson, estamos chegando ao fim do caminho; só nos resta saber se o melhor é visitar a tal sra. Oakshott hoje mesmo ou esperar para ir amanhã. Pelo que disse o nosso amigo carrancudo, há outras pessoas além de nós preocupadas com o assunto, por isso...

As palavras dele foram interrompidas por um tumulto na barraca de onde havíamos acabado de sair. Vimos um sujeitinho com cara de rato em pé no meio do círculo de luz amarela formado pela lâmpada, enquanto Breckinridge, o vendedor, na entrada da barraca, erguia os punhos de forma ameaçadora.

– Cansei de você e dessa conversa de ganso – ele gritou. – Quero que todos vocês vão para o diabo que os carregue. Se você continuar me enchendo a paciência, vou soltar o cachorro. Se a sra. Oakshott quiser saber alguma coisa, ela que venha aqui e pergunte. Não é problema seu. Por acaso foi você que me vendeu os gansos?

– Não, mas um deles era meu – o baixinho resmungou.

– Então vá se entender com a sra. Oakshott.

– Ela me disse para falar com você.

– Pode falar até com o rei da Prússia. Cansei dessa história. Dê o fora!

114 *Grandes Aventuras de Sherlock Holmes*

Ele avançou de forma ameaçadora, e o homem insistente desapareceu na escuridão.

— Isso nos poupa uma visita a Brixton Road — Holmes sussurrou. — Venha comigo, vamos ver esse sujeito de perto.

Andando a passos largos por entre os grupos dispersos de gente que pairava em volta das barracas iluminadas, meu amigo alcançou o baixinho e pôs a mão no ombro dele. Ele se virou, e pude ver à luz das lâmpadas que a cor lhe havia fugido do rosto.

— Quem são os senhores? O que desejam? — ele perguntou em voz trêmula.

— Desculpe — Holmes disse com suavidade —, mas não pude deixar de ouvir sua conversa com o vendedor um instante atrás. Acho que posso ajudá-lo.

— O senhor? Quem é o senhor? Como o senhor pode saber qual é o problema?

— Meu nome é Sherlock Holmes. Saber o que os outros não sabem é minha profissão.

— Mas como o senhor pode estar informado a respeito desse assunto?

— Sinto muito, mas conheço a história toda. O senhor está tentando localizar alguns gansos que foram vendidos pela sra. Oakshott, de Brixton Road, para um vendedor de nome Breckinridge, que por sua vez vendeu os mesmos gansos para o sr. Windigate, da Hospedaria Alpha, que os repassou para os membros de um clube, dentre os quais o sr. Henry Baker.

— Ah, o senhor caiu dos céus! — o baixinho gritou, estendendo as mãos trêmulas. — Mal posso explicar como o caso é sério para mim.

Sherlock Holmes fez sinal para um carro de aluguel que estava passando.

— Assim sendo, é melhor conversarmos em uma sala de estar aconchegante, em vez de ficarmos expostos à ventania no meio do mercado — ele disse. — Mas, por favor, antes de tudo, diga-me a quem tenho o prazer de dirigir a palavra.

O outro hesitou por um instante.

— Meu nome é John Robinson — ele respondeu, olhando-o de esguelha.

— Nada disso; seu nome verdadeiro — Holmes disse suavemente. — Não é conveniente fazer negócios com um nome falso.

O rosto pálido do estranho se ruborizou.

– Está bem – ele disse –, meu verdadeiro nome é James Ryder.

– Exato. Funcionário do Hotel Cosmopolitan. Por favor, entre no veículo, e logo responderei a todas as suas perguntas.

O baixinho não parava de nos olhar com olhos entre esperançosos e assustados, como se não soubesse se estava à beira da sorte grande ou de uma catástrofe. Em seguida entrou no veículo, e dentro de meia hora estávamos de volta à sala de estar de Holmes, na Baker Street. Nem uma palavra foi dita durante o caminho, mas a respiração alta e o modo como nosso acompanhante torcia as mãos foram suficientes para expressar a tensão em que ele se encontrava.

– Chegamos! – Holmes disse com alegria quando entramos. – O fogo parece bastante atraente com esse clima. Parece que o senhor está com frio, sr. Ryder. Por favor, sente-se na cadeira de vime. Vou só calçar meus chinelos antes que possamos resolver o seu problema. Agora sim! O senhor quer saber o que aconteceu com aqueles gansos?

– Sim, senhor.

– Ou melhor, com aquele ganso. Acredito que o senhor esteja interessado em um único ganso, um que tem uma listra preta na cauda.

Ryder tremia.

– Oh, meu senhor – ele gritou –, o senhor pode me dizer para onde ele foi?

– Veio para cá.

– Para cá?

– Sim, e ele se mostrou um ganso notável. Não me espanta que o senhor esteja tão interessado nele. Deixou um ovo depois de morrer... um ovinho azul, a coisa mais brilhante do mundo. Coloquei-o no meu museu.

Nosso visitante se ergueu de um salto e agarrou o consolo da lareira. Holmes abriu o cofre e mostrou o carbúnculo azul, que brilhava feito uma estrela, irradiando luz fria em todas as direções. Ryder não sabia se dizia que a pedra era dele ou que nunca a tinha visto.

– O jogo acabou, Ryder – Holmes disse. – Calma, homem, ou você vai acabar caindo no fogo. Ajude-o a se sentar, Watson. Ele não tem sangue-frio suficiente para cometer um crime e sair impune. Dê-lhe um gole de conhaque. Isso! Agora ele parece um pouco mais humano. Que borra-botas!

Ele havia cambaleado e quase caíra, mas o conhaque lhe devolveu um vestígio de cor ao rosto. Ele se sentou e encarou o acusador com olhos assustados.

— Tenho em mãos todas as provas necessárias, e não há muita coisa que você possa me dizer. No entanto, podemos esclarecer o que falta para encerrar o caso de uma vez. Onde você ouviu falar dessa pedra, Ryder?

— Catherine Cusack me falou da pedra — disse ele em voz entrecortada.

— Entendo. A criada mais próxima da senhora. Ora, a tentação de enriquecer de forma rápida e fácil foi demais para você, como já havia sido para gente melhor, mas você esqueceu os escrúpulos. Ao que me parece, você tem os predicados de um belo bandido. Você sabia que Horner, o encanador, havia se envolvido em um caso parecido no passado, portanto as suspeitas imediatamente recairiam sobre ele. O que você fez, então? Executou um servicinho no quarto da senhora com a ajuda de Cusack, sua cúmplice, e tomou providências para que Horner fosse encarregado de consertar o estrago. Quando ele saiu, você saqueou o porta-joias, deu o alarme e fez com que o infeliz fosse preso. Em seguida...

Ryder de repente se jogou no tapete e agarrou meu amigo pelos joelhos.

— Pelo amor de Deus, tenha piedade! — ele gritou. — Pelo meu pai! Pela minha mãe! Isso vai acabar com eles! Nunca fiz nada de errado antes! Nunca mais vou fazer! Eu juro! Juro sobre a Bíblia! Oh, não me leve ao tribunal! Pelo amor de Deus, não!

— Volte para a cadeira — Holmes disse, implacável. — Você se curva e rasteja, mas não pensou no coitado do Horner, no banco dos réus por causa de um crime do qual ele não sabia nada.

— Vou sumir, sr. Holmes. Vou sair do país, assim as suspeitas sobre ele se acabam.

— Hum! Vamos conversar direito sobre isso. Agora vamos ouvir a verdade sobre o que você fez depois de roubar a joia. Como ela foi parar dentro do ganso? E como o ganso foi parar no mercado? Se você tem alguma esperança, é melhor dizer a verdade.

Ryder passou a língua nos lábios ressecados.

— Vou contar tudo do jeitinho que aconteceu, sr. Holmes — ele disse. — Depois que Horner foi preso, achei melhor me livrar da pedra de uma vez, porque não dava para saber se a polícia ia querer me revistar. Não havia lugar no hotel onde eu pudesse deixá-la. Saí de lá como se fosse cumprir uma tarefa, e fui para a casa da minha irmã. Ela se casou com um homem chamado Oakshott, e os dois moram em Brixton Road, onde ela cria aves para vender. No caminho, todo mundo que eu encontrava me parecia ser policial ou detetive; e, apesar de a noite estar muito fria, o suor escorria pela minha cara antes mesmo de eu chegar a Brixton Road. Minha irmã me perguntou qual era o problema, por que eu estava tão pálido, e eu respondi que estava abalado por causa do roubo da joia no hotel. Em seguida fui para o quintal fumar um cachimbo e pensar em qual seria a melhor solução.

"Tive um amigo que se chamava Maudsley; ele se deu mal e teve que cumprir pena em Pentonville. Um dia nós acabamos conversando sobre como os ladrões se livram do que roubam. Eu tinha certeza de que ele seria honesto comigo porque sei umas coisinhas sobre ele, então decidi ir até Kilburn, onde ele morava, e compartilhar meu problema. Ele me diria como transformar a pedra em dinheiro. Mas como chegar até lá em segurança? Pensei na agonia que eu havia enfrentado no caminho até ali. A qualquer momento eu poderia ser detido e revistado, e encontrariam a pedra no meu bolso. Eu estava encostado na parede, olhando os gansos, quando me veio uma ideia que poderia vencer até o maior detetive do mundo.

"Algumas semanas antes, minha irmã havia me dito que eu poderia escolher um dos gansos como presente de Natal, e eu sei que ela sempre cumpre o que promete. Eu ia levar meu ganso naquele momento e carregar a joia até Kilburn dentro dele. No quintal da minha irmã há um pequeno galpão; fui para trás dele com um ganso branco grande de rabo listrado. Abri o bico dele e empurrei-lhe a pedra goela abaixo até onde meu dedo alcançou. Ele a engoliu, e senti a pedra passar pelo seu pescoço até chegar ao papo. Mas o bicho se debatia e lutava para se soltar, e minha irmã veio saber o que estava acontecendo. Quando eu ia responder, o ganso se soltou e se juntou aos outros.

" 'O que você estava fazendo com aquele ganso, Jem?', ela perguntou.

" 'Bem', respondi, 'você disse que me daria um de Natal, e eu estava tentando ver qual era o mais gordo.'

" 'Ora', ela disse, 'já separamos o seu. Nós até o chamamos de ganso do Jem. É aquele grandão branco ali. Um para você, um para nós e vinte e quatro para o mercado.'

Grandes Aventuras de Sherlock Holmes

" 'Obrigado, Maggie', eu disse, 'mas, se não fizer diferença para você, acho que prefiro ficar com aquele que eu estava segurando.'

" 'O seu é pelo menos um quilo e meio mais gordo', ela disse, 'e cuidamos dele especialmente para você.'

" 'Não se preocupe. Prefiro o outro. Vou pegá-lo agora', eu disse.

" 'Ora, como você quiser', ela disse, um pouco ofendida. 'Qual você quer, então?'

" 'Aquele branco de rabo listrado, ali, bem no meio.'

" 'Oh, está bem. Pode matá-lo e levá-lo.'

"Bem, sr. Holmes, fiz o que ela pediu e carreguei a ave até Kilburn. Contei a história para o meu camarada, porque ele é do tipo para quem é fácil contar esse tipo de coisa. Ele riu até perder o ar, depois trouxe uma faca e nós abrimos o ganso. Meu coração quase parou; não havia nem sinal da pedra. Alguma coisa dera errado. Corri de volta com a ave para o quintal da minha irmã, e não encontrei mais nenhum ganso por lá.

" 'Onde estão eles, Maggie?', eu gritei.

" 'Foram entregues ao vendedor.'

" 'Qual vendedor?'

" 'Breckinridge, de Covent Garden.'

" 'Mas tinha outro de rabo listrado igual ao que eu escolhi?'

" 'Sim, Jem, eram dois de rabo listrado, e não dava para notar a diferença de um para o outro.'

"Então, é claro, entendi o que tinha acontecido, e corri o mais rápido que pude até o tal do Breckinridge, mas ele havia vendido todos de uma vez, e não disse uma palavra além disso. O senhor viu como ele é. Ele sempre me responde daquele jeito. Minha irmã acha que eu estou enlouquecendo. Às vezes, também acho. E agora... agora estou marcado como ladrão sem nem sequer ter encostado na fortuna pela qual vendi a alma. Deus me ajude! Deus me ajude!"

Ele escondeu o rosto nas mãos e caiu numa crise de choro. Fez-se um longo silêncio, quebrado apenas pela respiração pesada de Ryder e pelos dedos de Sherlock Holmes batendo ritmadamente na mesa. Em seguida, meu amigo se levantou e abriu a porta.

– Saia! – ele disse.

— O quê?! Oh, Deus abençoe o senhor!

— Nem mais uma palavra. Saia!

Nem mais uma palavra se fez necessária. Ouviu-se uma correria escada abaixo, o bater da porta e o ruído de passos apressados na rua.

— No fim das contas, Watson — Holmes disse enquanto pegava o cachimbo —, a polícia não me paga para suprir suas deficiências. Se Horner estivesse em perigo, a situação seria outra, mas esse sujeito não vai fazer nada contra ele, e o caso não vai chegar a lugar nenhum. Acho que estou cometendo um crime, mas também é possível que eu tenha salvado uma alma. Ele não vai fazer mais nada de errado. Ficou assustado demais. Se ele for engaiolado agora, vai se tornar um pássaro de gaiola para o resto da vida. Além disso, é Natal, tempo de perdoar. O acaso pôs no nosso caminho um problema dos mais peculiares; a solução dele é a nossa recompensa. Se fizer a gentileza de tocar o sino, doutor, vamos partir para outro trabalho no qual um ganso terá o papel principal.

Tenho aqui alguns papéis – meu amigo Sherlock Holmes disse em uma noite de inverno, enquanto estávamos sentados ao lado da lareira, um de frente para o outro – que acredito, Watson, possam valer a pena caso você dê uma olhada neles. São os documentos do extraordinário caso do *Gloria Scott*, e esta é a mensagem que matou de medo o juiz de paz Trevor.

Ele havia tirado um cilindro descolorido de uma gaveta, em seguida soltou os papéis e me passou um bilhete rabiscado em meia folha cor de ardósia.

– O pedido por jogo em Londres acabou. O zelador Hudson, creio eu, contou comigo para tudo. O caminho tome sem muito cuidado.

Levantei os olhos da mensagem enigmática; Holmes estava rindo da minha expressão.

– Você parece perplexo – ele disse.

– Não entendo como uma mensagem dessas poderia inspirar medo. Parece mais grotesca do que qualquer outra coisa.

– É provável. Ainda assim, o fato é que o destinatário, que era um senhor robusto, foi derrubado por essa mensagem como se ela fosse o cano de uma pistola.

– Você despertou a minha curiosidade – observei. – Mas por que disse agora há pouco que esse caso tem motivos especiais para chamar minha atenção?

– Porque foi o primeiro que contou com o meu envolvimento.

Com frequência, tentei tirar do meu amigo as razões que o levaram à criminologia, mas nunca o havia pegado em um dia comunicativo. Ele se inclinou na poltrona e espalhou os documentos sobre os joelhos. Em seguida, acendeu o cachimbo e passou algum tempo em silêncio, fumando e mexendo nos papéis.

– Você nunca me ouviu mencionar Victor Trevor? – ele perguntou. – Foi meu único amigo durante os dois anos de faculdade. Nunca fui um sujeito muito sociável, Watson; sempre preferi me encolher no meu canto e desenvolver meu próprio método de raciocínio, de forma que nunca me misturei muito com os outros rapazes. Exceto pela esgrima e pelo boxe, eu tinha poucas inclinações esportivas; além disso, minha linha de estudo era consideravelmente distinta da escolhida pelos meus colegas, de forma que não tínhamos nada em comum. Trevor foi minha única amizade, e apenas por acaso: um dia o *bull terrier* dele me mordeu o tornozelo quando eu estava a caminho da capela.

"Foi um jeito prosaico de fazer amizade, mas funcionou. Precisei ficar de repouso por dez dias, e Trevor costumava me visitar para se inteirar do meu estado. A princípio, as conversas não duravam mais de um minuto, mas logo as visitas se estenderam, e antes do fim da convalescença éramos amigos íntimos. Ele era um camarada vigoroso e cordial, cheio de ânimo e disposição, exatamente o contrário de mim em alguns aspectos; mas descobrimos que tínhamos pontos em comum, e o fato de saber que ele era tão desprovido de amigos quanto eu nos uniu. Por fim, fui convidado para a casa do pai dele em Donnithorpe, em Norfolk, e aceitei a hospitalidade durante o mês de férias.

"O velho Trevor era sem dúvida um homem rico e estimado, juiz de paz e proprietário de terras. Donnithorpe é um pequeno povoado logo ao norte de Langmere, na região dos Broads. A casa era uma grande construção de tijolos à moda antiga, com vigas de carvalho, ao fim de uma bela avenida ladeada de tílias. Caçava-se pato selvagem nos brejos, a pescaria era notável, havia uma biblioteca pequena, mas de boa qualidade, recebida, pelo que entendi, de um antigo ocupante, e também um cozinheiro tolerável, de forma que seria preciso ser muito crítico para não passar um mês agradável naquele lugar.

"Trevor sênior era viúvo, e meu amigo era seu único filho. Soube que ele teve uma filha, mas ela morreu de difteria em visita a Birmingham. O pai me interessou profundamente. Era homem de pouca cultura, mas tinha um vigor primitivo notável, tanto físico quanto mental. Praticamente não conhecia livro algum, mas era viajado, tinha visto o mundo, e lembrava-se de tudo o que havia aprendido. Era robusto, atarracado, tinha cabelos emaranhados e grisalhos, o rosto bronzeado e castigado pelo clima e olhos azuis tão pungentes que chegavam a beirar a ferocidade. Apesar disso, era conhecido por ser gentil e caridoso, além de se destacar pela tolerância das sentenças que proferia no tribunal.

"Uma noite, logo após minha chegada, estávamos bebendo vinho do Porto depois do jantar quando o jovem Trevor começou a falar sobre os hábitos de observação e inferência que eu já havia sistematizado, sem contudo me dar conta do papel que desempenhariam na minha vida. O velho, é claro, pensou que o filho exagerava na descrição de uma ou duas situações triviais que eu havia protagonizado.

" 'Vamos lá, sr. Holmes', ele disse, rindo jovialmente, 'sou um ótimo objeto de estudo, se é que o senhor pode deduzir alguma coisa a meu respeito.'

" 'Receio que não haja muito o que deduzir', respondi. 'Posso insinuar que o senhor ficou com medo de um ataque pessoal nos últimos doze meses.'

"A risada se apagou, e ele me encarou com enorme surpresa.

" 'É bem verdade', ele disse. 'Você sabe, Victor', disse ele virando-se para o filho, 'que, quando acabamos com o bando de invasores, eles juraram que resolveriam o caso à faca; Sir Edward Hoby chegou a ser atacado. Tenho mantido os olhos abertos desde então, mas não faço ideia de como o senhor percebeu isso.'

" 'O senhor tem uma bengala elegante', respondi. 'Pela inscrição, observo que não está em seu poder há mais de um ano. Mas o senhor se deu ao incômodo de fazer um buraco na extremidade e enchê-lo com chumbo derretido, transformando a bengala em uma arma formidável. Imagino que o senhor não teria tomado tais providências caso não temesse algum perigo.'

" 'Mais alguma coisa?', ele perguntou, sorrindo.

" 'O senhor lutou boxe com certa frequência na juventude.'

" 'Acertou de novo. Como o senhor percebeu? Por acaso meu nariz é meio torto?'

" 'Não', eu disse. 'São as orelhas. Elas têm o achatamento e a espessura que distinguem o boxeador.'

" 'Mais alguma coisa?'

" 'Pelos calos, o senhor está familiarizado com escavação.'

" 'Fiz todo o meu dinheiro em minas de ouro.'

" 'O senhor esteve na Nova Zelândia.'

" 'Acertou de novo.'

" 'O senhor visitou o Japão.'

" 'Exato.'

" 'E houve uma relação íntima com alguém cujas iniciais eram J. A. e que o senhor ficou ávido por esquecer completamente.'

124 *Grandes Aventuras de Sherlock Holmes*

"O sr. Trevor se levantou devagar, mirou os olhos azuis e grandes em mim com um olhar estranho e selvagem e em seguida tombou para a frente com o rosto entre as cascas de nozes espalhadas pela toalha de mesa, em um desmaio profundo.

"Você pode imaginar, Watson, como o filho dele e eu ficamos chocados. O ataque, no entanto, não durou muito, pois, assim que nós lhe soltamos o colarinho e lhe borrifamos no rosto um pouco de água de um dos copos, ele se engasgou uma ou duas vezes e se sentou.

" 'Ah, meninos!', ele disse, fazendo força para sorrir. 'Espero que eu não os tenha assustado. Posso parecer forte, mas meu coração tem um ponto fraco, não é preciso muito para me derrubar. Não sei como o senhor consegue, sr. Holmes, mas me parece que todos os detetives de verdade e de mentira não passam de crianças perto do senhor. Esse é o caminho que deve seguir, meu senhor, pode confiar na palavra de alguém que conhece alguma coisa do mundo.'

"E aquela recomendação, Watson, precedida pela apreciação exagerada da minha habilidade, foi, acredite se quiser, o que me fez sentir pela primeira vez que uma profissão poderia surgir do que até aquele momento não passava de um *hobby*. Quando isso aconteceu, contudo, eu estava preocupado demais com a saúde do meu anfitrião para pensar em qualquer outra coisa.

" 'Espero que eu não tenha dito nada de errado', eu disse.

" 'Bom, o senhor tocou em uma questão delicada, sem dúvida. Posso perguntar como e quanto o senhor sabe a respeito disso?' Ele falava em tom de brincadeira, mas ainda trazia o horror camuflado no fundo dos olhos.

" 'Muito simples', eu disse. 'Quando o senhor descobriu o braço para puxar aquele peixe para dentro do barco, vi as letras J. A. tatuadas perto do seu cotovelo. Elas ainda estavam legíveis, mas a aparência borrada e a mancha na pele ao seu redor deixavam perfeitamente claro o esforço que havia sido feito para apagá-las. Era óbvio, portanto, que o senhor havia sido íntimo daquelas iniciais e que em seguida o senhor quis esquecê-las.'

" 'Que olho o senhor tem!', ele gritou, com um suspiro de alívio. 'O senhor está completamente certo. Mas não vamos falar disso. De todos os fantasmas, os amores antigos são os piores. Vamos ao salão de jogos fumar um charuto com calma.'

"A partir daquele dia, em meio a toda a cordialidade, sempre havia uma leve suspeita na postura do sr. Trevor em relação a mim. Até o filho percebeu. 'Você assustou tanto o chefe', ele disse, 'que ele nunca mais vai ter certeza do que você sabe e do que você não sabe.' Ele não tinha intenção de demonstrar isso, tenho certeza, mas era tão incômodo para ele que acabava transparecendo em cada gesto. Por fim, fiquei tão convencido de que minha presença era uma fonte de mal-estar que decidi dar um termo à visita. Na véspera da minha partida, no entanto, ocorreu um incidente que no futuro se mostraria importante.

"Estávamos sentados em cadeiras de jardim no gramado, nós três, aproveitando o calor do sol e admirando a vista dos Broads, quando a criada se aproximou para dizer que havia um homem na porta querendo ver o sr. Trevor.

" 'Como ele se chama?', perguntou meu anfitrião.

" 'Ele não quis dizer.'

" 'O que ele quer, então?'

" 'Ele diz que conhece o senhor e que quer apenas trocar algumas palavras.'

" 'Traga-o aqui.' No instante seguinte surgiu um sujeito enrugado, de postura servil e que andava arrastando os pés. Vestia um casaco aberto com a manga manchada de alcatrão, uma camisa axadrezada nas cores vermelho e preto, calças de brim e botas pesadas e surradas. Seu rosto era fino, marrom, ladino e trazia um sorriso perpétuo que revelava uma linha irregular de dentes amarelos. As mãos enrugadas estavam meio fechadas de uma forma que caracteriza os marinheiros. Enquanto ele atravessava o gramado, com as costas curvadas, ouvi o sr. Trevor fazer com a garganta um barulho que lembrava um soluço, logo antes de pular da cadeira e correr para dentro da casa. Voltou no momento seguinte e, quando passou por mim, senti um cheiro forte de conhaque.

" 'Vejamos, meu bom homem', ele disse, 'o que posso fazer pelo senhor?'

"O marinheiro continuou a encará-lo com os olhos franzidos e com o mesmo sorriso mole nos lábios.

" 'O senhor não está me reconhecendo?', ele perguntou.

" 'Ora essa, mas é o Hudson!', o sr. Trevor disse em tom de surpresa.

" 'Hudson, sim, senhor', o homem do mar respondeu. 'Ora, faz mais de trinta anos desde a última vez que o vi. Agora o senhor tem uma casa, e eu continuo comendo carne salgada do navio.'

126 *Grandes Aventuras de Sherlock Holmes*

" 'Ora, ora, o senhor vai ver que não esqueci os velhos tempos', o sr. Trevor gritou antes de andar até o marinheiro e sussurrar alguma coisa. 'Vá para a cozinha', ele prosseguiu em voz alta, 'e sirva-se. Não tenho dúvida de que encontrarei alguma coisa que o senhor possa fazer.'

" 'Obrigado, meu senhor', o marinheiro disse passando a mão nos cabelos. 'Acabo de chegar de dois anos em um cargueiro com pouca tripulação e preciso de descanso. Achei que poderia me arranjar com o sr. Beddoes ou com o senhor.'

" 'Ah', o sr. Trevor gritou, 'você sabe onde o sr. Beddoes mora?'

" 'Pelo amor de Deus, meu senhor, sei onde encontrar todos os meus velhos amigos', o sujeito respondeu com um sorriso sinistro antes de acompanhar a criada até a cozinha. O sr. Trevor murmurou alguma coisa sobre ter navegado com aquele homem quando voltava para uma escavação, e em seguida nos deixou no gramado e entrou em casa. Uma hora depois, quando nós entramos, ele estava caído no sofá da sala de jantar, bêbado. O incidente me deixou com a pior impressão possível, e não me senti mal ao ver Donnithorpe pelas costas no dia seguinte, pois achei que minha presença poderia constranger meu amigo.

"Tudo isso aconteceu no primeiro mês de férias. Voltei para Londres, onde passei sete semanas trabalhando em algumas experiências de química orgânica. Um dia, contudo, quando o outono começava a se insinuar e as férias chegavam ao fim, recebi um telegrama no qual meu amigo me implorava que voltasse a Donnithorpe, pois era extremamente necessário que eu o ajudasse e o aconselhasse. É claro que deixei tudo de lado e parti para o norte outra vez.

"Ele foi me esperar na estação com uma charrete, e pude perceber, ao bater os olhos nele, que os últimos dois meses haviam sido duros. Ele estava magro e aflito, além de ter perdido a postura cordial e animada que o caracterizava.

" 'O chefe está morrendo', foram suas primeiras palavras.

" 'Não pode ser!', eu gritei. 'Qual é o problema?'

" 'Apoplexia. Choque nervoso. Ele passou o dia todo no limite. Duvido que vamos encontrá-lo com vida.'

"Como você pode imaginar, Watson, fiquei horrorizado com a notícia inesperada.

" 'Qual foi a causa disso?', perguntei.

O *"Gloria Scott"*   127

" 'Ah, esse é o problema. Suba, vamos conversar no caminho. Você se lembra do sujeito que apareceu um dia antes de você ir embora?'

" 'Claro.'

" 'Sabe quem é ele?'

" 'Não faço ideia.'

" 'Ele é o demônio, Holmes!', ele gritou.

"Eu o encarei com espanto.

" 'Sim, o demônio em pessoa. Não tivemos uma hora de paz desde que ele apareceu; nem uma hora. O chefe não se recuperou mais depois daquela tarde, a vida dele acabou, o coração dele se despedaçou, tudo por causa daquele amaldiçoado Hudson.'

" 'Como é possível que ele tenha tanto poder?'

" 'Ah, eu daria tudo para saber. O velho chefe é tão bom, generoso e gentil! Como ele pode ter caído nas garras daquele facínora? Fico muito feliz que você tenha vindo, Holmes. Confio demais no seu bom senso e na sua discrição, e sei que você vai me aconselhar a fazer o que for melhor.'

"Fomos a toda a velocidade pela estrada plana, com a longa extensão dos Broads à nossa frente, cintilando sob a luz avermelhada do poente. De trás de um arvoredo à nossa esquerda já era possível avistar o mastro e as chaminés altas que indicavam a moradia do fidalgo.

" 'Meu pai contratou o sujeito como jardineiro', meu companheiro disse, 'mas ele não se deu por satisfeito e foi promovido a mordomo. Ele mandava e desmandava. As criadas reclamaram porque ele bebia e usava linguagem chula. Meu pai aumentou o salário de todas para compensar o incômodo. O sujeito chegava a pegar o barco e a melhor pistola do meu pai para se dar ao luxo de caçar. E tão cheio de sarcasmo, malícia e insolência que eu teria quebrado a cara dele vinte vezes se ele não fosse mais velho. Devo dizer, Holmes, que precisei fazer muita força para me segurar, e agora me pergunto se não teria sido mais sábio me soltar um pouco.

" 'Bem, as coisas foram de mal a pior, e Hudson, aquele animal, ficava cada vez mais inconveniente, até que, por fim, deu uma resposta mal-educada ao meu pai na minha frente, e eu o agarrei pelos ombros e o pus para fora da sala. Ele saiu com o rosto lívido e um par de olhos peçonhentos que lançavam mais ameaças do que a língua dele seria capaz de fazer. Não sei o que se passou entre ele e meu pobre pai depois daquilo, mas papai me procurou no dia seguinte e perguntou se eu me incomodaria em pedir desculpas a Hudson. Recusei, como você pode imaginar, e perguntei ao meu pai como ele podia permitir que aquele desgraçado tomasse tantas liberdades.

" '– Ah, meu menino – ele disse –, é muito fácil falar, mas você não sabe o que está acontecendo. Mas vai saber, Victor. Vou tomar providências para que você saiba, aconteça o que acontecer! Você não pensaria mal do seu velho pai, pensaria, meu rapaz? – Ele estava muito comovido, e trancou-se no escritório pelo resto do dia; pude ver pela janela que ele não parava de escrever.

" 'Aquela noite trouxe o que prometia ser um grande alívio, pois Hudson disse que iria embora. Ele entrou na sala de jantar depois da refeição e anunciou sua intenção com a voz turva de quem estava meio bêbado.

" '– Já me cansei de Norfolk – ele disse –, vou procurar o sr. Beddoes em Hampshire. Posso dizer que ele vai ficar tão feliz de me ver quanto o senhor.

" '– Espero que você não esteja indo embora porque está chateado, Hudson – meu pai disse com uma mansidão que fez meu sangue ferver.

" '– Não ouvi ninguém pedir desculpa – ele disse, amuado, olhando para mim.

" '– Victor, você há de convir que foi duro demais com esse bom sujeito – meu pai disse, virando-se para mim.

" '– Pelo contrário, acho que ele fez com que nós dois chegássemos ao extremo da paciência – eu respondi.

" '– Ah, é assim? – ele rosnou. – Muito bem, amigão. Vamos ver! – Ele se inclinou e saiu da sala. Foi embora trinta minutos depois, deixando os nervos do meu pai em um estado lamentável. Ele passava as noites em claro, eu podia ouvi-lo andar de um lado para outro no quarto, e justo quando ele parecia estar se recuperando, veio o golpe de misericórdia.

" 'Como?', perguntei com ansiedade.

" 'Do jeito mais estranho. Meu pai recebeu uma carta com selo de Fordingbridge ontem à noite. Leu-a, levou as duas mãos à cabeça e começou a andar em círculos pela sala, como se tivesse perdido a razão. Quando consegui levá-lo para o sofá, percebi que ele estava com a boca torta e um olho franzido; ele havia tido um derrame. O dr. Fordham veio na mesma hora e me ajudou a levá-lo para a cama; mas a paralisia havia se espalhado, ele não dava sinal de recuperar a consciência, e acho difícil que ainda esteja vivo quando nós chegarmos lá.'

O *"Gloria Scott"* **129**

" 'Você está me apavorando, Trevor!', gritei. 'O que a carta podia dizer para provocar uma reação tão terrível?'

" 'Nada. É inexplicável. A mensagem é absurda e trivial. Ah, meu Deus, aconteceu o que eu temia!'

"Enquanto ele falava, contornamos a alameda e pude ver que todas as janelas da casa haviam sido fechadas. Quando chegamos diante da porta, o rosto do meu amigo se contorceu de dor, e um homem vestido de preto saiu da casa.

" 'Quando aconteceu isso, doutor?', Trevor perguntou.

" 'Logo depois que você saiu.'

" 'Ele chegou a recuperar a consciência?'

" 'Um pouco antes do fim.'

" 'Alguma mensagem para mim?'

" 'Apenas que os papéis estão no móvel japonês.'

"Meu amigo acompanhou o médico até o leito do morto e me deixou no escritório, onde fiquei pensando e repensando; nunca havia me sentido tão melancólico em toda a minha vida. Qual era o passado de Trevor, que havia sido pugilista, viajante e se envolvera com escavação de ouro? E como ele havia caído nas mãos daquele marinheiro repugnante? Por que ele desmaiara ao ouvir uma alusão às letras meio apagadas que tinha no braço? E por que morrera de medo ao receber uma carta de Fordingbridge? Logo me lembrei de que Fordingbridge fica em Hampshire, e que o tal sr. Beddoes, que o marinheiro ia visitar e provavelmente chantagear, morava em Hampshire. A carta, portanto, devia ser de Hudson, revelando a quebra do segredo que parecia existir entre eles, ou de Beddoes, alertando o velho aliado de que tal quebra era iminente. Até aí, tudo parecia estar perfeitamente claro. Mas como a carta poderia ser trivial e grotesca, como o filho havia me contado? Ele não devia ter conseguido compreendê-la. Nesse caso, ela devia ter sido escrita em algum código que escondia a mensagem. Eu precisava ver a carta. Se ela tivesse algum conteúdo secreto, eu poderia decifrá-lo. Fiquei sentado no escuro durante uma hora, pensando, até que uma criada aos prantos trouxe luz, e meu amigo Trevor veio logo atrás dela, pálido mas sereno, segurando esses mesmos papéis que agora estão sobre os meus joelhos. Ele se sentou de frente para mim, aproximou a luz da beirada da mesa e me entregou um bilhete escrito, como você pode ver, em uma fo-

130 *Grandes Aventuras de Sherlock Holmes*

lha comum de papel cinza. 'O pedido por jogo em Londres acabou', estava escrito. 'O zelador Hudson, creio eu, contou comigo para tudo. O caminho tome sem muito cuidado.'

"Não nego que fiquei tão atordoado quanto você quando li o bilhete pela primeira vez. Em seguida, eu o reli com bastante cuidado. Era evidente, como eu havia imaginado, que existia um sentido oculto enterrado em algum lugar daquela combinação estranha de palavras. E se o significado de certas palavras houvesse sido combinado anteriormente, como 'jogo' e 'caminho'? Os significados seriam arbitrários e não poderiam ser deduzidos nunca. Contudo, eu estava pouco inclinado a essa hipótese, e a presença da palavra 'Hudson' parecia indicar que o assunto da mensagem era o que eu supunha, e que ela havia sido enviada por Beddoes e não pelo marinheiro. Tentei ler de trás para a frente, mas a combinação 'cuidado muito sem' não era nada encorajadora. Em seguida tentei alternar as palavras, mas nenhuma luz vinha de 'O por em' nem de 'pedido jogo Londres'. Em seguida, a solução do enigma me caiu nas mãos quando percebi que, a partir da primeira palavra, apenas a terceira deveria ser lida, o que formava a mensagem que havia desesperado o velho Trevor.

"O alerta era lapidar. Li em voz alta para o meu companheiro:

" 'O jogo acabou. Hudson contou tudo. Tome cuidado.'

"Victor Trevor afundou o rosto nas mãos trêmulas. 'Parece que é isso mesmo', ele disse. 'É pior que a morte, pois significa desonra. Mas o que quer dizer "zelador" e "caminho"?'

" 'Para a mensagem, não diz nada, mas pode dizer muita coisa para nós se não tivermos outra forma de identificar o remetente. Veja, ele começou escrevendo "O... jogo... acabou", depois teve que preencher a mensagem com duas palavras para cada espaço em branco. É natural que ele tenha usado as primeiras palavras que lhe vieram à cabeça, o que revela um pouco sobre ele. Você sabe alguma coisa a respeito desse Beddoes?'

" 'Bom, agora que você tocou no assunto', ele disse, 'lembro que todo ano ele costumava convidar meu pobre pai para caçar.'

" 'Não há muita dúvida de que este bilhete deve ter vindo dele', eu disse. 'Resta saber qual era o segredo que o marinheiro Hudson usava para ameaçar dois homens ricos e respeitados.'

" 'Ah, Holmes, temo que envolva infâmia e vergonha!', meu amigo gritou. 'Mas não preciso ter segredos com você. Eis a declaração escrita pelo meu pai quando ele percebeu que o perigo era inevitável. Encontrei-a no móvel japonês, como o doutor havia dito. Leia para mim, pois não tenho força nem coragem para fazer isso.'

"Foram estes, Watson, os papéis que ele me entregou; vou lê-los para você do mesmo jeito que li para ele no escritório. Veja aqui: 'Detalhes sobre a viagem do veleiro *Gloria Scott*, desde a partida de Falmouth, a 8 de outubro de 1855, até sua destruição a 15°20' latitude norte e 25°14' longitude oeste, a 6 de novembro'. O documento está disposto como carta e diz o seguinte:

'Meu filho querido, agora que a desonra se aproxima e começa a manchar meus derradeiros anos de vida, posso dizer com toda a sinceridade e franqueza que, se tenho o coração aflito, não é por medo da lei nem de perder meu cargo, tampouco de uma queda na estima de todos os que me conhecem; tenho medo de que você sinta vergonha de mim, você que me ama e que raras vezes, espero, teve motivos para nutrir qualquer coisa além de respeito por seu pai. Mas, caso a ameaça que sempre me cercou se concretize, quero que você leia estas palavras e saiba diretamente por mim até que ponto posso ser culpado. No entanto, se o pior for evitado (queira Deus todo-poderoso!), e por algum acaso este papel ainda não houver sido destruído e cair nas suas mãos, imploro, por tudo o que você considera sagrado, pela memória da sua mãe e pelo amor que nos uniu, que você o atire ao fogo e nunca mais pense nisso.

Portanto, se os seus olhos tiverem chegado até esta linha, devo entender que já fui desmascarado e arrastado para fora de casa, ou, o que é mais provável – você sabe que meu coração não é forte –, que a morte me calou para sempre. Em qualquer um dos dois casos, não há mais motivo para dissimulação, e juro que cada palavra que vou dizer é a mais pura verdade; peço compaixão.

Meu nome, filho querido, não é Trevor. Fui James Armitage na juventude, e agora você pode entender o tamanho do choque quando, semanas atrás, seu amigo da faculdade disse coisas que me fizeram desconfiar que ele havia descoberto meu segredo. Como Armitage entrei em um banco de Londres e como Armitage fui condenado por quebrar a lei do meu país, recebendo o exílio como pena. Não me julgue com mão muito pesada, meu rapaz. Eu esta-

132 *Grandes Aventuras de Sherlock Holmes*

va envolvido no que as pessoas chamam de dívida de honra, senti-me obrigado a pagar e usei dinheiro que não era meu, na certeza de que poderia devolvê-lo antes mesmo que alguém percebesse o que havia acontecido. Mas fui perseguido pelo azar. Não recebi o dinheiro com o qual contava, e uma vistoria antecipada das contas expôs o déficit. O caso poderia ter sido julgado com mais benevolência, mas a lei era mais pesada trinta anos atrás, por isso, no meu vigésimo terceiro aniversário, fui preso junto a outros trinta e sete condenados no convés do veleiro *Gloria Scott*, rumo à Austrália.

Era o ano de 1855, quando a Guerra da Crimeia estava no ápice, e os velhos barcos próprios para transportar condenados estavam sendo usados como transporte no mar Negro. Portanto, o governo se via obrigado a lidar com embarcações menores e pouco apropriadas para mandar os prisioneiros para fora do país. O *Gloria Scott* foi usado no comércio de chá com a China, mas era antiquado, e havia sido superado pelos novos modelos. Era uma embarcação de quinhentas toneladas, e, além dos trinta e oito engaiolados, transportava uma tripulação de vinte e seis membros, dezoito soldados, o capitão, três imediatos, um médico, um capelão e quatro carcereiros. Todos contados, éramos quase cem cabeças quando saímos de Falmouth.

Diferentemente do que acontece nas embarcações próprias para transportar prisioneiros, as divisórias entre as celas não eram feitas de carvalho maciço, mas finas e frágeis. Meu vizinho de trás calhou de ser um sujeito que havia me chamado a atenção no cais. Era um jovem de rosto bem delineado e sem barba, dono de um nariz comprido e fino e de um maxilar potente. Ele mantinha a cabeça erguida com vivacidade, caminhava com alguma altivez e se destacava sobretudo pela altura extraordinária. Acho que a cabeça de nenhum de nós alcançava os ombros dele; duvido que medisse menos de dois metros. Era estranho, em meio a tanto abatimento e tristeza, ver alguém cheio de energia e determinação. Era como fogo em uma nevasca. Por isso, gostei de descobrir que ele era meu vizinho, e gostei mais ainda quando, na calada da noite, ouvi uma voz colada à minha orelha e percebi que ele havia encontrado um jeito de passar pela tábua que nos separava.

— Olá, meu chapa! — ele disse. — Como você se chama e por que veio parar aqui?

Respondi e, por minha vez, perguntei com quem estava falando.

O *"Gloria Scott"* **133**

— *Jack Prendergast — ele disse —, e garanto que você ainda vai agradecer por ter ouvido meu nome.*

Eu já conhecia o caso dele, pois havia feito enorme barulho pela região algum tempo antes que eu fosse preso. Era um sujeito de boa família e grande talento, mas também de maus hábitos incuráveis, que havia, por meio de um engenhoso sistema de fraude, tomado muito dinheiro dos comerciantes mais ricos de Londres.

— *Ah, ah! Você se lembra do meu caso? — ele disse com orgulho.*

— *Lembro bem, para falar a verdade.*

— *Então talvez você se lembre de um detalhe estranho.*

— *Qual?*

— *Eu peguei quase duzentos e cinquenta mil, não foi?*

— *É o que dizem.*

— *Mas não recuperaram nada, não é?*

— *Não.*

— *Ora, onde você acha que ficou o butim?*

— *Não faço ideia — respondi.*

— *Bem aqui, entre o indicador e o polegar — ele exclamou.*

Meu Deus, o número de libras que tenho na mão é maior que o número de cabelos que você tem na cabeça. E quem tem dinheiro, meu filho, e sabe como usá-lo e como gastá-lo, pode fazer qualquer coisa! Ora, duvido que você acredite que um sujeito que pode fazer qualquer coisa vá ficar sentado no porão fedido deste buraco de rato, deste ninho de baratas, deste caixão bolorento. Não, senhor; uma pessoa nessas condições vai tomar conta de si mesmo e dos camaradas. Pode ter certeza. Confie em mim e entregue o resto na mão de Deus.

Era assim que ele falava. A princípio, pensei que isso não queria dizer muita coisa, mas aos poucos, depois de me testar e de me fazer jurar lealdade no tom mais solene possível, ele confessou a existência de um complô para controlar a embarcação. Uma dúzia de prisioneiros havia maquinado um plano antes de embarcar; Pendergast era o líder, e o dinheiro dele era o combustível.

— *Eu tinha um parceiro — ele disse —, um tipo raro; posso confiar nele do mesmo jeito que uma coronha pode confiar no cano de uma arma. Sim, senhor, e onde você acha que ele está agora? Ora, é o capelão do navio, o capelão, nada menos! Ele subiu a bordo*

134 *Grandes Aventuras de Sherlock Holmes*

de roupa preta, com os documentos em ordem e carregando tanto dinheiro que pode comprar este negócio da quilha até o mastro. A tripulação está com ele de corpo e alma. Ele poderia ter comprado aquelas pessoas às dúzias e à vista, e foi o que fez logo antes que elas empenhassem a palavra. Ele tem dois carcereiros e Mercer, o imediato, e teria o capitão em pessoa, se achasse que vale a pena.

— O que vamos fazer? — perguntei.

— O que você acha? — ele disse. — Vamos pintar tudo de vermelho sem tinta.

— Mas os soldados estão armados — eu disse.

— Nós também, meu rapaz. Temos um par de pistolas para cada um de nós que foi parido por mulher. E se a gente não conseguir tomar o navio, mesmo com a tripulação do nosso lado, é melhor ir para um internato de moças. Fale com o seu vizinho da esquerda mais tarde e descubra se dá para confiar nele.

Foi o que fiz, e descobri que meu outro vizinho era um jovem em situação bastante parecida com a minha e que havia sido condenado por fraude. Ele se chamava Evans, mas depois mudaria de nome, como eu fiz, e hoje é um sujeito rico e próspero do sul da Inglaterra. Ele estava pronto para se juntar a nós, já que era o único meio de se salvar, e antes de cruzar a baía apenas dois prisioneiros não estavam a par do segredo. Um tinha a cabeça fraca e não nos arriscamos a confiar nele; o outro sofria de icterícia e não poderia ajudar.

Desde o começo, nada impediu que tomássemos conta do navio. A tripulação era um grupo de malandros escolhidos a dedo para o trabalho. O falso capelão entrava nas celas para nos aconselhar carregando uma mala preta supostamente cheia de panfletos religiosos, e veio tantas vezes que por volta do terceiro dia cada um de nós havia escondido embaixo da cama uma lima, um par de pistolas, meio quilo de pólvora e vinte balas. Dois dos carcereiros eram agentes de Pendergast, e o imediato era seu braço direito. O capitão, dois carcereiros, o tenente Martin, seus dezoito soldados e o médico constituíam toda a nossa oposição. Ainda assim, por mais fácil que parecesse, decidimos tomar todo o cuidado e fazer um ataque surpresa à noite. No entanto, isso aconteceu mais rápido do que esperávamos. Foi assim:

O *"Gloria Scott"* 135

Uma noite, por volta da terceira semana após a partida, o médico desceu para ver um prisioneiro doente e, ao apoiar a mão embaixo da cama, sentiu as pistolas. Se houvesse ficado quieto, poderia ter evitado o golpe; mas era um camaradinha nervoso, deu um grito de espanto e ficou tão pálido que o paciente percebeu no mesmo instante o que estava acontecendo e investiu contra ele. O médico foi amordaçado e amarrado embaixo da cama antes que pudesse dar qualquer alerta. Ele havia destrancado a porta que dava para o convés, e passamos por ela sem demora. Os dois sentinelas foram abatidos, assim como o cabo que apareceu para verificar qual era o problema. Outros dois soldados guardavam a entrada da cabine, e parecia que seus mosquetes estavam descarregados, pois não abriram fogo contra nós, e foram abatidos enquanto tentavam encaixar a baioneta. Em seguida, corremos para o camarote do capitão, mas enquanto tentávamos arrombar a porta, ouvimos um barulho de explosão lá dentro e acabamos encontrando o capitão com a cabeça no mapa do Atlântico que estava aberto em cima da mesa, ao lado do capelão, que tinha nas mãos uma pistola fumegante. Os dois imediatos haviam sido dominados pela tripulação, e o assunto parecia estar encerrado.

O salão nobre ficava ao lado do camarote do capitão. Corremos para lá e nos jogamos sobre as poltronas, todos falando ao mesmo tempo, enlouquecidos pela sensação de recuperar a liberdade. Havia armários por toda parte, e Wilson, o falso capelão, quebrou um deles e pegou uma dúzia de garrafas de xerez. Quebramos a boca das garrafas, despejamos o conteúdo em copos e estávamos entornando o líquido quando, em questão de um instante, sem o menor aviso, o barulho de mosquetes pegou todos de surpresa, e o cômodo se encheu tanto de fumaça que era impossível enxergar o outro lado da mesa. Quando a fumaça baixou, tudo estava tomado pela carnificina. Wilson e outros oito se contorciam no chão, uns em cima dos outros; a simples lembrança do sangue misturado ao xerez me embrulha o estômago até hoje. Ficamos tão assustados com aquela visão que acho que teríamos nos rendido, se não fosse por Pendergast. Ele berrou feito um touro e correu para a porta, seguido por todos os que continuavam vivos. Saímos de lá e encontramos o tenente na popa com dez dos soldados. A claraboia que dava para o salão estava um pouco aberta, e eles haviam atirado por ali. Nós os alcançamos antes que pudessem recarregar; eles resistiram como *homens, mas estávamos em vantagem, e em cinco minutos tudo estava terminado. Meu Deus! Será que houve matança como aquela a bordo de um navio? Pendergast ficou descontrolado de raiva, erguia os soldados como se fossem crianças e os arremessava ao mar, vivos ou mortos. Um sargento terrivelmente ferido continuou a se debater por um tempo chocante, até que alguém se apiedou dele e lhe estourou os miolos. Quando a batalha acabou, não havia sobrado nenhum dos nossos inimigos, a não ser os carcereiros, os imediatos e o médico.*

Foi por causa deles que a briga começou. Muitos de nós já estávamos satisfeitos o suficiente por ter recuperado a liberdade e não queríamos ter um assassinato na consciência. Abater soldados armados era uma coisa; fazer vista grossa diante de gente sendo morta a sangue-frio era outra bem diferente. Oito de nós, cinco condenados e três marinheiros, nos manifestamos contra. Mas não havia maneira de dissuadir Pendergast e os que estavam com ele. Ele disse que a única chance de termos segurança era fazer o trabalho completo, sem deixar viva uma única boca que pudesse se abrir no banco das testemunhas. Quase compartilhamos o destino dos prisioneiros, mas por fim ele disse que, se quiséssemos, poderíamos pegar um bote e ir embora. Aceitamos a proposta, cansados do banho de sangue e conscientes de que tudo tendia a piorar. Ganhamos roupas de marinheiro, um tonel de água e dois barris, um para o lixo e outro com biscoitos, além de uma bússola. Pendergast nos mostrou um mapa, disse que éramos os marinheiros cujo barco havia afundado a quinze graus de latitude norte e vinte e cinco graus de longitude oeste, cortou as amarras e nos deixou.

E agora vem a parte mais surpreendente da história, meu filho querido. Os marinheiros, que haviam içado a vela de traquete durante a rebelião, prepararam-se para partir após a nossa saída, e como soprava um vento leve do norte e do leste, o navio começou a se afastar de nós aos poucos. Nosso bote se equilibrava aos trancos e barrancos sobre as ondas altas e suaves. Evans e eu éramos os que tínhamos mais conhecimento, por isso estávamos na popa, encarregados de calcular nossa posição e de planejar o rumo a ser tomado. Era uma questão delicada, pois Cabo Verde estava a cerca de oitocentos quilômetros ao norte, e a costa africana a cerca de mil quilômetros a leste. Por fim, como o vento soprava para o norte, achamos que Serra Leoa seria a melhor escolha e nos viramos para seguir o caminho. Estávamos a ponto de perder o navio de vista, mas, de repente, ao olhar para ele, vimos uma nuvem densa de fumaça preta subir até pairar no céu como se fosse uma árvore monstruosa. Poucos segundos depois, ouvimos um estrondo. Depois que a fumaça se dissipou, não havia mais sinal do Gloria Scott. No mesmo instante, viramos o bote outra vez e remamos com toda a força até onde a névoa, ainda caindo sobre a água, marcava o cenário da catástrofe.

Uma longa hora se passou antes que chegássemos até lá; chegamos a acreditar que era tarde demais para salvar alguém. Um bote destroçado, além de vários caixotes e pedaços de mastro, nos mostrou onde o navio havia afundado, mas não vimos sinal de vida, e estávamos desesperados quando ouvimos um grito de socorro e vimos um homem estirado sobre os escombros. Ao trazê-lo a bordo, ficamos sabendo que se tratava de um jovem marinheiro de nome Hudson, que estava tão queimado e exaurido que só na manhã do dia seguinte juntou forças para nos contar o que havia acontecido.

Parece que após a nossa saída, Pendergast e o bando haviam se encarregado da morte dos cinco últimos prisioneiros; os dois carcereiros foram executados e lançados ao mar, assim como o terceiro imediato. Em seguida, Pendergast desceu ao convés em pessoa e cortou a garganta do pobre médico. Restava apenas o primeiro imediato, que mostrou coragem e vigor. Quando viu o condenado aproximando-se com uma faca ensanguentada na mão, conseguiu se soltar das amarras, que havia dado um jeito de afrouxar, correu pelo convés e se lançou na direção da popa.

Uma dúzia de condenados desceu atrás dele empunhando as pistolas e o encontrou com uma caixa de fósforo na mão, sentado atrás de um barril de pólvora aberto, um dos mais de cem que havia a bordo. Ele jurou que mandaria tudo pelos ares se alguém o perturbasse. A explosão aconteceu logo depois, mas Hudson acreditava que havia sido causada por um tiro errado de um dos condenados, e não pelo fósforo do imediato. Seja lá qual tenha sido a causa, foi o fim do Gloria Scott e dos canalhas que o comandavam.

Eis em poucas palavras, meu filho querido, a história terrível na qual me envolvi. No dia seguinte fomos recolhidos pelo brigue Hotspur, que navegava rumo à Austrália. O capitão não teve problemas para acreditar que fôssemos sobreviventes de um navio que havia afundado em viagem comercial. A embarcação de transporte

de deportados Gloria Scott *foi oficialmente dada pelo Almirantado como perdida no mar, e nenhuma outra palavra sobre seu verdadeiro destino veio a público. Depois de uma ótima viagem, o* Hotspur *nos deixou em Sydney, onde Evans e eu mudamos de nome e fizemos carreira nas minas, e onde, em meio a uma multidão de várias nações, foi fácil livrar-nos da identidade passada.*

Não preciso contar o resto. Prosperamos, viajamos, voltamos para a Inglaterra como colonos ricos e cada um de nós comprou uma propriedade no campo. Por mais de vinte anos, levamos uma vida pacífica e proveitosa; acreditamos que o passado estava enterrado para sempre. Imagine o que eu senti ao reconhecer no marinheiro que veio nos visitar o mesmo que havia sido recolhido dos escombros! Ele havia nos localizado, não sei como, e estava determinado a viver explorando nosso receio. Agora você pode entender por que fiz tanto esforço para não brigar com ele e compartilhar de alguma forma o medo que me toma agora que ele saiu daqui para ameaçar delatar sua outra vítima'.

"Abaixo está escrito, em uma letra tão tremida que chega a ser quase ilegível: 'Beddoes escreveu em código para dizer que H. contou tudo. Bom Deus, tenha piedade de nós!'

"Essa foi a história que li para o jovem Trevor, Watson, e acredito que seja, dadas as circunstâncias, uma história dramática. Meu bom amigo ficou arrasado e partiu para as plantações de chá de Terai, onde parece que está se dando bem. Quanto ao marinheiro e a Beddoes, nenhum dos dois foi visto depois da carta de alerta. Ambos desapareceram completamente. A polícia não tomou nenhuma providência, portanto Beddoes deve ter confundido uma ameaça com um ato consumado. Hudson chegou a ser visto tentando se esconder, e a polícia acredita que ele tenha se livrado de Beddoes e fugido. Quanto a mim, acredito que a verdade seja o extremo oposto. Acho que é mais provável que Beddoes, levado ao desespero e acreditando já ter sido traído e delatado, vingou-se de Hudson e fugiu do país com o máximo de dinheiro que pôde levar. Eis os fatos, doutor. Caso sejam de algum valor para sua coleção, garanto que estão ao seu dispor."

O Ritual Musgrave

Um defeito de personalidade que sempre me incomodava em meu amigo Sherlock Holmes era que, embora seu método de raciocínio fosse o mais claro e ordenado da raça humana e apesar de ele se dar a afetações discretas na forma de se vestir, seus hábitos eram de um desleixo capaz de levar ao desespero alguém que dividisse a casa com ele. Não que eu seja um exemplo. As turbulências do Afeganistão se uniram a uma tendência boêmia natural e me deixaram mais relaxado do que convém a um médico. Mas tenho meus limites, e quando vejo um sujeito que deixa os charutos no balde para carvão, o tabaco em um chinelo persa e a correspondência por responder presa no consolo da lareira por um canivete, começo a me sentir virtuoso. Também considero que tiro deve ser um passatempo praticado ao ar livre; quando Holmes, em uma de suas crises de humor, se sentava na poltrona com a arma engatilhada e uma centena de cartuchos para decorar a parede oposta com um patriótico V. R.* feito com buracos de balas, eu não acreditava que aquilo melhorasse o clima ou a aparência da nossa sala.

Nosso apartamento estava sempre cheio de experimentos químicos e de objetos relacionados a investigações concluídas, que tinham o dom de vagar pelos cômodos de forma inverossímil e de acabar na manteigueira ou em lugares ainda piores. Mas os papéis eram a minha cruz. Ele tinha horror a destruir documentos, sobretudo os que tivessem relação com casos passados, mas só conseguia juntar forças para organizá-los uma vez a cada um ou dois anos, já que, como mencionei em algum lugar dessas memórias incoerentes, às explosões de energia durante as quais ele realizava as proezas que fizeram seu nome seguia-se uma reação letárgica que o levava a ficar prostrado com o violino ou com os livros, mal se mexendo a não ser para passar do sofá à mesa. Assim, os documentos se acumulavam até que cada canto da sala estivesse tomado por pilhas de manuscritos que não podiam ser queimados em hipótese alguma e só podiam ser manuseados pelo proprietário.

---

* Victoria Regina. Literalmente, "rainha Vitória". (N. do T.)

142 *Grandes Aventuras de Sherlock Holmes*

Em uma noite de inverno, estávamos os dois sentados perto da lareira e me arrisquei a sugerir que ele poderia gastar as próximas duas horas em um esforço para tornar nossa sala um pouco mais habitável. Era impossível negar a justiça do meu pedido, então ele se levantou com uma expressão de pesar e foi para o quarto, de onde voltou arrastando uma caixa grande. Ele a deixou no meio da sala, agachou-se e abriu a tampa. Pude ver que um terço dela estava cheio de papéis atados por fita vermelha e separados em vários pacotes.

— Tenho muitos casos aqui, Watson — ele disse com malícia no olhar. — Acho que se soubesse tudo o que essa caixa contém, você me pediria para tirar alguns casos daqui, em vez de colocar outros.

— São registros dos seus primeiros trabalhos? — perguntei. — Sempre quis ter anotações desses casos.

— Sim, meu rapaz; todos datam de antes que meu biógrafo surgisse para me glorificar. — Ele ergueu todos os pacotes com suavidade, um após o outro, como se os acariciasse. — Nem todos são sucessos, Watson — ele disse —, mas alguns deles são probleminhas bem interessantes. Aqui estão os registros dos assassinatos de Tarleton, e o caso de Vamberry, o comerciante de vinho, a aventura da velha russa e a notável história da muleta de alumínio, assim como um relato completo sobre Ricoletti e sua esposa detestável. E aqui… ora, veja! Isto é uma coisa um pouco *recherché***.

Ele mergulhou os braços até o fundo do baú e tirou de lá uma caixinha de madeira com tampa deslizante, como as que guardam brinquedos de criança. Dentro dela havia um pedaço amassado de papel, uma chave antiga de bronze, uma estaca de madeira presa a uma bola de barbante e três discos enferrujados de metal.

— Bem, meu rapaz, o que você me diz disso? — ele perguntou, rindo da minha expressão.

— Uma coleção estranha.

— Muito estranha, mas a história dela é ainda mais estranha.

— Então esses objetos têm história?

— Tanto que *são* história.

— O que você quer dizer?

** Refinada, rara, exótica. Em francês no original. (N. da E.)

O Ritual Musgrave   143

Sherlock Holmes colocou os objetos em cima da mesa, um por um. Em seguida, voltou para a poltrona e olhou para eles com um brilho de satisfação nos olhos.

– Aquilo – ele disse – é tudo o que me resta para lembrar o episódio do Ritual Musgrave.

Eu já o havia escutado mencionar o caso mais de uma vez, embora sem explicações.

– Eu ficaria muito feliz – disse – se você me contasse a história.

– E deixar a bagunça nesse estado? – ele gritou, cheio de malícia. – Seria pedir muito do seu asseio, Watson. Mas eu ficaria feliz se você acrescentasse esse caso aos seus anais, pois alguns detalhes o tornam único na história do crime deste e, acredito, de qualquer outro século. Uma antologia dos meus feitos insignificantes sem dúvida ficaria incompleta sem esta narrativa singular.

"Você deve estar lembrado de como a questão do *Gloria Scott* e minha conversa com o sujeito infeliz cujo destino lhe contei serviram para me apontar a profissão que se tornaria o trabalho da minha vida. Agora você sabe que meu nome é conhecido pelos quatro cantos e que costumo ser reconhecido tanto pelo público quanto pela polícia e pela suprema corte para casos ambíguos. Mesmo quando nós nos conhecemos, na época do caso que você celebrou em *Um estudo em vermelho*, eu já havia estabelecido uma clientela considerável, embora pouco lucrativa. Portanto, é difícil que você entenda como o começo foi duro para mim e quanto precisei esperar antes de conseguir fazer qualquer progresso.

"Quando cheguei a Londres, fui morar na Montague Street, bem na esquina do Museu Britânico, e me coloquei à espera, preenchendo meu abundante tempo vago com o estudo de todos os ramos da ciência que pudessem me tornar mais eficiente. Vez ou outra aparecia um caso, sobretudo por recomendação de algum velho colega da faculdade, pois ao longo dos meus dois últimos anos como universitário muito se falava sobre mim e meus métodos. O terceiro desses casos foi o do Ritual Musgrave, e é graças ao interesse despertado por aquela cadeia de acontecimentos singulares e ao tamanho das questões que estavam em jogo que devo meu primeiro passo rumo à posição que ocupo hoje.

"Reginald Musgrave e eu frequentávamos a mesma faculdade e nos conhecíamos superficialmente. Ele não era muito popular entre os graduan-

dos, embora sempre houvesse me parecido que o que as pessoas consideravam orgulho era, na verdade, esforço para encobrir uma timidez extrema.
Em aparência, era um sujeito extraordinariamente aristocrático, magro, de
nariz empinado, olhos grandes, que se portava com displicência sem deixar
a cortesia de lado. Ele era nada menos que o delfim de uma das famílias
mais antigas do reino, embora pertencesse a um ramo menor, que havia
se separado dos Musgrave do norte em algum ponto do século XVI e se
estabelecera no oeste de Sussex, onde fica o solar de Hurlstone, que talvez
seja o edifício habitado mais antigo da região. O sujeito parecia ter herdado
alguma coisa do lugar onde nasceu, pois nunca consegui encarar aquele
rosto pálido ou a postura da cabeça sem fazer associações com as arcadas
cinzentas, com os caixilhos de madeira das janelas e com todos os escombros veneráveis de uma propriedade feudal. Vez ou outra nos deixávamos
levar pela conversa, e mais de uma vez ele chegou a expressar um interesse
entusiasmado pelos meus métodos de observação e inferência.

"Por quatro anos não tive sinal dele, até a manhã em que ele foi me ver
na Montague Street. Havia mudado pouco, estava vestido como mandava
a moda – sempre foi meio dândi – e mantinha a postura sóbria e cortês que
o caracterizava.

" 'Como vão as coisas, Musgrave?', perguntei, depois de um aperto de
mãos cordial.

" 'Você provavelmente soube da morte do meu pobre pai', ele disse. 'Ele
se foi dois anos atrás. Desde então, obviamente, preciso administrar os domínios de Hurlstone, e como além disso sou representante do meu distrito
no Parlamento, minha vida tem sido agitada; mas vejo, Holmes, que você
está colocando em prática aquele talento que você usava para nos assustar.'

" 'Sim', eu disse, 'escolhi usar o cérebro para viver.'

" 'É ótimo ouvir isso, pois preciso de ajuda, e seu conselho teria um valor
extraordinário para mim. Coisas bastante estranhas têm acontecido em
Hurlstone, e a polícia não foi capaz de fazer grande coisa. É uma situação
extraordinária, inexplicável.'

"Imagine a minha ansiedade, Watson; a oportunidade que eu havia desejado durante longos meses de inatividade parecia estar ao meu alcance.
Do fundo do coração, eu acreditava ser capaz de poder fazer o que os outros
não haviam conseguido, e lá estava a chance de me colocar à prova.

" 'Por favor, conte-me os detalhes', eu gritei.

O Ritual Musgrave **145**

"Reginald Musgrave se sentou de frente para mim e acendeu o cigarro que eu havia empurrado em sua direção.

" 'É bom que você saiba', ele disse, 'que, apesar de ser solteiro, preciso manter uma equipe consideravelmente grande de criados, porque Hurlstone, uma propriedade antiga, labiríntica e enorme, demanda muitos cuidados. Além disso, crio animais para caça e costumo dar festas nos meses de temporada, portanto não seria uma boa ideia ter pouca mão de obra disponível. Ao todo, são oito criadas, uma cozinheira, o mordomo, dois lacaios e um moleque. O jardim e os estábulos obviamente têm equipes à parte.

" 'Quem está há mais tempo conosco é Brunton, o mordomo. Ele era professor e estava desempregado quando foi contratado pelo meu pai, mas era um sujeito de muita disposição e personalidade, e logo se tornou indispensável. Era um homem de boa constituição, elegante, dono de uma fisionomia esplêndida, e embora tenha ficado conosco por vinte anos, não deve ter mais de quarenta. Com seus dotes pessoais e seu talento extraordinário, pois fala várias línguas e toca praticamente todos os instrumentos musicais, é espantoso que ele tenha se mantido no cargo por tanto tempo, mas acredito que estava contente e não tinha energia para fazer qualquer mudança. O mordomo de Hurlstone nunca passa despercebido pelas visitas.

" 'Mas esse modelo de perfeição tem um defeito. Ele faz o tipo dom-juan, e você pode imaginar que para alguém como ele não seja um papel muito difícil de interpretar em um distrito rural pacato. Quando ele estava casado, tudo corria bem; mas desde que ele enviuvou, os problemas não param. Alguns meses atrás, acreditamos que ele fosse se estabilizar outra vez, pois comprometeu-se com Rachel Howells, nossa segunda criada, mas ele a dispensou e se envolveu com Janet Tregellis, filha do guarda-caça. Rachel, que, apesar de ser uma ótima moça, é dona de um temperamento galês sensível, teve um leve ataque nervoso, e agora anda pela casa, pelo menos andava, até ontem, como uma sombra de si mesma. Esse é o primeiro dos nossos dramas em Hurlstone, mas um segundo veio afastá-lo da nossa cabeça e foi prefaciado pela vergonha e pela demissão do mordomo Brunton.

" 'Vou contar o que aconteceu. Eu disse que o sujeito era inteligente, e foi essa mesma inteligência que o levou à ruína, pois parece ter-lhe despertado uma curiosidade insaciável por coisas que não lhe diziam respeito. Eu não fazia ideia de até onde isso poderia levá-lo, até que um acidente da maior simplicidade me abriu os olhos.

146   *Grandes Aventuras de Sherlock Holmes*

" 'Eu disse que a casa é grande e labiríntica. Uma noite, semana passada, quinta à noite, para ser mais preciso, fiquei sem sono porque fiz a besteira de tomar uma xícara de *café noir* depois do jantar. Após lutar com a insônia até as duas da manhã, perdi as esperanças, então me levantei e acendi uma vela na intenção de retomar a leitura de um romance. O livro, contudo, havia sido esquecido no salão de jogos. Vesti meu robe e fui buscá-lo.

" 'Para chegar ao salão de jogos, precisei descer um lance de escadas e em seguida passar pelo corredor que leva até a biblioteca e a sala das armas. Você pode calcular o tamanho da minha surpresa quando olhei por aquele corredor e vi uma luz fraca saindo pela porta aberta da biblioteca. Eu mesmo havia apagado a luz e fechado a porta antes de ir para a cama. Meu primeiro reflexo foi, é claro, pensar que eram ladrões. Os corredores de Hurlstone são decorados com velhas armas. Peguei uma acha de um deles, em seguida deixei minha vela de lado, atravessei o corredor na ponta dos pés e espiei pela porta aberta.

" 'Brunton, o mordomo, estava na biblioteca. Ele estava sentado em uma poltrona, tinha sobre o joelho um pedaço de papel que parecia um mapa e estava com o rosto afundado na mão, em um gesto de reflexão profunda. Mudo de espanto, fiquei assistindo da escuridão. Uma pequena vela de cera na beirada da mesa emitia uma luz fraca, mas suficiente para me mostrar que ele ainda estava com as roupas que havia usado durante o dia. De repente, enquanto eu o olhava, ele se levantou, foi até uma escrivaninha em um dos cantos do cômodo e abriu uma gaveta. Pegou um papel, voltou para a poltrona e colocou-o diante da vela na mesa, estudando-o com a maior concentração. Aquela análise tranquila de um dos nossos documentos de família me indignou a tal ponto que dei um passo adiante, e Brunton me viu na porta ao erguer o rosto. Ele ficou em pé de um salto, o rosto lívido de medo, e enfiou o papel, que parecia um mapa, no bolso interno do paletó.

" '– Então – eu disse – é assim que você retribui a confiança que nós depositamos em você! Você vai para a rua amanhã!

" 'Ele se inclinou, dando a impressão de estar completamente arrasado, e se esquivou sem dizer palavra. A vela ficou na mesa e permitiu que eu visse o papel que Brunton havia tirado da escrivaninha. Para minha surpresa, não tinha importância nenhuma, era apenas uma cópia das perguntas e respostas que fazem parte de um velho costume excêntrico chamado de Ritual Musgrave. É uma cerimônia da minha família há séculos, pela qual todo Musgrave passa quando chega à idade adulta, uma coisa de interesse

O Ritual Musgrave   147

unicamente pessoal, talvez com alguma importância arqueológica, como nosso brasão ou nosso escudo de armas, mas sem qualquer uso prático.

" '– Será melhor falarmos sobre esse papel depois – eu disse.

" '– Se o senhor acha que é preciso – ele respondeu, não sem alguma hesitação.

" 'Continuando minha narrativa, tranquei a gaveta com a chave que Brunton havia deixado e, quando me virei para sair, fiquei surpreso ao ver que o mordomo ainda estava diante de mim.

" '– Sr. Musgrave – ele gritou com a voz enrouquecida pela perturbação. – Eu não vou aguentar a vergonha, senhor. Sempre tive orgulho da minha posição, e uma vergonha como essa me mataria. Meu cadáver vai ficar na sua consciência, senhor, pode ter certeza, caso o senhor me provoque tanto desespero. Se o senhor tem necessidade de me dispensar depois do que acaba de acontecer, pelo amor de Deus, deixe que eu me demita e vá embora daqui a um mês, como se fosse por minha vontade. Eu poderia aguentar isso, sr. Musgrave, mas não vou aguentar ser chutado para fora diante de pessoas que conheço tão bem.

" '– Você não merece muita consideração, Brunton – respondi. – Seu comportamento não foi nada digno. Contudo, como você passou muito tempo com a família, não tenho intenção de envergonhá-lo publicamente. Um mês, no entanto, é demais. Saia dentro de uma semana, e dê o motivo que achar melhor.

" '– Só uma semana, senhor? – ele gritou com desesperança na voz. – Quinze dias... pelo menos quinze dias.

" '– Uma semana – repeti –, e estou sendo clemente com você.

" 'Ele saiu arrastando-se, com o rosto cravado no peito em uma postura de derrota. Apaguei a luz e voltei para o meu quarto.

" 'Durante os dois dias que se seguiram, Brunton se aplicou no desempenho da sua função. Não mencionei o que havia acontecido e esperei, não sem certa curiosidade, para ver como ele esconderia a vergonha. Na terceira manhã, no entanto, ele não veio, como era seu costume, receber minhas instruções após o café. Ao sair da sala de jantar, encontrei Rachel Howells, a criada. Eu já disse que ela está se recuperando de uma doença recente, e estava tão pálida e abatida que a repreendi por estar trabalhando.

O Ritual Musgrave **149**

" '– Você devia estar na cama – eu disse. – Volte a trabalhar quando estiver mais forte.

" 'Ela me lançou um olhar tão estranho que comecei a desconfiar que ela não estivesse bem da cabeça.

" '– Eu já estou bem forte, sr. Musgrave – ela disse.

" '– Vamos ver o que o médico diz – respondi. – Pare de trabalhar agora, e quando você descer, diga que quero falar com Brunton.

" '– O mordomo se foi – ela disse.

" '– Foi aonde?

" '– Ele se foi. Ninguém viu o mordomo. Ele não está no seu quarto. Ah, é verdade, ele se foi… ele se foi! – Ela tombou contra a parede, gritando e rindo, enquanto eu, horrorizado com aquele ataque histérico, tocava o sino para pedir ajuda. A moça foi levada para o quarto, ainda gritando e aos prantos, e enquanto isso fui investigar o paradeiro de Brunton. Não restava dúvida, ele havia desaparecido. A cama dele não havia sido desfeita; ninguém o tinha visto desde que ele havia se recolhido para dormir na noite anterior; era difícil entender como ele podia ter deixado a casa, já que as portas e janelas estavam trancadas quando o dia amanheceu. Ele havia deixado as roupas, o relógio e até dinheiro no quarto, mas o terno preto que ele costumava vestir não estava lá. Os chinelos também haviam desaparecido, mas as botas tinham ficado para trás. Aonde o mordomo Brunton podia ter ido no meio da noite, e onde ele estaria agora?

" 'É claro que vasculhamos a casa de cima a baixo, mas não havia sinal dele. Como eu já disse, a casa é um velho labirinto, sobretudo a ala original, hoje praticamente desabitada, mas revistamos cada canto e não encontramos traço algum do sujeito. Era inacreditável que ele tivesse ido embora e deixado tudo o que tinha, mas onde ele estaria? Chamei a polícia local, mas eles não fizeram muita coisa. Havia chovido na noite anterior; em vão examinamos o gramado e as trilhas ao redor da casa. As coisas estavam nesse pé quando outro evento desviou nossa atenção do mistério original.

" 'Por dois dias Rachel Howells ficou tão doente, às vezes delirante, às vezes histérica, que uma enfermeira foi contratada para passar as noites com ela. Na terceira noite após o sumiço de Brunton, a enfermeira aproveitou que a paciente estava dormindo bem e tirou um cochilo na poltrona; acordou pela manhã diante de uma cama vazia e de uma janela aberta, sem o menor sinal da doente. Despertaram-me no mesmo instante, e saí com os dois lacaios atrás da garota. Não era difícil ver a direção que ela havia tomado, pois uma linha clara de pegadas começava embaixo da sua janela, estendia-se pelo gramado e interrompia-se logo antes do lago, perto do caminho de cascalho que leva para fora da propriedade. O lago tem quase três metros de profundidade, e você pode imaginar o que nós sentimos ao ver que a trilha daquela pobre demente terminava ali.

" 'Imediatamente, é claro, começamos os trabalhos para recuperar o corpo, mas não encontramos nada. Por outro lado, tiramos do lago um objeto surpreendente: uma bolsa de linho que continha uma massa descolorida de metal enferrujado e vários pedaços foscos de cristal ou de vidro. Essa descoberta estranha foi tudo o que saiu do lago, e embora ontem tenhamos feito todas as buscas e perguntas possíveis, não sabemos nada sobre o destino de Rachel Howells nem sobre o de Richard Brunton. A polícia do condado está no limite das forças, e você é meu último recurso.'

"Imagine, Watson, minha ansiedade ao ouvir essa história extraordinária, e como me esforcei para entender os fatos e para encontrar o fio condutor que devia ligá-los.

"O mordomo desapareceu. A criada desapareceu. Ela chegou a se apaixonar por ele, mas em seguida teve motivos para odiá-lo. Ela tinha sangue galês, inflamável e passional. Descontrolou-se logo após o desaparecimento dele. Jogou no lago uma bolsa de conteúdo estranho. Todos esses fatores precisavam ser levados em conta; mesmo assim, nenhum deles resolvia a questão. O que teria desencadeado essa cadeia de eventos? A resposta para essa pergunta acabaria com a complicação.

" 'Musgrave', eu disse, 'preciso ver o papel que esse seu mordomo achou que valia a pena consultar, mesmo correndo o risco de perder o emprego.'

" 'Esse nosso ritual é bem absurdo', ele respondeu, 'mas pelo menos tem o charme da antiguidade para servir de desculpa. Trouxe comigo uma cópia das perguntas e respostas, se você quiser dar uma olhada.'

"Ele me entregou este mesmo papel, Watson, eis aqui o estranho catecismo ao qual todo Musgrave precisava se submeter ao se tornar homem. Vou ler as perguntas e as respostas:

" 'De quem era?'

" 'Daquele que se foi.'

" 'De quem será?'

" 'Daquele que virá.'

" 'Qual era o mês?'

" 'O sexto a partir do primeiro.'

" 'Onde estava o sol?'

" 'Sobre o carvalho.'

" 'Onde estava a sombra?'

" 'Sob o olmo.'

" 'Como devemos andar?'

" 'Ao norte de dez em dez, a leste de cinco em cinco, ao sul de dois em dois, a oeste de um em um, até embaixo.'

" 'O que daremos em troca?'

" 'Tudo o que temos.'

" 'Por quê?'

" 'Em nome da confiança.'

" 'O original não tem data, mas está na ortografia do meio do século XVII', Musgrave comentou. 'Temo, no entanto, que não vai ajudar a resolver o mistério.'

" 'Pelo menos', eu disse, 'nos dá outro mistério, ainda mais interessante que o primeiro. Talvez a solução de um se prove a solução do outro. Não me leve a mal, Musgrave, mas devo dizer que seu mordomo era muito inteligente, e foi mais perspicaz que dez gerações da família que o empregava.'

" 'Não compreendo', Musgrave disse. 'Não vejo nenhuma utilidade prática nesse papel.'

" 'Mas eu vejo uma utilidade prática enorme nele, e acredito que Brunton concordava comigo. É provável que ele já tivesse visto o papel antes da noite em que você o surpreendeu.'

" 'É possível. Não ficava escondido.'

" 'Devo acreditar que ele queria apenas refrescar a memória uma última vez. Pelo que entendi, ele estava comparando o manuscrito com um mapa ou algo do gênero, e meteu o papel no bolso assim que você apareceu?'

" 'É verdade. Mas que interesse ele podia ter no nosso velho costume de família, e o que significa essa loucura toda?'

152   *Grandes Aventuras de Sherlock Holmes*

" 'Acho que não vamos ter muitos problemas para entender isso', eu disse. 'Peço sua permissão para tomarmos o primeiro trem para Sussex e mergulharmos em pessoa na questão.'

"Na mesma tarde já estávamos ambos em Hurlstone. Você provavelmente já leu e ouviu descrições desse prédio famoso, então posso resumir minhas observações dizendo que ele é construído em forma de L, sendo o braço maior o mais moderno, e consistindo o menor no núcleo antigo de onde o outro se desenvolveu. Sobre a porta baixa, no centro da parte mais antiga, está talhada a data de 1607, mas os especialistas alegam que as vigas e a alvenaria são muito mais velhas do que isso. As enormes paredes grossas e as janelas minúsculas levaram a família a construir a ala nova no século passado, o que levou a velha a ser usada como depósito ou adega, isso quando é usada. Um parque esplêndido cerca a construção, e o lago que meu cliente havia mencionado fica perto da alameda, a cerca de duzentos metros da casa.

"Eu já estava convencido, Watson, de que não tinha três mistérios diante de mim, mas apenas um, e de que, se pudesse entender o Ritual Musgrave direito, eu teria em mãos a chave que me levaria à verdade tanto em relação ao mordomo Brunton quanto à criada Howells. Portanto, concentrei todas as forças na leitura do ritual. Por que o criado queria tanto entender aquela velha litania? Sem dúvida porque ele enxergou algo que havia escapado a várias gerações de fidalgos, e esperava tirar alguma vantagem disso. O que ele havia enxergado e onde isso o tinha levado?

"Ao ler o Ritual Musgrave, ficou absolutamente claro para mim que as medidas faziam referência a algum ponto ao qual o resto do documento se refere, e que se encontrássemos esse ponto daríamos um grande passo rumo à compreensão do segredo que os velhos Musgrave resolveram guardar de forma tão excêntrica. Tínhamos dois pontos de partida, um carvalho e um olmo. Quanto ao carvalho, não poderia haver dúvida. Bem na frente da casa, do lado esquerdo da trilha do jardim, havia um carvalho muito antigo, uma das árvores mais imponentes que já vi.

" 'Aquela árvore já estava ali quando o seu ritual foi criado?', eu disse enquanto passávamos por ela.

" 'É bem provável que já estivesse ali na época da conquista dos normandos', ele respondeu. 'O tronco tem sete metros de circunferência.'

"Um dos meus pontos de partida estava garantido.

" 'Você tem algum olmo antigo?', perguntei.

" 'Um olmo muito velho ficava lá longe, mas foi destruído por um raio dez anos atrás, e cortamos o toco.'

" 'O lugar onde ele ficava ainda está marcado?'

" 'Sim.'

" 'Não há outro olmo?'

" 'Nenhum velho, mas há muitas faias.'

" 'Eu gostaria de ver o lugar onde ele ficava.'

"Estávamos em uma carruagem leve, e meu cliente me guiou imediatamente, sem que houvéssemos entrado na casa, até a marca do gramado que indicava onde o olmo havia sido plantado. Ficava quase no meio do caminho entre o carvalho e a casa. Minha investigação parecia estar indo bem.

" 'Imagino que seja impossível descobrir qual era a altura do olmo, não?,' perguntei.

" 'Eu sei de cor. Vinte metros.'

" 'Como você sabe?', perguntei, espantado.

" 'Quando meu velho tutor me passava um exercício de trigonometria, sempre envolvia medir alturas. Quando eu era moleque, fiz contas com todas as árvores dessa propriedade.'

"Um golpe de sorte. Os dados chegavam com velocidade maior do que teria sido sensato esperar.

" 'Diga', perguntei, 'seu mordomo já havia feito a mesma pergunta?'

"Reginald Musgrave ficou chocado. 'Agora que você tocou no assunto', ele respondeu, 'Brunton me perguntou a altura da árvore uns meses atrás, alegando uma discussão com o rapaz da estrebaria.'

"A notícia era excelente, Watson, pois provava que eu estava no caminho certo. Olhei para o sol. Estava baixo, calculei que em menos de uma hora ele estaria bem em cima dos galhos mais altos do carvalho. Uma das condições mencionadas no ritual seria satisfeita. Quanto à sombra do olmo, o que estava em questão só podia ser o ponto mais afastado da sombra, caso contrário o toco poderia ser tomado como medida. Logo, eu precisava descobrir até onde a sombra cairia quando o sol estivesse sobre o carvalho."

– Não deve ter sido fácil, Holmes, já que o olmo não estava mais lá.

– Bem, pelo menos eu sabia que, se Brunton havia conseguido, eu também poderia conseguir. Além disso, não havia dificuldade alguma. Fui com Musgrave até o escritório dele e talhei esta estaca, à qual atei este barbante comprido, e marquei cada metro com um nó. Em seguida, peguei duas varas de pescar, que chegavam exatamente a dois metros, e voltei com meu cliente para a marca do olmo. O sol estava começando a tocar o carvalho. Fixei a vara no chão, vi para onde ela apontava e tirei a medida.

"Agora a conta era simples. Se uma vara de dois metros projeta uma sombra de três, uma árvore de vinte projetaria uma de trinta. Medi a distância, o que me levou quase ao muro da casa, onde deixei a estaca. Imagine minha animação, Watson, quando vi uma depressão cônica na terra a cinco centímetros de distância da minha estaca. Eu tinha certeza de que aquela marca havia sido feita por Brunton, o que significava que eu ainda estava no rastro dele.

"A partir da estaca, comecei a andar, sempre atento aos pontos cardeais indicados na minha bússola. Dez passos com cada pé me levaram a caminhar em reta paralela ao muro da casa; mais uma vez marquei o lugar com uma estaca. Em seguida dei, com muito cuidado, cinco passos a leste e dois para o sul, e encontrei-me diante da porta da ala antiga da casa. Dois passos a oeste significaria andar dois passos no caminho de cascalho, que era o lugar indicado pelo ritual.

"Nunca senti tanta decepção, Watson. Por um momento, cheguei a acreditar que havia cometido um erro grotesco nos cálculos. O sol brilhou sobre o chão ao meu lado e pude ver que as pedras gastas e cinzentas estavam firmes e não haviam sido movidas por no mínimo um bom ano. Brunton não havia passado por ali. Bati no chão, mas o som era uniforme, e não havia sinal de rachaduras ou fendas. Felizmente, Musgrave, que começou a entender o significado das minhas ações e já estava tão empolgado quanto eu, tirou o manuscrito do bolso para conferir os cálculos.

" 'Até embaixo', ele gritou. 'Você se esqueceu da parte que diz *até embaixo*.'

"Eu havia pensado que aquilo significava que teríamos que cavar, mas vi que estava errado. 'Há um porão aqui embaixo?', gritei.

" 'Sim, tão velho quanto a casa. Aqui embaixo, por esta porta.'

"Descemos uma longa escada de pedra em espiral. Meu companheiro acendeu um fósforo, e em seguida um lampião que estava em cima de um barril. No instante seguinte já era óbvio que estávamos no lugar certo e que não éramos as únicas pessoas a passar por ali nos últimos dias.

O Ritual Musgrave   155

"O lugar era usado para estocar madeira, mas as toras, que evidentemente ficavam espalhadas pelo chão, haviam sido colocadas de lado, abrindo espaço no meio do cômodo. No centro havia uma laje grande e pesada, da qual saia um anel de metal enferrujado, onde estava preso um cachecol xadrez grosso, do tipo usado por pastores.

" 'Por Deus!', meu cliente gritou, 'é o cachecol de Brunton. Posso jurar que já vi Brunton usando esse cachecol. O que aquele bandido veio fazer aqui?'

"Por sugestão minha, alguns policiais do distrito foram chamados, e em seguida eu tentei levantar a pedra puxando o cachecol. Não tive muito sucesso e precisei da ajuda de um dos oficiais. Um buraco negro se escancarou, e nós todos olhamos para dentro dele, enquanto Musgrave, ajoelhando-se ao lado, aproximou o lampião.

"Estávamos diante de uma pequena câmara de mais de dois metros de profundidade e pouco mais de um metro quadrado de área. Dentro dela, em um canto, havia uma caixa de madeira. A tampa estava aberta e trazia esta curiosa chave antiga presa na fechadura. O lado de fora estava coberto por uma grossa camada de pó; a umidade e os vermes haviam comido a madeira, e fungos cresciam do lado de dentro. Vários discos de metal, parecidos com moedas antigas, como estes aqui, estavam espalhados pelo fundo da caixa, mas não havia mais nada ali.

"No entanto, naquele momento não tivemos olhos para o velho baú, pois fomos absorvidos pelo que estava curvado ao lado dele. Era um homem vestido de terno preto, ajoelhado, com a testa apoiada na beirada da caixa, que ele envolvia com os dois braços. Tal posição havia feito com que o sangue fluísse todo para o rosto, e ninguém seria capaz de reconhecer aquela fisionomia contorcida e avermelhada; mas a altura, as roupas e os cabelos bastaram para que, depois que subimos o corpo, meu cliente comprovasse que era o mordomo desaparecido. Já estava morto fazia dias, mas não havia ferida ou contusão que indicassem como ele havia chegado àquele fim pavoroso. Quando o corpo foi levado para fora do porão, ainda estávamos diante de um problema tão formidável quanto aquele que havia nos motivado.

"Confesso que até aquele ponto, Watson, eu estava decepcionado com a investigação. Acreditei que resolveria o problema assim que encontrasse o lugar indicado pelo ritual, mas eu estava lá, e ainda assim parecia mais distante do que nunca de entender o que a família escondia com tanto afinco. É verdade que eu havia encontrado Brunton, mas ainda era necessário apurar como a hora dele havia chegado e qual era o papel da mulher que estava desaparecida. Sentei sobre um barril e refleti com calma.

"Você sabe como costumo proceder nesses casos, Watson; é preciso me colocar no lugar do outro, medir sua inteligência e tentar imaginar como eu mesmo teria agido em tais e tais circunstâncias. Naquele caso, a questão era simples, pois a inteligência de Brunton era de primeira linha, de forma que não era necessário fazer nenhuma adaptação à minha própria inteligência para chegar ao 'equilíbrio', como diriam os astrônomos. Ele sabia que algo de valor estava em jogo. Ele havia encontrado o lugar. Ele tinha visto que a pedra que cobria a passagem era pesada demais para removê-la sem ajuda. O que ele fez? Não era possível conseguir ajuda de fora da propriedade, mesmo de alguém de confiança, sem abrir as portas, o que aumentaria o risco de ser descoberto. Seria melhor, se possível, que alguém de dentro da casa ajudasse. Mas quem? A moça havia se afeiçoado a ele. Os homens sempre têm dificuldade para perceber que perderam o amor de uma mulher, não importa como a tenham maltratado. Ele deve ter se valido de alguns galanteios para fazer as pazes com a jovem Howells, e em seguida deve tê-la recrutado como cúmplice. Os dois devem ter vindo juntos para o porão e juntado forças para erguer a pedra. Até aí, tudo estava tão claro como se eu tivesse visto.

"Mas para duas pessoas apenas, e sendo uma delas mulher, erguer aquela pedra deve ter sido trabalho pesado. Não foi moleza para um policial robusto de Sussex e para mim. O que eles fizeram? Provavelmente o que eu mesmo teria feito. Examinei com cuidado os vários pedaços de madeira espalhados pelo chão. Não demorei a encontrar o que estava procurando. Um pedaço de mais ou menos três metros de comprimento tinha um talho na ponta, enquanto vários outros pedaços estavam achatados dos lados, como se tivessem sido comprimidos por um peso considerável. Era óbvio que eles haviam erguido a pedra e encaixado toras de madeira na fenda até que, por fim, quando a abertura já estava grande o suficiente para que uma pessoa pudesse passar, eles a mantiveram aberta com uma barra de madeira colocada na transversal, que deve ter sido talhada pelo peso da pedra. Eu poderia afirmar isso tudo sem correr nenhum risco de me enganar.

"Qual teria sido o fim daquele drama noturno? Sem dúvida, apenas um deles podia entrar no buraco, e foi Brunton quem entrou. A moça ficou esperando. Brunton destrancou a caixa, provavelmente deu o conteúdo para

a companheira, já que nada foi encontrado, e depois... e depois, o que aconteceu?

"Que ardente chama de vingança teria se apossado da alma exaltada daquela mulher celta quando viu que o homem que a havia ultrajado, talvez bem mais do que nós pudéssemos suspeitar, estava sob seu poder? É possível que a madeira tenha quebrado e aprisionado Brunton no que se tornaria o seu sepulcro? A única culpa da moça seria o silêncio? Ou ela havia dado o golpe repentino que colocou a pedra de volta no lugar? Seja como for, eu podia ver aquela mulher, ainda agarrada a um tesouro sem dono, correndo desnorteadamente escada acima, com os ouvidos zunindo, talvez por causa dos gritos abafados e do barulho de mãos desesperadas contra a pedra que sufocava seu amante desleal.

"Eis a explicação para o rosto pálido, para os nervos abalados e para os ataques de riso histérico do dia seguinte. Mas qual seria o conteúdo da caixa? O que ela havia feito com o conteúdo da caixa? Não podia ser outra coisa senão os pedaços de metal e de cristal que meu cliente havia tirado do riacho. Para apagar os últimos vestígios do crime, ela havia jogado o espólio na água.

"Por vinte minutos, fiquei sentado, pensando, sem fazer um único movimento. Musgrave continuava pálido, balançando a lanterna de um lado para outro e espiando dentro do buraco.

" 'São moedas de Carlos I', ele disse, mostrando uma das poucas que haviam sobrado dentro da caixa. 'A data estimada do ritual estava certa.'

" 'É provável que outra coisa de Carlos I apareça', gritei, quando subitamente entendi o significado das duas primeiras perguntas do ritual. 'Posso dar uma olhada no conteúdo da bolsa que você pescou?'

"Fomos para o escritório, onde ele me mostrou a tralha. Era compreensível que ele não tivesse dado muito valor àquilo, já que o metal estava quase preto e as pedras estavam opacas, sem brilho algum. Esfreguei uma delas na manga, e em seguida ela brilhou como uma faísca. Aquilo parecia dois arcos de metal, mas havia sido torcido e dobrado até perder a forma original.

" 'Tenha em mente', eu disse, 'que os monarquistas ingleses resistiram mesmo após a morte do rei, e que, ao fugir, provavelmente deixaram para trás vários de seus tesouros mais preciosos, não sem a intenção de voltar para buscá-los em tempos de paz.'

" 'Meu antepassado, Sir Ralph Musgrave, foi um eminente cavaleiro e o braço direito de Carlos II', meu amigo disse.

" 'Ora, ora!', eu respondi. 'Bem, acredito que essa era a última pista de que nós precisávamos. Devo felicitá-lo por tomar posse, embora sob circunstâncias um tanto trágicas, de uma relíquia de grande valor intrínseco, mas de importância histórica ainda maior.'

" 'O quê?', ele disse, ofegante de espanto.

" 'Nada menos que a venerável coroa dos reis da Inglaterra.'

" 'A coroa!'

" 'Exatamente. Pense no que diz o ritual. Como era mesmo? *De quem era? Daquele que se foi*. Isso foi após a execução de Carlos. Depois: *De quem será? Daquele que virá*. Carlos II, cuja chegada estava sendo prevista. Acredito que não haja dúvida de que esse diadema amassado e disforme já adornou algumas cabeças da Casa de Stuart.'

" 'E como foi parar no lago?'

" 'Ah, vou precisar de tempo para responder a essa pergunta.' Eu lhe expus toda a cadeia de conjecturas e de provas que eu havia traçado. A lua começou a brilhar antes que eu terminasse minha história.

" 'E por que Carlos não recebeu a coroa quando voltou?', Musgrave perguntou, guardando a relíquia na bolsa de linho.

" 'Ah, agora você tocou no único ponto que provavelmente jamais seremos capazes de esclarecer. É provável que o Musgrave responsável pela manutenção do segredo tenha morrido nesse ínterim, e, por descuido, deixou o mapa para seus descendentes sem explicar o significado. De lá para cá, o segredo vem sendo transmitido de uma geração para outra, até que um homem foi capaz de desvendá-lo e perdeu a vida na empreitada.

"Essa é a história do Ritual Musgrave, Watson. A coroa ainda está lá em Hurlstone; depois de alguns problemas legais e de desembolsar uma bela quantia, conseguiram a permissão para ficar com ela. Tenho certeza de que você poderá vê-la se usar o meu nome. Não se soube mais nada a respeito da mulher; o mais provável é que ela tenha saído da Inglaterra carregando a lembrança do crime."

O INTÉRPRETE
~ GREGO ~

Até aquele momento, apesar do meu convívio próximo com o sr. Sherlock Holmes, ele nunca havia feito menção à família, e pouquíssimas vezes ao passado. Essa lacuna aumentou o caráter inumano da imagem que ele me passava, até que às vezes eu me surpreendia pensando nele como um fenômeno isolado, um cérebro sem coração, alguém cuja deficiência emocional era tão grande quanto a primazia em termos de inteligência. A aversão por mulheres e o desinteresse por formar novas amizades eram traços fortes daquela personalidade pouco emotiva, mas não tão fortes quanto o silêncio total em relação aos seus. Cheguei a acreditar que ele fosse órfão e não tivesse parentes vivos, mas um dia, para minha enorme surpresa, ele começou a falar sobre o irmão.

Foi depois do chá, em uma noite de verão. A conversa, que havia passado com pouca coerência por tacos de golfe e pelas causas de variação na inclinação axial, finalmente se deteve na questão do atavismo e de aptidões hereditárias. O objetivo da discussão era entender se o talento de um indivíduo se deve aos ancestrais ou se é desenvolvido pela prática.

— No seu caso — eu disse —, por tudo o que você já me contou, parece óbvio que o seu dom de observação e a sua habilidade peculiar para fazer deduções se devem à prática constante.

— Até certo ponto — ele respondeu pensativo. — Meus ancestrais eram proprietários rurais, e parecem ter levado uma vida comum à dos seus pares. Mas, por outro lado, minha aptidão corre nas veias, e deve ter vindo da minha avó, que era irmã de Vernet, o artista francês. Quando está no sangue, a arte é capaz de assumir as formas mais estranhas.

— Mas o que garante que isso seja hereditário?

— O fato de meu irmão, Mycroft, apresentar a mesma disposição em grau maior que eu.

Aquilo foi uma surpresa para mim. Se houvesse outra pessoa com aquela capacidade em toda a Inglaterra, como era possível que nem a polícia nem o público tivessem conhecimento disso? Externei essa pergunta e dei a entender que meu companheiro estava se deixando levar pela modéstia ao reconhecer o irmão como superior a si. Holmes riu da insinuação.

— Meu caro Watson — ele disse —, não posso concordar com quem considera a modéstia uma virtude. Para uma mente lógica, tudo deve ser visto como é, e diminuir a si mesmo está tão longe da verdade quanto superestimar o próprio talento. Portanto, se eu digo que a capacidade de observação de Mycroft é maior que a minha, pode acreditar que estou dizendo a verdade mais literal e precisa.

— Ele é mais novo?

— Sete anos mais velho.

— E como é possível que ele não seja conhecido?

— Ah, ele é bastante conhecido no círculo dele.

— Que seria…?

— Bom, o Clube Diógenes, por exemplo.

Eu nunca havia escutado uma única palavra sobre aquela instituição, o que deve ter sido delatado pela minha expressão, pois Sherlock Holmes sacou o relógio de bolso.

— O Clube Diógenes é um dos clubes mais extravagantes de Londres, e Mycroft é tão extravagante quanto ele. Vai lá todo dia, de quinze para as cinco até vinte para as oito. São seis horas, então, se você não tiver nada contra dar uma caminhada nesse clima agradável, faço gosto em lhe apresentar duas raridades.

Cinco minutos depois estávamos na rua, andando rumo a Regent Circus.

— Você deve estar se perguntando — meu amigo disse — por que Mycroft não usa o talento dele como detetive. Ele não tem a menor capacidade para isso.

— Mas você disse que…!

— Eu disse que ele é superior a mim em observação e análise. Se para ser detetive bastasse raciocinar sentado numa poltrona, meu irmão seria o maior agente da lei de todos os tempos. Mas ele não tem interesse por isso, nem energia. Não moveria uma palha para pôr as ideias em prática, e prefere estar errado a ter que se esforçar para provar que está certo. Mais de uma vez compartilhei um problema com ele e recebi uma explicação que se mostrou correta. Mesmo assim, ele é completamente incapaz de lidar com as questões práticas que devem ser resolvidas antes que um caso seja levado ao juiz ou ao júri.

— Então ele não trabalha como detetive, certo?

— De jeito nenhum. O que eu uso como meio de vida ele usa como *hobby*; é um diletante. Ele é excelente com números, e ajuda alguns departamentos do governo a fazer as contas. Mycroft mora em Pall Mall, e não precisa fazer mais que dobrar uma esquina para chegar a Whitehall. Entra ano, sai ano, dobrar essa esquina é o único exercício físico que ele faz. Só é visto em sociedade no Clube Diógenes, que fica de frente para a casa dele.

— Eu nunca tinha ouvido falar nesse clube.

— Faz sentido. Você sabe que há muitos homens nesta cidade que, seja por timidez ou por misantropia, preferem evitar a companhia dos outros. No entanto, eles não fazem objeção a cadeiras confortáveis nem a bons jornais e revistas. Foi para agradar a gente assim que o Clube Diógenes foi fundado, e hoje abriga os homens menos sociais e menos sociáveis de Londres. Não é permitido que os membros deem a menor atenção uns aos outros. A não ser na sala dos forasteiros, a conversa não é permitida em hipótese alguma, e se essa regra for violada mais de três vezes, o comitê administrativo pode expulsar o falante. Meu irmão foi um dos fundadores. Eu mesmo, inclusive, considero o lugar bem aconchegante.

Chegamos a Pall Mall durante a conversa e continuamos descendo. Sherlock Holmes parou diante de uma porta a alguns metros do Carlton, advertiu-me para não falar e conduziu-me até o *hall* de entrada. Pude ver, por trás de um painel de vidro, um cômodo luxuoso onde vários homens estavam sentados lendo, cada um no seu canto. Holmes me levou a uma salinha com vista para Pall Mall e saiu por alguns instantes para buscar alguém que, pela aparência, só podia ser seu irmão.

Mycroft Holmes era muito mais robusto que Sherlock. Embora ele fosse corpulento, seu rosto grande havia preservado algo dos traços angulosos que se destacavam tanto no irmão. Os olhos, que eram de um tom claro e pouco comum de azul, pareciam manter o olhar introspectivo e distante que só aparecia em Sherlock quando ele dava o máximo de si.

— É um prazer conhecê-lo — ele disse, estendendo a mão tão lisa e larga quanto a nadadeira de uma foca. — Todo mundo começou a falar no Sherlock depois que o senhor resolveu escrever sobre ele. Aliás, fiquei esperando

O Intérprete Grego **165**

que você viesse me consultar sobre aquele caso da semana passada. Achei que você pudesse estar um pouco perdido.

– Não, eu consegui – meu amigo respondeu, sorrindo.

– Sem dúvida, foi o Adams.

– Sim, foi o Adams.

– Tive certeza disso desde o primeiro instante.

Os irmãos se sentaram um ao lado do outro.

– Se alguém quiser estudar a raça humana, não há lugar como este – Mycroft disse. – Dê uma olhada nesses espécimes magníficos! Repare nos dois homens que vêm vindo para cá, por exemplo.

– O que marca o placar do bilhar e o outro?

– Exatamente. O que você acha do outro?

Os dois pararam de frente para a janela. O único sinal de bilhar que consegui enxergar foram umas marcas de giz no casaco de um deles. O outro era um sujeito muito pequeno, moreno, que usava um chapéu jogado para trás e trazia vários pacotes debaixo do braço.

– Pelo que percebo, foi soldado – Sherlock disse.

– Dispensado recentemente – o irmão notou.

– Dá para ver que ele serviu na Índia.

– Como oficial com patente.

– Imagino que na Artilharia Real – Sherlock disse.

– E é viúvo.

– Mas tem um filho.

– Filhos, meu querido, filhos.

– Ora – eu disse rindo –, vocês estão passando dos limites.

– Sem dúvida – Holmes respondeu –, não é difícil dizer que um homem com aquela postura, cheio de autoridade e com a pele queimada de sol, é um soldado de certa patente que voltou da Índia não faz muito tempo.

– É possível dizer que ocupava seu posto até pouco tempo atrás, porque ainda usa as mesmas botas – Mycroft observou.

166 *Grandes Aventuras de Sherlock Holmes*

– Não tem porte para a cavalaria, mas mesmo assim usa o chapéu de lado, por isso tem a pele mais clara de um lado do rosto. O tipo físico impede que ele seja sapador*. Ele é da artilharia.

– E é óbvio que ele está de luto fechado, o que mostra que perdeu alguém muito querido. O fato de ele ter feito as próprias compras faz crer que essa pessoa deve ter sido a esposa. Pode-se ver que ele comprou coisas para crianças. Há um chocalho; isso indica que uma delas é um bebê. É possível que a mulher tenha morrido no parto. Ele também está carregando um livro de colorir, então dever ter mais um filho.

Comecei a entender por que meu amigo havia dito que seu irmão era ainda mais perspicaz que ele próprio. Ele me olhou de esguelha e sorriu. Mycroft pegou um pouco de rapé de uma caixa feita de casco de tartaruga e espanou os grãos que caíram sobre seu casaco com um lenço vermelho de seda.

– Aliás, Sherlock – ele disse –, pediram que eu analisasse um problema bem peculiar, do gênero que você gosta. Não tive energia para tirá-lo a limpo de forma satisfatória, mas serviu-me de base para conjecturas e reflexões agradáveis. Se você fizesse o favor de se colocar a par dos fatos...

– Meu caro Mycroft, será um prazer.

O irmão rabiscou um bilhete em uma folha do seu bloco de notas, tocou o sino e passou o papel para o garçom.

– Pedi que o sr. Melas venha até aqui – ele disse. – Ele é o meu vizinho do andar de cima. Não somos estranhos um ao outro, por isso ele veio até mim quando ficou sem rumo. O sr. Melas deve ser de origem grega, e é um linguista digno de nota. Ele ganha a vida como intérprete jurídico e como guia de orientais abastados que gostam de se hospedar nos hotéis da Nothumberland Avenue. Acho melhor deixar que ele mesmo conte o que aconteceu.

Minutos depois aproximou-se de nós um homem baixo e robusto, cuja origem transparecia no rosto moreno e nos cabelos cor de carvão, embora falasse nossa língua como um inglês culto. Ele apertou a mão de Sherlock Holmes com animação, e seus olhos escuros faiscaram de alegria quando o especialista lhe disse que estava ansioso para ouvi-lo.

– A polícia não me deu o menor crédito, garanto que não – ele disse em tom lamentoso. – Só porque nunca ouviram nada parecido, eles acham

---

* Aquele que faz trabalhos ligeiros de engenharia. (N. do T.)

O Intérprete Grego   167

que uma coisa dessas não pode acontecer. Mas sei que não terei sossego enquanto não entender o que aconteceu com aquele pobre coitado com a cara cheia de curativos.

– Sou todo ouvidos – Sherlock Holmes disse.

– Hoje é quarta-feira – o sr. Melas disse –, então foi segunda à noite, há apenas dois dias, o senhor compreende?, que tudo isso aconteceu. Eu sou intérprete, provavelmente meu vizinho já lhe disse isso. Trabalho com todas as línguas, ou quase todas, mas como nasci na Grécia e tenho um nome grego, fiquei associado sobretudo à minha língua nativa. Sou o principal intérprete de grego de Londres, e meu nome é bastante conhecido nos hotéis.

"Não é raro que eu seja solicitado em horários pouco convenientes por estrangeiros em apuros ou por viajantes que chegam tarde e precisam de mim. Não me surpreendi, portanto, quando segunda à noite certo sr. Latimer, um jovem vestido de acordo com a última moda, apareceu na minha casa e me pediu que o acompanhasse em um cabriolé que estava à nossa espera. Um amigo grego estava de visita para tratar de negócios, e como ele não fala nada além de inglês, precisava de um intérprete. Ele deu a entender que morava em Kensington, e parecia não ter tempo a perder, pois levou-me para dentro do cabriolé assim que descemos para a rua.

"Eu disse 'para dentro do cabriolé', mas logo fiquei em dúvida se aquilo não seria uma carruagem. Tinha muito mais espaço que a porcaria de quatro rodas que se costuma ver em Londres, e os acessórios eram de alta qualidade, apesar de gastos. O sr. Latimer se sentou de frente para mim; passamos por Charing Cross, pela Shaftesbury Avenue e saímos na Oxford Street. Eu estava prestes a comentar que aquilo estava longe de ser o caminho mais rápido para Kensington quando o extraordinário comportamento do meu companheiro de viagem me fez calar.

"Primeiro, ele tirou do bolso uma formidável maça de chumbo e a balançou para a frente e para trás como se estivesse calculando o seu peso e a sua força. Em seguida, sem dizer uma palavra, ele pousou a maça no assento ao lado. Ato contínuo, levantou as janelas de ambos os lados, e descobri, chocado, que elas estavam cobertas com papel para que eu não visse o lado de fora.

" 'Peço desculpas por obstruir sua vista, sr. Melas', ele disse, 'mas não tenho a menor intenção de que o senhor saiba para onde estamos indo. Não seria conveniente que o senhor soubesse como voltar para lá.'

168 *Grandes Aventuras de Sherlock Holmes*

"Como não é difícil imaginar, aquilo me perturbou. Meu companheiro era um jovem forte, de ombros largos, e mesmo se ele não estivesse armado, eu não teria a menor chance em uma briga.

" 'Que coisa estranha, sr. Latimer', eu gaguejei. 'Acho que nem preciso lembrá-lo de que isso que o senhor está fazendo é contra a lei.'

" 'Tomei algumas liberdades, sem dúvida', ele disse, 'mas o senhor receberá uma compensação. Devo adverti-lo, no entanto, sr. Melas, que se o senhor tentar fazer qualquer coisa contra os meus interesses, as consequências serão graves. Quero deixar claro que ninguém sabe onde o senhor está e que, enquanto estiver dentro desta carruagem ou na minha casa, deve fazer o que lhe for ordenado.'

"Ele falava baixo, mas em um tom rascante, ameaçador. Fiquei sentado em silêncio, perguntando-me que diabo de motivo ele poderia ter para me sequestrar daquele jeito. Fosse o que fosse, estava perfeitamente claro que não adiantava resistir. Só me restava esperar para ver o que aconteceria.

"Rodamos por duas horas sem que eu tivesse a menor pista quanto ao nosso destino. Às vezes, o barulho das rodas sugeria um calçamento de pedra; às vezes, a falta de barulho indicava asfalto. Fora essa percepção auditiva, não havia nada que pudesse me indicar onde nós estávamos. O papel que cobria as janelas era opaco, e uma cortina azul bloqueava o vidro da frente. Havíamos saído de Pall Mall quinze para as sete da noite, e quando finalmente paramos, meu relógio mostrava que faltavam dez minutos para as nove. Meu companheiro de viagem abaixou a janela, e pude ver uma entrada baixa em forma de arco. Quando fui colocado para fora da carruagem, ela se abriu. Pouco depois eu me encontraria dentro da casa, com uma vaga impressão de ter cruzado um gramado e de ter passado perto de árvores para chegar até lá. No entanto, se aquilo era propriedade privada ou um parque, eu não saberia dizer.

"Havia um lampião a gás lá dentro, mas a luz estava tão fraca que só pude ver que o *hall* tinha um tamanho considerável e que as paredes estavam cheias de quadros. Sob a luz fosca, percebi que a pessoa que havia aberto a porta era um sujeitinho de meia-idade, mal-encarado e de ombros curvados. Quando ele se virava na minha direção, um reflexo indicava que ele usava óculos.

" 'Esse é o sr. Melas, Harold?', ele disse.

" 'Sim.'

" 'Bom trabalho! Bom trabalho! Espero que não nos leve a mal, sr. Melas, mas sua ajuda é indispensável. Se o senhor nos tratar bem, não vai se arrepender; mas, se tentar alguma gracinha, só Deus vai poder ajudá-lo.'

"Ele falava aos solavancos, de um jeito nervoso, entremeado por risadinhas, mas de certa forma me assustava mais que o outro.

" 'O que os senhores querem de mim?', eu perguntei.

" 'Só a resposta para algumas perguntas que queremos fazer a um cavalheiro grego que está nos visitando. Mas diga exatamente o que ele lhe disser, senão...' risinho nervoso mais uma vez... 'o senhor vai se arrepender de ter nascido.'

"Enquanto falava, ele abriu uma porta e me levou até uma sala muito bem mobiliada, mas novamente a única luz disponível era um lampião com a luz baixa. Sem dúvida, o cômodo era grande e, pelo jeito como meus pés afundavam no carpete conforme eu andava, ostentava riqueza. Vi de relance algumas cadeiras aveludadas, uma lareira alta de mármore e, do lado dela, algo que parecia ser uma armadura japonesa. Havia uma cadeira logo abaixo da luz, o homem mais velho gesticulou para que eu me sentasse nela. O mais novo havia saído, mas logo voltou por outra porta, trazendo consigo um cavalheiro que veio andando lentamente na nossa direção, vestido com uma roupa larga que parecia um robe. Quando ele entrou no círculo de luz que me permitiu enxergá-lo, sua aparência me horrorizou. Ele estava pálido feito um cadáver e completamente descarnado, com os olhos brilhantes e saltados de quem é mais forte por dentro do que por fora. Mas uma coisa me assustou ainda mais que os sinais de debilidade física: ele estava amordaçado por uma fita e trazia curativos grotescos em forma de cruz no rosto.

" 'Você está com a lousa, Harold?', o velho gritou enquanto a figura estranha mais caía do que sentava na cadeira. 'As mãos dele estão soltas? Então, dê-lhe um lápis. O senhor vai perguntar, sr. Melas, e ele vai escrever as respostas. Primeiro, pergunte se ele está pronto para assinar os papéis.'

"Os olhos do homem jorraram fogo.

" 'Nunca', ele escreveu em grego na lousa.

" 'Não podemos negociar?', perguntei sob as ordens do tirano.

" 'Só quando ela for casada por um padre grego que eu indicar, e na minha presença.'

"O outro riu daquele jeito venenoso.

170 *Grandes Aventuras de Sherlock Holmes*

" 'O senhor sabe o que o aguarda, não é?'

" 'Não me importo comigo.'

"Essas foram algumas das perguntas e das respostas que compuseram aquela conversa estranha, metade escrita e metade falada. Inúmeras vezes, tive que perguntar se ele não estava disposto a se render e assinar o documento. Inúmeras vezes recebi a mesma resposta furiosa. Acabei tendo uma ideia. Adicionei algumas palavras minhas a cada pergunta; no começo, palavras bobas, apenas para conferir se algum dos nossos amigos perceberia; em seguida, já que eles não davam sinal de entender coisa alguma, dei um passo mais arriscado. A conversa que se seguiu foi mais ou menos assim:

" 'Essa teimosia não vai trazer nada de bom. Quem é o senhor?'

" 'Não me importa. Sou um estrangeiro.'

" 'A culpa será apenas sua. Há quanto tempo o senhor está aqui?'

" 'Que seja. Três semanas.'

" 'A propriedade nunca vai ser sua. Qual é o problema?'

" 'Nem de bandidos como o senhor. Estão me matando de fome.'

" 'O senhor será posto em liberdade assim que assinar. Que casa é esta?'

" 'Não vou assinar de modo algum. Não sei.'

" 'Ela não vai ganhar nada com isso. Como o senhor se chama?'

" 'Quero saber o que ela acha disso. Kratides.'

" 'O senhor vai vê-la, mas só depois que assinar. Onde o senhor nasceu?'

" 'Então nunca mais vou vê-la. Atenas.'

"Eu só precisava de mais cinco minutos, sr. Holmes, para desvendar tudo debaixo do nariz deles. A pergunta seguinte teria esclarecido a situação, mas quando eu ia abrir a boca, a porta se abriu e uma mulher entrou na sala. Não consegui ver muito, apenas o suficiente para saber que ela era alta, graciosa e tinha cabelos escuros.

" 'Harold!', ela disse em inglês mal falado, 'não aguento mais. Fico tão sozinha lá em cima só com... Meu Deus, é o Paul!'

"As últimas palavras foram ditas em grego, e no instante seguinte o homem fez um esforço violento para soltar a mordaça, gritou 'Sophy! Sophy!' e correu para os braços da mulher. O abraço não durou mais que um instante, pois o jovem levou a mulher para fora, e o velho não teve problemas para dominar sua vítima desnutrida e levá-la porta afora. Por um instante deixaram-me sozinho na sala, e eu me levantei com a vaga ideia de que deveria aproveitar para conhecer melhor aquela casa onde me encontrava. Para minha sorte, contudo, não pus a ideia em prática, pois ao levantar os olhos dei de cara com o velho à porta, com os olhos fixos em mim.

" 'Bom trabalho, sr. Melas', ele disse. 'Veja bem, estamos confiando ao senhor um assunto muito particular. Não queríamos incomodá-lo, mas nosso amigo que fala grego e que deu início a essas negociações precisou voltar para a terra dele. Era extremamente necessário ter alguém que o substituísse, e ficamos sabendo do seu talento.'

"Concordei com um gesto de cabeça.

" 'Aqui estão cinco soberanos', ele disse, andando na minha direção. 'Espero que o pagamento seja suficiente. Mas lembre-se', ele acrescentou, dando-me um tapinha no peito e rindo, 'se o senhor contar isso para alguém, mesmo que seja para uma única pessoa, bem, Deus tenha piedade da sua alma.'

"Não tenho palavras para expressar a aversão e o horror que aquele homenzinho insignificante me provocou. Dessa vez ele estava sob a luz da lâmpada, e pude vê-lo melhor. Ele tinha o rosto amarelado coberto por uma barba pontuda e emaranhada. Projetava o rosto para a frente enquanto falava, torcendo os lábios e revirando as pálpebras sem parar, como se estivesse tendo um ataque de dança de são vito. Pensei que a risada talvez pudesse ser outro sintoma de desequilíbrio mental. Mas o pior se concentrava nos seus olhos, duros como aço, de um brilho frio que deixava entrever a sua diabólica e inexorável crueldade.

" 'Vamos ficar sabendo se o senhor contar o que viu', ele disse. 'Temos boas fontes de informação. Agora, a carruagem está à sua espera, e meu amigo vai acompanhá-lo até em casa.'

"Fui conduzido às pressas até o veículo, e novamente pude entrever as árvores e o jardim. O sr. Latimer me seguiu de perto durante o trajeto e sentou-se de frente para mim sem dizer palavra. Novamente rodamos em silêncio por uma distância interminável, com as janelas levantadas, até que, pouco depois da meia-noite, a carruagem parou.

" 'O senhor desce aqui, sr. Melas', ele disse. 'Lamento deixá-lo tão longe de casa, mas não tenho escolha. Se tentar seguir a carruagem, vai acabar se dando mal.'

172 *Grandes Aventuras de Sherlock Holmes*

"Ele abriu a porta enquanto falava, e mal tive tempo de saltar quando o cocheiro açoitou o cavalo e a carruagem partiu. Olhei em volta, espantado. Eu estava em um lugar coberto de urzes e moitas de tojo. Ao longe, enxerguei uma fileira de casas com uma ou outra luz acesa nas janelas. Do outro lado havia a iluminação de trilhos de trem.

"A carruagem que havia me levado até ali já estava fora do meu campo de visão. Continuei olhando ao redor e me perguntando em que raio de lugar eu poderia estar quando vi alguém se aproximar no escuro. Quando ele se aproximou de mim, percebi que se tratava de um carregador de bagagens que trabalhava na ferrovia.

" 'O senhor pode me dizer onde nós estamos?', perguntei.

" 'Wordsworth Common', ele respondeu.

" 'Onde posso tomar um trem para a cidade?'

" 'Andando cerca de um quilômetro e meio', ele disse, 'o senhor chega a Clapham Junction a tempo de pegar o último trem para Victoria Station.'

"Eis o fim da minha aventura, sr. Holmes. Não sei onde estive nem com quem falei; o que contei ao senhor é tudo o que sei. Mas também sei que estão cometendo uma injustiça e quero ajudar aquele infeliz, se puder. No dia seguinte, contei a história para o sr. Mycroft Holmes e para a polícia."

Todos ficamos em silêncio por algum tempo após ouvir aquela narrativa fora do comum. Em seguida Sherlock olhou para o irmão.

– Você tomou alguma providência?

Mycroft apanhou o *Daily News* em uma mesa e leu:

> *"Recompensa para qualquer informação sobre um cavalheiro chamado Paul Kratides, de Atenas, que não fala inglês, e sobre uma senhora grega cujo primeiro some é Sophy. 24X1873."*

– Publicamos em todos os jornais. Sem resposta.

– Que tal o consulado grego?

– Estive lá. Nada.

– Então podemos telegrafar para o chefe da polícia de Atenas.

– Sherlock herdou todo o vigor da família – Mycroft disse virando-se para mim. – Perfeito; assuma o caso e mantenha-me informado.

O Intérprete Grego **173**

– Claro – meu amigo respondeu, levantando-se. – Você e o sr. Melas serão devidamente informados. Nesse ínterim, sr. Melas, eu não baixaria a guarda se estivesse na sua pele, pois sem dúvida nenhuma eles viram os anúncios nos jornais e sabem que o senhor os traiu.

No caminho de volta, Holmes parou para telegrafar.

– Ora, Watson – ele observou –, foi uma noite proveitosa. Alguns dos meus melhores casos chegaram até mim através de Mycroft. O problema que acaba de nos ser exposto, embora admita uma única resposta, ainda apresenta pontos peculiares.

– Você acha que consegue resolver o caso?

– Bom, com as informações que temos, seria estranho se não conseguíssemos descobrir o resto. Você mesmo deve ter alguma teoria para explicar os fatos.

– Mais ou menos.

– O que você acha, então?

– Parece óbvio que a moça grega foi levada à força pelo jovem inglês chamado Harold Latimer.

– Carregada à força de onde?

– Talvez de Atenas.

Sherlock Holmes balançou a cabeça.

– O jovem não falava uma palavra de grego. A dama falava inglês consideravelmente bem. Dedução: ela está na Inglaterra há algum tempo, mas ele nunca foi à Grécia.

– Bom, então podemos pensar que ela veio visitar a Inglaterra e que o tal de Harold a convenceu a ficar.

– Mais provável.

– Em seguida o irmão… imagino que seja essa a relação entre eles… vem da Grécia para impedir, mas, pouco cuidadoso, acaba refém do jovem e de seu cúmplice mais velho. Eles o capturam e fazem uso da violência para que ele assine documentos abrindo mão da fortuna da moça, da qual ele deve ser o curador. Ele recusa. Para negociar com ele, é preciso um intérprete, e o sr. Melas é escolhido para substituir o anterior. A moça não sabia da presença do irmão e o descobre por puro acaso.

– Excelente, Watson – Holmes exclamou. – Acredito que você não esteja muito longe da verdade. Como você pode ver, estamos com as cartas na

174 *Grandes Aventuras de Sherlock Holmes*

mão. Não temos nada a temer, a não ser um ato de violência da parte deles. Se tivermos tempo, vamos pegá-los.

— Mas como vamos encontrar a casa?

— Bem, se a nossa hipótese se provar correta e o nome da moça for, ou tiver sido, Sophy Kratides, não vamos ter problemas para localizá-la. Devemos nos concentrar nela, já que o irmão não tem relação nenhuma com este país. Está claro que deve ter passado algum tempo desde que Harold começou a se relacionar com a moça, no mínimo semanas, para que o irmão tivesse tempo suficiente para ficar sabendo e para vir atrás dela. Se eles não mudaram de residência durante esse tempo, é provável que os anúncios de Mycroft surtam efeito.

Chegamos à Baker Street enquanto falávamos. Holmes subiu as escadas primeiro e, ao abrir a porta do nosso apartamento, deu um pulo de susto. Olhei por cima do ombro dele e fiquei igualmente chocado. Mycroft estava fumando na poltrona.

— Venha, Sherlock! O senhor também! — ele disse com calma, rindo do nosso espanto. — Você não esperava que eu me mexesse tanto, certo, Sherlock? Mas, de alguma forma, esse caso mexe comigo.

— Como você chegou aqui?

— De fiacre. Passei por vocês na rua.

— Alguma novidade?

— Uma resposta para o anúncio.

— Ah!

— Chegou logo depois que vocês saíram.

— E qual é a resposta?

Mycroft Holmes sacou uma folha de papel.

— Aqui está — ele disse —, escrito por um homem magro de meia-idade. Ele diz:

> *"Meu caro, em resposta ao seu anúncio datado de hoje, tomo a liberdade de lhe informar que conheço bem a dama em questão. Se o senhor quiser me encontrar, poderei contar a dolorosa história dela com alguns detalhes. Atualmente, ela mora em The Myrtles, Beckenham.*
>
> *Atenciosamente,*
> *J. Davenport."*

O Intérprete Grego **175**

– Ele escreve de Lower Brixton – Mycroft Holmes disse. – Você não acha que devemos ir até lá e ouvir os tais detalhes, Sherlock?

– Meu caro Mycroft, a vida do irmão vale mais que a história da irmã. Acho melhor irmos até a Scotland Yard, chamar o inspetor Gregson e ir direto para Beckenham. Sabemos que estão matando um homem; cada hora pode ser a última.

– É melhor pegar o sr. Melas no caminho – sugeri. – Podemos precisar de um intérprete.

– Excelente – Sherlock Holmes disse. – Chame um fiacre e vamos embora assim que ele chegar.

Enquanto falava, meu amigo abriu a gaveta da escrivaninha e transferiu o revólver para dentro do bolso.

– Pelo que ouvi – ele disse em resposta ao meu olhar –, posso dizer que estamos lidando com um bando bem perigoso.

Era quase noite quando chegamos à casa do sr. Melas, em Pall Mall. Ele não estava; um cavalheiro tinha vindo buscá-lo.

– A senhora sabe me dizer para onde eles foram?

– Não, senhor – a mulher que abriu a porta respondeu. – Só sei que ele entrou numa carruagem com o cavalheiro.

– O cavalheiro disse o nome?

– Não, senhor.

– Era um jovem bonito e alto?

– Oh, não, senhor. Era um baixinho de óculos, mas de conversa muito agradável, porque não parava de rir enquanto falava.

– Vamos embora! – Sherlock Holmes exclamou de repente. – Isso está ficando sério – ele observou no caminho para a Scotland Yard. – Eles pegaram Melas de novo. Ele não é um homem de arroubos físicos, como provou na última experiência. Aquele bandido conseguiu aterrorizá-lo assim que apareceu na frente dele. Sem dúvida, ele é útil profissionalmente, mas, depois de usá-lo, temo que eles possam castigá-lo pela traição.

Nossa esperança era que, de trem, pudéssemos chegar a Beckenham mais rápido que a carruagem. No entanto, ao chegar à Scotland Yard, perdemos cerca de uma hora para cumprir com as formalidades que nos permitiriam entrar na casa. Eram quinze para as dez, e nem havíamos chegado à Ponte de Londres.

176 *Grandes Aventuras de Sherlock Holmes*

Quarenta e cinco minutos depois, chegamos à plataforma da Beckenham Station. Um percurso de quase um quilômetro nos levou a The Myrtles – uma casa grande e sombria, longe da estrada. Dispensamos o fiacre.

– Todas as luzes estão apagadas – o inspetor disse. – A casa parece deserta.

– Os passarinhos voaram e deixaram o ninho vazio.

– Por que o senhor diz isso?

– Uma carruagem cheia de bagagem saiu da casa há menos de uma hora.

O inspetor riu.

– Vi marcas de rodas, mas como o senhor sabe da bagagem?

– O senhor deve ter observado que as mesmas marcas também fizeram o caminho contrário. Mas aquelas que apontam para fora da propriedade são muito mais fundas, o que nos permite dizer com certeza que havia um peso considerável na carruagem.

– O senhor ficou um pouquinho na minha frente – o inspetor disse dando de ombros. – Não vai ser fácil arrombar essa porta. Mas primeiro vamos ver se alguém vai nos ouvir.

Ele bateu forte na porta e tocou a campainha. Nada aconteceu. Holmes havia se esgueirado para algum canto, mas voltou em questão de minutos.

– Janela aberta – ele disse.

– É uma bênção que o senhor esteja do lado da polícia e não contra ela, sr. Holmes – o inspetor afirmou ao notar a forma como meu amigo havia aberto o ferrolho. – Bom, acho melhor não esperarmos convite para entrar.

Um depois do outro, entramos em uma residência grande, sem dúvida a mesma onde o sr. Melas estivera. O inspetor acendeu a lanterna e pudemos ver as duas portas, a cortina e a armadura japonesa, conforme a descrição que nos haviam feito. Na mesa encontramos dois copos, uma garrafa vazia de conhaque e os restos de uma refeição.

– O que é isso? – Holmes perguntou de repente.

Todos paramos para escutar. Um gemido baixo vinha de algum lugar acima de nós. Holmes saiu para o *hall*. O barulho sinistro vinha mesmo de cima. Holmes saiu correndo, e o inspetor e eu logo atrás dele, enquanto o irmão, Mycroft, corria o mais rápido que sua grande corpulência permitia.

Demos de cara com três portas no segundo andar. Os sons melancólicos vinham de trás da porta do meio, oscilando entre um resmungo abafado e um lamento estridente. Estava trancada, mas a chave estava do lado de fora. Holmes escancarou a porta e entrou correndo, mas voltou logo em seguida com a mão na garganta.

– É carvão – ele disse. – Esperem um pouco.

Espiando lá dentro, dava para ver que a única fonte de luz era uma chama azul fraca, que crepitava em um tripé de bronze no centro do cômodo. Também vimos a sombra de duas figuras encolhidas contra a parede. Pela porta saía uma fumaça horrível que nos fez engasgar e tossir. Holmes foi até o topo da escada para tomar ar fresco, depois entrou correndo na sala, abriu a janela e jogou o tripé de bronze no jardim.

– Daqui a um minuto vamos poder entrar – ele disse, engasgado, enquanto se atirava para fora da sala. – Há alguma vela por aqui? Duvido que dê para acender um fósforo nessa atmosfera. Ilumine a porta para que possamos tirá-los de lá, Mycroft. Agora!

Sem demora, arrastamos os homens envenenados para um lugar menos inóspito. Ambos estavam inconscientes e tinham os lábios arroxeados, o rosto inchado e os olhos saltados. De fato, os traços dos dois indivíduos estavam tão distorcidos que, não fosse pela barba escura e pela estrutura corporal, teria sido impossível reconhecer um deles como o intérprete de grego que havíamos encontrado poucas horas antes no Clube Diógenes. Ele tinha as mãos amarradas às costas e uma marca feia de golpe em um dos olhos. O outro, imobilizado de forma parecida, tinha um desenho macabro feito por vários curativos no rosto, era alto e estava no último estágio da desnutrição. Ele fez silêncio quando o colocamos no chão. Não precisei olhar duas vezes para concluir que havíamos chegado tarde demais. O sr. Melas, no entanto, ainda estava vivo, e em menos de uma hora, com a ajuda de um pouco de amônia e de conhaque, abriu os olhos e me deixou feliz por tê-lo feito voltar do vale das sombras.

A história que ele tinha para contar não era longa nem complexa, e não fez mais do que confirmar nossas deduções. O homem que o visitou havia tirado uma arma da manga; isso lhe provocou tamanho medo que não foi difícil sequestrá-lo pela segunda vez. Na verdade, o pavor que aquele canalha risonho havia provocado no pobre linguista era quase hipnótico; ele não conseguia parar de tremer, e seu rosto não recuperava a cor. Ele havia sido levado para Beckenham e atuara como intérprete em uma nova conversa, ainda pior que a primeira, na qual os dois ingleses se dispuseram a matar o prisioneiro caso ele não cooperasse no mesmo instante.

Por fim, desistiram das ameaças e o jogaram de volta na cela. Depois disso, repreenderam o sr. Melas pela traição e lhe deram um golpe de bastão na cabeça. Ele não se lembra de mais nada até nossa chegada.

Eis o extraordinário caso do intérprete grego, que permanece envolto em certo mistério. Descobrimos, através do cavalheiro que havia respondido ao anúncio, que a coitada da moça pertencia a uma família grega abastada e viera à Inglaterra para visitar uns amigos. Durante a viagem, conheceu um jovem chamado Harold Latimer, que passou a exercer influência sobre ela e a convenceu a fugir com ele. Os amigos, chocados, contentaram-se em informar o irmão em Atenas e lavar as mãos. O irmão, ao chegar à Inglaterra, expôs-se de forma imprudente a Latimer e seu comparsa, de nome Wilson Kemp – um sujeito com os piores antecedentes que se possa imaginar. Percebendo que o fato de ele ignorar a língua inglesa o tornava indefeso, os dois se aproveitaram disso para prendê-lo e, fazendo-o passar fome, tentar forçá-lo a abrir mão de tudo o que era dele e da irmã. Eles o mantiveram preso na casa sem que a moça soubesse, e cobriram a cara dele de curativos para que ela tivesse dificuldade em reconhecê-lo caso chegasse a vê-lo. No entanto, o disfarce não foi suficiente para enganar a intuição feminina, e ela o reconheceu assim que pôs os olhos nele durante a primeira visita do intérprete. A pobrezinha também era prisioneira, pois não havia ninguém mais na casa, a não ser o cocheiro e a mulher dele, ambos a serviço dos conspiradores. Ao descobrir que o segredo havia sido revelado e que o prisioneiro não se deixaria dobrar, os dois canalhas decidiram abandonar a casa mobiliada que haviam alugado e fugiram levando a moça, não sem antes perpetrarem a vingança contra aquele que os havia desafiado e o outro que os havia traído.

Meses depois, recebemos um curioso recorte de um jornal de Budapeste. Narrava o fim trágico de dois ingleses que viajavam na companhia de uma mulher. Ambos haviam sido apunhalados, e a polícia húngara achava que eles haviam se desentendido e se ferido de morte. Holmes, contudo, não concorda, e acha que caso alguém consiga encontrar a jovem grega, será possível descobrir como os maus-tratos que ela e o irmão sofreram foram vingados.

O mês de julho que se seguiu ao meu casamento tornou-se memorável por causa de três casos nos quais tive o privilégio de colaborar com Sherlock Holmes e analisar seus métodos. Fiz anotações sob os títulos "A segunda mancha", "O tratado naval" e "O capitão cansado". O primeiro, no entanto, trata de um assunto tão importante e implica tantas das famílias mais tradicionais do reino que por muitos anos será impossível torná-lo público. Nenhum outro caso em que Holmes se envolveu mostrou tão claramente o valor de seus métodos de análise nem impressionou tanto seus aliados. Ainda guardo uma transcrição quase textual da conversa na qual ele demonstrou a verdade dos fatos para Monsieur Dubuque, da polícia de Paris, e para Fritz von Waldbaum, o famoso especialista de Dantzig, que haviam desperdiçado energia com o que depois se provaria um problema secundário. Contudo, o próximo século vai chegar antes que essa história possa ser contada de forma segura. Enquanto isso, passo para a segunda da lista, que também prometeu, em determinado momento, alcançar importância nacional e foi marcada por vários incidentes que a tornaram única.

Durante meus anos de escola, fui muito amigo de um rapaz chamado Percy Phelps; nós éramos praticamente da mesma idade, mas ele estava duas séries à minha frente. Era um menino brilhante, ganhou todos os prêmios que a escola oferecia, terminando por receber uma bolsa de estudos que o levou a seguir uma carreira triunfante em Cambridge. Ele era, pelo que me lembro, extremamente bem relacionado, e, mesmo quando éramos apenas menininhos, sabíamos que o irmão de sua mãe era lorde Holdhurst, o grande político conservador. Esse relacionamento espalhafatoso não fez bem para ele durante o tempo de escola; ao contrário, mais parecia um motivo para persegui-lo no parquinho e bater com a portinhola nas canelas dele. Mas a coisa mudou de figura quando ele saiu para o mundo. Ouvi por alto que o talento e a influência lhe renderam um belo cargo nas Relações Exteriores, depois não pensei mais no assunto até que a seguinte carta me fez lembrar que ele existia:

182 *Grandes Aventuras de Sherlock Holmes*

"Briarbrae, Woking

Meu caro Watson,

Tenho certeza de que você se lembra de mim, o "girino" Phelps, que estava na quinta série enquanto você estava na terceira. É possível que você saiba que, por influência do meu tio, consegui uma boa indicação para as Relações Exteriores, e atingi certa confiança e reputação até que uma desgraça repentina arruinou minha carreira.

Não adianta escrever os detalhes desse acontecimento terrível. Caso você aceite meu pedido, é provável que eu precise narrá-los. Acabo de me recuperar de nove semanas de febre, e ainda estou extremamente fraco. Você acha que poderia trazer seu amigo, o sr. Sherlock Holmes? Gostaria de saber a opinião dele sobre o caso, embora as autoridades garantam que não há mais o que fazer. Tente trazê-lo o mais rápido possível. Cada minuto me parece uma hora de suspense. Diga que não foi por falta de reconhecimento ao talento dele que não lhe pedi conselhos antes, mas porque perdi a cabeça desde que sofri esse golpe. Agora estou bem de novo, embora não me atreva a pensar muito no que aconteceu por medo de ter uma recaída. Ainda estou tão fraco que preciso, como você pode perceber, ditar em vez de escrever. Tente trazê-lo.

Seu velho colega de escola,
Percy Phelps."

A carta me comoveu; havia algo digno de pena nos apelos insistentes para que eu levasse Holmes. Fiquei tão tocado que teria tentado mesmo se ele tivesse me pedido algo difícil; mas eu sabia, claro, que Holmes gostava tanto da sua arte que estava sempre disposto a oferecer ajuda, desde que o cliente estivesse disposto a aceitá-la. Minha esposa concordou que valia a pena levar o caso até ele, então, uma hora depois do café da manhã, encontrei-me mais uma vez nos velhos aposentos da Baker Street.

Vestindo um roupão, Holmes estava sentado à escrivaninha, trabalhando duro em uma pesquisa química. Uma retorta grande queimava sobre a chama azulada do bico de Bunsen, e as gotas destiladas se condensavam em dois litros. Meu amigo mal levantou os olhos à minha chegada, e eu, percebendo que a pesquisa era importante, sentei-me em uma poltrona e esperei. Ele tirou líquido de uma ou outra garrafa, usando a pipeta de vidro para pegar algumas gotas; por fim, trouxe até a mesa um tubo de ensaio que continha uma solução. Na mão esquerda, trazia papel de tornassol.

– Você chegou no meio de uma crise, Watson – ele disse. – Se esse papel continuar azul, tudo bem. Se ficar vermelho, significa a vida de um homem.

O papel foi mergulhado no tubo de ensaio e emitiu no mesmo instante uma coloração carmesim suja e sem brilho.

– Hum! Como eu pensava – ele exclamou. – Estarei à sua disposição dentro de um instante, Watson. O tabaco está no chinelo persa.

Ele foi até a escrivaninha e escreveu vários telegramas, que foram entregues ao garoto de recados. Em seguida, jogou-se na cadeira em frente e ergueu os joelhos até que os dedos das mãos pudessem se entrelaçar em volta das tíbias longas e magras.

– Um assassinatozinho bem clichê – ele disse. – Acredito que você tenha algo melhor. Você é o espalha-brasas do crime, Watson. O que é?

Passei-lhe a carta, que foi lida com a maior atenção.

– Não diz muito, diz? – ele notou enquanto me devolvia o papel.

– Quase nada.

– Ainda assim, a caligrafia é interessante.

– Mas não é dele.

– Justamente. É de uma mulher.

– Só pode ser de um homem! – eu exclamei.

– Não, é de uma mulher; e de uma mulher dona de uma personalidade rara. Veja, no começo de uma investigação faz diferença saber se o cliente está em contato próximo com alguém que, para o bem ou para o mal, é de uma natureza fora do comum. Já despertou meu interesse pelo caso. Se você estiver pronto, podemos partir imediatamente para Woking para ver esse diplomata que está em uma situação tão funesta e a dama para quem ele dita a correspondência.

Tivemos a sorte de pegar um trem que saía cedo de Waterloo, e em pouco menos de uma hora nos encontramos entre os pinheiros e as urzes de Woking.

Briarbrae revelou-se uma casa grande e isolada, situada em um vasto terreno aonde se podia chegar após alguns minutos de caminhada saindo da estação. Ao apresentar nossos cartões, fomos levados a uma sala decorada com elegância, onde um homem corpulento se juntou a nós dentro de poucos minutos e nos recebeu com bastante hospitalidade. Sua idade provavelmente estava mais próxima dos quarenta que dos trinta, mas tinha o rosto tão corado e o olhar tão alegre que dava a impressão de ainda ser um moleque bagunceiro.

– Fico muito feliz por vê-los – ele disse, cumprimentando-nos com efusão. – Percy passou a manhã perguntando pelos senhores. Coitado, ele se aferra a qualquer ninharia. O pai e a mãe dele me pediram para lidar com o caso, porque a simples menção ao assunto já é motivo de dor para ambos.

– Ainda não conhecemos os detalhes – Holmes observou. – Posso perceber que o senhor não é da família.

O outro pareceu surpreso; em seguida, olhou para baixo e começou a rir.

– Claro, o monograma com as iniciais J. H. no meu medalhão – ele disse. – Por um momento, achei que o senhor tivesse feito algo engenhoso. Meu nome é Joseph Harrison, e, como Percy está para se casar com minha irmã Annie, pelo menos vou ser parente dele por casamento. Minha irmã está no quarto, cuidando dele. Talvez seja melhor irmos até lá de uma vez por todas, pois sei que ele está impaciente.

O cômodo aonde fomos levados era no mesmo andar da sala onde estávamos. A decoração misturava sala de estar e quarto, com requintados arranjos de flores por toda parte. Um homem jovem, exausto e muito pálido, estava deitado em um sofá perto da janela aberta, por onde entrava o cheiro do jardim e o ar balsâmico de verão. Uma mulher que estava sentada ao lado dele se levantou quando nós entramos.

– É melhor que eu saia, Percy? – ela perguntou.

Ele a agarrou pela mão para impedir que ela saísse.

– Como vai, Watson? – ele me perguntou com cordialidade. – Eu jamais o teria reconhecido atrás desse bigode, e me atrevo a dizer que você não conseguiria dizer quem sou eu. Acredito que esse seja seu amigo famoso, o sr. Sherlock Holmes.

Fiz uma apresentação de poucas palavras, e nós dois nos sentamos. O rapaz corpulento havia nos deixado, mas a irmã continuou conosco, de mãos dadas com o enfermo. Ela era uma mulher de aparência impressionante; pequena, mas com uma linda pele azeitonada, olhos italianos grandes e escuros e cabelos negros abundantes. O contraste com a cor dela fazia seu companheiro parecer ainda mais pálido e exausto.

O Tratado Naval 185

– Não vou fazer o senhor perder tempo – ele disse, erguendo-se no sofá. – Vou abordar o assunto sem rodeios. Eu era um homem feliz e bem-sucedido, sr. Holmes, até que, na véspera do meu casamento, um infortúnio repentino e pavoroso acabou com todas as minhas perspectivas.

"Eu estava, como Watson deve ter lhe dito, nas Relações Exteriores, e, graças à influência do meu tio, lorde Holdhurst, galguei rapidamente um cargo de confiança. Quando o governo nomeou meu tio ministro das Relações Exteriores, recebi várias missões delicadas, e, como sempre as executei com sucesso, ele passou a ter a maior confiança na minha habilidade e no meu tato.

"Quase dez semanas atrás, dia 10 de maio, para ser mais preciso, ele me chamou e, após me elogiar pelo bom trabalho que eu vinha fazendo, disse que tinha outra missão de confiança para mim.

" 'Isso', ele disse pegando um rolo de papel cinza, 'é o original do tratado secreto entre a Itália e a Inglaterra sobre o qual, lamento dizer, alguns rumores já apareceram na imprensa. É extremamente importante que não vaze mais nenhuma informação. As embaixadas da França ou da Rússia pagariam uma enorme soma para saber o que está escrito nesses papéis. Eles não deveriam sair daqui se não fosse extremamente necessário copiá-los. Você tem uma escrivaninha na sua sala?'

" 'Sim, senhor.'

" 'Então leve o tratado e tranque-o na sua escrivaninha. Vou dar instruções para que você fique para trás quando os outros saírem, de forma que possa copiá-lo à vontade, sem medo de ser espiado. Ao fim do trabalho, tranque o original e a cópia na escrivaninha e me entregue ambos amanhã de manhã.'

"Peguei os papéis e…"

– Um instante – Holmes disse –, o senhor estava sozinho durante essa conversa?

– Completamente.

– Em uma sala grande.

– Nove metros por nove.

– No centro?

– Sim, mais ou menos.

– E falando baixo?

– A voz do meu tio é sempre consideravelmente baixa. Eu quase não falei.

186 *Grandes Aventuras de Sherlock Holmes*

– Obrigado – Holmes disse fechando os olhos. – Por favor, prossiga.

– Fiz exatamente como ele havia me instruído e esperei até que os outros funcionários tivessem saído. Um dos que dividiam sala comigo, Charles Gorot, tinha trabalho atrasado para pôr em dia, então eu o deixei e saí para jantar. Quando voltei, ele não estava mais lá. Eu estava ansioso para terminar, porque sabia que Joseph, o sr. Harrison, que vocês viram agora há pouco, estava na cidade e viajaria para Woking pelo trem das onze horas; se fosse possível, eu gostaria de ir buscá-lo.

"Quando finalmente pude examinar o tratado, logo vi que era de tal importância que ninguém poderia dizer que meu tio tinha exagerado no tom em que havia falado comigo. Sem entrar em detalhes, posso dizer que definia a posição da Grã-Bretanha em relação à Tríplice Aliança e prefigurava a postura que este país adotaria caso a frota francesa sobrepujasse o poderio da italiana no Mediterrâneo. As questões tratadas ali eram puramente navais. Ao fim, apareciam as assinaturas dos altos dignitários. Passei os olhos pelos nomes e me dediquei à minha tarefa de copista.

"Como se tratava de um documento extenso, de vinte e seis artigos, escrito em língua francesa, parecia inútil tentar esperar o trem. Estava me sentindo sonolento e idiota, em parte por causa do jantar, mas também por causa dos efeitos de um longo dia de trabalho. Uma xícara de café clarearia minha cabeça. Um zelador passa a noite toda em uma guarita ao pé da escada e tem o costume de usar a espiriteira para passar café para os funcionários que fazem serão. Toquei o sino para chamá-lo.

"Para minha surpresa, o chamado foi atendido por uma mulher, uma senhora idosa de traços grosseiros, que usava avental. Ela me explicou que era a esposa do zelador e que cuidava da limpeza; pedi meu café.

"Copiei mais dois artigos, depois, sentindo-me mais sonolento do que nunca, me pus a andar de um lado para outro para esticar as pernas. Meu café ainda não havia chegado; tentei imaginar qual seria a causa do atraso. Abri a porta e saí para descobrir. Um corredor estreito e mal iluminado era a única saída da sala onde eu estava trabalhando. Terminava em uma escada curva que dava para o corredor onde ficava a guarita do zelador. No meio dessa escada há uma plataforma pequena, com outra passagem aberta à direita. Ela leva, através de uma segunda escada, até uma porta lateral usada pela criadagem, mas que também serve de atalho para os oficiais que vêm da Charles Street.

"Eis aqui um mapa rudimentar."

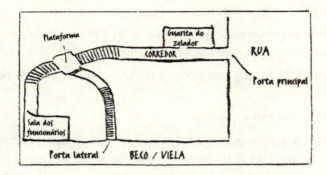

— Obrigado. Acho que estou entendendo — Sherlock Holmes disse.

— É da maior importância que o senhor tenha prestado atenção a esse detalhe. Desci a escada até o corredor, onde encontrei o comissário no sétimo sono, ao lado do bule fervendo na espiriteira e transbordando água. Estendi a mão e estava prestes a chacoalhar o sujeito, que continuava a dormir profundamente, quando um sino tocou, e ele despertou de um salto.

" 'Senhor Phelps!', ele disse, completamente atordoado.

" 'Desci para ver se meu café estava pronto.'

" 'Estava esquentando a água quando peguei no sono, senhor.' O olhar dele, cada vez mais assombrado, passava de mim para o sino que ainda tremia. 'Se o senhor estava aqui, então quem tocou o sino?'

" 'O sino!', eu disse. 'Que sino é esse?'

" 'É o sino da sala onde o senhor estava trabalhando.'

"Parecia que uma mão fria havia se fechado em volta do meu coração. Então alguém estava naquela sala onde meu precioso tratado havia ficado em cima da mesa. Subi as escadas a toda a velocidade e cruzei o corredor. Não havia ninguém, sr. Holmes, nem no corredor nem na sala. Tudo estava exatamente como eu havia deixado, a não ser pelos papéis sob minha responsabilidade, que haviam sido levados da mesa. A cópia estava lá; o original, não."

Holmes se ergueu na cadeira e esfregou as mãos. Pude perceber que ele estava entregue ao problema.

— Por favor, o que o senhor fez em seguida? — ele murmurou.

Grandes Aventuras de Sherlock Holmes

— Imaginei, no mesmo instante, que o ladrão só poderia ter entrado pela porta lateral. Sem dúvida nós teríamos cruzado um com o outro se ele tivesse vindo pelo outro caminho.

— O senhor estava certo de que ele não ficou o tempo todo escondido na sala ou no corredor, que acaba de ser descrito como mal iluminado?

— Impossível. Nem um rato poderia ter se escondido na sala ou no corredor. Não há espaço.

— Obrigado. Por favor, prossiga.

— O zelador percebeu pela minha palidez que havia algo a temer e me seguiu escada acima. Nós dois corremos pelo corredor e descemos os degraus inclinados que levam até a Charles Street. A porta ao pé da escada estava fechada, mas sem tranca. Passamos por ela e continuamos a correr. Lembro-me claramente de que, enquanto fazíamos isso, o sino da igreja repicou três vezes. Eram quinze para as dez.

— Isso é importantíssimo — Sherlock Holmes disse, fazendo uma anotação no punho da camisa.

— A noite estava muito escura e caía uma chuva fina e morna. Não havia ninguém na Charles Street, mas Whitehall tinha o movimento intenso de costume. Corremos pela calçada, mesmo desprotegidos contra a chuva, e, no fim da rua, encontramos um policial parado.

" 'Um roubo acaba de ser cometido', eu disse, arfando. 'Um documento de imenso valor foi subtraído do prédio do Ministério das Relações Exteriores. Alguém passou por aqui?'

" 'Estou aqui há quinze minutos, senhor', ele disse, 'e só passou uma pessoa, uma mulher alta e idosa, vestindo um xale estampado.'

" 'Ah, é minha mulher', o zelador exclamou. 'Não passou mais ninguém?'

" 'Ninguém.'

" 'Então o ladrão deve ter ido pelo outro lado', o zelador gritou, e me puxou pela manga.

"Mas não me dei por satisfeito, e os esforços dele para me afastar dali aumentaram minhas suspeitas.

" 'Para onde foi a mulher?', eu perguntei.

" 'Não sei, senhor. Vi que ela passou por aqui, mas não vi nenhum motivo para vigiá-la. Ela parecia estar com pressa.'

" 'Quanto tempo faz?'

" 'Ah, poucos minutos.'

" 'Uns cinco?'

" 'Bem, não pode ter sido mais de cinco.'

" 'O senhor está perdendo tempo, e cada minuto faz diferença', o zelador disse. 'Dou minha palavra de que minha velha não tem nada a ver com isso; vamos para a outra ponta da rua. Bem, mesmo que o senhor não vá, eu vou.'

"Tendo dito isso, ele saiu correndo. Mas eu estava atrás dele e o puxei pela manga.

" 'Onde você mora?', perguntei.

" 'Na Ivy Lane, 16, em Brixton', ele respondeu, 'mas não se deixe levar por uma pista falsa, sr. Phelps. Vamos para a outra ponta da rua ver o que podemos ouvir.'

"Não havia o que perder seguindo esse conselho. O policial nos acompanhou, mas encontramos apenas a rua movimentada, cheia de gente indo e vindo, todos bastante ansiosos para encontrar um lugar onde se abrigar em uma noite tão chuvosa. Não havia ninguém parado que pudesse nos dizer quem havia passado.

"Em seguida, voltamos ao escritório e revistamos a escada e o corredor, em vão. O chão da passagem que leva à sala fica marcado com muita facilidade. Examinamos com cuidado, mas não encontramos nenhuma pegada."

– Choveu a noite toda?

– Começou por volta das sete.

– Então como é possível que a mulher que entrou na sala por volta das nove não tenha deixado marcas de lama?

– Fico feliz que o senhor tenha levantado essa questão. Isso também me ocorreu. As faxineiras têm o costume de tirar as botas na sala do zelador e calçar sandálias.

– Está claro. Então não havia marcas, apesar da chuva? A série de eventos é, sem dúvida, extraordinária. O que o senhor fez em seguida?

– Revistamos a sala também. Não havia possibilidade de uma porta secreta, as janelas ficam a quase nove metros do chão e estavam trancadas por dentro. O carpete não permite a existência de um alçapão, e o teto é reves-

190 *Grandes Aventuras de Sherlock Holmes*

tido de cal. Eu apostaria minha vida que quem quer que tenha roubado os documentos saiu pela porta.

— E a lareira?

— Eles não a usam. Eles têm um fogão. A corda do sino vai até a minha mesa. Quem tocou o sino precisou ir até lá para fazer isso. Mas por que o criminoso iria querer tocar o sino? É um mistério dos mais insolúveis.

— De fato, é incomum. O que o senhor fez em seguida? Imagino que tenha examinado a sala em busca de rastros do invasor... uma ponta de charuto, uma luva, um grampo de cabelo ou qualquer outra ninharia?

— Não havia nada desse tipo.

— Nenhum cheiro?

— Bem, não pensamos nisso.

— Ah, um cheiro de tabaco seria valioso nesse tipo de investigação.

— Como nunca fumei, acho que eu teria notado caso houvesse cheiro de tabaco no ar. Não havia pista alguma. O único fato tangível é que a mulher do zelador, a sra. Tangey, saiu correndo. Ele não deu qualquer explicação, salvo que era o horário em que a mulher costumava ir embora. O policial e eu concordamos que seria melhor alcançar a mulher antes que ela tivesse tempo para se livrar dos papéis, se é que ela os havia pegado.

"Àquela altura a Scotland Yard já havia sido alertada, e o sr. Forbes, um detetive, apareceu e assumiu o caso com bastante energia. Chamamos um fiacre, e dentro de meia hora estávamos no endereço que nos deram. Uma moça abriu a porta; era a filha mais velha da sra. Tangey. A mãe ainda não havia voltado; fomos convidados a esperá-la na sala.

"Por volta de dez minutos depois, bateram na porta, e nós cometemos um erro sério pelo qual assumo a culpa. Em vez de abrir a porta, deixamos que a moça o fizesse. Ela disse: 'Mãe, dois homens estão esperando a senhora', e no instante seguinte ouvimos o ruído de passos se afastando. Forbes abriu a porta, e ambos corremos até a cozinha nos fundos da casa, mas a mulher havia chegado antes. Ela nos encarou com um olhar desafiador e, em seguida, ao me reconhecer, assumiu uma expressão de enorme espanto.

" 'Puxa, se não é o sr. Phelps, do escritório!', ela exclamou.

" 'Ora, ora, quem a senhora pensava que fôssemos quando correu de nós?', meu companheiro perguntou.

" 'Pensei que fossem credores', ela disse. 'Estamos tendo problemas com um comerciante.'

" 'Isso não basta', Forbes respondeu. 'Temos motivos para acreditar que a senhora pegou um documento importante do Ministério das Relações Exteriores e veio até aqui para dispor dele. A senhora deve nos acompanhar até a Scotland Yard para uma revista.'

"Ela protestou e resistiu, mas tudo em vão. Um cabriolé foi chamado e nos levou de volta. Antes disso, examinamos a cozinha, especialmente o fogo, para nos certificarmos de que ela não havia se livrado dos papéis enquanto ficou sozinha naquele lugar. No entanto, não havia sinal de cinza nem de pedaços de papel. Quando chegamos à Scotland Yard, ela foi entregue no mesmo instante à responsável pela revista de mulheres. Esperei em agonia e suspense até que ela voltasse. Nem sinal dos papéis.

"Então, pela primeira vez, fui tomado por todo o horror da minha situação. Até então, eu estava em ação, e agir havia esmorecido meu raciocínio. Estava tão confiante em recuperar o tratado que não me atrevi a pensar nas consequências caso não conseguisse fazê-lo. Mas não havia mais o que fazer, e tive tempo para entender minha posição. Era terrível! Watson pode lhe dizer que na escola eu era um menino nervoso e sensível. É minha natureza. Pensei no meu tio e nos colegas dele, na vergonha que causaria a ele, a mim e a todos os que estivessem ligados a mim. E se eu tivesse sido vítima de um acidente infeliz? Não podemos nos dar ao luxo de fazer concessões a acidentes quando há interesses diplomáticos em jogo. Eu estava arruinado, de forma desesperada e vergonhosa. Não sei o que fiz. Acho que armei um escândalo. Tenho uma fraca recordação de um grupo de oficiais em volta de mim tentando me acalmar. Um deles me acompanhou até Waterloo e me colocou no trem para Woking. Acredito que ele teria me acompanhado até aqui se o dr. Ferrier, que mora perto de mim, não estivesse no mesmo trem. O doutor tomou conta de mim com gentileza, e foi bom que ele tenha feito isso, pois tive um ataque na estação, e antes de chegar em casa já havia perdido todo o controle.

"O senhor pode imaginar o que aconteceu aqui quando todo mundo foi tirado da cama para me encontrar em tal estado. A pobre Annie e minha mãe ficaram arrasadas. O policial da estação contou ao dr. Ferrier o suficiente para que ele pudesse narrar em linhas gerais o que havia acontecido, mas sua história não melhorou as coisas. Ficou claro que eu ficaria mal por um longo tempo, e então Joseph foi despejado do quarto dele para

192 *Grandes Aventuras de Sherlock Holmes*

que pudesse servir de enfermaria para mim. Permaneci aqui, sr. Holmes, por mais de nove semanas, inconsciente e delirando de febre. Se não fosse pelos cuidados da srta. Harrison e do doutor, eu não estaria falando com o senhor agora. Ela cuida de mim durante o dia, e uma enfermeira fica comigo à noite, porque durante os ataques sou capaz de tudo. Minha razão foi clareando aos poucos, mas minha memória só voltou nos últimos três dias. Às vezes gostaria que não houvesse voltado. A primeira coisa que fiz foi escrever ao sr. Forbes, que estava cuidando do caso. Ele me assegurou que, embora tudo tenha sido feito, nenhuma pista foi descoberta. O zelador e a esposa foram investigados de todas as formas sem que nada viesse à tona. As suspeitas da polícia então recaíram sobre o jovem Gorot, que, como o senhor deve se lembrar, havia trabalhado até mais tarde naquela noite. Além do fato de ele ter ficado no escritório e de ter um sobrenome francês, nada mais levantou suspeita; para falar a verdade, eu só comecei a trabalhar depois que ele saiu, e a família dele pode ser de origem huguenote, mas é tão inglesa quanto o senhor e eu. Não se encontrou nada que o envolvesse, e a suspeita foi abandonada. O senhor é minha última esperança, sr. Holmes. Se o senhor falhar, perco o cargo e a honra para sempre."

O doente se deixou cair sobre as almofadas, cansado pelo longo discurso, enquanto sua enfermeira lhe servia um copo de algum remédio para recuperar as forças. Holmes ficou sentado em silêncio, com a cabeça inclinada para trás e os olhos fechados em uma atitude que poderia parecer negligente para estranhos, mas que na verdade indicava o mais alto grau de concentração.

— Seu relato foi tão claro — ele disse por fim — que tenho poucas perguntas a fazer. Uma delas é de suma importância, contudo. O senhor falou a alguém sobre sua tarefa especial?

— Não.

— Nem com a srta. Harrison aqui, por exemplo?

— Não. Entre receber a ordem e executá-la, não voltei para Woking.

— E ninguém foi visitar o senhor?

— Ninguém.

— Alguém próximo ao senhor conhece o escritório?

— Ah, sim; todos já foram lá.

— Mas, é claro, essas perguntas são irrelevantes se o senhor não disse nada sobre o tratado.

O Tratado Naval **193**

— Eu não disse nada.

— O senhor sabe alguma coisa sobre o zelador?

— Nada, a não ser que ele já foi soldado.

— De qual regimento?

— Oh, pelo que ouvi dizer, Coldstream Guards.

— Obrigado. Não tenho dúvida de que posso conseguir detalhes com Forbes. As autoridades são excelentes em acumular fatos, embora nem sempre os usem a seu favor. Que coisa adorável é uma rosa!

Ele passou em frente ao divã para ir até a janela aberta e ergueu o talo curvado de uma rosa para observar a bela mistura de vermelho e verde. Era um traço da personalidade dele que eu não conhecia, pois nunca o tinha visto demonstrar interesse pela natureza.

— Não há nada que tenha mais necessidade de raciocínio lógico que a religião — ele disse, apoiando as costas na janela. — Ela pode ser tratada como uma ciência exata. A maior certeza que podemos ter a respeito da bondade da Providência me parece estar nas flores. Todas as outras coisas, nossa força, nossos desejos, nossa comida, são de fato necessárias para a existência. Mas essa rosa é algo além. O cheiro e a cor dela não são necessários para a vida, mas lhe dão beleza. É preciso bondade para dar algo mais, por isso repito que as flores são um bom presságio.

Percy Phelps e sua enfermeira olharam Holmes com ar surpreso e um tanto quanto decepcionado durante aquela explicação. Em seguida, ele caiu em um devaneio com a rosa entre os dedos. Isso durou alguns minutos, até que a moça o interrompesse.

— O senhor tem alguma expectativa quanto à resolução do mistério, sr. Holmes? — ela perguntou com aspereza na voz.

— Ah, o mistério — ele respondeu, voltando de um golpe à realidade da vida. — Bom, seria absurdo negar que o caso é intrincado e complexo, mas posso prometer que vou analisar a situação e informá-los do que me ocorrer.

— O senhor vê alguma pista?

— O senhor me forneceu sete, mas obviamente preciso testá-las antes que possa me pronunciar.

— O senhor suspeita de alguém?

— Suspeito de mim mesmo...

194 *Grandes Aventuras de Sherlock Holmes*

– Quê?

– Quando chego rápido demais a uma conclusão.

– Então vá até Londres e ponha suas conclusões à prova.

– Seu conselho é excelente, srta. Harrison – Holmes disse, levantando-se. – Watson, creio que não temos opção melhor. Não alimente falsas esperanças, sr. Phelps. O caso é muito complexo.

– Não vou conseguir evitar a febre até vê-lo de novo – o diplomata exclamou.

– Bem, vou voltar no mesmo trem amanhã, embora seja mais que provável que não traga boas notícias.

– Deus o abençoe por prometer voltar – nosso cliente disse. – Saber que algo está sendo feito me dá novo ânimo. Aliás, recebi uma carta de lorde Holdhurst.

– Ah! O que ele diz?

– Ele foi frio, mas sem rispidez. Minha doença, atrevo-me a dizer, o conteve. Ele repetiu que o caso é da maior importância e que nenhum passo será dado em relação ao meu futuro. Isso significa, é claro, a minha dispensa, até que minha saúde se recupere e eu tenha oportunidade de reparar meu infortúnio.

– Bem, foi sensato e atencioso – Holmes disse. – Vamos, Watson, pois temos um belo dia de trabalho à nossa espera na cidade.

O sr. Joseph Harrison nos levou até a estação, e logo mais estávamos a caminho no trem. Holmes estava imerso em pensamentos e mal abriu a boca até passarmos de Clapham Junction.

– É muito bom chegar a Londres por uma dessas linhas que passam por cima e permitem que a gente tenha essa vista das casas.

Pensei que ele estivesse brincando, porque a vista era um tanto quanto sórdida, mas ele se explicou em seguida:

– Veja aqueles blocos grandes de prédios isolados como se fossem ilhas cor de tijolo em um mar cor de chumbo.

– As Board Schools.

– Faróis, meu garoto! Faróis do futuro! Cápsulas carregadas de centenas de sementinhas de onde vai florescer a Inglaterra do futuro, melhor e mais sábia. Suponho que o tal do Phelps não beba.

— Eu diria que não.

— Eu também diria. Mas somos forçados a levar todas as possibilidades em conta. O pobre-diabo está afundando até o pescoço, e a questão é se vamos conseguir trazê-lo de novo à terra firme. O que você acha da srta. Harrison?

— Uma moça de personalidade forte.

— Sim, mas do tipo bom, se eu não estiver enganado. Ela e o irmão são os únicos filhos de um produtor de ferro dos arredores de Northumberland. Phelps se envolveu com ela enquanto viajava no verão passado, e a moça, acompanhada pelo irmão, veio conhecer a família do noivo. Aí veio o golpe, e ela resolveu ficar para cuidar do amado, enquanto o irmão, Joseph, se encontrava consideravelmente bem instalado, e não viu por que não ficar também. Já fiz algumas averiguações, como você pode ver. Mas hoje será um dia de investigações.

— Meu consultório... — eu comecei.

— Ora, se você acha seus próprios casos mais interessantes que o meu... — Holmes disse com certa aspereza.

— Eu ia dizer que meu consultório pode ficar sem mim por um ou dois dias, já que nessa época do ano quase ninguém aparece.

— Excelente — ele disse, recuperando o bom humor. — Então, vamos analisar o problema juntos. Acho que devemos começar visitando Forbes. Ele deve ser capaz de nos dar todos os detalhes que queremos para descobrir por que lado a questão deve ser abordada.

— Você disse que tinha uma pista.

— Bom, temos várias, mas só podemos descobrir se valem alguma coisa depois de investigar. O crime mais difícil de desvendar é aquele que não tem propósito. Ora, este não é sem propósito. Quem tira vantagem do que aconteceu? O embaixador da França, o da Rússia, qualquer pessoa que quisesse vender a informação para um dos dois, e lorde Holdhurst.

— Lorde Holdhurst?!

— Bem, é de se imaginar que um estadista possa se encontrar na posição de não lamentar caso um documento como aquele tenha sido acidentalmente destruído.

— Não um estadista dono da ficha honrosa de lorde Holdhurst.

196 *Grandes Aventuras de Sherlock Holmes*

– É uma possibilidade, não podemos nos dar ao luxo de descartá-la. Vamos ver o nobre lorde hoje para descobrir se ele tem algo a nos dizer. Enquanto isso, já pus as investigações em andamento.

– Já?

– Sim, quando estávamos na estação de Woking mandei telegramas para os jornais de Londres. Meu anúncio vai aparecer em todos.

Ele me passou uma folha do caderno. Nela, estava escrito a lápis:

> *"Recompensa de 10 libras*
>
> *Pelo número do carro que levou um passageiro até o Ministério das Relações Exteriores ou arredores às 9h45 da noite do dia 23 de março. Dirigir-se à Baker Street, 221B."*

– Você tem certeza de que o ladrão veio num fiacre?

– Se não veio, não perdemos nada com o anúncio. Mas se o sr. Phelps está certo quando diz que não há esconderijo na sala nem nos corredores, a pessoa só pode ter vindo de fora. Se ele veio de fora debaixo de chuva e não deixou traços no carpete, que foi examinado minutos depois que ele passou por ali, é extremamente provável que ele tenha vindo de fiacre.

– Parece plausível.

– É uma das pistas. Pode nos levar a algum lugar. E, é claro, há o sino, que é o traço mais curioso do caso. Por que tocar o sino? O ladrão fez isso de pirraça? Ou ele estava acompanhado e a outra pessoa tocou o sino para tentar evitar o crime? Ou foi um acidente? Ou foi...?

Ele se recolheu novamente ao estado de raciocínio intenso e silencioso do qual havia emergido. Tive a impressão, acostumado que estava aos seus modos, de que uma nova possibilidade havia se revelado.

Eram três e vinte quando chegamos ao terminal. Depois de um almoço apressado, partimos para a Scotland Yard. Holmes já havia mandado um telegrama a Forbes, por isso o encontramos à nossa espera; ele era um homenzinho matreiro e elegante, mas nada amável. Seu trato conosco foi frio, especialmente depois que soube com que objetivo estávamos ali.

– Já ouvi falar dos seus métodos, sr. Holmes – ele disse com acidez. – O senhor usa informação disponibilizada por policiais para tentar completar o caso e desmerecê-los.

— Pelo contrário — Holmes disse —, dos meus últimos cinquenta e três casos, meu nome só apareceu em quatro, e a polícia teve todo o crédito nos outros quarenta e nove. Não culpo o senhor, que é jovem e inexperiente, por não saber disso; mas, caso queira continuar exercendo seu cargo, é melhor trabalhar comigo, e não contra mim.

— Eu ficaria feliz se o senhor pudesse me dar uma ou duas sugestões — o detetive disse, mudando de tom. — Esse caso não me trouxe nada de bom até agora.

— Que medidas o senhor tomou?

— Tangey, o zelador, foi espionado. Deixou os guardas com uma boa impressão, e não encontramos nada contra ele. No entanto, a mulher dele não é flor que se cheire. Acredito que saiba mais do que aparenta.

— Ela foi espionada?

— Colocamos uma das nossas mulheres atrás dela. A sra. Tangey bebe; nossa agente esteve com ela duas vezes e não conseguiu nada.

— Pelo que entendi, alguns cobradores apareceram na casa.

— Sim, mas foram pagos.

— De onde veio o dinheiro?

— Nada comprometedor. A aposentadoria dele foi paga.

— Que explicação ela deu para ter respondido ao sino quando o sr. Phelps tocou?

— Disse que o marido estava muito cansado e ela quis ajudar.

— Bom, sem dúvida isso condiz com o fato de que, um pouco depois, ele foi encontrado dormindo na cadeira. A única coisa contra eles, portanto, é a personalidade da mulher. O senhor perguntou por que ela saiu correndo naquela noite? A pressa chamou a atenção do oficial de polícia.

— Ela estava atrasada e queria chegar em casa.

— Lembraram-se de que o senhor, na companhia do sr. Phelps, saiu vinte minutos depois dela e chegou antes?

— Ela justifica isso pela diferença entre um transporte coletivo e um cabriolé.

— Ficou claro por que, ao chegar em casa, ela correu para a cozinha dos fundos?

— Porque era onde ela havia guardado o dinheiro para pagar os credores.

— Pelo menos ela tem resposta para tudo. O senhor perguntou se, ao sair, ela viu alguém matando tempo nos arredores da Charles Street?

— Não viu ninguém além do oficial.

— Bem, o senhor parece ter feito um interrogatório minucioso. O que mais o senhor fez?

— O funcionário, Gorot, tem sido espionado ao longo dessas nove semanas, mas sem resultado. Não há nada contra ele.

— Mais alguma coisa?

— Bom, não há mais linhas a seguir, nenhuma prova.

— O senhor tem alguma teoria quanto ao sino?

— Bem, devo confessar que isso está além da minha capacidade. No entanto, é preciso muito sangue-frio para tocar o alarme assim.

— Sim, é estranho. Agradeço muito pelo que o senhor me contou. Se eu puder, vou pôr o culpado nas suas mãos. Vamos, Watson!

— Para onde vamos? — perguntei enquanto saíamos.

— Vamos conversar com lorde Holdhurst, chefe de gabinete e futuro premiê da Inglaterra.

Tivemos a sorte de encontrar lorde Holdhurst em sua sala na Downing Street. Holmes mandou seu cartão, e ele nos recebeu no mesmo instante. O estadista nos recebeu com a cortesia antiquada pela qual é conhecido e nos colocou em duas poltronas opostas perto da lareira. Em pé sobre o tapete entre nós dois, aquela figura alta e esbelta, com seu rosto pensativo de traços finos e o cabelo ondulado prematuramente grisalho, parecia representar um tipo nada comum, o nobre que é verdadeiramente nobre.

— Estou acostumado a ouvir seu nome, sr. Holmes — ele disse sorrindo. — E, obviamente, não posso fingir ignorar o motivo da sua visita. Só houve um fato neste gabinete que poderia atrair sua atenção. Se me permite a pergunta, o senhor representa os interesses de quem?

— Do sr. Percy Phelps — Holmes respondeu.

— Ah, meu sobrinho desafortunado. O senhor deve entender que nosso parentesco torna ainda mais impossível que eu o proteja. Temo que o incidente tenha um efeito bastante prejudicial na carreira dele.

— E se o documento for encontrado?

O Tratado Naval 199

– Ah, isso mudaria tudo, é claro.

– Gostaria de lhe fazer uma ou duas perguntas, lorde Holdhurst.

– Ficarei feliz em dar qualquer informação.

– Foi nesta sala que o senhor deu as instruções para a cópia do documento?

– Sim, foi.

– Então é muito difícil que mais alguém tenha ouvido?

– Isso está fora de questão.

– O senhor mencionou que tinha a intenção de pedir uma cópia do tratado?

– Nunca.

– O senhor tem certeza?

– Absoluta.

– Bem, como nem o senhor nem o sr. Phelps disseram palavra e ninguém mais sabia da cópia do tratado, a presença do ladrão na sala foi completamente acidental. Ele viu a chance diante de si e aproveitou.

O estadista sorriu:

– Essa não é minha jurisdição.

Holmes refletiu por um momento:

– Há outro ponto importante sobre o qual eu gostaria de conversar com o senhor. Pelo que entendi, o senhor temia que, se os detalhes do tratado se tornassem conhecidos, haveria consequências muito graves.

Uma sombra passou pelo rosto expressivo do estadista:

– Consequências muito graves, de fato.

– E houve consequências?

– Ainda não.

– Se o tratado chegasse, digamos, à diplomacia russa ou francesa, o senhor acha que ficaria sabendo?

– Eu ficaria sabendo – lorde Holdhurst disse, fazendo careta.

– Como quase dez semanas se passaram e o senhor não ficou sabendo de nada, não seria absurdo supor que, por algum motivo, o tratado não chegou até eles, certo?

200 *Grandes Aventuras de Sherlock Holmes*

Lorde Holdhurst deu de ombros:

— Não podemos supor, sr. Holmes, que o ladrão tenha pegado o tratado para enquadrá-lo e pendurá-lo na parede.

— Talvez ele esteja esperando um preço melhor.

— Se esperar um pouco mais, não vai conseguir preço nenhum. O tratado vai deixar de ser um segredo daqui a alguns meses.

— Isso é importantíssimo — Holmes disse. — Claro que podemos supor que o ladrão teve uma doença repentina...

— Um ataque de febre, por exemplo? — o estadista perguntou, fuzilando o outro com o olhar.

— Não foi isso que eu disse — Holmes respondeu, imperturbável. — Agora, lorde Holdhurst, já tomamos muito do seu tempo precioso e devemos lhe desejar um bom dia.

— Sucesso à sua investigação, seja lá quem for o criminoso — o nobre respondeu com uma mesura enquanto se despedia.

— Não é um mau sujeito — Holmes disse enquanto saíamos para Whitehall. — Mas está brigando para manter sua posição. Está longe de ser rico. Você percebeu, sem dúvida, que a sola das botas dele foram remendadas há pouco tempo, não é mesmo? Bem, Watson, não vou mais afastá-lo da sua profissão. Não vou fazer mais nada hoje, a não ser que receba resposta para o meu anúncio. Mas ficaria extremamente agradecido se você fosse comigo até Woking amanhã no mesmo trem que tomamos hoje.

Na manhã seguinte nos encontramos como combinado e fomos até Woking. Ele disse que não tinha recebido resposta para o anúncio e que não havia nada de novo sobre o caso. Quando ele queria, mostrava-se impassível como um pele-vermelha, portanto era impossível dizer se ele estava satisfeito ou não com o andamento do caso. Lembro que ele falou sobre o sistema de medidas de Bertillon e expressou admiração entusiasmada pelo sábio francês.

Encontramos nosso cliente ainda sob os cuidados de sua enfermeira devota, mas com uma aparência consideravelmente melhor. Ele se levantou do sofá e nos cumprimentou sem dificuldade quando entramos.

— Novidades? — ele perguntou, ansioso.

– Como eu esperava, não trago boas notícias – Holmes disse. – Fui ver Forbes, fui ver seu tio e estou seguindo uma ou duas linhas de investigação que podem dar algum resultado.

– Então o senhor não perdeu as esperanças?

– De forma alguma.

– Deus o abençoe! – a srta. Harrison exclamou. – Se continuarmos a ter coragem e paciência, a verdade vai aparecer.

– Temos mais para dizer ao senhor do que o senhor tem para nos dizer – Phelps disse, sentando-se novamente.

– Imaginei que o senhor teria alguma novidade.

– Sim, tivemos uma aventura ontem à noite, e ela se provou séria. – Sua expressão se fechou conforme falava, e algo parecido com o medo brilhou em seus olhos. – O senhor sabe – ele disse – que comecei a acreditar que sou o centro de uma conspiração monstruosa e que minha vida corre tanto perigo quanto minha honra?

– Ah! – Holmes exclamou.

– Parece inacreditável, já que não tenho, pelo que sei, nenhum inimigo. Mesmo assim, é a única conclusão a que posso chegar depois da experiência de ontem.

– Por favor, conte-me.

– O senhor precisa saber que ontem foi a primeira noite que dormi sem uma enfermeira no quarto. Estava tão melhor que achei que poderia dispensar essa ajuda. Deixei uma luz acesa, no entanto. Bem, perto das duas da manhã caí em um sono leve, mas fui acordado por um barulho. Parecia o som de um rato roendo madeira; fiquei escutando durante algum tempo, pensando que era disso que se tratava. O volume aumentou, e de repente um clique metálico veio da janela. O espanto me fez sentar. Não havia mais dúvida quanto ao que eram aqueles barulhos. Os mais abafados haviam sido provocados por alguém forçando um instrumento no caixilho da janela, e o segundo ruído era do ferrolho sendo arrombado.

"Seguiu-se um intervalo de uns dez minutos, como se a pessoa estivesse esperando para ver se o barulho havia me acordado. Em seguida, ouvi um rangido leve, e a janela se abriu muito lentamente. Não consegui mais suportar, meus nervos já não são o que costumavam ser. Levantei de um salto e abri a janela. Havia um homem agachado ao pé dela. Vi muito pouco, pois ele saiu correndo. Estava enrolado em um tipo de manto que escondia a parte de baixo do rosto. Só tenho certeza de uma coisa, de que ele tinha uma arma na mão. Parecia uma faca comprida. Vi o brilho quando ele se virou para correr."

— Isso é interessantíssimo — Holmes disse. — Por favor, o que o senhor fez em seguida?

— Eu teria ido atrás dele se estivesse mais forte. Mas, no meu estado, toquei o sino e acordei todo mundo. Levou um tempinho, porque o sino toca na cozinha, e os criados dormem no andar de cima. Mas gritei, e isso fez com que Joseph descesse e acordasse os outros. Joseph e o cavalariço encontraram marcas no canteiro de flores perto da janela, mas o tempo anda tão seco que era impossível seguir o rastro pela grama. No entanto, disseram que a cerca de madeira que ladeia a estrada tem marcas como se alguém tivesse quebrado o parapeito ao usá-lo para pular. Eu ainda não disse nada à polícia local, pois achei melhor saber a opinião do senhor primeiro.

A história do nosso cliente pareceu produzir um efeito extraordinário em Sherlock Holmes. Ele se levantou da cadeira e se pôs a andar pela sala numa agitação incontrolável.

— Os problemas nunca vêm sozinhos — Phelps disse sorrindo, embora fosse evidente que a aventura o havia abalado.

— E o senhor teve problemas suficientes — Holmes disse. — O senhor acha que consegue andar ao redor da casa comigo?

— Ah, sim. Eu adoraria tomar um pouco de sol. Joseph pode vir comigo.

— Eu também — a srta. Harrison disse.

— Receio que não — Holmes disse balançando a cabeça. — Devo pedir que a senhorita continue sentada exatamente onde está.

A moça voltou para seu assento com um ar aborrecido. O irmão, contudo, juntou-se a nós, e saímos os quatro. Demos uma volta pelo gramado até chegar ao lado de fora da janela do jovem diplomata. Como ele havia dito, o canteiro apresentava marcas, mas estavam completamente borradas. Holmes se inclinou para examiná-las por um instante, depois se levantou, dando de ombros.

— Duvido que alguém consiga tirar alguma coisa dali — ele disse. — Vamos para o outro lado, para ver por que este quarto específico foi escolhido pelo invasor. Eu teria pensado que aquelas janelas grandes da sala de estar e da sala de jantar seriam mais atraentes para ele.

— Elas são mais visíveis da estrada — o sr. Joseph Harrison sugeriu.

— Ah, sim, claro. Há uma porta aqui que talvez ele tenha tentado. Aonde ela dá?

— Dá para uma entrada lateral destinada aos comerciantes. Obviamente, fica fechada à noite.

— Alguma coisa parecida já havia acontecido antes?

— Nunca — nosso cliente disse.

— O senhor guarda prata em casa ou qualquer outra coisa que possa atrair ladrões?

— Nada de valor.

Holmes passeou ao redor da casa com as mãos nos bolsos e com um ar negligente que não lhe era comum.

— A propósito — ele disse para Joseph Harrison —, o senhor encontrou na cerca um ponto que o sujeito usou para pular. Vamos dar uma olhada?

O moço nos levou até um lugar onde a parte mais alta do parapeito da cerca de madeira havia sido quebrada. Um pedacinho de madeira estava pendurado. Holmes o arrancou da cerca e o examinou com atenção.

— O senhor acha que isso foi feito ontem à noite? Parece mais velho, não parece?

— Bom, é possível.

— Não há marcas de alguém aterrissando do outro lado. Não, acredito que não vamos conseguir nada aqui. Vamos voltar para o quarto e conversar.

Percy Phelps andava muito devagar, apoiando-se no braço do futuro cunhado. Holmes atravessou o gramado andando rápido, por isso chegamos à janela aberta do quarto muito antes dos outros dois.

— Srta. Harrison — Holmes disse com veemência —, a senhorita precisa ficar aí o dia inteiro. Não saia daí por nada. Isso é de importância vital.

— Claro, se é o que o senhor quer, sr. Holmes — a moça disse, espantada.

— Quando a senhorita for para a cama, tranque a porta deste quarto por fora e leve a chave. Prometa que fará isso.

— Mas e o Percy?

— Ele vai para Londres conosco.

— E eu tenho que ficar aqui?

— É pelo bem dele. A senhorita pode ajudá-lo se ficar aqui. Rápido! Prometa!

Ela confirmou com um gesto, e os outros dois apareceram.

— Por que você ficou enfurnada aí, Annie? — o irmão dela gritou. — Venha tomar um pouco de sol!

— Não, obrigada, Joseph. Estou com um pouco de dor de cabeça e prefiro ficar aqui.

— O que o senhor sugere agora, sr. Holmes? — nosso cliente perguntou.

— Bem, a investigação desse pequeno incidente não pode nos desviar do objetivo principal. Seria de enorme ajuda se o senhor pudesse nos acompanhar até Londres.

— Agora?

— Bem, assim que o senhor puder. Digamos dentro de uma hora.

— Sinto-me bem o bastante para fazer isso, se for de alguma ajuda.

— Vai ser da maior ajuda possível.

— Talvez o senhor queira que eu passe a noite lá.

— Eu estava prestes a dizer isso.

— Assim, se o meu amigo noturno quiser me visitar outra vez, vai encontrar o ninho vazio. Estamos em suas mãos, sr. Holmes, basta dizer o que o senhor quer que façamos. Não seria melhor que Joseph viesse conosco para cuidar de mim?

— Ah, não; meu amigo Watson é médico e vai cuidar do senhor. Vamos almoçar aqui, se o senhor permitir; em seguida, nós três vamos para a cidade.

Foi feito como ele propôs. A srta. Harrison se desculpou por não poder sair do quarto, de acordo com o pedido de Holmes. Eu não conseguia imaginar qual seria o objetivo daqueles estratagemas do meu amigo, a não ser que fosse manter a dama longe de Phelps, que, revigorado pela recuperação da saúde e pela expectativa de agir, almoçou conosco na sala de jantar. No entanto, Holmes nos reservava uma surpresa ainda mais chocante, pois,

206 *Grandes Aventuras de Sherlock Holmes*

após nos acompanhar até a estação e nos acomodar no coche, anunciou calmamente que não tinha intenção de sair de Woking.

— Quero esclarecer um ou dois pontos antes de ir — ele disse. — Sua ausência, sr. Phelps, será, em certo sentido, de grande ajuda. Watson, eu ficaria muito agradecido se, ao chegar a Londres, você levasse nosso amigo direto para a Baker Street e ficasse lá com ele até que eu possa encontrá-los. Como são velhos colegas de escola, os dois devem ter muito sobre o que conversar. O sr. Phelps pode ficar no quarto vazio. Estarei lá a tempo para o café da manhã, pois vou tomar um trem que deve me deixar em Waterloo às oito.

— E nossa investigação em Londres? — Phelps perguntou, pesaroso.

— Podemos realizá-la amanhã. Acho que neste exato momento posso ser de maior serventia aqui.

— Diga em Briarbrae que espero voltar amanhã à noite — Phelps gritou quando nosso veículo começava a sair da plataforma.

— Não planejo voltar para Briarbrae — Holmes respondeu, acenando alegremente enquanto nós saíamos da estação.

Phelps e eu conversamos sobre aquilo durante a viagem, mas nenhum dos dois conseguiu chegar a uma explicação satisfatória para aquele novo acontecimento.

— Acredito que ele queira encontrar alguma pista para o roubo de ontem à noite, se é que se tratava de roubo. Quanto a mim, não acredito que aquele homem fosse um ladrão comum.

— O que você está pensando, então?

— Dou minha palavra; você pode até culpar meus nervos fracos, mas acredito que estou no meio de uma trama política séria e que, por algum motivo incompreensível para mim, estou na mira dos conspiradores. Isso parece bombástico e absurdo, mas pense nos fatos! Por que um ladrão tentaria arrombar a janela de um quarto onde não havia nada para saquear e por que ele faria isso com uma faca na mão?

— Você tem certeza de que o que ele estava segurando não era um pé de cabra?

— Não era; era uma faca. Vi o brilho da lâmina muito bem.

— Mas por que diabos você seria perseguido com tanta ferocidade?

— Ah, eis a questão.

O *Tratado Naval* **207**

– Bem, se Holmes compartilha da nossa visão, isso explica o que ele fez, certo? Partindo do pressuposto de que sua teoria esteja correta, se ele conseguir pôr as mãos no homem que o ameaçou ontem à noite, terá dado um grande passo na direção de quem pegou o tratado naval. É absurdo supor que você tenha dois inimigos, um que rouba enquanto o outro ameaça a sua vida.

– Mas o sr. Holmes disse que não voltaria a Briarbrae.

– Eu o conheço há um bom tempo – eu disse –, e nunca o vi fazer nada sem um bom motivo.

Com isso, nossa conversa se deixou levar por outros assuntos.

Mas não foi fácil para mim. Phelps ainda estava fraco por causa da doença, e seus infortúnios o haviam deixado rabugento e nervoso. Em vão tentei interessá-lo no Afeganistão, na Índia, em questões sociais, em qualquer coisa que desviasse a cabeça dele do rumo em que estava. Ele sempre voltava ao tratado perdido; imaginava, especulava, questionava o que Holmes estaria fazendo, que medidas lorde Holdhurst iria tomar, que notícias teríamos pela manhã.

– Você tem total confiança em Holmes? – ele perguntou.

– Vi coisas notáveis.

– Mas ele já esclareceu um caso tão sombrio quanto esse?

– Ah, sim. Vi casos com menos pistas que o seu serem resolvidos.

– Mas com interesses tão grandes em jogo?

– Não sei dizer. Mas sei que ele já agiu em interesse de três das casas reais da Europa em assuntos de importância vital.

– Você o conhece bem, Watson. Ele é um sujeito tão inescrutável que não sei o que pensar dele. Você acha que ele tem esperança? Acha que ele acredita que pode conseguir?

– Ele não disse nada.

– Mau sinal.

– Ao contrário. Pelo que posso perceber, quando a coisa está fora dos trilhos ele costuma dizer alguma coisa. Fica mais taciturno quando está seguindo um rastro, mas ainda não tem certeza absoluta de aquele ser ou não o caminho certo. Agora, meu caro, não vamos ajudar em nada ficando

208 *Grandes Aventuras de Sherlock Holmes*

nervosos, então imploro a você que vá dormir, para poder estar pronto para seja lá o que nos espera amanhã.

Por fim, consegui persuadi-lo a seguir meu conselho, embora pudesse perceber que não havia muita esperança de que ele pegasse no sono. De fato, a disposição dele era contagiosa, pois eu mesmo passei metade da noite me revirando, meditando sobre aquele problema estranho, inventando mil teorias, cada uma mais impossível que a outra. Por que Holmes havia permanecido em Woking? Por que ele havia pedido à srta. Harrison que passasse o dia no quarto do doente? Por que havia tomado tanto cuidado para não informar as pessoas de Briarbrae de que continuaria perto delas? Torturei meu cérebro até que caí no sono tentando encontrar uma explicação que cobrisse todos os fatos.

Eram sete horas quando acordei e fui direto ao quarto de Phelps, onde o encontrei abatido e esgotado por causa da noite em claro. Sua primeira pergunta foi se Holmes já havia chegado.

– Vai chegar na hora que prometeu – eu disse –, nem um segundo antes ou depois.

E minhas palavras se mostraram verdadeiras, pois logo depois das oito um fiacre parou em frente à porta, e nosso amigo desceu. Pela janela, vimos que ele trazia a mão esquerda enfaixada e uma expressão sombria e pálida no rosto. Entrou na casa, mas algum tempo se passou antes que ele subisse.

– Parece derrotado – Phelps exclamou.

Fui forçado a concordar.

– No fim das contas – eu disse –, provavelmente a raiz do problema está aqui na cidade.

Phelps gemeu.

– Não sei como – ele disse –, mas eu tinha tanta esperança na volta dele! Mas ele não estava com a mão enfaixada ontem, certo? O que pode ter acontecido?

– Você está ferido, Holmes? – eu perguntei enquanto meu amigo entrava na sala.

– Chhh, é só um arranhão, porque fui desleixado – ele respondeu, dando-nos bom-dia. – Esse seu caso, sr. Phelps, é sem dúvida um dos mais sombrios que já investiguei.

O Tratado Naval 209

– Eu temia que o senhor fosse achar que estava além das suas forças.

– Foi uma experiência e tanto.

– Essa atadura diz que você passou por aventuras – eu disse. – Você não vai nos contar o que aconteceu?

– Depois do café, meu caro Watson. Lembre-se de que passei a manhã respirando o ar de Surrey. Suponho que meu anúncio tenha ficado sem resposta. Pois bem, não se pode ter tudo.

A mesa foi posta e, quando eu estava prestes a tocar o sino, a sra. Hudson entrou trazendo chá e café. Poucos minutos depois, voltou com a comida, e nós fomos para a mesa; Holmes faminto, eu curioso, e Phelps em profunda depressão.

– A sra. Hudson se pôs à altura da ocasião – Holmes disse, destampando um prato de frango com *curry*. – É meio limitada como cozinheira, mas tem ideias tão boas para o café da manhã quanto uma escocesa. O que você tem aí, Watson?

– Ovos com presunto.

– Bom. O que o senhor prefere, sr. Phelps, frango, ovo ou alguma outra coisa?

– Obrigado. Não consigo comer – Phelps disse.

– Ora, vamos! Experimente o prato que está na sua frente.

– Obrigado. Não quero mesmo.

– Bem, então – Holmes disse com uma piscadinha maliciosa –, imagino que o senhor não se importe em me ajudar.

Phelps levantou a tampa da bandeja e em seguida soltou um grito. Ficou em silêncio, com o rosto tão pálido quanto o prato para o qual olhava. No centro do prato jazia um cilindro de papel. Ele o pegou, devorou-o com os olhos e saiu dançando pela sala, apertando o papel contra o peito e uivando de alegria. Em seguida, jogou-se em uma cadeira, tão exausto e vacilante por causa das próprias emoções que foi preciso tomar um pouco de conhaque para não perder a consciência.

– Calma! Calma! – Holmes disse com paciência, dando-lhe tapinhas no ombro. – Não foi bom ter lhe causado esse susto, mas Watson pode lhe dizer que eu nunca resisto a um toque teatral.

Phelps beijou a mão do meu amigo.

210 *Grandes Aventuras de Sherlock Holmes*

— Deus o abençoe! — ele gritou. — O senhor salvou minha honra.

— Bem, a minha também estava em jogo, sabe? — Holmes disse. — Posso garantir que fico tão abalado quando falho em um caso quanto o senhor deve ficar quando põe uma missão a perder.

Phelps colocou o documento precioso no bolso interno do casaco.

— Não tenho coragem de adiar seu café ainda mais; mesmo assim, estou morrendo de vontade de saber como o senhor conseguiu e onde estava isso.

Sherlock Holmes tomou um copo de café e voltou a atenção para os ovos com presunto. Em seguida ele se levantou, acendeu o cachimbo e se acomodou na poltrona.

— Primeiro vou explicar o que fiz, depois como fiz — ele disse. — Assim que saí da estação, fui dar um passeio agradabilíssimo por um cenário admirável em Surrey até uma vilazinha chamada Ripley, onde tomei meu chá em uma pousada e aproveitei para encher o cantil e pegar uns sanduíches para viagem. Fiquei ali até o cair da noite, quando parti para Woking mais uma vez e me encontrei do lado de fora de Briarbrae um pouco depois que o sol se pôs.

"Bem, esperei até que a estrada ficasse vazia, nunca é muito movimentada, imagino, e entrei na propriedade pulando a cerca."

— O portão sem dúvida estava aberto — Phelps exclamou.

— Sim, mas tenho um gosto extravagante. Escolhi o lugar onde ficam os três pinheiros e, protegido por eles, entrei sem a menor chance de que alguém pudesse me ver de dentro da casa. Fiquei agachado entre os arbustos e rastejei de um até outro... vejam o estado lastimável das minhas calças... até chegar aos rododendros que ficam do lado oposto à janela do seu quarto. Fiquei acocorado ali, esperando a marcha dos acontecimentos.

"A janela do seu quarto estava aberta, e pude ver a srta. Harrison lendo à mesa. Eram dez e quinze quando ela fechou o livro, trancou a janela e se retirou. Ouvi a porta sendo serrada e tive certeza de que ela havia passado a chave."

— A chave?! — Phelps exlamou.

— Sim, dei instruções à srta. Harrison para que ela trancasse a porta por fora e levasse a chave consigo quando fosse dormir. Ela seguiu à risca todas as minhas injunções, e, sem a ajuda dela, tenho certeza de que aquele papel não estaria no bolso do senhor. Ela saiu, as luzes se apagaram, e permaneci de cócoras no arbusto de rododendros.

"A noite estava agradável, mas, mesmo assim, foi uma vigília muito cansativa. Claro, o esportista fica agitado quando espera a caça ao lado de um riacho. No entanto, demorou bastante, Watson, quase tanto quanto quando você e eu esperamos naquela sala medonha durante a investigação do probleminha da faixa malhada. Há um sino de igreja em Woking que toca a cada quinze minutos. Mais de uma vez, pensei que ele tivesse parado. Finalmente, por volta das duas da madrugada, ouvi o barulho da lingueta da fechadura e da chave. No instante seguinte, a porta dos criados se abriu, e o sr. Joseph Harrison saiu para o luar."

– Joseph! – Phelps exclamou.

– Ele estava com a cabeça descoberta, mas trazia um manto sobre os ombros, de forma que pudesse esconder o rosto de um segundo para outro caso houvesse necessidade. Ele foi na ponta dos pés até a janela e, quando chegou lá, colocou uma faca comprida em seu caixilho e forçou o ferrolho. Depois de abrir a janela, colocou a faca na fresta da folha de madeira e forçou a abertura mais uma vez.

"De onde eu estava, tinha uma vista perfeita do quarto e de todos os movimentos. Ele acendeu as duas velas que ficam sobre a lareira e começou a levantar a ponta do carpete que fica perto da porta. Ele parou e levantou uma tábua quadrada, como os encanadores costumam fazer para ter acesso aos canos. Aquela tábua específica, aliás, cobria os canos que abastecem a cozinha. Ele tirou um cilindro de papel do esconderijo, colocou a tábua no lugar, arrumou o carpete, soprou as velas e veio para os meus braços bem no lugar onde eu o estava esperando.

"Bem, ele era mais vil do que eu supunha, Master Joseph. Ele veio para cima de mim com a faca, e precisei derrubá-lo duas vezes antes de ter a situação sob controle. Estava escrito "assassinato" no único olho com que ele conseguia enxergar depois que nós terminamos, mas a voz da razão falou mais alto, e ele desistiu dos papéis. Ao tomar posse deles, deixei o sujeito ir embora, mas mandei uma mensagem detalhada para Forbes hoje cedo. Se ele for rápido o suficiente para caçá-lo, ótimo! Mas se, como sou levado a crer, ele encontrar o ninho vazio, ora, melhor ainda para o governo. Imagino que lorde Holdhurst de um lado e o sr. Percy Phelps do outro não tenham interesse nenhum em ver o caso ganhar a publicidade de um tribunal."

Grandes Aventuras de Sherlock Holmes

— Meu Deus! — nosso cliente disse com a voz entrecortada. — O senhor está me dizendo que, durante essas dez semanas de agonia, os papéis roubados e eu estávamos no mesmo cômodo o tempo todo?

— Foi o que aconteceu.

— E Joseph! Joseph, um bandido, um ladrão!

— Hum! Temo que a personalidade de Joseph seja mais profunda e perigosa do que se pode julgar pela aparência. Pelo que me disse mais cedo, creio que ele perdeu muito dinheiro lidando com ações e está disposto a fazer qualquer coisa para melhorar a situação. Sendo uma pessoa extremamente egoísta, quando a oportunidade surgiu ele não se refreou nem pela felicidade da irmã nem pela reputação do senhor.

Percy Phelps se recostou na cadeira.

— Minha cabeça está rodando — ele disse. — Suas palavras me deixaram tonto.

— A maior dificuldade no seu caso — Holmes frisou com seu jeito didático — jazia no fato de que havia provas demais. O que era importante ficou ofuscado e foi escondido por detalhes irrelevantes. De todos os fatos que nos foram apresentados, precisávamos escolher apenas aqueles que julgássemos essenciais e, em seguida, colocá-los em ordem para reconstituir essa extraordinária sequência de fatos. Comecei a suspeitar de Joseph porque o senhor o esperava para voltar para casa naquela noite, portanto era muito provável que ele fosse visitá-lo, já que conhecia o prédio. Quando fiquei sabendo que alguém estava muito ansioso para entrar no quarto onde ninguém além de Joseph poderia ter escondido alguma coisa... o senhor havia nos dito que tinha desalojado Joseph do quarto quando chegou acompanhado pelo médico... todas as minhas suspeitas se confirmaram, pois a tentativa foi feita na primeira noite sem enfermeira, o que mostrava que o invasor sabia o que estava acontecendo na casa.

— Como fui cego!

— Conforme pude desvendá-los, eis os fatos do caso. Joseph Harrison entrou no prédio pela porta que dá para a Charles Street e, como conhecia o caminho, foi direto para a sua sala no mesmo instante em que o senhor saiu. Ao encontrar a sala vazia, tocou o sino, mas assim que fez isso, seus olhos caíram nos papéis pousados na mesa. Um olhar foi suficiente para lhe mostrar que o destino o pusera diante de um documento de enorme valor. Em um átimo, colocou o papel no bolso e foi embora. Alguns minutos se passaram, como o senhor deve se lembrar, antes que o zelador sonolento chamasse sua atenção para o sino... tempo bastante para que o ladrão escapasse.

"Ele foi para Woking no primeiro trem e, após examinar o butim e se certificar de que, de fato, tinha enorme valor, escondeu-o onde imaginou ser mais seguro, com a intenção de tirá-lo dali em um ou dois dias para levá-lo à Embaixada da França, ou seja, lá onde ele imaginou que pudesse conseguir um bom preço. Mas o senhor voltou de repente. Sem o menor aviso, ele foi desalojado do quarto, e, a partir de então, havia no mínimo duas pessoas ali para impedi-lo de recuperar o tesouro. Deve ter sido enlouquecedor para ele. Mas, finalmente, pareceu que havia uma chance. Ele tentou entrar, mas foi barrado pela sua insônia. O senhor deve se lembrar de que não tomou seu remédio para dormir naquela noite.

– Eu me lembro.

– Acredito que ele tenha tomado providências para aumentar o efeito do remédio e tinha certeza de que o senhor estaria inconsciente. Claro, ele tentaria de novo assim que pudesse fazê-lo em segurança. Se o senhor saísse do quarto, daria a chance que ele queria. Pedi à srta. Harrison que ficasse lá o dia todo, de forma que ele não nos pegasse desprevenidos. Então, depois de tê-lo feito acreditar que o caminho estava livre, fiquei em guarda, como descrevi. Eu já sabia que era provável que os papéis estivessem no quarto, mas não tinha a menor vontade de revirar tudo em busca deles. Portanto, deixei que ele mesmo os tirasse do esconderijo, e assim me poupei de uma infinidade de trabalho. Ainda há algum ponto que eu possa esclarecer?

– Por que ele tentou a janela – eu perguntei –, se poderia ter entrado pela porta?

– Para chegar à porta ele teria que passar por sete aposentos. Por outro lado, ele poderia sair para o gramado com facilidade. Algo mais?

– O senhor não acredita – Phelps perguntou – que ele tivesse alguma intenção de matar, certo? A faca só foi usada como ferramenta.

– Pode ser – Holmes respondeu, dando de ombros. – Só posso dizer com certeza que o sr. Joseph Harrison é um cavalheiro em quem eu me recusaria terminantemente a confiar.

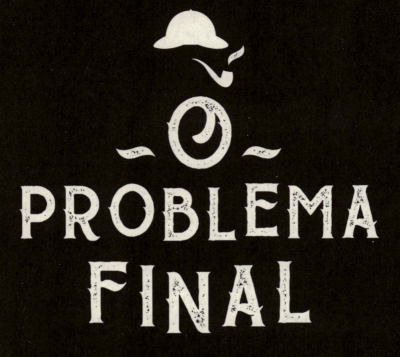

É com o coração pesado que pego na pena para escrever as últimas palavras com as quais registrarei os extraordinários dons que distinguiam meu amigo, o sr. Sherlock Holmes. De forma pouco coesa e, acredito, completamente inadequada, tentei narrar algumas das aventuras estranhas que vivi ao lado dele desde o acaso que nos uniu na época de *Um estudo em vermelho* até sua intervenção no caso do tratado naval – intervenção que, sem dúvida, evitou uma grave crise internacional. Minha vontade era parar e não dizer nada sobre o incidente que criou um vazio tão grande em minha vida que a passagem de dois anos fez pouco para preencher. Forço minha escrita, no entanto, devido às cartas recentes nas quais o coronel James Moriarty defende a memória do irmão, e não tenho escolha a não ser expor os fatos aos olhos do público exatamente como aconteceram. Ninguém além de mim conhece toda a verdade, e sinto-me satisfeito por haver chegado o momento em que não encontro uma boa razão para ocultá-la. Ao que me consta, foram feitas apenas três menções na imprensa: no *Journal de Gèneve* de 6 de maio de 1891, o comunicado da Reuters nos jornais ingleses em 7 de maio e, por fim, as cartas mencionadas. A primeira e a segunda eram extremamente resumidas, enquanto a terceira era, como pretendo mostrar, uma deturpação completa dos fatos. Cabe a mim contar pela primeira vez o que realmente aconteceu entre o professor Moriarty e Sherlock Holmes.

Devo recordar que, após meu casamento e a subsequente abertura do meu consultório, a relação íntima que eu mantinha com Sherlock Holmes se modificou. Ele ainda me procurava vez ou outra, quando desejava um companheiro de investigação, mas essas situações se tornaram cada vez mais raras, até que no ano de 1890 percebi que só havia registrado três casos. No inverno do mesmo ano e no começo da primavera de 1891, eu soube pelos jornais que ele havia sido contratado pelo governo francês para um assunto de extrema importância, e recebi dois bilhetes de Holmes, enviados de Narbonne e de Nîmes, sendo levado a crer que sua estadia na França seria longa. Não foi sem surpresa, portanto, que o vi entrar no meu consultório na noite de 24 de abril. Fiquei impressionado, porque ele estava mais pálido e mais magro que o habitual.

216 *Grandes Aventuras de Sherlock Holmes*

— Sim, estou me desgastando muito ultimamente — ele comentou em resposta mais ao meu olhar que às minhas palavras. — Tenho passado por alguns apuros. Você faria alguma objeção se eu fechasse a janela?

A única luz do cômodo vinha do candeeiro sobre a mesa, que iluminava minha leitura. Encostado à parede, Holmes foi até a janela e a trancou.

— Você está com medo de alguma coisa? — perguntei.

— Bem, estou.

— De quê?

— De armas de ar comprimido.

— Meu caro Holmes, o que você está dizendo?

— Acredito que você me conheça o bastante, Watson, para reconhecer que não sou, de forma alguma, um sujeito nervoso. Por outro lado, seria estupidez, e não coragem, se eu me recusasse a admitir o perigo. Posso lhe pedir um fósforo?

Ele aspirou a fumaça do cigarro como se o efeito calmante lhe fizesse muito bem.

— Devo me desculpar por ter aparecido tão tarde — ele disse —, e em seguida devo pedir que você seja excêntrico a ponto de permitir que eu saia daqui escalando o muro do seu quintal.

— Mas o que significa tudo isso? — perguntei.

Ele ergueu a mão, e pude ver à luz do candeeiro que duas de suas juntas estavam quebradas e sangrando.

— Veja, não se trata de algo etéreo — ele disse sorrindo. — Pelo contrário, é real o suficiente para quebrar a mão de alguém. A sra. Watson está?

— Ela está fora, fazendo uma visita.

— Não diga! Você está sozinho?

— Completamente.

— Assim fica mais fácil para eu lhe propor passar uma semana comigo no continente.

— Onde?

— Ah, em qualquer lugar. Para mim, não importa.

Tudo parecia muito estranho. Não era da natureza de Holmes tirar férias sem propósito, e alguma coisa em seu rosto pálido e cansado me dizia que ele estava no limite da tensão. Ele leu o questionamento nos meus olhos, juntou as pontas dos dedos e apoiou os cotovelos nos joelhos para começar os esclarecimentos.

– Você provavelmente nunca ouviu nada sobre o professor Moriarty – ele disse.

– Nunca.

– Pois é, eis o gênio e a beleza da coisa! – ele gritou. – O sujeito domina Londres, e ninguém nunca ouviu o nome dele. É isso que faz com que ele esteja no ponto mais alto da história do crime. Posso dizer, Watson, com a maior seriedade, que se eu for capaz de derrotar esse homem, se eu for capaz de defender a sociedade contra ele, vou acreditar que minha carreira atingiu o ápice e vou me preparar para seguir caminhos mais calmos na vida. Cá entre nós, os casos recentes nos quais pude ser útil à família real da Escandinávia e à República da França me permitiriam viver da maneira tranquila que me é conveniente e dedicar minha atenção à química. Mas eu seria incapaz de descansar, Watson, seria incapaz de ficar sentado em uma cadeira se me ocorresse que um homem como o professor Moriarty está andando pelas ruas de Londres sem adversário.

– O que ele fez, afinal de contas?

– Uma carreira extraordinária. Ele é um sujeito bem-nascido, recebeu uma educação excelente e foi agraciado pela natureza com uma aptidão fenomenal para a matemática. Aos vinte e um anos, escreveu um tratado sobre o binômio de Newton e causou sensação na Europa. À custa disso, conseguiu a cadeira de matemática de uma de nossas menores universidades, e tinha, segundo todos os indícios, uma carreira brilhante diante de si. Mas o sujeito tinha tendências hereditárias do tipo mais diabólico. Uma herança criminosa corre no sangue dele, e, em vez de ser atenuada, cresceu e se tornou infinitamente mais perigosa por causa de sua extraordinária capacidade mental. Rumores sombrios se acumularam em torno dele na cidade universitária, e, como consequência, ele foi impelido a renunciar à cadeira e a voltar para Londres, onde se estabeleceu como instrutor do exército. Esses são os dados que o mundo conhece, mas o que vou dizer em seguida eu mesmo descobri.

"Como você sabe, Watson, não há quem conheça o submundo de Londres tão bem quanto eu. Há anos percebo algo por trás dos delitos, uma força organizadora que sempre se coloca no caminho da lei e lança um escudo diante do malfeitor. Várias e várias vezes, nos casos mais díspares,

218 *Grandes Aventuras de Sherlock Holmes*

como falsificação, roubo, assassinato, senti a presença dessa força, e deduzi que ela esteve presente em muitos crimes sem solução sobre os quais não fui consultado. Há anos tento romper o véu que a cobre, e finalmente chega o momento em que desfaço os nós e sigo a trilha até ser levado, após mil enredamentos ardilosos, ao ex-professor Moriarty, celebridade da matemática.

"Ele é o Napoleão do crime, Watson. É o organizador de metade do que há de nocivo e de quase tudo o que permanece encoberto nesta grande cidade. É um gênio, um filósofo, um pensador. Um cérebro de primeira grandeza. Ele não se move, como uma aranha no centro da teia, mas a teia dele tem mil ramificações, e ele conhece bem todas as vibrações que cada uma delas produz. Ele mesmo não faz quase nada. Apenas planeja. Mas seus numerosos agentes seguem uma orquestração esplêndida. Um crime precisa ser cometido, um papel precisa desaparecer, digamos, uma casa precisa ser esvaziada, alguém precisa sumir... a informação é passada ao professor, ele organiza e desenvolve a ação. O agente pode ser preso. Nesse caso, há dinheiro para a fiança ou para a defesa. Mas a força central que manipula os agentes nunca é capturada, nem sequer é colocada sob suspeita. Foi o que eu deduzi, Watson, e passei a empregar toda a minha energia para que a organização seja exposta e dissolvida.

"Mas o professor se cercou de álibis tão bem urdidos que, pouco importava o que eu fizesse, parecia impossível conseguir provas que pudessem ser usadas no tribunal. Você sabe do que sou capaz, meu caro Watson, e, ainda assim, ao fim de três meses me vi obrigado a confessar que havia finalmente encontrado um antagonista que estava em pé de igualdade intelectual comigo. Meu horror pelos crimes chegou a se perder em admiração pela habilidade com que foram executados. Mas, por fim, ele cometeu um deslize, um só, um deslize pequeno, mas foi mais do que ele poderia se permitir, já que eu o seguia tão de perto. Tive minha chance, e a partir dela trancei minha teia até o ponto em que está prestes a se fechar sobre ele. Daqui a três dias, ou seja, na próxima segunda-feira, o momento será ideal, e o professor, junto de todos os principais membros do bando, irá para as mãos da polícia. Então se dará o maior julgamento do século, o esclarecimento de mais de quarenta mistérios, e a forca para todos eles, mas se fizermos qualquer movimento em falso, entenda, eles podem escapar das nossas mãos até no último instante.

"Bom, se eu pudesse ter feito isso sem o conhecimento do professor Moriarty, tudo teria corrido bem. Mas ele é astuto demais para isso. Ele viu todos os passos que dei para armar a emboscada. Várias e várias vezes lutou para se libertar, mas eu o segurei todas essas vezes. Posso dizer, meu amigo, que se uma narrativa detalhada desse embate silencioso fosse escrita, ele seria reconhecido como o mais brilhante bate e rebate em que um detetive já se envolveu. Eu jamais havia alcançado tamanha altura, e um oponente nunca me havia afligido tanto. Ele foi até o fundo, e mesmo assim eu fui mais longe. Hoje de manhã os últimos passos foram dados, e três dias é tudo o que falta para encerrar o assunto. Eu estava sentado no meu apartamento, pensando a respeito, quando a porta se abriu e me encontrei diante do professor Moriarty.

"Meus nervos estão longe de ser fracos, Watson, mas devo confessar um estremecimento ao ver o homem que tanto me ocupa a cabeça parado à minha porta em carne e osso. A aparência dele me era muito familiar. Ele é alto e magro, sua testa se dobra em uma curva branca, e seus olhos são bastante fundos. É bem barbeado, pálido e tem um ar contemplativo, conservando algo da feição professoral. Tem os ombros curvados de tanto estudar, e seu rosto se projeta para a frente, oscilando o tempo todo de um lado para outro como o de um réptil. Ele me examinou cheio de curiosidade nos olhos apertados.

" 'O senhor tem um desenvolvimento frontal menor do que eu imaginava', ele disse por fim. 'É um hábito perigoso manejar armas carregadas dentro do bolso.'

"Ao vê-lo entrar, percebi imediatamente o tamanho do perigo em que me encontrava. A única saída possível para ele seria calar a minha boca. Em um instante, tirei o revólver da gaveta, coloquei-o no bolso e apontei-o para ele por baixo da roupa. Após o comentário, coloquei a arma engatilhada em cima da mesa. Ele continuava a sorrir e piscar, mas seus olhos tinham alguma coisa que me fazia sentir feliz por estar ao lado de uma arma.

" 'É óbvio que o senhor não me conhece', ele disse.

" 'Pelo contrário', respondi, 'acredito que seja muito óbvio que o conheço. Por favor, sente-se. Tenho cinco minutos, caso o senhor queira dizer alguma coisa.'

" 'O senhor já sabe tudo o que tenho a dizer', ele disse.

" 'Então o senhor possivelmente já sabe a resposta', retruquei.

" 'O senhor volta atrás?'

" 'De forma alguma.'

220 *Grandes Aventuras de Sherlock Holmes*

"Ele levou a mão ao bolso, e eu peguei a pistola. Mas o que ele tirou do bolso era apenas um caderno no qual algumas datas estavam marcadas.

" 'O senhor cruzou meu caminho dia 4 de janeiro', ele disse. 'Dia 23, o senhor me incomodou; por volta da metade de fevereiro, o senhor me causou uma séria perturbação; no fim de março, o senhor tolheu meus planos completamente; e agora, nos últimos dias de abril, seus contínuos incômodos me colocam em tal posição que corro perigo real de perder a liberdade. A situação está se tornando insustentável.'

" 'O senhor tem alguma sugestão?'

" 'O senhor deve desistir, sr. Holmes', ele disse, balançando o rosto. 'O senhor deve mesmo desistir.'

" 'Não até segunda', eu disse.

" 'Ora, ora!', ele disse. 'Estou certo de que um homem de tamanha inteligência entende que essa questão só pode acabar de uma única maneira. É preciso que o senhor saia de cena. O senhor chegou a um ponto em que só nos resta uma saída. Para mim tem sido um regalo intelectual ver como o senhor encara o problema, e não minto ao dizer que me causaria pesar se eu fosse obrigado a tomar medidas extremas. O senhor está sorrindo, mas posso garantir que é verdade.'

" 'O perigo faz parte da minha profissão', comentei.

" 'Não se trata de perigo', ele disse. 'Trata-se de destruição inevitável. O senhor está no caminho não apenas de um indivíduo, mas de uma organização poderosa, cujo alcance total nem o senhor, com todo o seu engenho, foi capaz de desvendar. O senhor deve se afastar, sr. Holmes, ou será esmagado.'

" 'Receio', eu disse ao me levantar, 'que esta agradável conversa esteja me fazendo negligenciar um assunto importante que me aguarda em outro lugar.'

"Ele também se levantou e me olhou em silêncio, balançando a cabeça com tristeza.

" 'Bem, bem', ele disse por fim. 'É uma pena, mas fiz o que podia. Estou a par de todas as suas jogadas. Não há nada que o senhor possa fazer até segunda. É um duelo entre nós dois, sr. Holmes. O senhor quer me levar para o banco dos réus. Eu afirmo que jamais irei para lá. O senhor espera me derrotar. Se for inteligente o bastante para me destruir, esteja certo de que farei o mesmo ao senhor.'

222 Grandes Aventuras de Sherlock Holmes

" 'O senhor me fez vários elogios, sr. Moriarty', eu disse. 'É minha vez de retribuí-los dizendo que, se o senhor garantisse que meu fim acarretaria o seu, eu o aceitaria de bom grado por questão de interesse público.'

" 'Posso garantir apenas o fim de um de nós dois', ele rosnou, e em seguida virou as costas curvadas e foi embora analisando a sala e piscando.

"Eis meu curioso encontro com o professor Moriarty. Confesso que me deixou uma impressão desagradável. A fala dele é suave e clara, o que produz um efeito de sinceridade que seria impensável em um simples valentão. Você pode dizer, é claro: 'Por que a polícia não toma providências contra ele?' Porque estou convencido de que o golpe deve começar pelos agentes. Tenho um ótimo motivo para acreditar nisso."

— Você já foi atacado?

— Meu caro Watson, o professor Moriarty é um sujeito que não perde tempo. Saí por volta do meio-dia para resolver um assunto na Oxford Street. Enquanto eu cruzava a esquina entre a Bentinck Street e a Welbeck Street, uma carroça de dois cavalos passou zumbindo e veio para cima de mim como se fosse um raio. Pulei para o passeio e me salvei por uma fração de segundo. A carroça enveredou pela Marylebone Lane e desapareceu em um instante. Permaneci no passeio depois disso, Watson, mas enquanto eu andava pela Vere Street, um tijolo caiu do telhado de uma das casas e se arrebentou diante de mim. Chamei a polícia e pedi uma varredura do local. Havia uma pilha de telhas e tijolos no telhado, que passava por alguma reforma, e quiseram que eu acreditasse que o vento havia derrubado um tijolo. É claro que eu não estava de acordo, mas não tinha como provar nada. Em seguida, tomei um coche e fui até a casa do meu irmão em Pall Mall, onde passei o dia. Agora vim até aqui e, no caminho, fui atacado por um troglodita com um porrete. Eu o derrubei, e a polícia o levou em custódia, mas posso afirmar sem medo que relação alguma será estabelecida entre o cavalheiro cujos dentes da frente arrebentaram minhas juntas e o reservado instrutor de matemática, que está, atrevo-me a dizer, resolvendo problemas em uma lousa a quilômetros daqui. Não é nada estranho, Watson, que minha primeira atitude ao entrar na sua casa tenha sido fechar a janela, e que eu tenha sido levado a pedir a sua permissão para sair daqui de forma menos conspícua que pela porta da frente.

Sempre admirei a coragem do meu amigo, mas nunca como naquele momento, enquanto ele repassava com calma uma série de incidentes que deve ter colaborado para criar um dia de horror.

O *Problema Final* **223**

– Você vai passar a noite aqui? – eu disse.

– Não, meu amigo; eu seria um hóspede perigoso. Meus planos estão em andamento, tudo vai ficar bem. As coisas foram arranjadas para que eu não precise ajudar a prender ninguém, embora minha presença seja necessária para a condenação. É óbvio, portanto, que não posso fazer nada além de me afastar pelos dias que restam até que a polícia possa ter liberdade de ação. Seria um grande prazer, portanto, se você pudesse me acompanhar ao continente.

– O consultório está tranquilo – eu disse –, e tenho um vizinho gentil. Seria ótimo ir com você.

– E partir amanhã de manhã?

– Se for necessário.

– Ah, sim, é extremamente necessário. Vou lhe dar instruções, e imploro, meu caro Watson, que você as obedeça ao pé da letra, pois agora você é meu parceiro em um jogo contra o facínora mais inteligente e a corporação criminosa mais forte da Europa. Ouça! Despache sua bagagem hoje à noite para a Victoria Station, sem endereço e por um mensageiro de confiança. Pela manhã, peça um fiacre, e deixe explícito que você não quer o primeiro nem o segundo que vão se apresentar. Você vai embarcar no fiacre e seguir até o Strand ao fim da Lowther Arcade, entregando o endereço para o condutor em um pedaço de papel, com o pedido de que ele não o jogue fora. Prepare o dinheiro da passagem e, assim que o veículo parar, corra pela galeria tendo em mente que você precisa estar do outro lado às nove horas e quinze. Uma pequena berlinda vai estar parada perto do meio-fio; ela será dirigida por um camarada vestido com uma capa preta pesada de gola vermelha. Suba na berlinda, e você estará na Victoria Station a tempo de embarcar no expresso para o continente.

– Onde nós nos encontramos?

– Na estação. O segundo vagão de primeira classe está reservado para nós.

– O vagão será nosso ponto de encontro?

– Sim.

Pedi em vão que Holmes passasse a noite em minha casa. Era evidente que ele achava que poderia colocar em perigo o teto que o acolhesse, e era isso que o levava a ir embora. Após algumas palavras rápidas sobre nosso plano para a manhá, ele se levantou e saiu comigo para o quintal. Escalou com dificuldade o muro e pulou para a Mortimer Street, onde imediatamente assobiou para um fiacre que logo se afastou.

Pela manhá, obedeci às injunções de Holmes ao pé da letra. Arranjei o transporte com precauções que evitaram um fiacre que já estava esperando, e segui logo após o café para a Lowther Arcade, que atravessei com a maior velocidade possível. Uma berlinda me esperava com um condutor enorme enrolado em uma capa preta, que, no instante em que subi no veículo, chicoteou o cavalo e rumou para a Victoria Station. Quando desci, ele virou o carro e zarpou sem nem sequer olhar para o meu lado.

Tudo havia se encaminhado com perfeição. Minha bagagem estava me esperando, e não tive dificuldade para encontrar o vagão que Holmes havia mencionado, sobretudo porque era o único que dizia "reservado". Meu único motivo para continuar ansioso era a ausência de Holmes. O relógio da estação mostrava que faltavam apenas sete minutos para o horário da partida. Em vão procurei pela figura ágil do meu amigo entre os grupos de viajantes e de pessoas que ficavam na plataforma acenando. Nem sinal dele. Perdi alguns minutos ajudando um respeitável padre italiano que tentava dizer para o carregador, em um inglês sofrível, que sua bagagem seria despachada para Paris. Então, após dar mais uma olhada pelos arredores, voltei para o vagão, onde descobri que o carregador, apesar do bilhete, havia me colocado como companheiro de viagem do meu decrépito amigo italiano. Era inútil tentar explicar que a presença dele não era bem-vinda, pois falo italiano ainda pior do que ele falava inglês, então encolhi os ombros em resignação e continuei a procurar meu amigo com ansiedade. Fui tomado por um calafrio de medo ao imaginar que a ausência dele pudesse significar o acontecimento de alguma desgraça na noite anterior. As portas já haviam sido fechadas e o apito havia soado quando...

— Meu caro Watson — uma voz disse —, você não se dignou a me dar bom dia.

Não pude controlar o espanto. O sacerdote idoso havia se virado para mim. Por um momento, as rugas sumiram, o nariz se afastou do queixo, o lábio inferior deixou de se projetar e a boca parou de se mexer como se murmurasse, os olhos opacos recuperaram a chama, a figura curvada se esticou. A seguir, a estrutura toda desmoronou, e Holmes se foi com a mesma rapidez com que havia surgido.

— Céus! — gritei. — Você me assustou!

O Problema Final **225**

— Todo o cuidado ainda é necessário — sussurrou. — Tenho motivos para acreditar que estamos sendo seguidos de perto. Ah, veja, Moriarty em pessoa.

O trem já havia começado a se mover enquanto Holmes falava. Olhei para trás e vi um homem alto abrindo caminho pela multidão com empurrões furiosos, acenando como se quisesse parar o trem. Era tarde demais, no entanto, pois aceleramos e saímos da estação no instante seguinte.

— Com todas as precauções, você viu que escapamos por pouco — Holmes disse, rindo. Ele se levantou e guardou em uma mochila a batina e o chapéu que haviam composto o disfarce. — Você chegou a ler o jornal hoje, Watson?

— Não.

— Então você não sabe o que aconteceu na Baker Street?

— Na Baker Street?

— Incendiaram a nossa casa ontem à noite. Nenhum dano sério foi causado.

— Céus, Holmes! Isso é intolerável!

— Devem ter perdido meu rastro depois que o sujeito do porrete foi preso. Caso contrário, não poderiam imaginar que eu voltaria para casa. Sem dúvida tiveram o cuidado de vigiar você, e foi o que levou Moriarty até a Victoria Station. Suponho que você não tenha cometido nenhum deslize pelo caminho.

— Segui todas as suas recomendações.

— Você encontrou a berlinda?

— Sim, estava me esperando.

— Reconheceu o cocheiro?

— Não.

— Era meu irmão Mycroft. É bom, em um caso como esse, não depender de mercenários. Mas agora precisamos lidar com Moriarty.

— Como o trem é expresso e tem horário sincronizado com o barco, acho que nos livramos dele muito bem.

— Meu caro Watson, você não me levou nem um pouco a sério quando eu disse que aquele homem deve ser considerado como alguém que está no mesmo patamar intelectual que eu. Você não acredita que eu permitiria, se fosse eu quem estivesse nos perseguindo, que um obstáculo tão insignificante me atrapalhasse. Por que, então, você o trata com tão pouca consideração?

— O que ele vai fazer?

— O que eu faria.

— E o que você faria?

— Tomaria um trem particular.

— Mas já deve ser tarde demais.

— De forma alguma. Este trem para em Canterbury, e o barco sempre atrasa no mínimo quinze minutos. Ele vai nos alcançar.

— Assim, parece que nós somos os criminosos. Vamos prendê-lo quando ele chegar.

— Isso arruinaria um trabalho de três meses. Pegaríamos o peixe grande, mas os pequenos escapariam pelos furos da rede. Segunda, pegaremos todos eles. Não, prendê-lo é inadmissível.

— E então?

— Vamos descer em Canterbury.

— E depois?

— Bem, depois vamos fazer uma viagem até Newhaven, e daí até Dieppe. Moriarty vai fazer mais uma vez o que eu faria. Vai seguir para Paris, marcar nossa bagagem e esperar no depósito por dois dias. Enquanto isso, vamos nos presentear com malas de tapeçaria, incentivar os fabricantes dos lugares por onde vamos passar e seguir a nosso bel-prazer para a Suíça por Luxemburgo e Basileia.

Sou um viajante experiente demais para me incomodar com a perda da bagagem, mas confesso que fiquei perturbado pela ideia de ser forçado a fugir e me esconder por causa de um homem que tinha uma ficha cheia de desonras impronunciáveis. Era evidente, no entanto, que Holmes compreendia a situação muito melhor do que eu. Em Canterbury, portanto, descemos, e logo descobrimos que precisaríamos esperar uma hora antes que pudéssemos tomar o trem para Newhaven.

Eu ainda estava encarando com tristeza o afastamento do bagageiro que transportava meu guarda-roupa quando Holmes me puxou pela manga e apontou para a via férrea.

— Ele já está aqui, veja — ele disse.

Ao longe, do meio da mata de Kentish, surgiu um jato fino de fumaça. No minuto seguinte, era possível avistar uma locomotiva e um vagão voando pela curva aberta que leva à estação. Mal tivemos tempo para nos esconder atrás de uma pilha de malas quando ele passou por nós com estrondo, lançando-nos uma rajada de ar quente no rosto.

— Lá vai ele — Holmes disse enquanto olhávamos o vagão balançar sobre os trilhos. — Veja, há limites para a inteligência do nosso amigo. Teria sido um *coup de maître** se ele deduzisse o que eu iria deduzir e agisse a partir daí.

— E o que nós faríamos se ele tivesse nos alcançado?

— Não pode haver dúvida de que ele tentaria um ataque assassino contra mim. Esse é, no entanto, um jogo para ser jogado a dois. A questão agora é se vamos almoçar antes da hora aqui ou correr o risco de passar fome até chegarmos a Newhaven.

Fomos para Bruxelas à noite e passamos dois dias lá, seguindo até Estrasburgo no terceiro dia. Na manhã de segunda, Holmes telegrafou para a polícia de Londres e à noite encontramos uma resposta quando chegamos ao hotel. Holmes abriu o envelope, em seguida, com uma imprecação, atirou a mensagem na lareira.

— Eu já devia saber — gemeu. — Ele escapou.

— Moriarty?

— Capturaram todo o bando, menos ele. Ele os fez de idiotas. É claro, quando saí do país ele deixou de ter um adversário à altura. Mas eu pensei ter resolvido o caso para eles. Acho melhor que você volte para a Inglaterra, Watson.

— Por quê?

— Porque agora eu sou uma companhia perigosa. O homem não tem mais ocupação. Ele está perdido se voltar para Londres. Se entendi bem como a personalidade dele funciona, ele vai empenhar toda a energia que tiver para se vingar de mim. Foi o que ele disse durante nosso breve encontro, e duvido que estivesse brincando. Devo aconselhá-lo, sem dúvida, a voltar para o seu consultório.

---

* Golpe de mestre. Em francês no original. (N. do T.)

228 *Grandes Aventuras de Sherlock Holmes*

Era um pedido difícil de ser aceito por alguém que era, além de um ve-lho companheiro de batalha, um velho amigo. Ficamos discutindo a ques-tão na *salle à manger*** de Estrasburgo por meia hora, mas voltamos para a estrada na mesma noite e tomamos o caminho de Genebra.

Passamos uma semana encantadora passeando pelo vale do Ródano, em seguida tomamos o desvio em Leuk e passamos pelo Gemmi, ainda co-berto pela neve, e fomos para Meringen por Interlaken. Foi uma viagem adorável, a beleza verde da primavera abaixo, a pureza branca do inverno acima; mas era claro que Holmes não se esquecia nem por um segundo da sombra que pairava sobre ele. Em vilarejos alpinos rústicos ou nas solitárias travessias montanhosas, era possível perceber, pelos olhos dele e pela forma como examinavam cada rosto que passava por nós, que ele estava conven-cido de que, não importava para onde fôssemos, não nos livraríamos do perigo que seguia nossos passos.

Uma vez, enquanto passávamos pelo Gemmi e andávamos à margem do melancólico Daubensee, um rochedo foi arremessado do monte à nossa direita e caiu com estrondo no rio às nossas costas. No instante seguinte, Holmes havia corrido monte acima e, de um ponto alto, esticava o pescoço para todos os lados. Em vão nosso guia garantiu que era normal que algu-mas pedras caíssem ali durante a primavera. Holmes não disse nada, mas sorriu para mim com ar de quem vê a concretização do que havia previsto.

Apesar de toda a vigilância, ele jamais se deprimiu. Pelo contrário, eu nunca o havia visto de tamanho bom humor. Várias e várias vezes ele men-cionava que, se tivesse certeza de que a sociedade havia se livrado do profes-sor Moriarty, poderia encerrar sua carreira de bom grado.

– Acredito que posso chegar ao ponto de dizer, Watson, que não vivi completamente em vão – comentou. – Se meu fim chegasse hoje, ainda assim eu o aceitaria com resignação. O ar de Londres ficou mais leve por minha causa. Não acredito que tenha utilizado minha habilidade para defender o lado errado em nenhum caso. Ultimamente, estou tentado a examinar os problemas propostos pela natureza, em vez dos outros mais superficiais pelos quais a sociedade é responsável. Suas crônicas chegarão ao fim, Watson, no dia em que minha carreira for coroada pela captura ou pela extinção do criminoso mais perigoso e competente da Europa.

** Sala de jantar. Em francês no original. (N. do T.)

O Problema Final   229

Serei breve mas preciso ao contar o pouco que resta. Não é um assunto no qual eu goste de me alongar, mas sei que estou incumbido do dever de não omitir qualquer detalhe.

No dia 3 de maio, chegamos ao pequeno povoado de Meringen, onde nos hospedamos no Englischer Hof, na ocasião mantido pelo velho Peter Steiler. Nosso hospedeiro era inteligente e falava inglês com perfeição, tendo trabalhado por três anos como garçom no Grosvenor Hotel, em Londres. Seguimos o conselho dele e saímos juntos na tarde do dia 4, com o propósito de atravessar as montanhas e passar a noite na aldeia de Rosenlaui. Tínhamos ordens expressas, no entanto, de não passar pelas cataratas de Reichenbach, mais ou menos na metade do caminho montanha acima, sem fazer um pequeno desvio para vê-las.

É, na verdade, um lugar pavoroso. A torrente, intensificada pela neve derretida, jorra em um abismo enorme, de onde o vapor se ergue como a fumaça de uma casa em chamas. O sorvedouro onde o rio se lança é uma ravina ladeada por rochas brilhantes cor de carvão, estreitando-se na profundidade incalculável de um poço brumoso de água em ebulição, que transborda e lança o fluxo contra a orla irregular. O estrondo da espiral de água verde que não para de descer e a cortina espessa e tremeluzente de vapor que não para de subir atordoam qualquer um por causa do movimento e do barulho incessantes. Ficamos perto da borda, observando o brilho da água que batia contra as pedras pretas lá embaixo e escutando o grito semi--humano que ressoava com o vapor que saía do abismo.

O caminho havia sido aberto em volta da cachoeira para permitir uma vista panorâmica, mas termina de forma abrupta e força o viajante a retornar por onde veio. Estávamos prestes a fazer isso quando avistamos um rapaz suíço correndo em nossa direção com uma carta. Ela trazia o logotipo do hotel que havíamos acabado de deixar e era endereçada a mim pelo proprietário. Dizia que alguns minutos após a nossa partida havia chegado uma senhora inglesa que estava nos estágios finais de tuberculose. Ela havia passado o inverno em Davos Platz e estava a caminho de encontrar os amigos em Lucerna quando fora acometida por uma hemorragia súbita. Era pouco provável que vivesse mais que algumas horas, mas ser examinada por um médico inglês seria um consolo, e se eu pudesse voltar, etc., etc. O bom Steiler garantia em pós-escrito que tomaria minha condescendência como um favor pessoal, já que a senhora se recusava completamente a receber médicos suíços, e ele não podia evitar a sensação de estar incorrendo em grande responsabilidade.

O pedido não podia ser ignorado. Era impossível recusar o chamado de uma conterrânea agonizando em terra estrangeira. Ainda assim, tinha minhas dúvidas quanto a sair de perto de Holmes. Finalmente decidimos, contudo, que o jovem suíço ficaria como seu guia e companheiro, e eu retornaria a Meringen. Meu amigo disse que permaneceria na cachoeira por mais algum tempo e depois cruzaria a montanha devagar até Rosenlaui, onde eu deveria encontrá-lo ao entardecer. Conforme me afastava, vi Holmes apoiado contra uma rocha, com os braços cruzados, contemplando a força da água. Foi a última vez que pude vê-lo neste mundo.

A descida estava quase no fim quando olhei para trás. Era impossível ver a cachoeira do ponto onde eu estava, mas vi a trilha sinuosa que envolve o cume da montanha. Posso me lembrar de um homem andando muito rápido por aquela trilha. Vi a silhueta nitidamente traçada contra o verde ao fundo. Reparei nele e no vigor com que andava, mas a pressa em cumprir minha pequena missão fez com que ele desaparecesse da minha mente.

Pouco mais de uma hora deve ter se passado antes que eu chegasse a Meringen. O velho Steiler estava parado à entrada do hotel.

— Bem — eu disse correndo —, espero que ela não tenha piorado.

Ele esboçou um olhar de surpresa, e assim que uma de suas sobrancelhas tremeu, meu coração se transformou em chumbo dentro do peito.

— O senhor não escreveu isso? — eu disse, tirando a carta do bolso. — Não há nenhuma inglesa doente neste hotel?

— Claro que não — gritou. — Mas o papel tem o logotipo do hotel! Ah! Quem escreveu isso deve ter sido um inglês alto que apareceu depois que vocês saíram. Ele disse...

Mas não esperei pelo fim da explicação do hospedeiro. Em um ataque de medo, eu já estava correndo pela rua do povoado rumo à trilha de onde havia acabado de descer. A descida havia levado uma hora. Mesmo com todo o meu empenho, mais duas se passaram antes que eu me encontrasse outra vez diante das cataratas de Reichenbach. Lá encontrei o bastão de Holmes encostado contra a rocha ao lado da qual eu o havia deixado. Mas não havia sinal dele, e meus gritos foram em vão. A única resposta foi a reverberação da minha própria voz em um eco trovejante dos rochedos ao redor.

Ver o bastão me fez passar mal. Aquilo significava que ele não havia ido para Rosenlaui. Ele havia permanecido naquela trilha de um metro de largura, encurralado entre as pedras e um penhasco, até ser alcançado pelo inimigo. O jovem suíço também havia desaparecido. Provavelmente estava a serviço de Moriarty, e deixara os dois a sós. E o que acontecera depois? Quem poderia contar o que acontecera depois?

Levei um ou dois minutos para voltar a mim, pois o pavor havia me atordoado. Em seguida pensei nos métodos de Holmes e tentei me valer deles para entender aquela tragédia. E, ai de mim!, foi muito fácil. Durante a nossa conversa não havíamos chegado ao fim da trilha, e o bastão estava marcando o lugar onde eu o havia deixado. O solo escuro é umedecido o tempo todo pela incessante nuvem de vapor, o que faz com que até um passarinho possa deixar uma trilha atrás de si. Duas linhas de pegadas eram visíveis até a extremidade da trilha, e ambas se afastavam de mim. Nenhuma das duas voltava. A alguns metros da extremidade o solo estava todo revirado, e as sarças e os fetos que orlavam o penhasco estavam sujos e despedaçados. Inclinei a cabeça para observar melhor, sendo encharcado pelo vapor. A noite havia caído, não era possível ver mais que vislumbres de umidade nas pedras escuras e, lá embaixo, no fundo do precipício, o brilho da água. Gritei, mas apenas o som semi-humano da cachoeira respondeu.

Mas quis o destino que eu por fim recebesse as últimas palavras do meu amigo e companheiro. Como eu disse, o bastão dele havia sido apoiado contra uma rocha que se projetava na trilha. Percebi um brilho estranho no topo dessa rocha e, ao levantar a mão, descobri que vinha da cigarreira de prata que ele costumava carregar. Quando a peguei, um pequeno quadrado de papel, sobre o qual ela estava apoiada, flutuou até o chão. Eu o desdobrei; eram três páginas do caderno dele, endereçadas a mim. Diz muito sobre a personalidade do remetente o fato de que o tom era lúcido e a caligrafia firme e clara como se ele tivesse escrito aquilo sentado em uma escrivaninha.

> *"Meu caro Watson,*
> *Escrevo estas breves linhas graças à generosidade do sr. Moriarty,*
> *que me aguarda para resolver as questões que se interpõem entre*
> *nós dois. Ele fez um resumo dos métodos pelos quais evitou a polícia*
> *inglesa e se manteve a par dos nossos movimentos. Sem dúvida,*
> *meu altíssimo respeito pela habilidade dele apenas se confirma.*

Fico feliz por me crer capaz de libertar a sociedade de futuros produtos da influência dele, embora tema que o preço leve sofrimento aos meus amigos, sobretudo a você, meu caro Watson. Já lhe expliquei, contudo, que minha carreira atingiu o ponto crítico, e que nenhuma conclusão me agradaria mais do que esta que se apresenta. Na verdade, para fazer uma confissão completa, devo dizer que eu estava convencido de que a carta de Meringen era um embuste, e permiti que você partisse para que tudo corresse como correu. Diga ao inspetor Patterson que os papéis necessários para condenar o bando estão no escaninho M., em um envelope azul com a inscrição "Moriarty". Cuidei das minhas posses antes de sair da Inglaterra e deixei tudo para meu irmão Mycroft. Por favor, mande lembranças à sra. Watson deste que é, meu caro amigo,

Sinceramente seu,
Sherlock Holmes."

Poucas palavras devem ser suficientes para contar o pouco que resta. A análise dos peritos não deixa dúvida de que a disputa entre os dois acabou, como dificilmente poderia deixar de acontecer, com a queda de ambos, enlaçados um nos braços do outro. As tentativas de resgatar os corpos foram inúteis, e no fundo do medonho caldeirão de águas tormentosas e de escuma fervente jazem o facínora mais perigoso e o maior defensor da lei desta geração. O jovem suíço nunca foi encontrado, e não resta dúvida de que se tratava de um dos numerosos agentes empregados por Moriarty. Quanto ao bando, permanecerão na memória do público o modo como as provas acumuladas por Holmes expuseram a organização e o peso com que a mão de um morto se abateu sobre ela. O terrível líder foi pouco mencionado durante o processo, e se agora sou forçado a expor seus feitos, a culpa é de defensores levianos que tentaram limpar sua memória atacando a pessoa da qual sempre me lembrarei como a melhor e a mais sábia que já conheci.

oi durante a primavera de 1894 que Londres parou e a alta sociedade entrou em choque, por causa do assassinato de Ronald Adair sob as circunstâncias mais incomuns e inexplicáveis. O público já tinha tomado conhecimento dos detalhes revelados pela investigação policial; mas muito fora ocultado naquele momento, já que o caso era de tamanha força para a promotoria que não houve necessidade de divulgar todos os fatos. Apenas agora, ao fim de quase dez anos, posso fornecer os elos perdidos que completarão essa corrente inacreditável. O crime interessava por si só, mas esse interesse não é nada em comparação à sua sequência inconcebível, que me trouxe mais choque e mais surpresa que qualquer outro evento da minha vida temerária. Mesmo agora, depois de muito tempo, fico emocionado com a lembrança e sinto novamente a onda repentina de alegria, assombro e incredulidade que inundou minha alma. Peço licença para dizer a quem demonstrou interesse pelos vislumbres que tracei dos pensamentos e atos de um homem notável que a culpa não é minha se não pude compartilhar o que sei, pois considero que seria minha obrigação fazê-lo, caso eu não houvesse sido barrado por uma proibição categórica dos lábios desse mesmo homem, revogada apenas no terceiro dia do mês passado.

Não é difícil supor que minha proximidade com Sherlock Holmes despertou em mim um enorme interesse por crimes, e que, após o desaparecimento dele, não deixei de ler com cuidado os vários problemas expostos ao público, tentando inclusive empregar seus métodos para solucioná-los, por questão de gosto, embora os resultados fossem insignificantes. Não houve nada, no entanto, que me atraísse mais do que a tragédia de Ronald Adair. Ao ler no inquérito os indícios que levaram ao veredito de homicídio doloso de vítimas desconhecidas, pude perceber com mais clareza do que nunca o tamanho da perda de Sherlock Holmes para a sociedade. Havia detalhes naquela história estranha pelos quais ele se sentiria atraído, eu tinha certeza, e o trabalho da polícia teria sido complementado, ou provavelmente antecipado, pela observação treinada e pela mente vigilante do maior criminalista da Europa. O dia todo, enquanto visitava meus pacientes, pensei e repensei sobre o caso sem chegar a qualquer explicação que me parecesse adequada. Correndo o risco de contar uma história que todos conhecem, vou recapitular os fatos conforme foram expostos ao público ao fim do processo.

Ronald Adair era o segundo filho do conde de Maynooth, na época governador de uma das colônias da Austrália. A mãe de Adair havia voltado da Austrália para se submeter a uma operação de catarata, e vivia com o filho Ronald e a filha Hilda no número 427 da Park Lane. O jovem transitava pela mais alta sociedade e não tinha, até onde se sabia, inimigos ou maus hábitos. Ele havia sido noivo da srta. Edith Woodley, de Carstairs, mas o compromisso fora desfeito de mútuo consenso alguns meses antes do crime, e isso parecia não haver criado qualquer problema. De resto, a vida do rapaz transcorria em um círculo estreito e tradicional, pois ele tinha hábitos reclusos e natureza pouco emotiva. Não obstante, a morte se abateu da forma mais estranha e inesperada sobre esse jovem aristocrata despreocupado na noite de 30 de março de 1894, entre dez horas e onze e vinte.

Ronald Adair era amigo das cartas e jogava com frequência, mas nunca corria riscos. Era membro de três clubes de carteado, o Baldwin, o Cavendish e o Bagatelle. Ficou claro que ele jogou uma partida de *whist* no Bagatelle após o jantar no dia em que foi assassinado. Havia jogado no mesmo clube durante a tarde. O depoimento de seus parceiros de jogo – o sr. Murray, Sir John Hardy e o coronel Moran – revelou que o jogo era *whist*, e que as mãos estavam equilibradas. Adair deve ter perdido cinco libras – nada além disso. Ele era dono de uma fortuna considerável, e tal perda jamais poderia preocupá-lo. Jogava praticamente todo dia em um dos três clubes, mas era cauteloso e costumava sair da mesa enquanto estava vencendo. Foi dito em depoimento que ele chegou a ganhar por volta de quatrocentas e vinte libras em um único turno, em parceria com o coronel Moran contra Godfrey Milner e lorde Balmoral. Nada mais a acrescentar sobre sua história recente, como foi exposto no inquérito.

Na noite do crime, ele voltou do clube às dez em ponto. A mãe e a irmã estavam fora, em visita a um parente. A criada declarou que o ouviu passar pela porta do salão do segundo andar, que ele costumava usar como sala de visitas. Ela havia acendido a lareira e, por causa da fumaça, havia deixado a janela aberta. Nenhum som veio do cômodo até as onze e vinte, quando Lady Maynooth voltou acompanhada pela filha. Com a intenção de dizer boa-noite, ela tentou entrar no quarto do filho. A porta estava trancada por dentro, e não houve resposta aos gritos e às batidas. Ela pediu ajuda, e a porta foi arrombada. O infeliz foi encontrado no chão, ao lado da mesa. A cabeça dele exibia uma mutilação horrível feita por bala de revólver, mas arma nenhuma foi encontrada no quarto. Havia sobre a mesa duas notas de dez libras, além de dezessete libras e dez xelins em moedas de prata e de ouro, dinheiro arranjado em pilhas pequenas de quantidade variada. Havia também uma folha de papel com contas e nomes de companheiros de cartas, pela qual se presumiu que, antes de morrer, ele estava fazendo as contas de perdas ou ganhos no jogo.

Um exame rigoroso das circunstâncias serviu apenas para tornar o caso mais complexo. Em primeiro lugar, não foi possível dizer por que o rapaz trancaria a porta por dentro. Levantou-se a possibilidade de que o assassino tivesse feito isso e fugido pela janela. A queda, no entanto, era de no mínimo seis metros, e terminava em um canteiro de crocos desabrochados. As flores e a terra não tinham sinal de intervenção externa, tampouco havia qualquer marca sobre a faixa estreita de grama entre a casa e a rua. Era óbvio, portanto, que o próprio jovem havia fechado a porta. Mas como a morte o atingira? Ninguém poderia ter subido até a janela sem deixar rastro. Supondo que alguém tivesse disparado pela janela, seria preciso um atirador incrível para causar ferimento tão letal com um revólver. Além disso, a Park Lane é uma via movimentada, e há um ponto de cabriolés a mais ou menos cem metros da casa. Ninguém ouviu barulho de tiro. E mesmo assim havia um cadáver e uma bala, que explodiu, como costuma acontecer com balas dundum, produzindo uma ferida que deve ter causado morte instantânea. Tais eram os dados do mistério de Park Lane, complicação agravada pela completa falta de motivo, já que, como foi dito anteriormente, o jovem Adair a princípio não tinha inimigos, e não houve tentativa de roubo de dinheiro ou de objetos de valor.

Ao longo do dia, repassei os fatos mentalmente, na tentativa de chegar a uma teoria que os harmonizasse e de encontrar o elo fraco da corrente, que meu pobre amigo afirmava ser o começo de qualquer investigação. Confesso que não fui muito bem-sucedido. Ao entardecer, atravessei o parque, caminhando devagar, e me encontrei entre a Park Lane e a Oxford Street por volta das seis horas. Um grupo de desocupados no passeio, todos apontando para a mesma janela, identificava a casa que eu queria ver. Um homem alto e magro, usando óculos escuros, que me inspirou forte suspeita de que fosse um detetive à paisana, expunha alguma teoria enquanto os outros se agrupavam para ouvi-lo. Cheguei o mais perto que pude, mas os comentários dele me pareceram absurdos, de forma que me afastei, não sem algum aborrecimento. Ao fazê-lo, trombei com um senhor idoso desfigurado que estava atrás de mim e derrubei vários livros que ele carregava. Ao apanhá-los, lembro-me de ter observado o título de um deles, *A origem da dendrolatria*, e me ocorreu que o sujeito devia ser um pobre bibliófilo, que, por negócio ou como *hobby*, colecionava títulos obscuros. Tentei me desculpar pelo incidente, mas era óbvio que aqueles livros que eu infelizmente havia derrubado eram muito preciosos aos olhos do dono. Rosnando de raiva, ele girou sobre os calcanhares, e pude ver as costas curvadas e as costeletas brancas desaparecerem no meio da multidão.

Minha análise do número 427 da Park Lane foi pouco útil para solucionar o problema que me interessava. Entre a casa e a rua havia um muro baixo com grade; o conjunto não media mais que um metro e meio. Era bastante fácil, portanto, entrar no jardim; mas a janela era completamente inacessível, pois não havia tubulação ou qualquer outra coisa que pudesse ajudar sequer o mais ágil dos homens a subir. Mais intrigado do que nunca, tomei o caminho de volta para Kensington. Não fiquei por mais de cinco minutos no escritório antes que a criada entrasse e me avisasse que alguém desejava me ver. Para meu espanto, era ninguém menos que o velho e estranho colecionador de livros, cujo rosto enrugado me encarava por trás de uma moldura de cabelos brancos, trazendo as preciosas edições, no mínimo uma dúzia, apertadas sob o braço direito.

— O senhor está surpreso — ele resmungou em um tom estranho.

Reconheci que estava.

— Bem, eu tenho consciência, meu senhor, e, quando vi o senhor entrar em casa enquanto eu cambaleava logo atrás, pensei comigo mesmo, vou visitar esse cavalheiro gentil e dizer que, caso minha postura tenha sido um pouco grosseira, não tive intenção de ofendê-lo, e que sou muito grato a ele por ter apanhado meus livros.

— O senhor está exagerando — eu disse. — Posso perguntar como o senhor sabe quem eu sou?

— Bem, meu senhor, se não for tomar muita liberdade, posso dizer que sou seu vizinho, já que minha pequena livraria fica na Church Street, e estou certo de que ela se alegraria muito em recebê-lo. Talvez o senhor também seja colecionador; tenho aqui *Pássaros britânicos*, *Catulo*, *A guerra santa*... uma pechincha maior que a outra. Cinco livros seriam o suficiente para preencher aquele espaço na segunda prateleira. Dá uma impressão de bagunça, o senhor não concorda?

Virei o pescoço para a estante às minhas costas. Quando voltei a olhar para a frente, Sherlock Holmes estava sorrindo para mim do outro lado da escrivaninha. Eu me levantei, olhei para ele em completo espanto por alguns segundos e parece que desmaiei pela primeira e última vez na vida. Uma névoa cinzenta rodou diante dos meus olhos, e, quando ela parou, eu estava com o colarinho aberto e um gosto forte de conhaque na boca. Holmes estava debruçado sobre a minha cadeira com um cantil nas mãos.

– Meu caro Watson – disse a voz tão saudosa. – Devo-lhe mil desculpas. Eu não fazia ideia de que você ficaria tão abalado.

Eu o segurei pelo braço.

– Holmes! – gritei. – É você mesmo? Como você pode estar vivo? É possível que você tenha saído com vida daquele terrível abismo?

– Um momento! – disse ele. – Você tem certeza de que está em condições de falar sobre isso? Eu lhe causei um susto e tanto com a minha desnecessária aparição dramática.

– Está tudo bem, mas, francamente, Holmes, mal posso acreditar nos meus olhos. Céus! Pensar que você, justo você, estaria aqui no meu escritório!

Eu o segurei pela manga mais uma vez e senti o braço magro e firme embaixo dela.

– Bem, em todo caso você não é um fantasma – eu disse. – Meu querido amigo, estou muito feliz em vê-lo. Sente-se e conte-me como você saiu daquele penhasco medonho.

Ele se sentou de frente para mim e acendeu um cigarro com seu velho jeito despreocupado. Estava vestido com a sobrecasaca puída do vendedor de livros, mas o restante daquele sujeito estava empilhado na mesa: os cabelos brancos e os livros. Holmes parecia ainda mais magro e entusiasmado do que antes, mas havia um tom pálido em seu rosto aquilino que me dizia que ele não estava vivendo de um modo muito saudável.

– É bom poder me esticar, Watson – ele disse. – Não é brincadeira quando um sujeito alto precisa diminuir trinta centímetros da própria altura por horas a fio. Agora, meu caro amigo, quanto às explicações, nós temos, se

240 *Grandes Aventuras de Sherlock Holmes*

posso pedir sua colaboração, uma noite de trabalho duro e perigoso pela frente. Talvez seja melhor que eu conte tudo depois que terminarmos esse trabalho.

— Estou curioso demais. Prefiro ouvir agora.

— Você virá comigo hoje à noite?

— Quando e aonde você quiser.

— Como nos velhos tempos. Só temos tempo para um jantar apressado antes de sair. Bem, falando do penhasco, não tive grandes dificuldades para sair de lá, pelo simples motivo de que não cheguei a cair.

— Não caiu?

— Não, Watson, não caí. O bilhete que lhe deixei era absolutamente verdadeiro. Não tive muitas dúvidas de que minha carreira havia chegado ao fim quando notei a figura um tanto sinistra do falecido professor Moriarty na trilha estreita que conduzia à segurança. Seus olhos cinzentos mostravam uma determinação implacável. Trocamos algumas ideias, e ele gentilmente permitiu que eu escrevesse o bilhete que você recebeu em seguida. Deixei o bilhete, a cigarreira e o bastão, e andei pela trilha com Moriarty nos calcanhares. Quando cheguei ao fim, fiquei encurralado. Ele estava desarmado, mas investiu contra mim e me envolveu nos seus longos braços. Ele sabia que havia chegado ao fim da linha, e não queria nada além de se vingar de mim. Cambaleamos juntos até a beira do penhasco. Conheço, no entanto, um pouco de *baritsu*, um estilo de luta japonês, e já me aproveitei disso mais de uma vez. Consegui me soltar, e ele se debateu por alguns segundos, gritando de forma horrível e agitando as mãos no ar. Mas, apesar de tanto esforço, não conseguiu se equilibrar e despencou. Inclinei o pescoço sobre a borda do penhasco e observei a queda por algum tempo. Depois ele bateu em uma pedra, ricocheteou e caiu na água.

Fiquei espantado com a explicação, que Holmes me deu entre baforadas.

— Mas as pegadas! – gritei. – Vi com meus próprios olhos que dois rastros percorreram a trilha e nenhum voltou.

— O que aconteceu foi o seguinte. Assim que o professor saiu de cena, parei para pensar na oportunidade extraordinária que o destino havia colocado no meu caminho. Eu sabia que Moriarty não era o único que havia me jurado de morte. Havia no mínimo outros três, e o desejo de vingança deles só poderia aumentar após a morte do líder. Todos eram homens perigosíssimos. Um ou outro acabaria me matando. Por outro lado, se o mundo inteiro acreditasse na minha morte, eles ficariam confiantes; abaixariam a guarda, e mais cedo ou mais tarde eu os destruiria. Então chegaria o momento de anunciar que ainda estou na terra dos vivos. O cérebro é tão rápido que acredito ter pensado nisso antes que o professor Moriarty chegasse ao fundo da cascata de Reichenbach.

"Fiquei de pé e examinei a rocha às minhas costas. Em sua vívida narrativa do caso, que li com grande interesse meses depois, você afirma que a rocha era íngreme. Não exatamente. Percebi alguns pontos de apoio, e havia indícios de saliência. O rochedo é tão alto que seria obviamente impossível escalá-lo até o fim, da mesma forma como seria impossível cruzar a trilha molhada sem deixar rastro. Eu poderia, é verdade, virar as botas, como fiz em casos semelhantes, mas três pares de pegadas na mesma direção sem dúvida revelariam um logro. Tudo somado, então, seria melhor arriscar a subida. Não foi nada agradável, Watson. A cascata retumbava lá em baixo. Não costumo fantasiar, mas palavra que tive a impressão de ouvir a voz de Moriarty gritando comigo do fundo do abismo. Um erro teria sido fatal. Mais de uma vez, enquanto arrancava tufos de grama ou quando meus pés deslizavam nas reentrâncias da rocha molhada, pensei que seria o fim. Mas subi a duras penas é cheguei a uma saliência de poucos metros, coberta por musgo verde e macio, onde pude me acomodar sem ser visto e com todo o conforto. Eu estava deitado ali enquanto você, meu caro Watson, e a sua comitiva investigavam as circunstâncias da minha morte com a maior bondade e incompetência.

"Por fim, após chegarem a conclusões inevitáveis e completamente incorretas, vocês partiram para o hotel e me deixaram sozinho. Cheguei a pensar que a aventura havia terminado, mas um acontecimento absolutamente inesperado provou que algumas surpresas ainda me estavam reservadas. Uma pedra enorme passou rugindo por mim, bateu na trilha e se lançou no abismo. Por um momento, pensei que fosse um acidente; mas, logo em seguida, olhei para cima e vi a cabeça de alguém contra o céu, e outra pedra atingiu a saliência onde eu estava deitado, a menos de meio metro da minha cabeça. É claro que isso tinha um significado evidente. Moriarty não estava sozinho. Um comparsa, e não foi preciso mais do que aquele olhar de relance para entender como esse comparsa era perigoso, ficou de tocaia enquanto o professor me atacava. De longe, fora do meu campo de visão, ele havia testemunhado a morte do amigo e a minha fuga. Ele esperou e, em seguida, após contornar o rochedo até o topo, tentou terminar o trabalho do companheiro.

242 *Grandes Aventuras de Sherlock Holmes*

"Não demorei para chegar a essa conclusão, Watson. Vi o rosto sombrio examinar o rochedo mais uma vez, e percebi que ele anunciava outra pedra. Desci atarantado para a trilha. Acredito que não teria conseguido fazer isso a sangue-frio. Foi cem vezes mais difícil do que a subida. Mas não havia tempo para pensar no perigo, pois outra pedra passou zunindo por mim quando me pendurei pelas mãos na beira da saliência. Escorreguei no meio do caminho, mas, com a graça de Deus, pousei, todo cortado e sangrando, na trilha. Dei no pé, percorri quinze quilômetros pelas montanhas e na semana seguinte me encontrava em Florença com a certeza de que ninguém no mundo sabia o que havia sido feito de mim.

"Tive apenas um confidente, meu irmão Mycroft. Devo lhe pedir muitas desculpas, meu caro Watson, mas era de suma importância que a minha morte fosse verossímil, e é bastante certo que meu triste fim não seria narrado de forma tão convincente se você mesmo não acreditasse que era verdade. Várias vezes ao longo dos últimos três anos cheguei muito perto de lhe escrever, mas temi que sua estima por mim pudesse levá-lo a cometer alguma indiscrição que traísse meu segredo. Por isso, afastei-me quando você derrubou meus livros mais cedo, pois eu estava em perigo naquele momento, e qualquer demonstração de surpresa ou emoção da sua parte teria atraído atenção para a minha identidade e desencadeado as consequências mais deploráveis. Quanto a Mycroft, era preciso contar com ele para obter dinheiro. Em Londres as coisas não correram tão bem quanto eu esperava, pois o julgamento do bando de Moriarty deixou dois dos membros mais perigosos, nada menos que meus inimigos vingativos, em liberdade. Passei dois anos no Tibete, portanto, aproveitei minha visita a Lassa e passei alguns dias na companhia do dalai-lama. Você deve ter lido alguma coisa sobre as notáveis explorações de um norueguês chamado Sigerson, mas tenho certeza de que nunca imaginou que estava recebendo notícias do seu amigo. Em seguida, fui para a Pérsia, passei rapidamente por Meca e fiz uma visita breve mas interessante ao califa em Cartum, cujos resultados foram transmitidos à diplomacia britânica. De volta à França, passei alguns meses ocupado com uma pesquisa sobre os derivados do alcatrão de hulha em um laboratório de Montpellier, no sul do país. Após chegar a um resultado satisfatório e descobrir que apenas um dos meus inimigos continuava em Londres, preparei meu retorno, mas meus movimentos foram acelerados pela notícia do notável mistério de Park Lane, que não me atraiu apenas por suas qualidades, mas também porque parece capaz de apresentar oportunidades muito interessantes para a resolução de um assunto pessoal. Vim para Londres imediatamente, apareci sem disfarce na Baker Street, causei um ataque histérico violento na sra. Hudson e descobri que Mycroft conservou meus papéis e meus aposentos como se nada houvesse acontecido. Foi assim, meu caro Watson, que às duas horas da tarde de hoje me encontrei sentado na minha velha poltrona, na minha velha sala, desejando apenas que meu velho amigo Watson estivesse na outra cadeira, que ele havia adornado tantas vezes."

Ouvi essa história extraordinária naquela tarde de abril – uma história que seria completamente inacreditável, não fosse confirmada pela visão da figura alta e seca e do rosto alerta e impaciente que acreditei jamais veria de novo. De alguma forma, ele estava informado sobre minha triste perda e demonstrava compaixão mais pela postura que por palavras.

– O trabalho é o melhor antídoto para o sofrimento, meu caro Watson – ele disse –, e o nosso trabalho para hoje à noite é do tipo que, se pudermos desempenhá-lo bem, pode, por si só, justificar a vida de alguém nesta terra.

Em vão implorei por mais detalhes.

– Você vai ver e ouvir o suficiente antes do amanhecer – ele respondeu. – Temos três anos de passado para conversar. Contente-se com isso até as nove e meia, quando daremos início à notável aventura da casa vazia.

Foi de fato como nos velhos tempos que, à hora marcada, me encontrei sentado ao lado dele em um fiacre, com o revólver no bolso e a euforia da aventura no coração. Holmes estava frio, carrancudo, quieto. Quando a luz dos lampiões da rua bateu sobre seus traços austeros, vi que ele franzia o cenho e apertava os lábios. Eu não sabia que animal selvagem estávamos prestes a caçar na selva escura do submundo de Londres, mas a postura do grande caçador me assegurava que a aventura seria de enorme seriedade, enquanto o sorriso sarcástico que às vezes irrompia de sua melancolia contemplativa não era um bom presságio para o objeto da nossa busca.

Eu havia pensado que estávamos indo para a Baker Street, mas Holmes pediu para pararmos na esquina de Cavendish Square. Observei que, ao descer, ele olhou meticulosamente para a direita e para a esquerda e, a cada esquina seguinte, fez o maior esforço para garantir que não estava sendo seguido. Nosso caminho foi sem dúvida peculiar. Holmes conhecia Londres como ninguém, e naquela ocasião passou rápido e com passo firme por um conjunto de estábulos e estrebarias que eu sequer suspeitava que existisse. Finalmente entramos em uma via estreita, ladeada por casas antigas e som-

244 *Grandes Aventuras de Sherlock Holmes*

brias, que levava à Manchester Street e à Blandford Street. Ele enveredou rapidamente por uma passagem estreita, cruzou um portão de madeira que dava para um quintal deserto e em seguida usou uma chave para abrir a porta dos fundos de uma casa. Entramos juntos, e ele fechou a porta.

O lugar estava escuro como breu, mas não tive dúvidas de que se tratava de uma casa vazia. Nossos passos faziam o assoalho nu ranger e estalar, e toquei com a mão estendida uma parede cujo papel caía em tiras. Os dedos frios e magros de Holmes se fecharam sobre meu pulso e me conduziram por um salão comprido, até que pude distinguir vagamente o postigo acima da porta. Holmes de repente se virou para a direita, e em seguida nos vimos em uma sala grande, quadrada e vazia, muito escura nos cantos mas ligeiramente iluminada no centro pelas luzes que vinham da rua. Não havia nenhuma iluminação artificial, e a janela estava obstruída pela poeira, de forma que podíamos distinguir apenas a silhueta um do outro. Meu companheiro colocou a mão sobre o meu ombro e aproximou os lábios do meu ouvido.

— Você sabe onde nós estamos? — ele sussurrou.

— Sem dúvida aquela é a Baker Street — respondi olhando pela janela suja.

— Exato. Estamos na Camden House, que fica em frente à nossa velha residência.

— Mas por que estamos aqui?

— Para dispor de uma vista excelente do pitoresco edifício. Meu caro Watson, aproxime-se da janela, tomando todo o cuidado para não ser visto, e olhe para o nosso velho apartamento, ponto de partida de tantas de nossas pequenas aventuras. Veremos se meus três anos de ausência diminuíram a minha capacidade de surpreendê-lo.

Avancei com cuidado e olhei para a janela que conheço tão bem. Quando meus olhos caíram sobre ela, arfei, soltando um grito de espanto. A persiana estava fechada, e uma luz forte vinha de dentro. A sombra de um homem sentado estava traçada nitidamente na janela luminosa. A postura da cabeça, os ombros alinhados e os traços quadrados não deixavam margem para erro. O rosto estava virado de perfil e lembrava aquelas imagens escuras que nossos avós adoravam emoldurar. Era uma reprodução perfeita de Holmes. Meu assombro foi tal que estendi o braço para me certificar de que ele estava ao meu lado. O riso contido fazia com que ele tremesse.

— E então? — ele disse.

A Casa Vazia **245**

– Céus! – exclamei. – É incrível.

– Acredito que minha versatilidade não foi roubada pela idade nem ofuscada pelo hábito – ele disse, e reconheci em sua voz a alegria e o orgulho com que o artista trata a própria obra. – Parece comigo, não parece?

– Eu poderia jurar que é você.

– O crédito da *performance* deve ser dado a Monsieur Oscar Meunier, de Grenoble, que levou alguns dias para fazer o molde. É um busto de cera. O resto, eu mesmo arranjei durante minha visita à Baker Street na tarde de hoje.

– Mas por quê?

– Porque, meu caro Watson, tenho ótimos motivos para querer que certas pessoas acreditem que eu esteja lá quando não estou.

– Você acha que o apartamento está sendo vigiado?

– Eu *sei* que ele está sendo vigiado.

– Por quem?

– Pelos meus velhos inimigos, Watson. Pela fascinante associação cujo líder jaz na catarata de Reichenbach. Lembre-se de que eles, e apenas eles, sabem que eu continuo vivo. Eles acham que devo voltar para o meu apartamento mais cedo ou mais tarde. Mantiveram vigilância constante, e hoje de manhã me viram chegar.

– Como você sabe disso?

– Porque reconheci o vigia quando olhei pela janela. É um camarada completamente inofensivo, chamado Parker, estrangulador por profissão e ótimo com o berimbau de boca. Não me preocupei nem um pouco com ele. Mas me preocupei bastante com a pessoa muito mais formidável por trás dele, o amigo do peito de Moriarty, o sujeito que atirou as pedras do penhasco, o criminoso mais hábil e perigoso de Londres. É esse sujeito que está atrás de mim hoje, Watson, e que não tem a menor suspeita de que nós estamos atrás *dele*.

Os planos do meu amigo se revelavam aos poucos. Do nosso abrigo oportuno, os vigias seriam vigiados, e os perseguidores, perseguidos. Aquela sombra rígida era a isca, e nós éramos os caçadores. Permanecemos juntos e em silêncio na escuridão e vimos algumas figuras apressadas irem e virem diante de nós. Holmes estava quieto e imóvel, mas eu sabia que ele estava em alerta constante, e que seus olhos se fixavam intensamente no fluxo de transeuntes. Era uma noite fria e barulhenta, o vento varria a rua comprida e fazia um som estridente. Muitas pessoas caminhavam nos dois sentidos, a maioria encoberta por casaco e cachecol. Uma ou duas vezes tive a impressão de já ter visto determinada pessoa antes, e reparei especialmente em dois homens que pareciam se abrigar do vento na entrada de uma casa a certa distância rua acima. Tentei chamar a atenção do meu companheiro para os dois, mas ele respondeu com um leve brado de impaciência e continuou a olhar para a rua. Mais de uma vez ele mexeu os pés com nervosismo e percutiu os dedos na parede. Notei claramente que ele estava começando a ficar apreensivo, e que seus planos não estavam se desenrolando como ele esperava. Por fim, conforme nos aproximávamos da meia-noite e a rua se esvaziava, ele passou a andar de um lado para outro em agitação incontrolável. Eu estava prestes a dizer alguma coisa quando ergui os olhos para a janela iluminada e fui tomado por uma surpresa quase tão grande quanto a anterior. Apertei o braço de Holmes e apontei para cima.

– A sombra se mexeu! – gritei.

De fato, ela não estava mais de perfil, mas de costas para nós.

Aqueles três anos sem dúvida não haviam contribuído para amenizar o que ele tinha de áspero nem a impaciência para com uma inteligência menos aguçada que a sua.

– Claro que se mexeu – ele disse. – Por acaso eu sou um porcalhão desastrado, Watson, que usaria um simples boneco e esperaria que alguns dos homens mais inteligentes de Londres fossem enganados por ele? Estamos nesta sala há duas horas, e a sra. Hudson mexeu aquela silhueta oito vezes, ou uma vez a cada quinze minutos. Ela faz isso pela frente, de modo que não pode ser vista. Ah!

Ele prendeu a respiração em um movimento empolgado. Na luz fraca, pude vê-lo inclinar a cabeça para a frente, com a postura completamente rígida em alerta. Aqueles dois homens ainda podiam estar se encolhendo na porta, mas eu não conseguia mais vê-los. Tudo estava quieto e escuro, a não ser pela tela reluzente que exibia uma silhueta diante de nós. Mais uma vez, na escuridão total, ouvi o som fraco e sibilante que indicava o sufocamento de intensa agitação. No instante seguinte, ele me puxou para o canto mais escuro da sala e me cobriu os lábios com a mão em sinal de advertência. Seus dedos tremiam. Eu nunca tinha visto meu amigo tão comovido. A rua escura ainda se estendia vazia e pacata diante de nós.

A Casa Vazia 247

Mas de repente me dei conta do que seus sentidos aguçados já haviam percebido. Um som baixo e furtivo me chegou aos ouvidos, não da Baker Street, mas dos fundos da casa onde estávamos escondidos. Uma porta se abriu e se fechou. No instante seguinte, passos lentos no corredor – passos que tinham a intenção de ser silenciosos, mas ecoavam amplamente pela casa vazia. Holmes se encolheu contra a parede, e eu também, apertando a coronha do revólver. Tentei discernir as sombras e pude enxergar os contornos vagos de um homem, apenas um pouco mais escuros que a escuridão da porta aberta. Ele ficou parado por um momento e em seguida avançou aos poucos pela sala, curvando-se de modo ameaçador. O vulto sinistro estava a menos de três metros de nós, e preparei-me para o confronto, percebendo que ele não fazia ideia de que estávamos ali. Ele passou perto de nós, esgueirou-se até a janela e a ergueu cerca de vinte centímetros, com bastante cuidado e sem fazer barulho. Quando ele se inclinou para a abertura, a luz da rua, não mais atenuada pelo vidro empoeirado, atingiu seu rosto. O sujeito parecia estar fora de si, tamanha era sua exaltação. Seus olhos pareciam estrelas, e suas feições se contraíam convulsivamente. Era um homem velho, de nariz fino e saliente, testa longa e calva e enorme bigode grisalho. Usava cartola, e era possível ver o colete através do sobretudo aberto. Tinha o rosto magro e moreno, marcado por linhas fundas e selvagens. Carregava algo que parecia uma bengala, mas que produziu um ruído metálico ao ser apoiado no chão. Em seguida, tirou um objeto maciço do bolso do sobretudo e se ocupou com alguma tarefa que terminou em um clique alto e estridente, como se uma mola ou um ferrolho fossem ativados. Ajoelhado, inclinou-se para a frente e pôs toda a força e todo o peso sobre uma espécie de alavanca, o que produziu um rangido demorado e acabou em outro clique. Em seguida levantou-se, e pude ver que o que ele tinha na mão era uma espécie de arma com soleira de formato estranho. Ele abriu a culatra e colocou alguma coisa dentro dela antes de fechá-la. Em seguida, abaixou-se e apoiou a extremidade do cano na abertura da janela, e eu vi o bigode se curvar sobre a culatra e os olhos dele brilharem ao preparar a mira. Ouvi um pequeno suspiro de satisfação quando ele aninhou a soleira no ombro e vi o alvo espantoso, o homem escuro contornado pela luz, em quem ele mirava sem obstáculo. Por um instante, ele ficou rígido e não fez o menor movimento. Em seguida, apertou o gatilho. Escutei um silvo alto, incomum, e o tinido de vidro quebrado. No mesmo instante, Holmes pulou feito um tigre nas costas do atirador e lhe lançou a mão na cara. Ele se levantou de pronto e agarrou Holmes violentamente pelo pescoço; mas eu o atingi na cabeça com a coronha do revólver, e ele caiu outra vez. Caí por cima dele, e enquanto o segurava, meu companheiro tocou um apito estridente. Ouvi um estardalhaço de pés correndo pela rua, e em seguida dois policiais uniformizados e um detetive à paisana dispararam pela porta da frente e entraram na sala.

— Você, Lestrade? — Holmes disse.

— Sim, sr. Holmes. Assumi o caso pessoalmente. É bom vê-lo de volta a Londres, senhor.

— Pensei que você fosse precisar de uma ajudinha extraoficial. Três assassinatos sem resolução no mesmo ano não dá, Lestrade. Mas o seu desempenho no caso Molesey foi abaixo da sua média. Ou seja, você se saiu razoavelmente bem.

Todos ficamos de pé. Nosso prisioneiro ofegava, com um brutamontes oficial de cada lado. Alguns desocupados começavam a se juntar na rua. Holmes fechou a janela e baixou as persianas. Lestrade trouxe duas velas, os policiais sacaram as lanternas. Finalmente pude olhar nosso prisioneiro de frente.

Voltado para nós estava um rosto tremendamente viril e, ainda assim, sinistro. Com cenho de filósofo e lábios de libertino, o sujeito devia ter grande aptidão tanto para o bem quanto para o mal. Mas seria impossível olhar para os cruéis olhos azuis de pálpebras curvadas e cínicas, para o nariz agressivo e bárbaro e para a testa de rugas profundas sem interpretar os sinais de perigo mais claros dados pela natureza. Ele não deu atenção a nenhum de nós; estava com os olhos pregados no rosto de Holmes, com uma expressão que combinava perfeitamente ódio e espanto.

— Seu canalha — ele não parava de murmurar —, seu canalha engenhoso!

— Ah, coronel — Holmes disse enquanto ajeitava o colarinho amarfanhado —, a jornada termina no encontro dos amantes, como diz a velha peça. Acredito que não tenho o prazer de vê-lo desde quando o senhor me tratou com grande consideração na catarata de Reichenbach.

O coronel continuava a encarar meu amigo com se estivesse em transe.

— Seu canalha traiçoeiro — era tudo o que ele conseguia dizer.

— Ainda não apresentei os senhores — Holmes disse. — Este cavalheiro é o coronel Sebastian Moran, que já fez parte do exército de Sua Majestade na Índia, o melhor atirador de elite das nossas colônias orientais. Devo acreditar, coronel, que o senhor ainda não encontrou rival à altura na caça de tigres?

O velho ameaçador não disse nada. Continuava a encarar meu companheiro; os olhos selvagens e o bigode hirsuto faziam com que ele lembrasse incrivelmente um tigre.

— Tive dúvidas de que minha estratégia simplória pudesse enganar um *shikari* tão experiente — Holmes disse. — O senhor deve usá-la com frequência. Não foi o senhor que amarrou uma criança a uma árvore e subiu nela de rifle em punho, esperando que a isca lhe trouxesse o seu tigre? Esta casa vazia é minha árvore, e o senhor é meu tigre. O senhor provavelmente carrega armas de reserva, caso haja mais de um tigre ou na hipótese improvável de que sua mira venha a falhar. Estas — ele fez um gesto em volta de si — são minhas outras armas. A comparação é perfeita.

O coronel Moran avançou com um rugido feroz, mas foi contido pelos oficiais. Era terrível ver a fúria estampada no rosto dele.

— Confesso que o senhor me surpreendeu um pouco — Holmes disse. — Eu não previ que o senhor faria uso desta casa vazia e daquela oportuna janela em pessoa. Imaginei que o senhor trabalharia da rua, onde meu amigo Lestrade e seus homens estavam esperando. A não ser por esse detalhe, tudo saiu como eu esperava.

O coronel Moran se virou para o detetive.

— O senhor pode ou não pode ter uma causa para me prender — ele disse —, mas não há nenhum motivo para me obrigar a aturar a lenga-lenga desse sujeito. Se estou nas mãos da lei, cumpram a lei.

— Ora, é bastante razoável — Lestrade disse. — O senhor não tem mais nada a dizer, sr. Holmes, antes de sairmos?

Holmes havia pegado a poderosa pistola de ar comprimido e estava analisando o mecanismo.

— Uma arma única e admirável — ele disse —, silenciosa e tremendamente eficaz. Conheci Von Herder, o mecânico alemão cego que a projetou por ordem do falecido professor Moriarty. Há anos sei que ela existe, embora nunca tenha tido a oportunidade de manejá-la. Eu a deixo em sua confiança, Lestrade, junto com as balas.

250 *Grandes Aventuras de Sherlock Holmes*

– Pode ter certeza de que tomaremos conta dela, sr. Holmes – disse Lestrade enquanto todos nos encaminhávamos para a porta. – Mais alguma coisa?

– Quero apenas saber que acusação você vai fazer.

– Que acusação, senhor? Ora, tentativa de assassinato do sr. Sherlock Holmes, é claro.

– De forma alguma, Lestrade, não tenho a menor intenção de aparecer. A você e apenas a você deve ser dado o crédito da prisão extraordinária que acaba de fazer. Sim, Lestrade, meus parabéns! Misturando sagacidade e audácia, como é o seu costume, você o pegou.

– Peguei! Peguei quem, sr. Holmes?

– Aquele que toda a força policial tem procurado em vão. O coronel Sebastian Moran, que atirou em Ronald Adair com uma arma de ar comprimido através da janela aberta do segundo andar do número 427 da Park Lane, no dia 30 do mês passado. Eis a acusação, Lestrade. E agora, Watson, se você aguentar a corrente de ar de uma janela quebrada, acredito que meia hora fumando no meu escritório pode lhe trazer algum divertimento.

Nosso antigo apartamento estava exatamente igual, graças à supervisão de Mycroft Holmes e aos cuidados da sra. Hudson. Ao entrar, deparei, é verdade, com um asseio fora do comum, mas os velhos pontos de referência estavam todos nos respectivos lugares. O laboratório no canto e a mesa de tampo de pinho manchada de ácido. Em cima de uma prateleira, os vários álbuns de recortes e livros de referência que vários de nossos concidadãos adorariam queimar. As planilhas, o estojo do violino e o suporte de madeira para guardar cachimbos – até a sandália persa onde ficava o tabaco –, tudo me vinha ao encontro conforme eu olhava ao meu redor. A sala tinha dois ocupantes: a sra. Hudson, que abriu um sorriso quando nós entramos, e o boneco estranho que havia desempenhado papel fundamental na aventura da noite – um modelo colorido de cera retratando meu amigo, feito com tamanha maestria que era um fac-símile ideal. Estava apoiado em uma mesinha e vestido com um velho robe de Holmes, de forma que a ilusão que provocava do ponto de vista da rua era perfeita.

– Espero que a senhora tenha tomado todas as precauções, sra. Hudson – Holmes disse.

– Fui de joelhos, exatamente como o senhor pediu.

A Casa Vazia 251

– Excelente. A senhora se saiu muito bem. Por acaso a senhora viu por onde a bala passou?

– Sim, senhor. Temo que tenha estragado seu belo busto, pois passou pela cabeça dele e acertou a parede. Eu a apanhei do tapete. Aqui está.

Holmes a passou para mim.

– Uma bala de ponta oca, como você pode ver, Watson. É genial! Quem esperaria que uma coisa dessas fosse disparada de uma arma de ar comprimido? Ótimo, sra. Hudson, estou extremamente agradecido por sua ajuda. E agora, Watson, sente-se no seu lugar uma vez mais, pois há vários detalhes que eu gostaria de discutir com você.

Ele havia tirado a sobrecasaca puída e havia voltado a ser o Holmes de antigamente, vestindo o robe amarronzado que estava no busto.

– O velho *shikari* não perdeu o sangue-frio nem a visão – ele disse, rindo, enquanto examinava a testa quebrada do seu duplo. – Bem no meio da cabeça, direto no cérebro. Ele era o melhor atirador da Índia, e acredito que haja poucos melhores em Londres. Você já tinha ouvido alguma coisa sobre ele?

– Não, nunca.

– Bem, coisas da fama! Mas, se não me falha a memória, você não conhecia o professor James Moriarty, que possuía um dos maiores cérebros do nosso século. Traga o arquivo de biografias que está na prateleira.

Ele passou as páginas com vagar, recostado na cadeira, soprando grandes nuvens de fumaça do charuto.

– Minha coleção de "M" é muito boa – ele disse. – Moriarty sozinho seria o bastante para a glória de qualquer letra, e há também Morgan, o prisioneiro, e Merridew, de abominável memória, e Mathews, que arrancou meu canino no saguão de espera de Charing Cross, e, finalmente, nosso amigo de hoje.

Ele me passou o livro, e eu li:

– Moran, Sebastian, coronel. Desempregado. Fez parte dos First Pioneers. Nascido em Londres, 1840. Filho de Sir Augustus Moran, C. B., diplomata britânico na Pérsia. Cursou Eton e Oxford. Serviu na campanha de Jowaki, na campanha do Afeganistão, em Charasiab (despachos), em Sherpur e em Cabul. Escreveu *Jogo pesado no Himalaia ocidental*, 1881;

Três meses na selva, 1884. Endereço: Conduit Street. Clubes: Anglo-Indian, Tankerville, Bagatelle.

À margem, a caligrafia precisa de Holmes dizia: "O segundo homem mais perigoso de Londres".

– É espantoso – eu disse, devolvendo o livro. – O sujeito fez uma carreira militar respeitável.

– É verdade – Holmes respondeu. – Até certo ponto, ele se saiu bem. Sempre teve nervos de aço, e ainda se conta na Índia como ele rastejou por um escoadouro para caçar um tigre devorador de gente que estava ferido. Há árvores, Watson, que atingem determinada altura antes de apresentar deformidades. Muitas vezes acontece o mesmo com seres humanos. Acredito na teoria de que o indivíduo, ao se desenvolver, simboliza um desfile de todos os seus ancestrais, e que qualquer mudança repentina para o bem ou para o mal vem de forte influência da linhagem. A pessoa se torna, de certa forma, o epítome da história da família.

– É um pensamento meio extravagante, sem dúvida.

– Bom, não vou insistir. Seja lá qual for a causa, o coronel Moran saiu da linha. Sem escândalo público, a Índia se tornou pequena demais para ele. Ele se aposentou, voltou para Londres e adquiriu má fama. Nessa época, foi procurado pelo professor Moriarty, para quem, durante um tempo, ele serviu como estrela da equipe. Moriarty o financiava, e se valeu dele apenas em um ou dois trabalhos de altíssimo nível, que nenhum criminoso comum poderia ter resolvido. Você deve estar lembrado da morte da sra. Stewart, de Lauder, em 1887. Não? Bem, tenho certeza de que Moran estava envolvido naquilo; mas foi impossível provar. O coronel se encobriu com tamanha habilidade que, mesmo após dissolver o bando de Moriarty, não conseguimos incriminá-lo. Você lembra que, logo antes disso, estive na sua casa e fechei as janelas por medo de armas de ar comprimido? Você deve ter considerado aquilo uma excentricidade. Eu sabia muito bem o que estava fazendo, pois conhecia a existência daquela arma, e também sabia que um dos melhores atiradores do mundo estava de posse dela. Quando fomos para a Suíça, ele nos seguiu, acompanhado por Moriarty, e não resta dúvida de que foi ele o responsável pelos cinco minutos de horror que passei na catarata de Reichenbach.

"Você pode imaginar como li os jornais com cuidado durante minha estada na França, buscando qualquer chance de pegá-lo desprevenido. En-

quanto ele estivesse à solta em Londres, eu não poderia viver em paz. Dia e noite a sombra estaria sobre mim, e ele teria uma oportunidade mais cedo ou mais tarde. O que eu poderia fazer? Atirar nele às claras estava fora de questão, senão quem iria para o banco dos réus seria eu. Não adiantaria apelar para um oficial. Ele não poderia intervir com base no que seria considerado uma suspeita sem sentido. Não havia nada a fazer. Mas fiquei de olho nas notícias, sabendo que mais cedo ou mais tarde o pegaria. Então aconteceu a morte do tal Ronald Adair. Finalmente! Sabendo o que eu sabia, não era o suficiente para ter certeza de que o coronel Moran era o assassino? Ele havia jogado cartas com o rapaz, depois o seguiu do clube até em casa e atirou pela janela aberta. Não havia a menor dúvida. As balas já são prova suficiente para colocar um laço no pescoço dele. Voltei na mesma hora. Fui visto pelo vigia, que, é claro, informaria o coronel sobre a minha presença. Ele não poderia deixar de ligar meu retorno ao seu crime, nem de ficar terrivelmente preocupado. Tive certeza de que ele tentaria me tirar do caminho *o mais rápido possível*, e de que faria isso com a arma assassina. Criei na janela um ótimo alvo para ele, e, após avisar a polícia de que a sua ajuda poderia ser necessária – aliás, Watson, você os notou na entrada daquela casa com precisão certeira –, me abriguei no que parecia ser um ponto de observação discreto, sem sequer imaginar que ele escolheria o mesmo lugar para atacar. Então, meu caro Watson, falta alguma explicação?"

– Sim – eu disse. – Você não esclareceu qual seria a motivação do coronel Moran para assassinar Ronald Adair.

– Ah, meu caro Watson, assim vamos entrar em um terreno em que a lógica deixa a desejar. Cada um pode formar sua própria teoria sobre os fatos, e a sua provavelmente será tão correta quanto a minha.

– Mas você tem a sua, então?

– Acho que não é muito difícil explicar o que se passou. Foi dito em depoimento que o coronel Moran e o jovem Adair haviam ganhado juntos uma quantia considerável de dinheiro. Ora, é óbvio que Moran não jogava limpo, sei disso há muito tempo. Acredito que, no dia do assassinato, Adair descobriu que Moran estava trapaceando. Provavelmente eles tiveram uma conversa particular, e Adair deve ter ameaçado desmascará-lo a não ser que ele renunciasse ao clube e nunca mais jogasse. É pouco provável que um jovem como Adair tivesse causado um escândalo ao acusar um homem renomado e muito mais velho que ele. Ele deve ter agido como eu disse. Ser excluído dos clubes seria a ruína de Moran, que vivia de lucros desleais no carteado. Logo, ele matou Adair, que naquele exato momento fazia as contas de quanto dinheiro devia devolver, já que ele não poderia tirar vantagem do jogo sujo de seu parceiro. Ele trancou a porta para que as mulheres não o surpreendessem e perguntassem o que ele estava fazendo com moedas e uma lista de nomes. Faz sentido?

— Não duvido que você tenha chegado à verdade.

— Isso será confirmado ou refutado no julgamento. Contudo, seja como for, o coronel Moran não vai nos incomodar mais. A famosa arma de ar comprimido de Von Herder vai embelezar o museu da Scotland Yard, e, uma vez mais, o sr. Sherlock Holmes está livre para dedicar a vida à análise dos probleminhas interessantes que a complexa vida de Londres sempre apresenta.

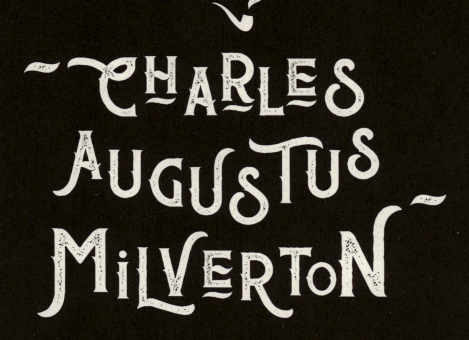

Anos se passaram desde o incidente. Ainda assim, não é sem embaraço que me refiro a ele. Por muito tempo, mesmo com toda a discrição e reserva, teria sido impossível trazer os fatos a público; mas agora a pessoa envolvida está além do alcance das leis humanas, e, com os devidos cortes, a história pode ser contada sem provocar danos sérios. Foi uma experiência totalmente incomparável tanto na carreira do sr. Sherlock Holmes quanto na minha. Peço desculpas ao leitor pela omissão da data e de outros fatos a partir dos quais seria possível investigar os eventos concretos.

Havíamos saído para nossas andanças, Holmes e eu, e voltamos às seis horas de uma fria, gelada tarde de inverno. Quando Holmes acendeu o lampião, a luz bateu em um cartão sobre a mesa. Ele olhou de relance e em seguida, com uma exclamação de repulsa, atirou o papel ao chão. Eu o apanhei e li:

"CHARLES AUGUSTUS MILVERTON.
APPLEDORE TOWERS.
HAMPSTEAD.

AGENTE".

– Quem é? – perguntei.

– O pior homem de Londres – Holmes respondeu enquanto se sentava e esticava as pernas diante da lareira. – Há alguma coisa no verso do cartão?

Virei o cartão.

– Visita às seis horas e trinta minutos. C. A. M. – eu li.

– Hum! Ele deve chegar a qualquer momento. Você já teve uma sensação desagradável e arrepiante, Watson, diante de serpentes no zoológico, vendo aquelas criaturas peçonhentas, de olhos implacáveis e rosto malicioso e achatado? Bem, Milverton tem o mesmo efeito sobre mim. Lidei com cinquenta assassinos ao longo da minha carreira, mas o pior deles nunca me causou a aversão que sinto por esse indivíduo. Ainda assim, sou obrigado a fazer negócios com ele. Na verdade, fui eu quem o convidou para vir aqui.

— Mas quem é ele?

— Vou lhe dizer, Watson. Ele é o rei dos chantagistas. Deus ajude o homem, e mais ainda a mulher, que tiver o segredo e a reputação nas mãos de Milverton. Com um sorriso no rosto e mármore no coração, ele suga o sangue de qualquer um até a última gota. O sujeito é um gênio à sua maneira, e poderia ter se destacado em um ramo que cheirasse menos mal. O método dele é o seguinte: ele manifesta interesse em pagar quantias bastante altas por cartas que comprometam gente rica ou visada. Ele não recebe tais produtos apenas de *valets* e criadas, mas também de rufiões amáveis que costumam cair nas graças de mulheres ingênuas. Ele não é nada pão-duro. Eu soube que chegou a pagar setecentas libras a um lacaio por um bilhete de duas linhas, e a consequência foi a ruína de uma família nobre. O mercado todo gira em torno de Milverton; centenas de pessoas nesta grande cidade ficam pálidas ao ouvir o nome dele. Ninguém sabe qual será o próximo ataque, pois ele é rico demais e esperto demais para trabalhar às pressas. Ele segura uma carta na manga por anos para jogá-la no momento em que a aposta estiver mais favorável. Eu disse que ele é o pior homem de Londres, e me pergunto como alguém pode comparar o rufião que espanca a parceira em um momento de sangue quente a um sujeito que sistematicamente e a seu bel-prazer tortura a alma e oprime os nervos para encher um bolso que já está inchado.

Poucas vezes vi meu amigo falar com tamanha exaltação.

— Mas é claro — eu disse — que o sujeito deve estar dentro do alcance da lei.

— Na teoria, é claro que sim, mas na prática, não. O que uma mulher ganharia, por exemplo, ao mandá-lo para a prisão por alguns meses, se a consequência será a ruína imediata? As vítimas não se atrevem a contra-atacar. Se ele chantageasse alguém inocente, aí, de fato, nós o pegaríamos; mas ele é velhaco como o Tinhoso. Não, não; precisamos descobrir outra forma de enfrentá-lo.

— E por que ele vem aqui?

— Porque uma cliente ilustre colocou seu lamentável caso nas minhas mãos. Trata-se de Lady Eva Blackwell, a mais bela debutante da última temporada. Ela deve se casar com o conde de Dovencourt dentro de quinze dias. Aquele canalha do Milverton tem várias cartas pouco prudentes. Pouco prudentes, Watson, nada além disso, escritas para um jovem cavalheiro interiorano cuja situação financeira não é das melhores. Seria o bastante para impedir o casamento. Milverton vai enviar as cartas ao conde se não receber uma grande quantia de dinheiro. Fui designado para me reunir com ele, e para conseguir o melhor preço possível.

No mesmo instante, ouvimos cascos de cavalo e rodas de carruagem na rua. Olhei pela janela e vi um carro majestoso puxado por uma parelha; a luz forte do farol cintilava no lombo bem polido dos nobres alazões. Um lacaio abriu a porta, e um homenzinho corpulento, de casaco de astracã, apeou. No minuto seguinte ele estava diante de nós.

Charles Augustus Milverton era um homem de cinquenta anos, dono de uma cabeça grande e intelectual, gordo, bem barbeado, que sorria o tempo todo como se os lábios estivessem congelados. Os olhos escuros e penetrantes faiscavam por trás dos óculos grandes com aros de ouro. Ele tinha algo da bondade de sr. Pickwick na aparência, desfigurada apenas pela falsidade do sorriso constante e pelo fulgor dos olhos incansáveis e pungentes. Com a voz tão branda e afável quanto a sua fisionomia, avançou estendendo uma mãozinha gorda e murmurando lamentos por não nos ter encontrado na primeira visita.

Holmes desprezou a mão e o encarou com firmeza. O sorriso de Milverton se alargou; ele encolheu os ombros, tirou o casaco, colocou-o com o maior cuidado sobre as costas de uma cadeira e sentou.

– O cavalheiro – ele disse com um gesto na minha direção. – Não seria pouco prudente? Pouco discreto?

– O dr. Watson é meu amigo e parceiro.

– Sem problemas, sr. Holmes. Mas fico preocupado com os interesses da sua cliente. O assunto é tão delicado...

– O dr. Watson já está a par dos fatos.

– Então podemos ir ao que interessa. O senhor diz que está representando Lady Eva. O senhor tem autorização para aceitar minha proposta?

– Qual é a sua proposta?

– Sete mil libras.

– E a outra?

– Meu caro, não gosto de falar sobre isso, mas se eu não for pago até dia 14, não haverá casamento no dia 18.

O sorriso insuportável se tornou ainda mais complacente. Holmes refletiu por um momento.

260 *Grandes Aventuras de Sherlock Holmes*

– O senhor me parece – Holmes disse por fim – confiante demais. Conheço o conteúdo das cartas, é claro. Estou certo de que minha cliente seguirá minhas recomendações. Vou aconselhá-la a contar a história ao marido e confiar na generosidade dele.

Milverton deu uma risadinha.

– O senhor evidentemente não conhece o conde – ele disse.

O olhar desconcertado de Holmes provou que ele conhecia.

– O que há de mal nas cartas? – ele perguntou.

– Elas são vivas, muito vivas – Milverton respondeu. – A jovem era uma correspondente encantadora. Mas garanto que o conde de Davencourt não ficaria feliz ao saber disso. No entanto, já que o senhor discorda, vamos encerrar o assunto. A questão é estritamente profissional. Se o senhor considera melhor para a sua cliente que as cartas caiam nas mãos do conde, seria tolice pagar tanto dinheiro para recuperá-las.

Ele se levantou e pegou o sobretudo de astracã.

Holmes ficou cinza de raiva e humilhação.

– Espere um pouco – ele disse. – O senhor está indo rápido demais. Sem dúvida devem-se tomar todas as precauções para evitar escândalos em uma situação tão delicada.

Milverton se sentou pela segunda vez.

– Estava certo de que o senhor chegaria a essa conclusão – ele rosnou.

– Por outro lado – Holmes continuou –, Lady Eva não é rica. Garanto que duas mil libras representariam um rombo nas economias dela, portanto a soma que o senhor almeja está completamente além do razoável. Peço, assim, que o senhor modere seu pedido e devolva as cartas pelo preço que eu propuser, que é, garanto, o mais alto possível.

O sorriso de Milverton se alargou, e os olhos piscaram jocosamente.

– Estou ciente de que o senhor diz a verdade sobre as economias da moça – ele disse. – Por outro lado, o senhor há de admitir que o casamento de uma moça é uma ocasião muito apropriada para que os amigos e a família façam pequenos esforços para ajudá-la. Pode ser que eles tenham dúvidas quanto ao presente. Posso garantir que certo pacote de cartas traria mais felicidade que todos os candelabros e jogos de louça de Londres.

– Impossível – Holmes disse.

— Ai de mim, ai de mim, que infelicidade! — Milverton gritou ao sacar uma carteira volumosa. — Não posso deixar de pensar que as mulheres são mal aconselhadas a não fazer um esforço. Veja isto!

Ele nos mostrou um pequeno envelope marcado por um brasão.

— Pertence a... bem, talvez seja mais apropriado não mencionar o nome até amanhã de manhã, quando isto estará nas mãos do marido de certa senhora. E tudo porque ela se recusa a dispor de uns trocados que poderia conseguir em menos de uma hora se trocasse os diamantes por vidro. É mesmo uma pena. Por acaso o senhor se lembra do fim repentino do noivado da honorável srta. Miles com o coronel Dorking? Apenas dois dias antes do casamento saiu um parágrafo no *Morning Post* dizendo que tudo estava acabado. E por quê? É praticamente inacreditável, mas a ridícula soma de mil e duzentas libras teria resolvido o problema. Não é lamentável? E agora vejo o senhor, um homem sensato, cheio de caprichos em uma negociação que envolve o futuro e a honra da sua cliente. O senhor me surpreende, sr. Holmes.

— Estou dizendo a verdade — Holmes respondeu. — Será impossível conseguir o dinheiro. Não é melhor que o senhor aceite a quantia considerável que lhe ofereço em vez de arruinar o futuro de uma mulher sem que isso lhe traga qualquer proveito?

— É aí que o senhor se engana, sr. Holmes. Revelar as cartas pode ser um tanto quanto proveitoso para mim de forma indireta. Tenho algo entre oito e dez casos semelhantes em desenvolvimento. Se as pessoas envolvidas souberem que fui rígido com Lady Eva, devo encontrá-las muito mais dispostas a ouvir a voz da razão. O senhor me entende?

Holmes levantou-se de um salto.

— Fique atrás dele, Watson. Não o deixe sair! Agora, meu senhor, vejamos o conteúdo dessa carteira.

Milverton se esgueirou pela sala com a agilidade de um rato e ficou encurralado com as costas na parede.

— Sr. Holmes, sr. Holmes! — ele disse ao abrir o paletó e mostrar a coronha de um revólver grande que saía do bolso interior. — Eu estava esperando uma reação mais original. Isso já aconteceu tantas vezes, e o que trouxe de bom? Posso dizer que estou armado até os dentes e não vou titubear para usar minhas armas, pois a lei está comigo. Além disso, o senhor está completamente equivocado se acha que eu traria as cartas aqui em uma carteira. Eu jamais faria tamanha besteira. E agora, cavalheiros, tenho uma ou duas reuniões durante a noite, e o caminho até Hampstead é longo.

Ele deu alguns passos adiante, pegou o casaco, pôs a mão sobre o revólver e se encaminhou para a porta. Peguei uma cadeira, mas Holmes balançou a cabeça em desaprovação, e eu a soltei. Após uma reverência, um sorriso e uma piscada de olho, Milverton saiu, e alguns momentos depois ouvimos a porta da carruagem bater e o barulho das rodas que se afastavam.

Holmes se sentou imóvel diante da lareira, com as mãos no fundo dos bolsos da calça, o queixo enterrado no peito e os olhos fixos nas brasas. Ao longo de meia hora, não falou e não se mexeu. Em seguida, levantou-se como quem acaba de tomar uma decisão e foi para o quarto. Pouco depois, um jovem operário de aspecto libertino, barbicha e andar arrogante acendeu o cachimbo de barro no lampião antes de descer para a rua.

— Vou voltar a qualquer hora, Watson — ele disse, e desapareceu na noite. Entendi que ele havia iniciado a batalha contra Charles Augustus Milverton, mas sequer sonhava com os rumos surpreendentes que ela estava destinada a tomar.

Durante alguns dias, Holmes entrou e saiu naqueles trajes, mas, além de saber que ele ia para Hampstead e que não estava perdendo tempo, eu não tinha ideia do que ele fazia. Por fim, no entanto, em uma noite de tempestade furiosa, com um vento que uivava e repercutia contra as janelas, ele voltou da última expedição, trocou-se, sentou-se em frente à lareira e riu vigorosamente à sua maneira silenciosa e interiorizada.

— Você diria que eu sou homem de me casar, Watson?

— Claro que não!

— Acho que você vai gostar de saber que estou noivo.

— Meu amigo! Meus para...

— Da empregada de Milverton.

— Céus, Holmes!

— Eu precisava de informações, Watson.

— Você não acha que foi longe demais?

— Foi extremamente necessário. Sou um encanador de nome Escott, à frente de um negócio em ascensão. Tenho passeado com ela todas as noites, e nós conversamos. Céus, que conversas! Contudo, consegui o que queria. Conheço a casa de Milverton como a palma da minha mão.

— Mas e a moça, Holmes?

Ele deu de ombros.

— Não há nada a fazer, meu caro Watson. Com o que está em jogo, preciso usar todas as cartas que tenho na mão. No entanto, estou feliz em dizer que tenho um odiado rival que vai me tirar da jogada assim que eu der as costas. Que noite esplêndida!

— Você gosta desse clima?

— É bom para os meus planos, Watson. Pretendo roubar a casa de Milverton daqui a pouco.

Perdi o ar e tive um calafrio ao ouvir essas palavras, que foram pronunciadas devagar, em tom de extrema resolução. Assim como um relâmpago à noite revela em um instante cada detalhe de um panorama, tive a impressão de ver todos os resultados daquele ato: a descoberta, a captura, uma carreira gloriosa acabando em fracasso e desgraça irreparáveis, e meu amigo à mercê do odioso Milverton.

— Pelo amor de Deus, Holmes, pense bem! — gritei.

— Meu caro amigo, já ponderei a questão com todo o cuidado. Nunca tomo atitudes precipitadas e jamais adotaria uma medida tão drástica, e de fato muito perigosa, se outra fosse possível. Vamos examinar a questão de forma clara e imparcial. Espero que você admita que seja algo moralmente justificável, embora criminoso em teoria. Roubar a casa não é pior que tomar a carteira dele à força, uma coisa que você esteve a ponto de me ajudar a fazer.

Considerei o argumento.

— Sim — eu disse —, é moralmente justificável, desde que nosso objetivo não inclua pegar nada além do que é usado para fins ilegais.

— Exato. Já que é moralmente justificável, o que está em pauta é apenas a questão do risco pessoal. Um cavalheiro não deve se preocupar muito com isso quando uma dama precisa desesperadamente de ajuda, concorda?

— Você vai ficar em uma situação muito embaraçosa.

— Bem, faz parte do risco. Não há outra maneira de recuperar aquelas cartas. A infeliz não tem dinheiro e não pode confiar em ninguém próximo. Amanhã o prazo termina, e, se não pegarmos as cartas hoje, aquele bandido vai cumprir com a palavra e arruinar a moça. As opções são, portanto, abandonar minha cliente à própria sorte ou jogar a última cartada. Cá entre nós, Watson, trata-se de uma competição esportiva, o tal do Milverton contra mim. Como você viu, ele teve o melhor primeiro *round* possível, mas meu amor-próprio e minha reputação me obrigam a lutar até o fim.

— Bem, não gosto da ideia, mas acho que é o único jeito — eu disse. — Quando nós saímos?

— Você não vai.

— Então você também não vai — eu disse. — Dou minha palavra de honra, e nunca a quebrei em toda a minha vida, de que vou tomar um fiacre até a polícia e vou denunciá-lo, a não ser que você divida a aventura comigo.

— Não há nada que você possa fazer para me ajudar.

— Como você sabe? É impossível antecipar o que pode acontecer. Seja como for, já tomei minha decisão. Outras pessoas além de você também têm amor-próprio, e até reputação.

A princípio, Holmes pareceu irritado, mas logo seu semblante se desanuviou e ele bateu no meu ombro.

— Bem, bem, meu caro amigo, assim seja. Dividimos o apartamento por alguns anos, será divertido se acabarmos dividindo a cela. Sabe, Watson, não me incomodo em confessar que sempre pensei que eu seria um criminoso de alto nível. Eis a chance da minha vida. Veja só!

Ele pegou uma bela maleta de couro em uma gaveta e me mostrou várias ferramentas brilhantes que tirou de dentro dela.

— Um kit-ladrão de primeira, moderno, pé de cabra niquelado, cortador de vidro com ponta de diamante, chaves que se ajustam à fechadura e todas as comodidades que o progresso da civilização exige. Aqui está minha lanterna. Tudo em ordem. Você tem um par de sapatos que não faça barulho?

— Tenho tênis com sola de borracha.

— Excelente. E máscara?

— Posso fazer duas com seda preta.

— Parece que você é bastante propenso a esse tipo de coisa. Muito bem, você faz as máscaras. Devemos fazer uma refeição fria antes de sair. Agora são nove e meia. Às onze, vamos até Church Row. A caminhada de lá até Appledore Towers leva mais ou menos quinze minutos. O trabalho deve começar antes da meia-noite. Milverton tem sono pesado e se recolhe pontualmente às dez e meia. Com alguma sorte, estaremos aqui por volta de duas horas com as cartas de Lady Eva no meu bolso.

Holmes e eu pusemos traje de gala para dar a impressão de estarmos indo ou voltando do teatro. Na Oxford Street, tomamos um fiacre para Hampstead. Lá, pagamos o cocheiro e, com o sobretudo fechado até o pescoço — pois fazia um frio de doer e parecia que o vento nos transpassava —, seguimos a pé margeando a charneca.

— A situação exige delicadeza — Holmes disse. — Os papéis estão guardados em um cofre no escritório do indivíduo, que também funciona como antessala para o quarto. Por outro lado, o sono dele, como de todo gordinho que se dá bem, é inquebrantável. Agatha, minha noiva, me contou que é uma piada entre os criados dizer que é impossível acordar o patrão. Ele tem uma secretária dedicada que passa o dia todo no escritório. Por isso estamos indo à noite. Ele também tem um cachorro monstruoso que perambula pelo jardim. Encontrei Agatha tarde nas duas últimas vezes, e ela prende a fera para liberar meu caminho. Eis a casa, aquela grande, com jardim. Este é o portão. Agora à direita, entre os loureiros. Acho que devemos pôr as máscaras a partir daqui. Veja, nenhuma janela está iluminada. Esplêndido!

Com o rosto coberto por seda preta, o que nos transformou em duas das figuras mais ameaçadoras de Londres, nós nos esgueiramos até a casa escura e silenciosa. De um dos lados havia uma espécie de varanda para a qual davam várias janelas e duas portas.

— É o quarto dele — Holmes murmurou. — Aquela porta dá direto no escritório. Seria ideal para nós, mas fica trancada à chave e com ferrolho, e faríamos muito barulho se tentássemos entrar. Venha por aqui. Há uma estufa que dá para a sala de visitas.

A porta estava trancada, mas Holmes removeu um círculo de vidro e girou a chave pelo lado de dentro. No momento seguinte a porta estava fechada às nossas costas e havíamos nos tornado delinquentes aos olhos da lei. O ar espesso e quente da estufa junto ao cheiro sufocante das plantas exóticas nos fechou a garganta. Ele me pegou pela mão no escuro e me conduziu com velocidade por um corredor de arbustos que nos roçavam a cara. Holmes tinha a habilidade notável, bem treinada, de enxergar no escuro. Ele abriu a porta ainda com a minha mão na sua, e tive a vaga sensação de ter entrado em uma sala grande onde alguém tinha fumado charuto havia pouco tempo. Ele abriu caminho por entre os móveis, abriu outra porta e a fechou depois que nós passamos. Estendi o braço e senti vários casacos pendurados na parede; estávamos em um corredor. Atravessamos o corredor, e Holmes abriu uma porta do lado direito com muito cuidado. Alguma coisa veio correndo ao nosso encontro, e meu coração quase saiu pela boca, mas tive vontade de rir ao perceber que era um gato. O fogo estava aceso e, mais uma vez, havia um cheiro forte de tabaco no ar. Holmes entrou na ponta dos pés, esperou que eu o seguisse e em seguida fechou a porta com muito cuidado. Estávamos no escritório de Milverton; na outra extremidade havia uma portinhola indicando a entrada para o quarto.

Um fogo forte iluminava o cômodo. Perto da porta avistei um interruptor de energia elétrica, mas ligá-lo teria sido desnecessário mesmo se fosse seguro. De um lado da lareira havia cortinas pesadas cobrindo a janela grande que tínhamos visto de fora. Do outro lado estava a porta que dava para a varanda. No centro havia uma escrivaninha com cadeira giratória de couro vermelho lustroso. De frente para ela, uma estante de livros com um busto de Atena no topo. No canto, entre a estante e a parede, a luz da lareira incidia em um cofre verde alto, destacando as maçanetas de bronze polido. Holmes se esgueirou até lá para observá-lo. Em seguida, foi devagar até a porta do quarto e inclinou o pescoço para escutar com atenção. Nenhum barulho. Enquanto isso, ocorreu-me que seria inteligente assegurar a saída pela porta da varanda. Para meu espanto, não estava trancada à chave nem com ferrolho! Toquei Holmes no ombro e ele virou seu rosto mascarado para o lado da porta. Pelo sobressalto, ficou evidente que ele estava tão surpreso quanto eu.

– Não gosto disso – murmurou, encostando os lábios na minha orelha. – Não entendo. Não importa, não temos tempo a perder.

– Posso fazer alguma coisa?

– Sim; fique ao lado da porta. Se você ouvir alguma coisa, tranque-a por dentro, e então sairemos por onde entramos. Se vierem pelo outro lado, vamos sair pela porta se o trabalho estiver completo ou nos esconder atrás das cortinas se não estiver. Você entendeu?

Gesticulei que sim e me coloquei ao lado da porta. Depois do medo inicial, a emoção teve um gosto mais forte do que quando defendíamos a lei em vez de quebrá-la. O objetivo nobre da missão, a consciência de que ela era altruísta e cavalheiresca, a canalhice do nosso adversário, tudo contribuía para o caráter esportivo da aventura. Longe de sentir culpa, eu me deliciava com o perigo. Arrebatado de admiração, vi Holmes abrir a maleta e escolher uma ferramenta com a precisão calma e científica de um cirurgião diante de uma operação delicada. Eu sabia que abrir cofres era um passatempo para ele e imaginei a alegria que sentia ao confrontar aquele monstro verde e dourado, o dragão que trazia no estômago a reputação de várias damas. Após dobrar os punhos do paletó – havia deixado o sobretudo em cima de uma cadeira –, Holmes pegou duas brocas, um pé de cabra e várias chaves mestras. Eu estava perto da porta central, de onde olhava todas as outras, pronto para qualquer emergência, embora, na verdade, meus planos fossem um tanto quanto vagos em relação ao que fazer caso fôssemos interrompidos. Por meia hora, Holmes trabalhou com concentração; soltava uma ferramenta, pegava outra, lidava com cada uma delas com a força e a destreza de um mecânico experiente. Por fim, ouvi um clique, a maciça porta verde se abriu, e pude ver incontáveis maços de papel, todos atados, selados e etiquetados. Holmes pegou um deles, mas era difícil ler à luz da lareira, e ele fez uso da lanterna, pois seria muito perigoso, com Milverton no quarto ao lado, acender a luz elétrica. De repente, ele se deteve e se pôs à escuta, em seguida fechou a porta do cofre, pegou o casaco, meteu as ferramentas nos bolsos e disparou para trás das cortinas da janela, gesticulando para que eu fizesse o mesmo.

Apenas depois de ter me juntado a ele atrás das cortinas, ouvi o que havia despertado seus sentidos apurados. Houve um barulho em algum lugar no interior da casa. Uma porta bateu ao longe. Um rumor abafado e confuso de repente se tornou o baque cadenciado de passos pesados que se aproximavam. Vinha do corredor que levava aonde nós estávamos. Parou diante da porta. O interruptor estalou e a luz se acendeu. A porta voltou a se fechar, e o cheiro acre de charuto forte chegou às nossas narinas. Em seguida, os passos continuaram de lá para cá, de cá para lá, a poucos metros de nós. Por fim, a cadeira rangeu e os passos pararam. Em seguida, uma chave retiniu na fechadura, e ouvi o farfalhar de papéis. Até então, não havia me atrevido a espiar, mas me afastei um pouco das cortinas com cuidado e me coloquei à espreita. Pela pressão do ombro de Holmes contra o meu, posso dizer que ele compartilhava minha vista. Bem à nossa frente, quase ao alcance da mão, estavam as costas largas e curvadas de Milverton. Era óbvio que nossos cálculos estavam completamente errados: ele não estivera no quarto em momento algum; em vez disso, deve ter matado tempo em algum tipo de salão de jogos do outro lado da casa, cujas janelas não tínhamos visto. A volumosa cabeça grisalha, com a coroa reluzente da calvície, estava bem à nossa vista. Ele estava recostado na cadeira vermelha de couro, com as pernas esticadas e um charuto grande e preto pendendo da boca. Vestia um paletó de *smoking* cor de vinho de corte militar e colarinho de veludo escuro. Tinha um documento nas mãos e lia de forma negligente, soprando anéis de fumaça. Nada na postura tranquila e na atitude cômoda levava a crer que ele fosse sair em breve.

Senti a mão de Holmes se esgueirar para dentro da minha e apertá-la com confiança, como se me dissesse que a situação estava sob controle e que ele estava calmo. Eu não sabia se ele tinha visto o que era muito nítido de onde eu estava – que a porta do cofre estava mal fechada e que Milverton poderia perceber isso a qualquer momento. Em um debate interior, decidi que, se ele desse qualquer sinal de haver notado a porta do cofre, eu sairia de trás das cortinas, jogaria meu sobretudo na cara dele e o imobilizaria, deixando o resto com Holmes. Mas Milverton não levantou o olhar. Estava preguiçosamente interessado nos papéis que tinha nas mãos e virava uma página atrás da outra, acompanhando a argumentação do advogado. Finalmente, pensei, quando ele terminar o documento e o charuto, vai para o quarto; mas, antes que ele pudesse chegar ao fim de qualquer uma das duas coisas, os acontecimentos tomaram um rumo tão extraordinário que absorveu nossa atenção.

Várias vezes pude perceber que Milverton olhava para o relógio, tendo chegado a se levantar e voltando a se sentar com impaciência. No entanto, a ideia de que ele pudesse ter marcado um compromisso em horário tão incomum não havia me ocorrido antes de ouvir um som abafado vindo da varanda. Milverton soltou os papéis e endireitou a postura. O som se repetiu e foi seguido por uma batida leve na porta. Milverton se levantou e foi abri-la.

– Bem – ele disse de forma curta e grossa –, quase meia hora de atraso.

Aquilo explicava a porta aberta e a vigília de Milverton. Ouvimos uma roupa farfalhar como se fosse um vestido. Eu havia fechado as cortinas porque Milverton havia se virado para nossa direção, mas encarei o risco de abri-las de novo. Ele estava de volta à cadeira, e o charuto continuava a pender de forma insolente do canto da boca. Diante dele, iluminada em cheio pela luz elétrica, estava uma figura alta, magra e sombria de mulher, com o rosto coberto por um véu e a cabeça, por um manto preso em volta do queixo. A respiração dela estava agitada; cada centímetro daquele corpo gracioso tremia de emoção.

– Bem – Milverton disse –, você me fez perder uma bela noite de descanso, querida. Espero que valha a pena. Você não podia vir em outra hora, não é?

A mulher balançou a cabeça.

— Bem, o que é que se pode fazer? Se a condessa é uma má patroa, eis a sua chance de dar o troco. Ora, moça, por que você está tremendo tanto? Calma! Componha-se. Agora, vamos aos negócios.

Ele pegou um bilhete da gaveta da escrivaninha.

— Você diz que tem cinco cartas que comprometem a condessa d'Albert. Você quer vendê-las. Eu quero comprá-las. Por enquanto, tudo ótimo. Falta apenas o preço. Vou querer analisar as cartas, é claro. Se elas forem realmente boas... minha nossa, é você?

Sem dizer palavra, a mulher havia erguido o véu e tirado o manto. Um rosto sombrio, bonito e bem delineado confrontava Milverton — um rosto de nariz aquilino e sobrancelhas grossas e escuras que guardavam olhos fulgurantes, com uma boca reta de lábios finos entreaberta em um sorriso perigoso.

— Sou eu — ela disse —, a mulher cuja vida você destruiu.

Milverton riu, mas sua voz vibrava de medo.

— Você foi muito teimosa — ele respondeu. — Por que me fez ir tão longe? Garanto que eu não faria mal a uma mosca se pudesse, mas todo mundo tem que cuidar do próprio negócio, e o que mais eu poderia ter feito? O preço era acessível à sua condição. Você não quis pagar.

— Então você mandou as cartas para o meu marido, e ele, o cavalheiro mais nobre que já pisou nesta terra, um homem de quem eu não seria digna nem de engraxar os sapatos, morreu com o coração em pedaços. Por acaso você se lembra de quando entrei por aquela porta pela última vez? Eu implorei, supliquei por compaixão, e você riu na minha cara da mesma forma que está tentando rir agora, mas seu coração covarde não consegue impedir que seus lábios tremam. É, você nunca pensou que eu voltaria aqui, mas foi naquele dia que entendi como poderia ficar cara a cara com você sem a interferência de ninguém. Bem, Charles Milverton, o que tem a dizer?

— Não pense que você pode me assustar — ele disse, erguendo-se. — Basta que eu levante a voz para acordar os criados, e você será presa. Mas sua raiva é natural, e vou levar isso em consideração. Saia imediatamente por onde entrou, e isso acaba aqui.

A mulher ficou parada, com a mão no busto e o mesmo sorriso intenso nos lábios finos.

– Você não vai arruinar mais nenhuma vida como arruinou a minha. Você não vai oprimir o coração de mais ninguém como oprimiu o meu. Vou livrar o mundo de uma criatura venenosa. Tome isto, seu cachorro, e isto!... e isto... e isto... e isto!

Ela havia sacado um pequeno revólver e o esvaziara no corpo de Milverton, com a boca da arma a apenas alguns centímetros do peitilho da sua camisa. Ele se encolheu e em seguida caiu sobre a mesa, tossindo furiosamente e crispando os dedos entre os papéis. Conseguiu se levantar cambaleando, tomou outro tiro e rolou pelo chão.

– Você acabou comigo – ele gritou, e não se mexeu mais.

A mulher o olhou com atenção e cravou-lhe o salto no rosto. Olhou mais uma vez, mas não houve qualquer som ou movimento em resposta. Ouvi um farfalhar agitado, o ar da noite entrou na sala aquecida, e a justiceira se foi.

Nenhuma interferência de nossa parte teria mudado o destino do sujeito; apesar disso, enquanto a mulher deitava uma bala atrás da outra no corpo encolhido de Milverton, fiz menção de intervir, mas Holmes me puxou com força e secura pelo pulso. Entendi a argumentação contida naquela pressão firme e repressora – não era problema nosso; a justiça havia sobrepujado um canalha; tínhamos nossas próprias obrigações e metas, que não deveríamos perder de vista. A mulher mal havia saído da sala quando Holmes, com passos rápidos e leves, chegou à outra porta. Ele virou a chave na fechadura. No mesmo instante, ouvimos o som de vozes pela casa e de passos apressados. Os tiros haviam despertado a criadagem. Com toda a calma, Holmes se esgueirou até o cofre, trouxe todos os pacotes de cartas que podia carregar e os atirou ao fogo. Repetiu a operação várias e várias vezes até esvaziar o cofre. Alguém virou a maçaneta e bateu na porta. Holmes olhou em volta sem hesitação. A carta que havia levado Milverton à morte jazia, toda suja de sangue, sobre a mesa. Holmes a arremessou à lareira, junto aos papéis em chamas.

– Por aqui, Watson – disse. – Podemos escalar o muro do jardim deste lado.

Eu não teria acreditado que um alarme pudesse se espalhar tão rápido. Quando olhei para trás, a mansão estava imersa em luz. A porta da frente estava aberta, e algumas figuras corriam pela alameda. O jardim fervilhava de gente; um sujeito gritou quando saímos da varanda e começou a nos seguir de perto. Holmes parecia conhecer perfeitamente o terreno, e costurou o caminho por uma plantação de árvores baixas sem pestanejar, comigo logo atrás, e com o mais rápido dentre nossos perseguidores ofegando às nossas costas. O muro que barrava o caminho tinha quase dois metros de altura, mas Holmes se lançou para o outro lado sem dificuldade. Ao fazer o mesmo, o sujeito que me seguia me agarrou pelo tornozelo, mas consegui me soltar com chutes e escalei como podia o muro, cujo topo estava coberto de vidro. Caí de cara em uns arbustos, mas Holmes me levantou em um instante, e juntos deixamos para trás a vastidão de Hampstead Heath. Corremos por dois quilômetros, ao que me parece, antes que Holmes se detivesse para escutar. De onde vínhamos, o silêncio era absoluto. Havíamos despistado os perseguidores e estávamos em segurança.

Estávamos fumando cachimbo após o café da manhã seguinte à espantosa experiência que acabo de contar, quando o sr. Lestrade, da Scotland Yard, com muita solenidade e distinção, foi conduzido à nossa modesta sala de estar.

– Bom dia, sr. Holmes – ele disse –, bom dia. Posso perguntar se o senhor está muito ocupado?

– Não para você.

– Eu estava pensando que talvez, se o senhor não estiver engajado em nada especial, o senhor pudesse fazer a gentileza de nos ajudar a entender algo estranho que aconteceu ontem à noite em Hampstead.

– Nossa! – Holmes disse. – O que foi?

– Um assassinato. Um assassinato extremamente teatral e misterioso. Sei que o senhor se interessa por essas coisas, e eu consideraria um grande favor se o senhor pudesse ir até Appledore Towers e nos dar o privilégio de nos aconselhar. Não se trata de um crime comum. Estávamos de olho em um certo sr. Milverton já há algum tempo, e, cá entre nós, ele era um tremendo canalha. Ele é conhecido por usar cartas em chantagens. Essas cartas foram queimadas, uma a uma, pelos assassinos. Nada de valor foi levado; é provável que os criminosos sejam gente de posses, e que tenham agido unicamente para evitar um escândalo.

– Criminosos! – Holmes exclamou. – No plural!

– Sim, dois. Quase foram pegos com a boca na botija. Temos pegadas e descrições; não tenho a menor dúvida de que vamos encontrá-los. Um deles era meio hiperativo, mas o outro foi pego pelo ajudante do jardineiro

e precisou se esforçar para fugir. É um sujeito de estatura média, forte. Tem queixo quadrado, pescoço largo, bigode, e tinha os olhos cobertos por uma máscara.

– Um tanto quanto vago – Holmes disse. – Ora, poderia ser uma descrição do Watson.

– É verdade – o inspetor concordou, achando graça. – Poderia ser uma descrição do Watson.

– Bem, temo que não possa ajudá-lo, Lestrade – Holmes disse. – Para falar a verdade, eu conhecia esse tal de Milverton, e considerava-o um dos homens mais perigosos de Londres. Acredito que certos crimes fogem ao alcance da lei, pois abrangem, até certo ponto, uma vingança pessoal justa. Não, não adianta discutir. Já tomei minha decisão. Minha solidariedade está com os assassinos, não com a vítima. Não vou me envolver no caso.

Holmes não disse uma única palavra sobre a tragédia que havíamos testemunhado, mas percebi que ele estava pensativo ao longo de toda a manhã; o olhar distraído e a postura distante davam a impressão de alguém em luta com a própria memória. Estávamos no meio do almoço, quando ele se levantou de repente.

– Por Júpiter, Watson! Descobri! – gritou. – Pegue o chapéu! Venha!

Corremos a toda pela Baker Street e pela Oxford Street, até quase chegar a Regent Circus. Lá, do lado esquerdo, há uma vitrine coberta de fotografias de celebridades e das belezas do momento. Os olhos de Holmes se fixaram em uma delas, e eu os segui até a imagem de uma mulher majestosa e imponente, em traje de gala, usando uma tiara de diamantes na fronte nobre. Vi o nariz delicadamente curvo, as sobrancelhas grossas, a boca reta e o queixinho forte abaixo dela. Em seguida, perdi o fôlego ao ler o título tradicional do nobre estadista de quem ela havia sido esposa. Meus olhos e os de Holmes se encontraram; ele levou o dedo aos lábios, e nós nos afastamos da vitrine.

Não era raro que o sr. Lestrade, da Scotland Yard, nos visitasse no fim do dia, tampouco que fosse bem recebido por Sherlock Holmes, pois isso o colocava a par das atividades da polícia oficial. Em troca das notícias que Lestrade trazia, Holmes sempre se dispunha a ouvir com atenção os detalhes de qualquer caso em que o detetive estivesse envolvido e a oferecer, sem intervir diretamente, alguma pista ou sugestão que ele tirava da grande quantidade de conhecimento e experiência que possuía.

Certa noite, Lestrade falou do tempo, das manchetes e logo se calou, dando baforadas pensativas no charuto. Holmes o encarou com entusiasmo.

— Alguma coisa interessante?

— Ah, não, sr. Holmes, nada especial.

— Então conte-me.

Lestrade riu.

— Bem, sr. Holmes, não adianta negar que estou de fato com um problema na cabeça. Mas é tão absurdo que me pergunto se devo incomodá-lo com isso. Por outro lado, embora seja trivial, é estranho, e sei que o senhor tem uma queda por tudo que fuja à normalidade. Talvez seja um caso mais apropriado para o dr. Watson.

— Uma doença? — eu perguntei.

— Mais ou menos. Loucura. E uma loucura estranha! É difícil imaginar que alguém hoje em dia tenha tanta raiva de Napoleão que não consiga ver uma imagem dele sem quebrá-la.

Holmes se recostou na cadeira.

— Nada que me interesse — ele disse.

— Certo. Foi o que eu pensei. Mas se o sujeito comete crimes para poder quebrar imagens que não lhe pertencem, isso tira o caso das mãos do médico e o coloca nas mãos do agente da lei.

Holmes se ergueu de novo.

276 *Grandes Aventuras de Sherlock Holmes*

– Crimes! Isso é mais interessante. Conte-me os detalhes.

Lestrade sacou o bloco de notas para refrescar a memória.

– A primeira denúncia aconteceu quatro dias atrás – ele disse. – Foi na loja de Morse Hudson, que vende quadros e estátuas na Kennington Road. O assistente se descuidou da loja por alguns instantes; voltou após ouvir um barulho e encontrou um busto de Napoleão, que ficava no balcão ao lado de outras obras de arte, em pedaços. Na rua, embora vários passantes declarassem ter visto um homem sair correndo da loja, ele não encontrou ninguém, nem conseguiu informações que identificassem o malandro. Parecia um daqueles atos de vandalismo despropositado que acontecem de vez em quando, e foi denunciado como tal. O busto valia apenas alguns xelins, e tudo aquilo parecia insignificante demais para que se perdesse tempo com uma investigação.

"O segundo caso, no entanto, foi mais sério e ainda mais estranho. Aconteceu ontem à noite.

"Em Kennington Road, a alguns metros da loja de Morse Hudson, mora um médico de renome chamado dr. Barnicot, dono de um dos maiores consultórios ao sul do rio Tâmisa. Ele mora e atende em Kennington Road, mas faz cirurgias em outro consultório, em Lower Brixton Road, a três quilômetros de distância. Esse dr. Barnicot é um admirador fervoroso de Napoleão; a casa dele é cheia de livros, quadros e relíquias relacionados ao imperador francês. Algum tempo atrás, ele comprou de Morse Hudson duas cópias do famoso busto de Napoleão feito por Devine, o escultor francês. Deixou um dos dois na casa de Kennington Road e colocou o outro na lareira do consultório de Lower Brixton. Bem, hoje de manhã o dr. Barnicot ficou chocado ao perceber que sua casa havia sido invadida, mas nada foi levado, a não ser o busto. O objeto foi transportado até o jardim e arrebentado contra a parede, onde os cacos foram encontrados."

Holmes esfregou as mãos.

– Muito original.

– Achei que o senhor fosse gostar. Mas ainda não contei tudo. O dr. Barnicot tinha uma cirurgia agendada para o meio-dia; o senhor pode imaginar como ele ficou espantado ao chegar ao consultório, verificar que a janela havia sido aberta e encontrar pedaços do segundo busto espalhados pela recepção. Ele foi esmigalhado no lugar onde estava. Em nenhum caso o criminoso ou maluco que fez isso deixou rastros. Eis os fatos, sr. Holmes.

– São fora do comum, para não dizer grotescos – Holmes disse. – Posso perguntar se os dois bustos do dr. Barnicot eram iguais ao que foi destruído na loja de Morse Hudson?

– Foram tirados do mesmo molde.

– Isso vai contra a teoria de que o sujeito que os quebrou é movido por ódio contra Napoleão. Considerando que existem algumas centenas de imagens do grande imperador em Londres, seria muita coincidência que o iconoclasta desavisado começasse por três bustos exatamente iguais.

– Olhe, pensei a mesma coisa – Lestrade disse. – Por outro lado, o tal do Morse Hudson é o único provedor de bustos que existe naquela parte de Londres, e ele passou anos sem ter outro exemplar além daqueles três. Então, mesmo que, como o senhor disse, Londres tenha centenas de imagens de Napoleão, é muito provável que aquelas três fossem as únicas da região. Portanto, um louco do bairro poderia começar por elas. O que o senhor acha, dr. Watson?

– A monomania não tem limite – eu respondi. – Na França, alguns psicólogos contemporâneos chamam de *idée fixe* uma condição que não costuma afetar a personalidade, que continua saudável em todos os outros aspectos. Alguém que tenha lido demais sobre Napoleão ou que tenha herdado problemas familiares por causa da guerra pode muito bem criar uma *idée fixe* e se comportar de forma pouco conveniente.

– Não, meu caro Watson – Holmes disse, balançando a cabeça. – Não há *idée fixe* no mundo que faça com que o seu monomaníaco descubra onde os bustos estavam.

– Bom, então qual é a *sua* explicação?

– Eu nem tentaria explicar isso. Mas posso perceber que há um certo método na conduta excêntrica do cavalheiro em questão. Por exemplo, na casa do dr. Barnicot, onde o barulho poderia acordar a família, o busto foi levado para outro lugar antes de ser quebrado, enquanto no consultório cirúrgico, foi estraçalhado onde estava. Esse caso parece ser de uma absurda trivialidade, mas não me atrevo a chamar nada de trivial, porque alguns dos meus casos mais emblemáticos tiveram um começo nada promissor. Você deve se lembrar, Watson, como a profundidade com que a salsa afundou na manteiga chamou a minha atenção pela primeira vez para o terrível negócio da família Abernetty. Portanto, Lestrade, não posso me dar ao luxo de rir dos seus três bustos quebrados, e ficaria muito grato se me informasse sobre qualquer novidade a respeito de uma série tão singular de eventos.

As novidades que meu amigo havia pedido chegaram de forma mais rápida e muito mais trágica do que ele poderia ter imaginado. Eu havia acabado de acordar quando ouvi uma batida na porta e Holmes entrou com um telegrama na mão. Ele leu em voz alta:

— "Venha rápido, 131, Pitt Street, Kensington – Lestrade."

— O que aconteceu?

— Não sei... pode ser qualquer coisa. Mas suspeito que seja a continuação do caso das estátuas. Nesse caso, nosso amigo destruidor de imagens começou a trabalhar em outra região de Londres. Temos café na mesa e um tílburi na porta, Watson.

Meia hora depois, estávamos na Pitt Street, uma ruazinha tranquila bem ao lado de um dos pontos mais efervescentes da vida londrina. O número 131 fazia parte de uma fileira de construções respeitáveis e nada românticas. Quando chegamos, demos de cara com uma multidão cercando a balaustrada. Holmes assobiou.

— Em nome do rei! Deve ser no mínimo uma tentativa de assassinato. Em Londres nada abaixo disso chama a atenção de um garoto de recados. Há um quê de violência nos ombros curvados e no pescoço esticado daquele sujeito. O que é isso, Watson? Os degraus de cima estão encharcados, e os outros estão secos. Seja como for, há muitas pegadas! Ora, ora, ali está Lestrade, na janela da frente; logo ficaremos a par dos detalhes.

O oficial nos recebeu com uma expressão grave e nos levou para uma sala onde um homem descabelado, vestido com um robe de flanela, andava para cima e para baixo em estado de grande agitação. Ele nos foi apresentado como o dono da casa – sr. Horace Harker, do Sindicato dos Jornalistas.

— De novo a história do busto de Napoleão – Lestrade disse. — Ontem o senhor me pareceu interessado, sr. Holmes, então achei que gostaria de estar presente agora que o caso tomou uma feição muito mais grave.

— E qual é a gravidade do caso?

Os Seis Napoleões **279**

– Assassinato. Sr. Harker, o senhor poderia contar para esses cavalheiros exatamente o que aconteceu?

O homem se virou para nós; o rosto dele expressava uma grande melancolia.

– O mais extraordinário de tudo – ele disse – é que passei a vida transformando a história dos outros em notícia, e agora que um fato como esse acontece comigo, estou tão confuso e atrapalhado que mal consigo escolher as palavras. Se eu estivesse aqui como jornalista, faria uma entrevista comigo mesmo e conseguiria uma matéria de página dupla em todos os jornais da cidade. Em vez disso, não posso fazer nada além de desperdiçar material contando a história várias e várias vezes para uma enxurrada de gente. Devo confessar que conheço sua fama, sr. Sherlock Holmes, e se o senhor puder esclarecer essa história maluca, vou me sentir compensado pelo incômodo de contá-la.

Holmes se sentou para ouvir.

– Parece que tudo gira em torno de um busto de Napoleão que comprei para colocar nessa mesma sala uns quatro meses atrás. Paguei barato na loja Irmãos Harding, bem perto da High Street Station. A maior parte do meu trabalho jornalístico é feita à noite, por isso costumo escrever de madrugada. Então, isso aconteceu hoje. Eu estava sentado no meu gabinete, que fica no fundo do andar de cima, quando, por volta de três da manhã, ouvi um barulho vindo daqui de baixo. De repente, uns cinco minutos depois, ouvi um grito horrível, o barulho mais assustador que eu já escutei, sr. Holmes. Vai ecoar nos meus ouvidos pelo resto da vida. Fiquei paralisado de medo por um ou dois minutos. Depois desci, armado com o atiçador de brasas da lareira. Quando cheguei a esta sala, vi a janela escancarada e me dei conta no mesmo instante de que o busto havia desaparecido. Não consigo entender por que alguém invadiria uma casa para roubar uma coisa sem o menor valor como aquela.

"O senhor pode ver com os próprios olhos que qualquer um que saia por aquela janela não precisa de mais que um passo largo para chegar aos degraus da entrada. Sem dúvida, foi o que o invasor fez, então dei a volta e abri a porta. Ao sair, quase pisei em um cadáver. Voltei para buscar luz e pude ver o pobre-diabo com um corte grande na garganta, encharcando minha casa de sangue. Ele estava deitado de barriga para cima, com os joelhos dobrados e com a boca aberta de um jeito horrível. Vou ter pesadelos com ele. Tive tempo de tocar o apito para chamar a polícia, depois devo ter desmaiado, porque não me lembro de mais nada até que um oficial chegou."

— Quem é o homem que foi assassinado? — Holmes perguntou.

— Não há nada que responda a essa pergunta — Lestrade disse. — O senhor pode ver o corpo no necrotério, mas ele não nos serviu de nada até agora. É um homem alto, queimado de sol, bem forte, que não passa dos trinta. Está malvestido, mas não parece ser um operário. Havia um canivete em uma poça de sangue ao lado dele. Se é a arma do crime ou se pertencia ao assassinado, não se sabe. O nome dele não está escrito em lugar nenhum, e os bolsos só tinham uma maçã, alguns fios, um mapa de Londres de um xelim e uma fotografia. Aqui está ela.

Era um instantâneo de uma câmera pequena. Mostrava um homem simiesco em estado de alerta; as sobrancelhas eram grossas, e a parte inferior do rosto se projetava como o focinho de um babuíno.

— E que fim levou o busto? — Holmes perguntou depois de analisar a foto com cuidado.

— Ficamos sabendo um pouco antes que o senhor chegasse. Foi encontrado no jardim de uma casa vazia em Campden House Road. Está quebrado. Eu vou até lá para ver. O senhor vem comigo?

— Sem dúvida. Mas antes devo dar uma olhada por aqui. — Ele examinou o tapete e a janela. — Se as pernas dele não forem muito compridas, ele faz o tipo atlético. Não deve ter sido a coisa mais fácil do mundo alcançar o parapeito e abrir aquela janela sem tocar o chão. Voltar foi relativamente fácil. Vamos ver os restos do seu busto, sr. Harker; o senhor nos acompanha?

O jornalista havia se sentado em uma escrivaninha, inconsolável.

— É melhor que eu fique aqui e tente tirar alguma coisa dessa história — ele disse —, mas não tenho dúvida de que alguns jornais já puseram edições detalhadas na rua. É a minha sina! O senhor se lembra do acidente de Doncaster, não? Bom, eu era o único jornalista presente, e meu jornal não publicou uma única palavra a respeito porque fiquei chocado demais para escrever. Agora vou chegar atrasado para noticiar um assassinato que aconteceu na porta da minha casa.

Quando saímos da sala, ouvimos o barulho da caneta no papel.

Os Seis Napoleões **281**

O lugar onde os pedaços do busto foram encontrados não ficava longe. Pela primeira vez pusemos os olhos na imagem do grande imperador, que parecia provocar ódio feroz em um desconhecido. Estava no gramado, em cacos. Holmes pegou alguns e os examinou com cuidado. O rosto concentrado e o jeito resoluto dele me disseram que uma pista havia finalmente aparecido.

– Então? – Lestrade perguntou.

Holmes deu de ombros.

– Ainda temos um longo caminho pela frente – ele disse. – Mesmo assim... mesmo assim!... Bem, temos alguns fatos reveladores pelos quais começar. Para o criminoso, esse busto insignificante teve mais valor que uma vida humana. Devemos prestar atenção nisso. Assim como no fato de que ele não quebrou o objeto dentro da casa nem assim que saiu, se é que o objetivo dele era mesmo quebrá-lo.

– Ele pode ter ficado aturdido e sem rumo por causa da presença do outro.

– Ora, isso faz muito sentido, mas eu gostaria de chamar sua atenção especialmente para a locação dessa casa em cujo jardim o busto foi destruído.

Lestrade olhou ao redor.

– É uma casa vazia, logo, ele sabia que não seria perturbado.

– Sim, mas há outra casa vazia no começo da rua, e ele deve ter passado por lá antes de chegar aqui. Por que ele não quebrou o busto lá, já que a cada metro percorrido o risco de ser descoberto aumentava?

– Desisto – Lestrade disse.

Holmes apontou para a iluminação acima de nós.

– Aqui ele podia ver o que estava fazendo; lá, não. Foi por isso.

– Nossa! É verdade – o detetive disse. – Agora que estou parando para pensar, o busto do sr. Barnicot não estava longe da luz quando foi quebrado. E agora, sr. Holmes, o que podemos fazer com esse fato?

– Lembrar-nos dele; arquivá-lo na cabeça. Mais adiante, devemos acabar encontrando alguma coisa que se ligue a ele. Que passos o senhor propõe a partir de agora, Lestrade?

– Na minha opinião, o melhor que podemos fazer é identificar o morto. Não devemos encontrar muita dificuldade nisso. Quando soubermos quem ele é e com quem ele está envolvido, poderemos começar a pensar no que ele estava fazendo na Pitt Street ontem à noite e em quem estava lá para encontrá-lo e matá-lo na porta do sr. Horace Harker. O senhor não concorda comigo?

– Sem dúvida; contudo, não é bem assim que eu conduziria o caso.

– Então o que o senhor faria?

– Ora, não se deixe levar por mim. Sugiro que cada um siga o seu caminho. Podemos comparar os resultados, e um vai complementar o outro.

– Ótimo – Lestrade disse.

– Se o senhor for voltar para a Pitt Street, vai acabar encontrando o sr. Horace Harker. Diga a ele, em meu nome, que tenho certeza de que um louco homicida perigoso sofrendo de alucinações napoleônicas esteve na casa dele ontem à noite. Vai ser útil para a matéria que ele está escrevendo.

Lestrade olhou fixamente para ele:

– O senhor não acredita nisso de verdade, não é?

Holmes sorriu.

– Será? Bem, talvez eu não acredite. Mas tenho certeza de que isso vai interessar ao sr. Horace Harker e ao resto do Sindicato dos Jornalistas. Agora, Watson, acredito que temos um longo e consideravelmente complexo dia de trabalho à nossa frente. Seria ótimo, Lestrade, se eu o encontrasse na Baker Street às seis da tarde. Até lá, eu gostaria de ficar com a foto que foi encontrada no bolso do morto. É possível que eu necessite da sua companhia e dos seus serviços durante uma pequena expedição que terá lugar hoje à noite caso minha linha de raciocínio se prove correta. Até lá, adeus, e boa sorte.

Sherlock Holmes e eu fomos pela High Street até a loja Irmãos Harding, onde o busto havia sido adquirido. Um rapaz que trabalhava como assistente nos disse que o sr. Harding só chegaria à tarde e que ele mesmo trabalhava ali havia pouco tempo, e era, portanto, incapaz de nos dar qualquer informação. Holmes estava visivelmente irritado e decepcionado.

– Ora, ora, não dá para esperar que tudo aconteça como a gente quer, Watson – ele disse por fim. – Se o sr. Harding chega à tarde, vamos voltar à tarde. Estou tentando, como você sem dúvida já deduziu, rastrear a origem dos bustos para averiguar se há alguma semelhança que possa justificar o destino notável que eles tiveram. Vamos até o sr. Morse Hudson, em Kennington Road, para ver se ele pode nos dar algum esclarecimento.

Uma viagem de uma hora nos levou ao estabelecimento do vendedor de retratos. Ele era baixinho, corpulento e tinha um temperamento irritadiço.

– Sim, senhor. No meu próprio balcão, meu senhor – ele disse. – Não sei por que pagamos as taxas e os impostos se um bandido pode fazer o que quiser. Sim, senhor, fui eu que vendi as duas estátuas ao dr. Barnicot. Um escândalo, meu senhor! É um complô dos niilistas, não tenho outra resposta para o que aconteceu. Só um anarquista sairia por aí quebrando estátuas. Aqueles republicanos vermelhos! Quem me forneceu as estátuas? Não entendo que diferença isso pode fazer. Bom, se o senhor quer mesmo saber, foi Gelder & Cia., na Church Street, em Stepney. É uma casa famosa no ramo; sua fama já dura há vinte anos. Quantos bustos eu tinha? Três... dois mais um dá três... os dois do dr. Barnicot e o que foi arrebentado no meu próprio balcão em plena luz do dia. Se eu conheço essa foto? Não, não conheço. Oh, mas é claro que conheço. Ora, é o Beppo! Ele é um italiano que fazia alguns biscates e foi se tornando indispensável aqui na loja. Ele sabia entalhar e enfeitar molduras, e fazia vários tipos de trabalhos avulsos. Foi embora na semana passada, e não ouvi mais uma palavra sobre ele desde então. Não, não sei de onde ele veio nem para onde foi. Nunca tive nada contra ele. O busto foi quebrado dois dias depois que ele saiu.

– Bom, tiramos o máximo que era possível extrair do sr. Morse Hudson – Holmes disse quando saímos da loja. – Beppo é o ponto comum entre Kennington e Kensington; não viajamos quase vinte quilômetros à toa. Agora, Watson, vamos a Stepney visitar Gelder & Cia., fonte e origem dos bustos. Vou ficar surpreso se não descobrirmos nada lá.

Em sucessão rápida, passamos pela Londres da moda, a Londres dos hotéis, a Londres do teatro, a Londres da literatura, a Londres do comércio e, por fim, a Londres da vida marítima, até chegarmos a uma cidade de cem mil almas à beira-rio cujos cortiços fedorentos e sufocantes abrigavam os párias da Europa. Lá, em uma via pública movimentada, antiga moradia de comerciantes ricos, encontramos o que estávamos procurando. Do lado de fora havia um jardim com trabalhos monumentais em pedra. Do lado de dentro, um cômodo amplo onde cinquenta pessoas talhavam ou moldavam esculturas. O gerente, um alemão loiro e forte, nos recebeu com civilidade e respondeu sem rodeios a todas as perguntas de Holmes. Uma consulta aos registros revelou que centenas de peças haviam sido feitas a partir de uma cópia de marfim do *Napoleão* de Devine, mas que as três que haviam sido mandadas para Morse Hudson mais ou menos um ano antes faziam parte de uma remessa de seis; as outras três tinham ido à loja Irmãos Harding, em Kensington. Não havia nada diferente naquelas seis peças. Ele não sabia dizer por que alguém seria levado a destruí-las — na verdade, a situação o fazia rir. O preço de atacado era seis xelins cada busto, mas o varejista poderia conseguir doze ou mais. A peça era composta de dois moldes tirados um de cada lado do rosto, que depois se juntavam para formar um busto completo. O trabalho costumava ser feito por italianos na sala onde nós estávamos. Os bustos eram colocados para secar em uma mesa antes de serem estocados. Era tudo o que ele tinha a nos dizer.

Mas, ao ver a foto, o gerente teve uma reação surpreendente. Ele ficou vermelho de raiva, e suas sobrancelhas se uniram sobre os olhos azuis teutônicos.

— Ah, aquele vigarista! — ele gritou. — Sim, eu o conheço muito bem. Nosso estabelecimento sempre foi um lugar de respeito, e a única vez em que a polícia esteve aqui foi por causa desse sujeito. Já faz mais de um ano. Ele esfaqueou outro italiano no meio da rua, correu para cá com a polícia nos calcanhares e foi pego quando chegou aqui. O nome dele era Beppo; nunca soube o seu sobrenome. Bem feito para mim por ter empregado alguém com a cara dele. Mas era um bom trabalhador, um dos melhores.

— Qual foi a pena?

— O outro sobreviveu, e ele pegou um ano. Não tenho dúvida de que ele já deve ter sido solto, mas não se atreveu a dar as caras por aqui. Um primo dele trabalha aqui; aposto que ele pode lhe dar informações.

— Não, não — Holmes exclamou —, não diga nada para o primo; nem uma palavra, eu lhe peço. O assunto é muito importante, e quanto mais eu descubro, mais sério me parece. Nos seus registros, a data da venda das peças aparece como 3 de julho do ano passado. O senhor poderia me dizer quando Beppo foi preso?

— Posso dar uma data aproximada com base no último pagamento dele — o gerente respondeu. — É isso — ele disse depois de passar algumas páginas —, ele foi pago pela última vez no dia 20 de maio.

– Obrigado – Holmes disse. – Não há por que continuar abusando da sua paciência e do seu tempo.

Depois de um último pedido de sigilo quanto às nossas investigações, tomamos nosso rumo outra vez.

A tarde já ia avançada quando conseguimos engolir um almoço apressado em um restaurante. Um jornal na entrada dizia: "Violência em Kensington. Maluco comete assassinato". O conteúdo da matéria mostrava que o sr. Harker havia publicado sua versão da história. Duas colunas estavam preenchidas por uma narrativa floreada e sensacionalista do incidente. Holmes leu enquanto comia. Uma ou duas vezes, soltou um risinho.

– Isso é muito bom, Watson – ele me disse. – Escute só:

"Não há outra explicação para o caso, já que o sr. Lestrade, um dos membros mais eficientes da força policial, e o sr. Sherlock Holmes, conhecido especialista, chegaram à conclusão de que essa série absurda de incidentes, que chegou ao fim de forma tão trágica, é fruto da loucura e não de um planejamento criminoso. Só uma perturbação mental pode justificar os fatos".

– A imprensa tem muito valor quando se sabe usá-la, Watson. Agora, se você já acabou de comer, vamos voltar a Kensington e ouvir o que o gerente da loja Irmãos Harding tem a dizer.

O fundador daquele grande bazar se mostrou um sujeitinho animado, incisivo, dinâmico, dono de uma cabeça lúcida e de uma língua ágil.

– Sim, senhor, fiquei a par da situação pelos jornais. O sr. Horace Harker é nosso cliente. Fornecemos o busto a ele alguns meses atrás. Encomendamos três bustos daquele tipo a Gelder & Cia., de Stepney. Todos já foram vendidos. Para quem? Ora, não vai ser difícil responder se eu puder consultar o livro de vendas. Aqui está. Um para o sr. Harker, olhe aqui; outro para o sr. Josiah Brown, de Laburnum Lodge, em Laburnum Vale, Chiswick; e o último para o sr. Sandeford, de Lower Grove Road, Reading. Não, nunca vi o rosto desse homem da fotografia. Seria difícil esquecê-lo, o senhor não acha? Poucas vezes na vida vi alguém tão feio. Se temos italianos na equipe? Sim, senhor, temos vários entre os funcionários e o pessoal da limpeza. Devo dizer que eles conseguiriam dar uma espiada no livro de vendas, caso quisessem. Não vejo por que vigiar o livro. Ora, ora, esse caso é muito estranho, e espero que o senhor me informe se suas investigações derem resultado.

Holmes havia tomado várias notas ao longo do depoimento do sr. Harding, e parecia estar satisfeito com o rumo que as coisas estavam tomando. No entanto, ele não fez nenhum comentário, a não ser que, caso não nos apressássemos, chegaríamos atrasados ao encontro com Lestrade. Quando chegamos à Baker Street, o detetive já estava lá, e nós o encontramos andando de um lado para outro, louco de ansiedade. Seu ar de autoridade dava a entender que seu dia de trabalho não havia sido em vão.

– E então? – ele perguntou. – Teve sorte, sr. Holmes?

– Nosso dia foi bem cheio, mas não de todo inútil – meu amigo explicou. – Visitamos os dois varejistas e o fabricante. Agora sei o caminho que cada busto fez desde o começo.

– Os bustos! – Lestrade exclamou. – O senhor e os seus métodos, sr. Sherlock Holmes; não tenho nada contra eles, mas acho que meu dia rendeu mais que o seu. Identifiquei o morto.

– Não diga!

– E descobri o motivo do crime.

– Esplêndido.

– Temos um inspetor que é especialista em Saffron Hill e no bairro italiano. Ora, o morto tinha um símbolo católico pendurado no pescoço, e isso, somado à cor morena da sua tez, me fez pensar que ele fosse do Sul. O inspetor Hill o identificou assim que bateu os olhos nele. Ele se chama Pietro Venucci, veio de Nápoles e é um dos maiores degoladores de Londres. Tem ligações com a Máfia, que, como o senhor sabe, é uma sociedade política secreta que usa assassinatos para garantir obediência a suas leis. Aí tudo começou a ficar mais claro. O outro sujeito também deve ser italiano e membro da Máfia, e deve ter desobedecido às regras de algum jeito. Pietro é enviado para pegá-lo. Provavelmente a fotografia que encontramos retrata a vítima, para que Pietro não esfaqueasse a pessoa errada. Ele caça o sujeito, até que o vê entrar em uma casa e o espera do lado de fora. No meio da confusão, é ferido de morte. O que o senhor acha, sr. Sherlock Holmes?

Holmes bateu palmas em aprovação.

Os Seis Napoleões **287**

– Excelente, Lestrade, excelente! – ele exclamou. – Mas não entendi direito por que os bustos foram quebrados.

– Os bustos! O senhor não tira esses bustos da cabeça. No fim das contas, eles não significam nada, no máximo furtos de pouca monta, que não dão mais de seis meses de reclusão. O que estamos investigando é um assassinato, e devo dizer que estou no caminho certo.

– E o próximo passo?

– Muito simples. Vou até o bairro italiano junto com o inspetor Hill para procurar o homem da fotografia e prendê-lo sob a acusação de assassinato. O senhor nos acompanha?

– Acho que não. Julgo que podemos alcançar nosso objetivo de forma mais simples. Não posso afirmar com certeza, porque tudo depende... bem, tudo depende de um fator completamente fora do nosso controle. Mas acredito piamente... na verdade, as chances são de dois contra um... que, se o senhor nos acompanhar hoje, sou capaz de agarrar nosso homem pelos calcanhares.

– No bairro italiano?

– Não, acredito que será mais fácil encontrá-lo em Chiswick. Venha comigo até Chiswick, Lestrade, e prometo que vamos juntos ao bairro italiano amanhã. O atraso não causará nenhum problema. Agora, algumas horas de sono nos cairiam bem. Sugiro partirmos às onze, porque é pouco provável que estejamos de volta antes de amanhecer. Jante conosco, Lestrade, e pode usar o sofá até a hora de sairmos. Enquanto isso, Watson, eu ficaria agradecido se você pudesse providenciar para que enviem um bilhete o mais rápido possível.

Holmes passou o fim da tarde vistoriando os jornais velhos arquivados em um dos nossos quartos de despejo. Quando voltou, seus olhos brilhavam de triunfo, mas ele não disse uma palavra nem para mim nem para Lestrade quanto ao resultado da pesquisa. De minha parte, eu havia seguido passo a passo os métodos que ele usava para acompanhar as reviravoltas do caso, e ainda não conseguia entender aonde ele queria chegar, embora percebesse claramente que Holmes esperava que o criminoso tentasse se apoderar dos dois outros bustos, um dos quais, eu me lembrava, estava em Chiswick. Sem dúvida o objetivo da nossa missão era pegá-lo no ato, o que tornava impossível deixar de admirar a astúcia do meu amigo ao inserir uma pista falsa nos jornais, para que o sujeito acreditasse que poderia dar

288 *Grandes Aventuras de Sherlock Holmes*

sequência ao plano sem medo. Não fiquei surpreso quando Holmes sugeriu que eu levasse meu revólver. Ele mesmo estava levando sua arma favorita, um chicote de montaria.

Às onze horas, tomamos um fiacre que estava à nossa espera e cruzamos a Ponte Hammersmith. Depois disso, o condutor foi instruído a esperar. Uma caminhada curta nos levou a uma rua isolada, margeada por casas elegantes, cada uma cercada por um jardim. Sob a luz de um lampião, lemos o nome "Laburnum Villa" no portão de uma delas. Não havia dúvida de que os moradores já haviam se recolhido, a não ser pela luz que saía de uma janelinha acima da porta de entrada e projetava um círculo no chão do jardim. A cerca de madeira que separava a propriedade da rua projetava uma sombra densa no lado de dentro; foi por ali que nós nos esgueiramos.

– Receio que vocês precisem esperar bastante – Holmes sussurrou. – Temos de agradecer aos céus por não estar chovendo. Acho que não podemos nos dar ao luxo de fumar para fazer passar o tempo. No entanto, aposto dois contra um como nosso incômodo vai ser recompensado.

No fim, nossa vigília não foi tão longa quanto Holmes receava. Ela acabou de forma bastante singular e repentina. De um instante para outro, sem o menor som para nos advertir, o portão do jardim se abriu e uma figura escura e flexível, rápida e vigorosa como um macaco, entrou às pressas. Houve uma pausa demorada, durante a qual prendemos a respiração, em seguida ouvimos um rangido suave. A janela se abriu. Depois do barulho, o silêncio foi longo. O sujeito estava tentando entrar na casa. Vimos a luz de uma lanterna vindo da sala. Ficou claro que aquilo que ele estava procurando não estava lá, pois vimos a luz sair de outra janela, depois de mais uma.

– Vamos até a janela aberta. Podemos pegá-lo quando ele sair – Lestrade sussurrou.

Mas antes que tivéssemos tempo para nos mexer ele apareceu de novo. Quando passou pela parte do jardim onde batia uma luz fraca, pudemos ver que trazia uma coisa branca debaixo do braço. Olhou furtivamente ao redor. O silêncio da rua deserta lhe deu segurança. De costas para nós, colocou no chão o que carregava, e no instante seguinte ouvimos um barulho. O sujeito estava tão concentrado no que fazia que não percebeu que estávamos nos aproximando. Com a agilidade de um tigre, Holmes se colocou às costas dele enquanto Lestrade e eu o agarrávamos cada um por um pulso para colocar as algemas. Ao virá-lo, vi-me diante de um rosto medonho, pálido e contorcido de raiva, e tive certeza de que havíamos prendido o homem da foto.

Mas não era o prisioneiro que chamava a atenção de Holmes. Agachado, ele se dedicava a um exame minucioso do que o homem havia trazido de dentro da casa. Era um busto de Napoleão igual ao que havíamos visto pela manhã, e também estava quebrado em pedaços. Com cuidado, Holmes colocou caco por caco contra a luz, mas eles não apresentavam nada de especial. Assim que ele acabou o que estava fazendo, as luzes do *hall* se acenderam, a porta se abriu e o dono da casa, uma figura rechonchuda e jovial, apareceu.

– Sr. Josiah Brown, suponho – Holmes disse.

– Sim. E o senhor sem dúvida deve ser Sherlock Holmes. Recebi o bilhete que o senhor me enviou e segui as instruções ao pé da letra. Trancamos todas as portas e nos pusemos à espera. Bem, fico feliz por ver que o senhor pegou o patife. Cavalheiros, espero que entrem para comer ou beber alguma coisa.

No entanto, Lestrade estava ansioso para levar o prisioneiro para um lugar menos arriscado, por isso chamamos o nosso transporte, e em questão de minutos estávamos fazendo o caminho de volta. Nosso homem não disse palavra, apenas nos fuzilava com os olhos, e num momento em que minha mão parecia estar ao seu alcance, avançou sobre ela como um lobo esfomeado. Ficamos na delegacia de polícia o suficiente para saber que a revista não revelara nada além de alguns xelins e um punhal com marcas recentes de sangue.

– Tudo resolvido – Lestrade disse ao sairmos. – Hill conhece todo esse povo e deve saber quem ele é. O senhor vai ver que minha teoria da Máfia está certa. Mas devo lhe agradecer imensamente, sr. Holmes, pela maneira formidável como o senhor o pegou. Ainda não entendi direito o que aconteceu.

– Acho que a essa hora da noite podemos dispensar as explicações – Holmes disse. – Além disso, ainda há um ou dois pontos obscuros, e este é um daqueles casos que precisam de completo esclarecimento. Se o senhor fizer a gentileza de me visitar mais uma vez amanhã às seis horas, creio que poderei demonstrar que o caso ainda não está encerrado e que ele apresenta alguns traços que o tornam bastante original na história do crime. Se eu chegar a permitir que você narre mais um dos meus pequenos casos, Watson, prevejo que a estranha aventura dos bustos napoleônicos vai abrilhantar suas páginas.

Quando nos encontramos, no fim da tarde do dia seguinte, Lestrade estava muito bem informado sobre o prisioneiro. O nome dele, ao que parecia, era Beppo, e o sobrenome, desconhecido. Na colônia italiana, era famoso por não valer nada. Ele já havia levado uma vida honesta trabalhando como escultor, mas acabara se corrompendo e fora preso duas vezes – a primeira por um pequeno roubo e a segunda, como nós já sabíamos, por apunhalar um conterrâneo. Falava um bom inglês. Ainda não se sabia por que ele quebrava os bustos, pois ele se recusava a falar a respeito; mas a polícia descobriu que talvez aquelas peças tivessem sido feitas por ele, já que era esse o tipo de trabalho que ele executava para Gelder & Cia. Holmes ouviu todas as informações com atenção e delicadeza, apesar de nós já estarmos a par da maior parte delas; mas eu o conhecia suficientemente bem para perceber que ele estava com a cabeça em outro lugar e notar uma mistura de inquietação e expectativa sob a máscara que ele costumava usar. Por fim, ele se inclinou na cadeira e seus olhos brilharam. Alguém havia tocado a campainha. Um minuto depois, ouvimos passos escada acima e logo em seguida estávamos na presença de um senhor idoso, de rosto avermelhado e costeletas grisalhas. Na mão direita ele trazia uma bolsa que colocou sobre a mesa.

– Vim falar com o sr. Sherlock Holmes.

Meu amigo se inclinou e sorriu.

– Sr. Sandeford, de Reading, suponho – ele disse.

– Sim, senhor. Acho que estou um pouco atrasado, mas os trens estavam com problemas. O senhor me escreveu sobre um busto.

– Exatamente.

– Estou com a sua carta aqui. O senhor diz: "Desejo possuir uma cópia do *Napoleão* de Devine, e posso pagar até dez libras por uma que está com o senhor". É isso mesmo?

– Sem dúvida.

— Essa carta me deixou surpreso. Não consigo nem imaginar como o senhor sabe que eu tenho um busto.

— Claro que o senhor deve ter ficado surpreso, mas a explicação não pode ser mais simples. O sr. Harding, da firma Irmãos Harding, me disse que o senhor havia comprado o último exemplar e me deu seu endereço.

— Ah, então foi isso? Ele disse quanto eu paguei?

— Não, não disse.

— Bem, sou um homem honesto, embora não muito rico. Paguei apenas quinze xelins pelo busto, e acho que o senhor precisava saber disso antes de me dar dez libras.

— Tenho certeza de que o senhor pode se orgulhar dos próprios escrúpulos, sr. Sandeford. Mas fui eu quem estipulou o preço, então vou mantê-lo.

— É muito generoso da sua parte, sr. Holmes. Trouxe o busto comigo, como o senhor pediu. Aqui está.

Ele abriu a bolsa e nos mostrou outro exemplar daquele busto que já tínhamos visto em pedaços mais de uma vez.

Holmes tirou um pedaço de papel do bolso e pôs uma nota de dez libras em cima da mesa.

— Faça a gentileza de assinar esse papel, sr. Sandeford, na presença dessas duas testemunhas. Diz que o senhor me dá qualquer direito de posse que tenha sobre o busto. Sou um sujeito metódico; a gente nunca sabe o que pode acontecer no futuro. Obrigado, sr. Sandeford; aqui está o dinheiro. Desejo que o senhor tenha uma ótima noite.

Depois que o visitante saiu, os gestos de Holmes prenderam nossa atenção. Primeiro, ele pegou um pano branco e limpo de uma gaveta e o estendeu sobre a mesa. Em seguida, colocou o busto recém-adquirido em cima do pano. Por fim, pegou o chicote de montaria e deu um golpe seco na cabeça do Napoleão. Ela se quebrou em pedaços, e Holmes se inclinou, ávido, sobre os restos. Instantes depois, com um grito de triunfo, ele encontrou um caco no qual um objeto escuro e redondo estava preso como uma ameixa em um pudim.

— Cavalheiros — ele gritou —, permitam que eu lhes apresente a famosa pérola negra dos Bórgia!

Lestrade e eu continuamos em silêncio por um momento; por fim, aplaudimos como se tivéssemos acabado de assistir à eletrizante guinada de uma peça de teatro. Com o rosto pálido levemente ruborizado, Holmes se curvou para nós como um grande dramaturgo homenageado pelo público. Era em momentos assim que ele deixava de ser uma máquina de pensar e traía sua fraqueza por reconhecimento e aplauso. A mesma natureza reservada e orgulhosa que dispensava a notoriedade com desdém era capaz de profunda comoção diante da admiração e do elogio espontâneos por parte de um amigo.

– Sim, cavalheiros – ele disse –, a pérola mais famosa do mundo. Através de uma sequência de deduções, tive a felicidade de entender o caminho que ela fez do quarto do príncipe de Colonna, no Hotel Dacre, onde foi perdida, até o interior desse busto de Napoleão, o último dos seis feitos por Gelder & Cia., em Stepney. Não dá para esquecer o alvoroço causado pelo desaparecimento dessa joia, Lestrade, nem os vãos esforços da polícia de Londres para recuperá-la. Eu mesmo fui chamado para ajudar, mas não pude fazer grande coisa. As suspeitas recaíram sobre a criada da princesa, que era italiana, e descobrimos que um irmão dela vivia em Londres, mas não conseguimos provar nada. O nome da criada era Lucretia Venucci; não tenho a menor dúvida de que esse Pietro que foi assassinado ontem à noite é o irmão dela. Procurei as datas em jornais velhos e descobri que a pérola sumiu exatamente dois dias antes que Beppo fosse preso por alguma agressão ocorrida na fábrica de Gelder & Cia., no momento exato em que os bustos estavam sendo feitos. Assim fica fácil deduzir a sequência dos acontecimentos, embora na ordem inversa em que ela se revelou para mim. Beppo estava de posse da pérola. Ele pode tê-la roubado de Pietro, pode ter sido cúmplice dele, pode ter servido de intermediário entre Pietro e a irmã. Isso não faz diferença para nós.

"O que nos interessa é que ele *estava* com a pérola e também estava sendo procurado pela polícia. Então ele foi até a fábrica onde trabalhava, sabendo que tinha apenas alguns minutos para esconder aquela joia valiosíssima, caso contrário ela seria encontrada durante a revista que os policiais sem dúvida fariam. Seis bustos de Napoleão haviam sido colocados para secar. Um deles ainda estava fresco. Em pouco tempo, Beppo, um artesão habilidoso, fez um buraquinho no gesso fresco, colocou a pérola ali e cobriu rapidamente a abertura. Um esconderijo admirável. Ninguém seria capaz de descobri-lo. Mas Beppo foi condenado a um ano, e enquanto isso seus

294 *Grandes Aventuras de Sherlock Holmes*

seis bustos se espalharam por Londres. Ele não sabia em qual deles estava o tesouro. A única solução era quebrá-los. Sacudi-los também não ajudaria, já que, como o gesso estava úmido, a pedra poderia ter grudado nele – e, de fato, foi o que aconteceu. Beppo não se desesperou e conduziu sua busca com perseverança e engenhosidade consideráveis. Através do primo que trabalha com Gelder, ele descobriu que lojas haviam comprado as peças. Conseguiu trabalho com Morse Hudson, e isso o levou a três bustos. Nenhum deles continha a pérola. Em seguida, com a ajuda de um funcionário italiano, conseguiu localizar os outros três. O primeiro estava com Harker. Nesse ponto ele foi caçado pelo cúmplice, que culpava Beppo pela perda da pérola, e o apunhalou."

– Se eles eram cúmplices, por que Beppo levava uma foto do outro? – eu perguntei.

– Como forma de localizá-lo, caso fosse preciso perguntar por seu paradeiro a uma terceira pessoa. Era óbvio. Bem, depois do assassinato, imaginei que Beppo fosse se apressar, em vez de se acautelar. Ele deve ter ficado com medo de que a polícia pudesse descobrir seu segredo, então apressou-se para chegar na frente. Claro, eu não podia afirmar que ele não havia encontrado a pérola no busto de Harker. Eu ainda nem tinha certeza de que se tratava da pérola, mas sabia que ele estava procurando alguma coisa, pois havia carregado o busto até conseguir quebrá-lo em um lugar iluminado. Como o busto de Harker era um dentre três remanescentes, havia duas chances contra uma de que a pérola estivesse lá. Sobravam dois bustos, e era óbvio que ele ia tentar pegar primeiro aquele que estava em Londres. Adverti os moradores da casa para evitar uma segunda tragédia, e acabamos chegando ao melhor dos resultados. Àquela altura, claro, eu já sabia que o que estávamos procurando era a pérola dos Bórgia. O nome do homem assassinado ligou um evento ao outro. Sobrava apenas um busto, o de Reading, e a pérola tinha que estar lá. Os senhores são testemunhas de que eu comprei esse busto das mãos do antigo dono... e eis a pérola.

Ficamos em silêncio por um momento.

– Ora – Lestrade disse –, já vi o senhor lidar com diversos casos, sr. Holmes, mas nunca com tanta arte. Nós, da Scotland Yard, não temos inveja do senhor. Nada disso; temos muito orgulho de poder contar com a sua ajuda, e se o senhor for nos visitar amanhã, garanto que não há uma única pessoa, do inspetor mais antigo ao guarda mais jovem, que não ficará feliz em lhe apertar a mão.

– Obrigado! – Holmes disse. – Obrigado!

Eu nunca o tinha visto tão comovido. No momento seguinte, entretanto, ele já tinha voltado a ser o pensador pragmático e frio de sempre.

– Ponha a pérola no cofre, Watson – ele disse –, e pegue os papéis do caso da fraude de Conk-Singleton. Até logo, Lestrade. Se se deparar com mais algum casinho, ficarei feliz em ajudá-lo com uma ou duas sugestões.

O Detetive Moribundo

sra. Hudson, senhoria de Sherlock Holmes, sofria bastante. Não só
porque seu primeiro andar era invadido a qualquer hora por hordas
de figuras estranhas e muitas vezes indesejadas, mas também porque
seu notável inquilino se mostrava tão excêntrico e inconstante que devia ser
um duro teste para a sua paciência. O inacreditável desleixo, o vício de ouvir
música em horários incomuns, o hábito de praticar tiro dentro de casa, os experimentos científicos envolvidos em mistério e muitas vezes em mau cheiro
– tudo isso, somado ao clima de violência e de perigo que pairava em volta de
Holmes, fazia com que ele fosse o pior locatário de Londres. Por outro lado,
o pagamento era suntuoso. Não tenho dúvida de que a casa poderia ter sido
comprada pelo dinheiro que Holmes pagou por seus aposentos ao longo dos
anos em que estive com ele.

A senhoria tinha o maior respeito por ele e jamais se atrevia a confrontá-lo,
por mais chocante que pudesse ser a sua conduta. Além disso, ela gostava dele,
que tinha hábitos de extrema gentileza e cortesia para com as mulheres. Ele desgostava e desconfiava do sexo oposto, mas era sempre um oponente cordial. Eu
sabia como a estima da senhoria por Holmes era genuína, por isso a ouvi com
atenção quando ela veio me procurar no segundo ano da minha vida de casado
para contar em que triste estado meu pobre amigo se encontrava.

– Ele está morrendo, dr. Watson – ela disse. – Está agonizando há três dias,
e não acredito que sobreviva ao dia de hoje. Ele não me deixa chamar um médico. De manhã, quando vi que os ossos estão praticamente lhe saindo do rosto
e que ele me encarava com os olhos dilatados e brilhantes, não aguentei. "Com
sua permissão ou sem ela, sr. Holmes, vou buscar um médico agora mesmo",
eu disse. "Que seja o Watson, então", ele respondeu. Eu não demoraria muito
para ir até lá se fosse o senhor, ou poderá encontrá-lo sem vida.

Fiquei horrorizado, pois não fazia ideia de que ele estava doente. Sequer
preciso dizer que peguei o casaco, o chapéu e saí correndo. No caminho,
pedi mais detalhes.

– Não sei muita coisa, senhor. Ele estava trabalhando em um caso em
Rotherhithe, em um beco perto do rio, e trouxe a doença de lá. Foi para a

cama quarta à tarde e não se levantou mais. Durante esses três dias, nem uma gota d'água, nem um grão de comida.

— Meu Deus! Por que a senhora não chamou um médico?

— Ele não aceita. O senhor sabe como ele é autoritário. Não me atrevi a desobedecer. Mas ele não tem muito tempo de vida, como o senhor vai perceber assim que puser os olhos nele.

De fato, era uma imagem lamentável. Iluminado apenas pela luz fosca de um dia nublado de novembro, o quarto estava sombrio, mas foi o rosto desolado e sem forças que me encarava da cama o que me arrepiou a alma. Os olhos tinham o brilho da febre, havia um rubor ardente nas maçãs do rosto, uma crosta escura se formava em volta dos lábios, as mãos magras se crispavam sem parar, a voz era gutural e espasmódica. Ele permaneceu indiferente quando entrei no quarto, mas, ao me ver, um vislumbre de identificação lhe passou pelo olhar.

— Bem, Watson, parece que não estamos nos nossos melhores dias – disse com a voz fraca, mas sem perder de todo o tom negligente.

— Meu caro amigo! – gritei, aproximando-me dele.

— Para trás! Fique longe! – ele disse no tom imperioso e brusco que eu associava apenas aos momentos de crise. – Caso você se aproxime, Watson, devo lhe pedir que saia da minha casa.

— Mas por quê?

— Porque eu estou mandando. Não é o suficiente?

Sim, a sra. Hudson tinha razão, ele estava mais autoritário do que nunca. No entanto, estava tão esgotado que inspirava pena.

— Só quero ajudar – expliquei.

— Ótimo! Vai ajudar melhor se fizer o que eu estou dizendo.

— Claro, Holmes.

Ele diminuiu a severidade.

— Você está com raiva?

Pobre-diabo, como eu poderia ter raiva de alguém que se encontrava naquela situação diante de mim?

— É para o seu próprio bem, Watson – ele gemeu.

— Para o *meu* bem?

– Eu sei qual é o problema. É uma doença dos cules* da Sumatra... uma coisa sobre a qual os holandeses têm mais conhecimento que nós, embora até agora eles não o tenham usado. Só há uma certeza. É letal e terrivelmente contagiosa.

Ele falava com energia febril, as mãos de dedos longos se crispavam e se contraíam em movimentos para me afastar.

– Contágio por toque, Watson. É isso, por toque. Mantenha distância e tudo vai ficar bem.

– Meu Deus, Holmes! Você acha que esse detalhe faz alguma diferença para mim? Não faria mesmo se você fosse um estranho. Você acha que isso pode evitar que eu cumpra meu dever de tratar de um velho amigo?

Fiz menção de me aproximar novamente, mas ele me rechaçou com um olhar furioso.

– Se você ficar aí, vou continuar falando. Caso contrário, você vai ter que sair.

Tenho tanto respeito pelos dons extraordinários de Holmes que sempre lhe acatei as vontades, mesmo quando eram incompreensíveis. Mas aquilo despertava todos os meus instintos profissionais. Em outras situações, ele podia ser tão autoritário quanto quisesse; no quarto de um doente, a autoridade que importa é a minha.

– Holmes – eu disse –, você não está em si. Um doente não passa de uma criança, e é como criança que você será tratado. Goste ou não, vou examiná-lo e tratá-lo.

Ele me encarou com veneno nos olhos.

– Se um médico vai me atender apesar da minha vontade, pelo menos chame alguém em quem eu confie – ele disse.

– Quer dizer que você não confia em mim?

– Na sua amizade, sem dúvida alguma. Mas vamos encarar a verdade, Watson, no fim das contas você não passa de um clínico geral de experiência muito limitada e qualificação medíocre. É doloroso falar assim, mas você não me deixa escolha.

Fiquei amargamente ofendido.

---

* Trabalhador braçal das antigas colônias europeias no Oriente. (N. do T.)

300 *Grandes Aventuras de Sherlock Holmes*

– Você é maior que essas observações, Holmes. Elas mostram perfeitamente o seu estado nervoso. Mas, como você não confia em mim, não vou impor meus serviços. Vou trazer Sir Jasper Meek, Penrose Fisher ou qualquer outro dentre os melhores de Londres. Mas alguém *vai* atender você, ponto final. Se você acha que vou ficar aqui assistindo à sua morte sem ajudar ou sem trazer alguém que o faça, você chamou o homem errado.

– Você é bem-intencionado, Watson – o doente disse com algo entre um soluço e um gemido. – Devo provar que você é ignorante? O que você sabe, me diga, por favor, sobre a febre de Tapanuli? O que você sabe sobre a infecção negra de Formosa?

– Nunca ouvi falar de nenhuma das duas.

– Há muitos problemas, muitas possibilidades patológicas estranhas no Oriente, Watson. – Ele fazia pausas entre as palavras para juntar o que lhe sobrava das forças. – Aprendi muito ao longo de uma pesquisa recente de teor médico-criminal. Foi durante essa pesquisa que contraí a doença. Não há nada que você possa fazer.

– Provavelmente não. Mas por acaso sei que o dr. Ainstree, a maior autoridade do mundo em doenças tropicais, está em Londres. Não adianta reclamar, Holmes. Vou buscá-lo agora mesmo.

Fui até a porta com firmeza.

Nunca fiquei tão chocado! Em questão de um instante, com um pulo de tigre, o moribundo me interceptou. Ouvi o estalo agudo de uma chave na fechadura. No momento seguinte, ele havia cambaleado de volta para a cama, exausto e ofegante a custo da formidável explosão de energia.

– Você não vai tirar a chave de mim à força, Watson. Peguei você, meu amigo. Agora você não pode ir a lugar nenhum, e vai continuar sem poder até que eu decida o contrário. Mas vou fazer as suas vontades. – Tudo isso foi dito em pequenos arquejos, no meio de uma luta terrível por ar. – Você só está pensando no meu bem-estar. Claro, entendo perfeitamente. Você pode sair, só me dê algum tempo para recuperar as forças. Agora não, Watson, agora não. São quatro horas. Às seis você pode ir.

– Isso é loucura, Holmes!

– Só duas horas, Watson. Prometo que você vai poder sair sem problemas às seis. Você se dispõe a esperar?

– Parece que não tenho escolha.

O Detetive Moribundo **301**

– Nenhuma escolha, Watson. Obrigado, não preciso de ajuda com o cobertor. Por favor, mantenha distância. Agora, Watson, preciso impor outra condição. Você não vai procurar a ajuda do médico que mencionou, mas da pessoa que eu escolher.

– Como você quiser.

– Foram as três primeiras palavras sensatas que você pronunciou desde que entrou neste quarto, Watson. Os livros estão ali. Estou exausto; acho que é assim que uma bateria se sente quando descarrega energia elétrica em um não condutor. Às seis, Watson, vamos retomar nossa conversa.

Mas a conversa estava marcada para recomeçar muito antes daquela hora, e em circunstâncias que me causaram um choque que deixou pouco a dever para o episódio do pulo na porta. Ele tinha o rosto quase todo coberto pela roupa de cama e parecia dormir. Em seguida, incapaz de me concentrar na leitura, passei a andar devagar pelo quarto, observando os retratos de criminosos renomados que enfeitavam cada uma das paredes. Por fim, minha perambulação sem rumo me levou até a lareira. Uma bagunça de cachimbos, estojos de tabaco, seringas, canivetes, balas de revólver e outros entulhos. No meio da desordem, havia uma caixinha de marfim com tampa corrediça. Era muito singela, e eu já havia estendido a mão para examiná-la de perto, quando...

O grito foi pavoroso – um berro que deve ter sido ouvido da rua. Minha pele gelou e meus cabelos se arrepiaram. Ao me virar, vi de relance um rosto abalado e olhos desvairados. Fiquei paralisado com a caixinha na mão.

– Solte isso! Solte já, Watson. Já, eu estou mandando!

Ele afundou a cabeça de volta no travesseiro e deu um profundo suspiro de alívio quando coloquei a caixa de volta em cima da lareira.

– Odeio que mexam nas minhas coisas, Watson. Você sabe disso. Você me tira do sério. Justo você, um médico. Você é suficiente para mandar um paciente para o hospício. Sente-se, e deixe-me descansar em paz!

O incidente me deixou uma impressão extremamente desagradável. A agitação violenta e sem motivo, seguida pela brutalidade da fala, bem longe da cortesia habitual, serviu para me mostrar o grau de desordem mental em que ele se encontrava. Não há destruição mais lamentável que a de uma mente sublime. Quieto e abatido, fiquei sentado até a hora marcada. Ele parecia ter dado tanta atenção ao relógio quanto eu, pois eram quase seis horas quando começou a falar com a mesma agitação febril de antes.

— Agora, Watson — ele disse —, você tem trocados no bolso?

— Sim.

— Alguma prata?

— Uma porção.

— Quantas meias-coroas?

— Tenho cinco.

— Ah, muito pouco! Muito pouco! Que grande pena, Watson! Mesmo assim, pode colocá-las no bolso do relógio. E o resto do dinheiro no bolso esquerdo das calças. Obrigado. Vai ficar muito mais equilibrado assim.

Pura insanidade. Ele tremeu e mais uma vez emitiu um som entre soluço e gemido.

— Agora acenda o gás, Watson, mas tome muito cuidado para que em momento algum ele passe da metade. Imploro que tome cuidado, Watson. Obrigado, está excelente. Não, não precisa baixar a persiana. Agora faça a gentileza de espalhar algumas cartas e papéis para que eu possa alcançá-los nessa mesa. Obrigado. Agora um pouco da bagunça de cima da lareira. Excelente, Watson! Pegue aquela pinça ali. Com cuidado, use-a para levantar a caixinha de marfim. Coloque-a junto com os papéis. Ótimo! Agora pode ir buscar o sr. Culverton Smith no número 13 da Lower Burke Street.

Para falar a verdade, meu desejo de chamar um médico tinha diminuído consideravelmente, pois o pobre Holmes estava delirando tanto que parecia perigoso deixá-lo sozinho. No entanto, sua ansiedade para ver o sujeito mencionado era tão grande quanto havia sido a obstinação em não ver ninguém.

— Nunca ouvi esse nome antes — eu disse.

— É provável que não, meu bom Watson. Talvez você fique surpreso ao saber que o maior conhecedor dessa doença na face da terra não é médico e sim fazendeiro. O sr. Culverton Smith é um famoso habitante de Sumatra que está de passagem por Londres. Uma epidemia da doença na plantação, que ficava longe de qualquer assistência médica, fez com que ele se dedicasse a estudá-la e obtivesse resultados importantes. Ele é muito metódico; eu não queria que você saísse antes das seis horas porque sei que ele não estaria no escritório. Se você conseguir convencê-lo a vir até aqui e compartilhar conosco seu conhecimento excepcional sobre essa doença, cujo estudo se tornou seu passatempo favorito, não tenho a menor dúvida de que ele poderia me ajudar.

O Detetive Moribundo **303**

Exponho a fala de Holmes como um todo coeso e me recuso a descrever como ela foi interrompida por arquejos e contorções nas mãos que mostravam o tamanho da sua dor. A aparência dele havia piorado ao longo das poucas horas que se haviam passado desde a minha chegada. O rubor das maçãs do rosto havia se acentuado, os olhos brilhavam com mais intensidade do fundo das cavidades ainda mais escuras, e na sua testa um suor frio se insinuava. Ele mantinha, contudo, a elegância no modo de falar. Até o último suspiro ele seria a autoridade.

— Você deve contar em detalhes qual é o meu estado — ele disse. —Transmita a impressão exata que tem na cabeça, a de um moribundo, um moribundo delirante. Aliás, pergunto a mim mesmo por que todo o fundo do oceano não é uma massa sólida de ostras, tamanha é a profusão delas. Ah, estou me perdendo! É estranho como o cérebro controla o cérebro! O que eu estava dizendo, Watson?

— Minhas instruções para o sr. Culverton Smith.

— Ah, lembrei. Minha vida está em jogo. Defenda minha causa, Watson. Não mantenho boas relações com ele. O sobrinho dele, Watson... suspeitei de um crime e lhe abri os olhos. O rapaz morreu de forma terrível. Ele guarda rancor de mim. Você deve amolecê-lo, Watson. Peça, implore, traga-o aqui de qualquer jeito. Ele pode me salvar, apenas ele!

— Vou trazê-lo em um fiacre, mesmo que tenha de arrastá-lo à força.

— Não faça nada nesse estilo. Convença-o a vir. Em seguida, volte antes dele. Dê qualquer desculpa para não o acompanhar. Não esqueça, Watson. Não me decepcione. Você nunca me decepcionou. Sem dúvida, os inimigos naturais impedem o crescimento das criaturas. Você e eu, Watson, nós fizemos a nossa parte. O mundo deve ser governado pelas ostras? Não, não, que horror! Transmita tudo o que está na sua cabeça.

Saí absorto pela imagem daquele intelecto majestoso desorientado como uma criança boba. Ele havia me dado a chave e, numa ideia feliz, levei-a comigo para evitar que ele se trancasse. A sra. Hudson estava esperando no corredor, tremendo e chorando. Às minhas costas, ao sair, ouvi a voz alta e fraca de Holmes entoar uma cantiga delirante. Na rua, enquanto eu assobiava para um fiacre, um homem se aproximou de mim através da neblina.

— Como vai o sr. Holmes? — perguntou.

Era um velho conhecido, o inspetor Morton, da Scotland Yard, vestido à paisana.

304 *Grandes Aventuras de Sherlock Holmes*

– Muito doente – respondi.

Ele me olhou de forma bastante singular. Se não fosse muita perversão, eu teria pensado que a expressão no rosto dele era de triunfo.

– Ouvi rumores – ele disse.

Um fiacre parou e eu embarquei.

Lower Burke Street se mostrou uma reta de belas casas no vago espaço intermediário entre Notting Hill e Kensington. Aquela diante da qual meu fiacre parou tinha um ar de respeitabilidade discreta, com direito a cerca de ferro à moda antiga, porta sólida de dois batentes e detalhes de bronze. Tudo combinava com um mordomo solene que surgiu emoldurado pelo fulgor rosado da luz elétrica colorida ao fundo.

– Sim, o sr. Culverton Smith está, dr. Watson! Excelente, senhor, vou levar o seu cartão.

A humildade de meu nome e título não pareceu impressionar o sr. Culverton Smith. Pela porta semiaberta, pude ouvir uma voz alta, aguda e rabugenta.

– Quem é esse indivíduo? O que ele quer? Ora, Staples, quantas vezes eu já disse que não devo ser perturbado quando estou estudando?

Seguiu-se uma corrente suave de explicações brandas por parte do mordomo.

– Bem, não vou recebê-lo, Staples. Meu trabalho não pode ser interrompido dessa maneira. Não estou em casa. Fale isso para ele. Diga que volte de manhã se precisa mesmo de mim.

Mais uma vez o murmúrio suave.

– Bem, bem, dê a minha mensagem. Ele pode vir de manhã ou pode não vir mais. Não quero ser perturbado enquanto trabalho.

Pensei em Holmes doente, revirando-se na cama, provavelmente contando os minutos até que eu levasse ajuda. Não era hora de me preocupar com a etiqueta social. A vida dele dependia da minha prontidão. Antes que o mordomo cheio de desculpas acabasse de me transmitir a mensagem, eu já o havia empurrado e entrado na sala.

Com um grito estridente de raiva, um homem se levantou de uma poltrona ao lado da lareira. Vi um rosto largo, amarelado, de pele áspera e oleosa, com uma papada grande, e dois olhos taciturnos e ameaçadores que me alfinetavam debaixo de tufos de sobrancelhas arruivadas. A cabeça grande e calva trazia uma boina equilibrada com coqueteria de um lado da curva rosada. O crânio tinha uma potência enorme, contudo, espantei-me ao olhar para baixo com o tamanho reduzido e a fragilidade do corpo daquele homem; os ombros e as costas se curvavam como se ele tivesse sofrido de raquitismo na infância.

— O que é isso? — ele disse em um tom de voz alto e agudo. — O que significa essa invasão? Eu não pedi para dizerem que eu falaria com o senhor amanhã de manhã?

— Sinto muito — eu disse —, mas não posso esperar. O sr. Sherlock Holmes...

A menção do nome do meu amigo provocou um efeito extraordinário no homenzinho. O olhar de raiva desapareceu em um instante. Sua feição se tornou tensa e vigilante.

— O senhor vem da parte de Holmes? — perguntou.

— Estava com ele há poucos minutos.

— E como ele está?

— Com uma doença grave. Por isso estou aqui.

O sujeito me indicou uma cadeira e voltou para a que ocupava quando eu entrei. Enquanto isso, tive um vislumbre do rosto dele pelo espelho em cima da lareira. Eu poderia jurar que ostentava um sorriso malicioso e abominável. Contudo, convenci-me de que aquilo não passava de uma contração nervosa, pois ele se voltou para mim, logo no instante seguinte, demonstrando preocupação genuína.

— Lamento saber disso — ele disse. — Meu envolvimento com o sr. Holmes foi apenas profissional, mas tenho o maior respeito pelo talento e pelo caráter dele. Ele é um diletante do crime, assim como eu sou um diletante das doenças. Para ele, o criminoso; para mim, o micróbio. Aquelas são as minhas prisões — ele prosseguiu, apontando um conjunto de garrafas e frascos sobre uma mesa. — No meio daquelas culturas gelatinosas, alguns dos piores infratores do mundo estão cumprindo pena.

— É por causa desse conhecimento especial que o sr. Holmes quer ver o senhor. Ele lhe tem alta consideração e acredita que não há outro homem em Londres que possa ajudá-lo.

O homenzinho se sobressaltou e a boina deslizou para o chão.

306 *Grandes Aventuras de Sherlock Holmes*

– Por quê? – perguntou. – Por que o sr. Holmes acha que eu posso ajudá-lo?

– Porque o senhor entende de doenças orientais.

– Mas por que ele acha que a doença é oriental?

– Porque, durante uma investigação profissional, ele precisou trabalhar com marinheiros chineses no cais.

O sr. Culverton Smith sorriu e pegou a boina.

– Ah, então é isso? – ele disse. – Acredito que não deve ser tão grave quanto você imagina. Há quanto tempo ele está doente?

– Por volta de três dias.

– Ele delira?

– Às vezes.

– Ora, ora! Parece sério. Seria desumano não ir vê-lo. Tenho horror a interrupções quando estou trabalhando, dr. Watson, mas o caso é, sem dúvida, excepcional. Vou com o senhor agora mesmo.

Pensei nas instruções de Holmes.

– Tenho outro compromisso – eu disse.

– Ótimo. Vou sozinho. Tenho o endereço do sr. Holmes. Pode ter certeza de que estarei lá em menos de meia hora.

Voltei para o quarto de Holmes com o coração na mão. Nada impedia que o pior tivesse acontecido durante a minha ausência. Para meu enorme alívio, ele havia melhorado muito. A aparência continuava mais medonha do que nunca, mas todos os sinais de delírio haviam desaparecido. A voz estava fraca, é verdade, mas ele falava com vivacidade e lucidez ainda maiores que as habituais.

– E então, você o encontrou, Watson?

– Sim, ele está vindo.

– Admirável, Watson! Admirável! Não existe mensageiro como você!

– Ele queria voltar junto comigo.

– De jeito nenhum, Watson. Seria impossível, é óbvio. Ele perguntou como fui infectado?

– Falei dos chineses do East End.

O Detetive Moribundo **307**

– Perfeito! Bem, Watson, você fez tudo que um bom amigo poderia ter feito. Agora pode sumir de cena.

– É melhor que eu espere e ouça o que ele tem a dizer, Holmes.

– Claro que é melhor. Mas tenho motivos para crer que a opinião dele vai ser muito mais franca e relevante se parecer que nós estamos sozinhos. Há espaço suficiente atrás da cabeceira da minha cama, Watson.

– Meu caro Holmes!

– Temo que não haja outra opção, Watson. O quarto não serve muito como esconderijo, o que vem a calhar, já que é menos provável que levante suspeitas. Mas bem ali, Watson, acredito que pode dar certo.

De repente, ele se sentou com uma expressão alerta no rosto abatido.

– Estou ouvindo as rodas, Watson. Rápido, meu velho, se você tem algum amor por mim! E não se mexa, aconteça o que acontecer; aconteça o que acontecer, você entendeu? Não fale! Não se mexa! Apenas escute e preste a maior atenção.

Em questão de um instante o acesso repentino de força se desvaneceu, e a fala autoritária e calculada se transformou nos murmúrios vagos e baixos de um homem à beira do delírio.

Do lugar para onde eu havia sido precipitado com enorme rapidez ouvi os passos na escada, seguidos pelo abrir e fechar da porta do quarto. Em seguida, para meu espanto, houve um longo silêncio, quebrado apenas pelos suspiros e arquejos do doente. Eu imaginava que nosso visitante estivesse ao lado da cama olhando para o desafortunado. Por fim, a estranha quietude foi interrompida.

– Holmes, Holmes! – ele gritou, no tom insistente de quem acorda outra pessoa. – Você está ouvindo, Holmes? – Ouvi um barulho, como se ele estivesse sacudindo o doente pelos ombros.

– É o senhor, sr. Smith? – Holmes sussurrou. – Não me atrevia a acreditar que o senhor viesse.

O outro riu.

– Imagino – ele disse. – Ainda assim, veja, estou aqui. A outra face, Holmes. A outra face!

– É muita bondade, muita nobreza. Eu valorizo seus conhecimentos extraordinários.

308 *Grandes Aventuras de Sherlock Holmes*

Nosso visitante segurou o riso.

– Sim. Você é, por sorte, a única pessoa em Londres que os valoriza. Você sabe qual é o seu problema?

– O mesmo.

– Ah! Você está reconhecendo os sintomas?

– Mais do que eu gostaria.

– Bem, eu não me surpreenderia se *fosse* o mesmo. Péssimas perspectivas para você, caso seja. O pobre Victor, um jovem forte, vigoroso, era um cadáver no quarto dia. Sem dúvida, como você mesmo disse, foi muito surpreendente que ele tenha contraído uma doença asiática rara em pleno coração de Londres, uma doença sobre a qual eu fiz estudos muito detalhados. Uma coincidência e tanto, Holmes. Você notou com muita astúcia, mas foi um tanto inclemente insinuar que se tratava de causa e consequência.

– Eu sabia que tinha sido você.

– Ah, sabia, não sabia? Bem, seja lá como for, não conseguiu provar. Mas quem você pensa que é para espalhar boatos sobre mim e depois vir rastejando por ajuda quando está em apuros? Que tipo de jogo é esse, hein?

Ouvi a respiração árida e dificultosa do doente.

– Água! – ele arfou.

– Você está bem perto do fim, meu amigo, mas não quero que vá embora até que nós possamos trocar uma palavrinha. Por isso vou lhe dar água. Tome, não derrube! Bom. Você consegue entender o que eu estou dizendo?

Holmes gemeu.

– Faça o que você puder para me ajudar. Vamos deixar o passado para trás – ele sussurrou. – Vou apagar tudo da cabeça, eu juro. Não se preocupe, cure-me, e eu vou esquecer.

– Esquecer o quê?

– Ora, a morte de Victor Savage. Você acabou de admitir que o matou. Eu vou esquecer.

– Pode esquecer ou lembrar, como você preferir. Não vejo como você iria para o banco das testemunhas. Você vai é para outro lugar, meu bom Holmes, eu garanto. Não faz diferença para mim que você saiba como meu sobrinho morreu. A questão não é ele. É você.

– Sim, sim.

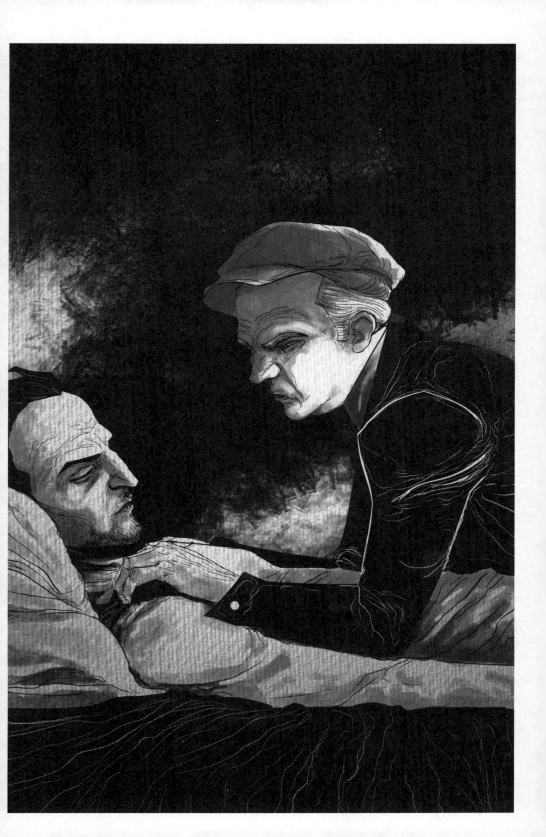

310 *Grandes Aventuras de Sherlock Holmes*

— O sujeito que foi me procurar, cujo nome esqueci, disse que você se contaminou no East End com os marinheiros.

— Não consegui pensar em outra hipótese.

— Você tem orgulho do seu cérebro, Holmes, não tem? Você se acha esperto, não se acha? Dessa vez você se meteu com alguém mais esperto. Volte no tempo, Holmes. Você não consegue pensar em mais nada que possa ter transmitido essa doença?

— Não consigo pensar. Perdi a razão. Pelo amor de Deus, ajude-me!

— Sim, vou ajudá-lo. Vou ajudá-lo a entender exatamente onde você está e como chegou até esse ponto. Quero que você saiba antes de morrer.

— Preciso de alguma coisa para aliviar a dor.

— Dói, não é mesmo? Sim, os cules costumavam guinchar um pouco, perto do fim. Imagino que pareça cãibra.

— Sim, sim; é cãibra.

— Bem, você pode me ouvir, em todo caso. Agora escute! Você consegue se lembrar de algum incidente pouco comum na época em que os sintomas começaram?

— Não, não; nada.

— Pense de novo.

— Estou doente demais para pensar.

— Bem, então eu ajudo. Alguma coisa chegou pelo correio?

— Pelo correio?

— Uma caixa, por acaso?

— Estou apagando... é o fim!

— Escute, Holmes!

Houve um som como se ele estivesse sacudindo o moribundo, e precisei me controlar para continuar quieto no meu posto.

— Você precisa me ouvir. Você *tem* que me ouvir. Você se lembra de uma caixa... uma caixa de marfim? Ela chegou quarta-feira. Você abriu, lembra?

— Sim, sim, eu abri. Tinha uma lâmina afiada lá dentro. Era uma piada...

— Não era nenhuma piada, como você vai descobrir a duras penas. Seu idiota, você pediu e recebeu. Quem mandou se colocar no meu caminho? Se você tivesse me deixado em paz, eu não teria feito nada.

O Detetive Moribundo 311

— Eu me lembro — Holmes arfou. — A lâmina! Tirou sangue. Aquela caixa... aquela em cima da mesa.

— Esta caixa, em nome do rei! Ela vai sair daqui dentro do meu bolso. Lá se vai sua última prova. Mas agora você sabe a verdade, Holmes, e pode morrer sabendo que eu o matei. Como você sabia demais sobre o destino de Victor Savage, precisou compartilhá-lo. O seu fim está muito próximo, Holmes. Vou me sentar aqui e vê-lo morrer.

A voz de Holmes havia baixado a um suspiro quase inaudível.

— O que foi? — Smith disse. — Aumentar o gás? Ah, as sombras estão começando a cair, não é? Sim, vou aumentá-lo para você poder ver melhor.

Ele atravessou o quarto, e a luz brilhou de repente.

— Posso lhe fazer algum outro favorzinho, meu amigo?

— Fósforo e cigarro.

Quase gritei de alegria e espanto. Ele passou a falar com o tom de voz natural — um pouco fraco, talvez, mas a voz que eu conhecia. Houve uma pausa longa, e senti que Culverton Smith encarava sua companhia em silenciosa estupefação.

— O que significa isso? — ele disse em tom seco e rouco.

— A melhor forma de interpretar um personagem é ser o personagem — Holmes respondeu. — Dou minha palavra de que não provei comida nem bebida por três dias, até você ter a bondade de me passar aquele copo d'água. Mas o tabaco foi o maior incômodo. Ah, *eis* alguns cigarros.

Ouvi o ruído de um fósforo.

— Muitíssimo melhor. Alô! Alô! Estou ouvindo a marcha de um amigo?

Ouvi o barulho de passos lá fora, a porta se abriu e o inspetor Morton apareceu.

— Tudo em ordem, eis o seu homem — Holmes disse.

O oficial cumpriu o protocolo.

— O senhor está preso pelo homicídio de Victor Savage — ele concluiu.

— E pode acrescentar a tentativa de homicídio de Sherlock Holmes — meu amigo comentou, rindo. — Para auxiliar um inválido, inspetor, o sr. Culverton Smith fez a bondade de dar nosso sinal, aumentando o gás. A propósito, o prisioneiro traz no bolso direito do casaco uma caixa pequena que seria conveniente remover. Obrigado. Eu teria a maior cautela, se fosse o senhor. Coloque-a aqui. Ela vai participar do julgamento.

Seguiu-se de repente um tumulto que acabou em um estrépito de ferro e em um grito de dor.

— Assim você vai acabar se machucando – disse o inspetor. – Fique quieto.

Ouvi o clique das algemas.

— Bela armadilha – disse a voz alta e rosnada. – Vai levar *você* para o banco dos réus, Holmes, em vez de mim. Ele me pediu que viesse até aqui para tratá-lo. Fiquei com pena e vim. Agora ele vai inventar, sem dúvida, que eu disse alguma coisa que valide as suspeitas malucas que ele tem sobre mim. Pode mentir quanto quiser, Holmes. Minha palavra vale tanto quanto a sua.

— Valha-me Deus! – Holmes gritou. – Esqueci completamente. Meu caro Watson, eu lhe devo mil desculpas. Pensar que eu me descuidei de você! Não preciso lhe apresentar ao sr. Culverton Smith, pois acredito que vocês já haviam se conhecido mais cedo. O fiacre está lá embaixo? Vou acompanhá-los assim que me vestir, pois talvez precisem de mim na delegacia.

— Nunca precisei tanto disso – Holmes disse enquanto fazia intervalos em sua toalete para se refrescar com uma taça de vinho tinto e algumas bolachas. – No entanto, como você sabe, tenho hábitos pouco regulares, portanto a proeza demandou menos de mim do que demandaria de boa parte dos homens. Era de suma importância infundir na sra. Hudson a crença na veracidade do meu estado de saúde, já que ela o relataria a você, e você, por sua vez, o relataria a ele. Você não se ofendeu, certo, Watson? Você há de convir que entre seus vários talentos não existe lugar para a dissimulação, e que, se você houvesse compartilhado do meu segredo, jamais teria sido capaz de convencer Smith de que a presença dele era necessária e urgente, o que era o ponto vital do plano. Conhecendo sua natureza vingativa, eu tinha certeza de que ele viria ver a obra pronta.

— Mas e a sua aparência, Holmes... seu rosto cadavérico?

— Três dias de jejum absoluto não deixam ninguém mais bonito, Watson. Quanto ao resto, nada que uma esponja não resolva. Com vaselina na testa, beladona nos olhos, ruge no rosto e crostas de cera de abelha em volta dos lábios, pode-se produzir um efeito bastante satisfatório. Fingir doença é um assunto sobre o qual às vezes penso em escrever uma monografia. Uma conversinha furada sobre meias-coroas, ostras ou qualquer outro assunto irrelevante produz um efeito agradável de delírio.

— Mas por que você não permitiu que eu me aproximasse, mesmo não havendo perigo de contágio?

— E você ainda pergunta, meu caro Watson? Você acredita que eu não tenho respeito pela sua habilidade como médico? Como eu poderia pensar que você, com a sua astúcia, acreditaria em um moribundo que, fraco como pudesse estar, não apresentava alteração de pulso nem de temperatura? A quatro metros eu poderia enganá-lo. Se eu não fizesse isso, quem traria o sr. Smith ao meu alcance? Não, Watson, eu não tocaria nessa caixa, se fosse você. É possível perceber, ao olhar de lado, de onde a lâmina afiada sai como a presa de uma víbora quando a caixa se abre. Posso me arriscar a dizer que foi por um mecanismo parecido que o pobre Savage, que se colocou entre aquele monstro e uma herança, foi enviado para a morte. Minha correspondência, no entanto, como você sabe, é muito variada, e nunca baixo a guarda quanto aos pacotes que chegam. Ficou claro, contudo, que, se eu fingisse que ele havia alcançado o objetivo, seria possível flagrar uma confissão. Desempenhei o simulacro com a meticulosidade de um artista. Obrigado, Watson, será preciso que você me ajude com o casaco. Quando cumprirmos nosso dever na delegacia, acredito que algo nutritivo no Simpson não será uma má ideia.

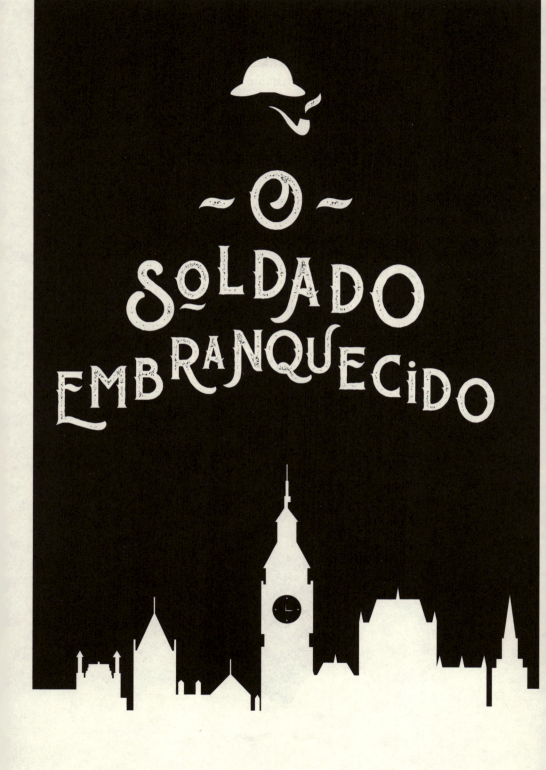

As ideias do meu amigo Watson, embora limitadas, são de uma obstinação fora do comum. Há muito tempo ele me importuna para que eu escreva uma de minhas experiências. Talvez essa perseguição tenha sido provocada por mim, já que, mais de uma vez, aproveitei-me da oportunidade de lhe chamar a atenção para a superficialidade de suas próprias narrativas e de acusá-lo de pender para o gosto popular em vez de se restringir estritamente aos fatos. "Tente você mesmo, Holmes", ele retorquiu, e sou impelido a admitir que, com a pena na mão, começo a perceber que o assunto precisa ser apresentado de forma a interessar o leitor. O caso seguinte dificilmente deixará de atingir esse objetivo, pois trata-se de um dos mais estranhos da minha coleção, embora Watson, por uma casualidade, não tenha dele nenhum registro. Por falar no meu velho amigo e biógrafo, eu aproveitaria a ocasião para observar que, se suportei um companheiro em várias de minhas pequenas investigações, não foi por sentimentalismo ou capricho, mas porque Watson tem algumas qualidades notáveis, às quais sua modéstia deu pouco destaque em meio às apreciações exageradas do meu desempenho. Um companheiro que antecipe as conclusões e os planos de ação será sempre um perigo, mas alguém que toma cada passo como uma surpresa perpétua e para quem o futuro não significa mais que um livro fechado é, de fato, um bom parceiro.

Meu caderno diz que era janeiro de 1903, logo depois do desfecho da Guerra dos Bôeres, quando fui visitado pelo sr. James M. Dodd, um britânico grande, queimado de sol, bem-disposto, de postura ereta. O bom Watson havia me trocado por uma esposa, a única atitude egoísta que marcou nossa relação. Eu estava sozinho.

Tenho o hábito de me sentar de costas para a janela e de acomodar meus visitantes na cadeira oposta, onde a luz os atinge em cheio. O sr. James M. Dodd parecia confuso quanto ao ponto de partida da nossa entrevista. Não tentei ajudá-lo, pois o silêncio me dava mais tempo para observá-lo. Aprendi que é sensato impressionar os clientes com uma demonstração de habilidade, por isso compartilhei com ele algumas conclusões.

— Veio da África do Sul, pelo que posso ver, meu senhor.

— Sim, senhor — ele respondeu, não sem surpresa.

— Membro da cavalaria rural, eu presumo.

— Exato.

— Regimento de Middlesex, sem dúvida.

— Está certo. Sr. Holmes, o senhor é um feiticeiro.

Sorri diante da sua expressão de perplexidade.

— Quando um cavalheiro de aparência viril entra na minha casa exibindo no rosto um bronzeado que o sol inglês seria totalmente incapaz de produzir, além de trazer o lenço na manga e não no bolso, não é difícil saber de onde ele vem. O senhor usa barba rala, o que mostra que não era um soldado de linha, e tem porte de quem pratica equitação. Quanto a Middlesex, seu cartão já havia me mostrado que o senhor é corretor em Throgmorton Street. De que outro regimento o senhor poderia fazer parte?

— O senhor vê tudo.

— Não vejo mais que o senhor, mas treinei-me para enxergar o que vejo. Contudo, sr. Dodd, não foi para discutir a ciência da observação que o senhor veio me visitar hoje. O que está acontecendo em Tuxbury Old Park?

— Sr. Holmes...!

— Meu caro, não há mistério algum. Era o que dizia o cabeçalho da sua carta, e como o senhor marcou este encontro em condição de urgência, é claro que algo repentino e importante aconteceu.

— Sim, de fato. Mas a carta foi escrita à tarde, e muita coisa aconteceu desde então. Se o coronel Emsworth não houvesse me chutado para fora...

— Chutado para fora?

— Bem, foi como se ele houvesse me chutado. Ele é duro feito pedra, o coronel Emsworth. O militar mais severo e disciplinado do exército na sua época, que também era uma época de linguajar pesado. Eu não teria ficado com o coronel entalado na garganta se não fosse por Godfrey.

Acendi o cachimbo e me recostei na cadeira.

— Talvez o senhor possa me explicar o que isso tudo significa.

Meu cliente sorriu com malícia.

O Soldado Embranquecido 317

– Eu estava começando a achar que o senhor sabia de tudo sem que fosse preciso explicar – ele disse. – Mas vou lhe contar os fatos, e queira Deus que o senhor possa me dizer o que eles significam. Passei a noite em claro, com o cérebro confuso, e quanto mais eu penso, mais complexa fica a situação.

"Quando me alistei em janeiro de 1901, apenas dois anos atrás, o jovem Godfrey Emsworth estava alistado no mesmo esquadrão. Ele era filho único do coronel Emsworth, Cruz Victoria na Guerra da Crimeia, e tinha a batalha no sangue, portanto não foi nenhuma surpresa que tenha sido voluntário. Não havia camarada melhor no regimento. Começamos uma amizade, o tipo de amizade que só pode surgir entre pessoas que vivem a mesma vida e compartilham as mesmas alegrias e aflições. Ele era meu companheiro, e isso significa muita coisa no exército. Passamos juntos pelos bons e maus momentos de um ano de luta pesada. Depois, ele foi atingido por uma bala de caçar elefantes durante o combate perto de Diamond Hill, nos arredores de Pretória. Recebi uma carta de um hospital da Cidade do Cabo e outra de Southampton. Desde então, nem uma palavra, nem uma palavra, sr. Holmes, por mais de seis meses, e ele é meu amigo mais próximo.

"Bem, ao fim da guerra, depois que todos voltamos, escrevi para o pai dele e perguntei onde Godfrey estava. Sem resposta. Esperei um pouco e escrevi de novo. Dessa vez, recebi uma resposta curta e grossa. Godfrey havia partido para uma viagem ao redor do mundo e era pouco provável que voltasse em menos de um ano. Era tudo.

"Não me dei por satisfeito, sr. Holmes. Tudo soava fora do normal demais. Ele era um bom sujeito e não abandonaria um camarada assim. Não era do feitio dele. Além disso, fiquei sabendo que ele era herdeiro de muito dinheiro, e que o pai e ele nem sempre se davam bem. O velho às vezes bancava o tirano, e Godfrey era genioso demais para suportar. Não, não me dei por satisfeito, e decidi que chegaria à raiz do problema. Contudo, após uma ausência de dois anos, precisava pôr meus negócios em ordem, portanto, só pude retomar o caso de Godfrey esta semana. Mas, desde que o assumi, estou disposto a abandonar todo o resto para resolvê-lo."

O sr. James M. Dodd parecia o tipo de pessoa que é melhor ter como amigo do que como inimigo. Tinha olhos azuis implacáveis e um queixo quadrado que se enrijecia quando ele falava.

– Bem, o que o senhor fez? – perguntei.

– O primeiro passo foi ir até a casa dele, Tuxbury Old Park, perto de Bedford, para ver as coisas com meus próprios olhos. Então, escrevi para a mãe dele, pois já estava cansado da rabugice do pai, e fui direto: Godfrey era meu camarada, eu tinha muito interesse em dividir com ela algumas de nossas experiências em comum, eu estava perto da casa dela, haveria alguma objeção, etc.? Recebi uma resposta amável e um convite para passar a noite. Por isso, fui para lá segunda-feira.

"Tuxbury Old Park é inacessível, fica a oito quilômetros do resto do mundo. Não havia transporte na estação, portanto, precisei andar carregando a mala, e já estava escurecendo quando cheguei. É uma casa grande, cercada por um parque notável. Tive a impressão de que o lugar fazia parte de todas as eras e estilos, desde a fundação elisabetana até o pórtico vitoriano. O interior era todo de madeira trabalhada em painéis, coberto por tapeçaria e quadros meio apagados, uma casa de sombras e de mistério. O mordomo, o velho Ralph, parecia ser contemporâneo da casa, e a mulher dele talvez fosse ainda mais velha. Ela havia sido ama de Godfrey, que a colocava logo depois da mãe em matéria de carinho, por isso me senti atraído por ela, apesar da aparência estranha. Também gostei da mãe, uma mulherzinha tímida, branca e doce. Apenas o coronel era insuportável.

"Nós nos estranhamos logo de cara, e eu teria voltado para a estação se não tivesse sentido que era exatamente isso que ele queria. Fui levado direto ao escritório, onde encontrei um homem enorme, de pele acinzentada usando uma barba grisalha e desgrenhada, encurvado, sentado atrás de uma mesa desorganizada. O nariz vermelho se projetava como o bico de um abutre, dois olhos escuros e furiosos me encaravam debaixo das sobrancelhas protuberantes. Entendi por que Godfrey falava tão pouco sobre o pai.

" 'Bem, meu senhor', ele disse com um timbre rouco. 'Eu gostaria de saber o verdadeiro motivo da sua visita.'

"Respondi que já havia me explicado na carta que escrevi para a mulher dele.

" 'Sim, sim; o senhor disse que conheceu Godfrey na África. Mas é claro que não temos nenhuma prova disso além da sua palavra.'

" 'As cartas que ele me mandou estão no meu bolso.'

" 'Faça a gentileza de mostrá-las.'

"Ele passou os olhos pelas duas cartas e as devolveu com desdém.

O Soldado Embranquecido 319

" 'E então?'

" 'Eu gostava muito do seu filho, meu senhor. Somos unidos pela memória e por muitos laços. Não é normal que eu estranhe um silêncio repentino e queira saber o que aconteceu com o meu amigo?'

" 'Meu senhor, tenho uma vaga lembrança de que nós já nos correspondemos e de que já lhe informei o paradeiro dele. Ele partiu em uma viagem ao redor do mundo. A experiência na África não fez bem à saúde dele, e tanto a mãe quanto eu fomos da opinião de que repouso e mudança de ares viriam a calhar. Faça a gentileza de transmitir essa explicação para os outros amigos que tenham interesse.'

" 'Claro', respondi. 'Mas talvez o senhor possa fazer a bondade de me informar o nome do navio e da linha onde ele está, além da data. Não tenho dúvida de que posso fazer uma carta chegar até ele.'

"Meu pedido pareceu confundir meu anfitrião, além de deixá-lo irritado. As sobrancelhas grossas cobriram os olhos, ele tamborilava os dedos sobre a mesa com impaciência. Por fim, ergueu os olhos com a expressão de quem viu o adversário de xadrez fazer um movimento perigoso e sabe contra-atacar.

" 'Muitas pessoas, sr. Dodd', ele disse, 'ficariam ofendidas com sua teimosia infernal e pensariam que essa insistência passou dos limites do atrevimento.'

" 'O senhor não pode se esquecer do meu amor genuíno pelo seu filho.'

" 'Exato. E por isso fiz tantas concessões. Devo pedir, no entanto, que o senhor deixe essas perguntas de lado. Toda família tem questões íntimas e toma certas decisões que nem sempre podem ser explicadas aos outros, por mais bem-intencionados que sejam. Minha mulher adoraria ouvir histórias sobre o passado de Godfrey, mas peço que o senhor não mencione o presente nem o futuro. As perguntas que o senhor me fez não servem para nada além de nos colocar em uma posição difícil e delicada.'

"Era um beco sem saída, sr. Holmes. Não havia o que fazer. Minha única saída foi fingir que aceitava a situação e prometer a mim mesmo que não descansaria até descobrir o que havia acontecido com o meu amigo. A noite foi melancólica. Jantamos tranquilamente, nós três, em uma sala antiga e mal-iluminada. A senhora me interrogava com animação sobre o filho, mas o velho parecia mal-humorado e abatido. Aquilo me deixou tão aborrecido que, assim que pude me retirar sem parecer mal-educado, dei

320 *Grandes Aventuras de Sherlock Holmes*

uma desculpa e fui para o meu quarto. Era um aposento grande e pouco mobiliado no térreo, tão sombrio quanto o resto da casa, mas depois de um ano dormindo na savana, sr. Holmes, a gente fica menos exigente. Abri as cortinas e olhei para o jardim lá fora. Fazia uma noite agradável, a lua brilhava. Em seguida, sentei-me ao lado da lareira barulhenta, com a lamparina na mesa ao lado, e esforcei-me para me distrair com a leitura de um romance. Fui interrompido, no entanto, pelo velho mordomo, Ralph, que entrou trazendo carvão.

" 'Achei que talvez pudesse faltar durante a noite, senhor. O tempo está horrível, e esses quartos são gelados.'

"Ele hesitou em sair, e quando olhei ao redor estava me encarando com um olhar pensativo no rosto enrugado.

" 'O senhor me perdoe, mas não pude deixar de ouvir o que foi dito sobre o jovem Master Godfrey durante o jantar. O senhor sabe, minha mulher foi ama dele, então posso dizer que sou seu pai de criação. É natural que nós nos interessemos por ele. Ele se saiu bem, não foi o que o senhor disse?'

" 'Não havia homem mais valente no regimento. Se uma vez ele não tivesse me tirado de baixo dos rifles dos bôeres, talvez eu não estivesse aqui.'

"O velho mordomo esfregou as mãos magras.

" 'Sim, senhor, Master Godfrey é assim. Sempre foi corajoso. Não há uma única árvore nesse parque que ele não tenha escalado, senhor. Ele não parava quieto. Era um bom menino... e, ah, era um bom homem.'

"Levantei-me de um salto.

" 'Olhe aqui!', gritei. 'O senhor disse *era*. O senhor fala como se ele estivesse morto. Que mistério é esse? O que aconteceu com Godfrey Emsworth?'

"Peguei o velho pelo ombro, mas ele se esquivou.

" 'Não sei do que o senhor está falando. Pergunte ao patrão se quiser saber sobre Master Godfrey. Ele sabe. Eu não devo me intrometer.'

"Ele ia sair do quarto, mas eu o segurei pelo braço.

" 'Escute', eu disse. 'O senhor vai responder a uma única pergunta antes de sair, mesmo que eu precise segurá-lo aqui a noite inteira. Godfrey morreu?'

"Ele não conseguia me olhar nos olhos. Parecia hipnotizado. A resposta saiu dos lábios dele com relutância, terrível e inesperada.

" 'Seria melhor que ele tivesse morrido!', ele gritou antes de se libertar e correr para fora do quarto.

"O senhor pode imaginar, sr. Holmes, que eu não estava nada feliz quando voltei para a minha cadeira. As palavras do velho me pareceram ter uma única explicação. Era óbvio que meu pobre amigo havia se envolvido em alguma operação ilegal, no mínimo indecorosa, que ameaçava a honra da família. Aquele velho severo havia escondido o filho do mundo, temendo que um escândalo viesse à tona. Godfrey era um sujeito pouco prudente. Ele se deixava influenciar pelas companhias. Sem dúvida devia ter caído nas mãos de alguém mal-intencionado e se perdera. Era lastimável, se é que era mesmo verdade, mas, ainda assim, eu me sentia na obrigação de encontrá-lo e descobrir se poderia fazer alguma coisa para ajudá-lo. Estava angustiado, pesando as possibilidades, quando levantei o rosto e dei de cara com Godfrey Emsworth."

Meu cliente fez uma pausa, como se estivesse perturbado.

– Por favor, continue – eu disse. – O seu problema apresenta características muito incomuns.

– Ele estava do lado de fora da janela, sr. Holmes, com o rosto apertado contra o vidro. Eu disse que havia aberto as cortinas para olhar a noite. Depois de olhar, deixei as cortinas um pouco abertas. Ele se colocou nesse espaço. A janela se estendia até o chão, e eu podia ver todo o corpo dele, mas foi o rosto que absorveu meu olhar. Ele estava pálido como um morto; eu nunca havia visto alguém tão branco. Acho que um fantasma deve ter a mesma aparência; mas meus olhos encontraram os dele, e seus olhos eram vivos. Ele se afastou quando percebeu que eu estava olhando para ele e desapareceu na escuridão.

"Alguma coisa no aspecto daquele homem me perturbou, sr. Holmes. Não foi apenas o rosto cadavérico que tremeluzia na escuridão, branco feito leite. Era mais sutil que isso, alguma coisa dissimulada, clandestina, vergonhosa; fosse o que fosse, era muito diferente do sujeito franco e viril que eu havia conhecido. Fiquei horrorizado.

"Mas quem serviu por um ou dois anos com o irmão bôer do outro lado sabe se controlar e pensa rápido. Assim que Godfrey desapareceu, aproximei-me da janela. O ferrolho estava emperrado, e perdi um pouco de tempo tentando abri-lo. Em seguida enveredei às pressas pela trilha do jardim na direção que achei que ele havia seguido.

"A trilha era longa e a iluminação não era das melhores, mas parecia que algo estava se movendo na minha frente. Corri e gritei o nome dele, mas não adiantou de nada. Quando cheguei ao fim da trilha, havia várias outras, que se ramificavam em direções diferentes até várias construções anexas. Enquanto hesitava, ouvi claramente o barulho de uma porta que se fechava. Não era às minhas costas, na casa, mas à minha frente, em algum ponto da escuridão. Foi o suficiente, sr. Holmes, para me convencer de que aquilo que eu tinha visto não era ilusão. Godfrey havia fugido de mim e fechado uma porta atrás de si. Tenho certeza.

"Não havia mais nada a fazer. Passei uma noite intranquila, revirando os pensamentos na cabeça e tentando encontrar uma teoria que pudesse dar conta dos fatos. No dia seguinte, achei o coronel mais bem-disposto, e como a mulher dele comentara que havia lugares interessantes na região, aproveitei para perguntar se minha presença os incomodaria se eu ficasse por mais uma noite. O consentimento dado pelo velho com alguma má vontade me garantiu um dia inteiro de observações. Eu já tinha certeza absoluta de que Godfrey estava escondido ali perto, mas por que e onde era um mistério.

"A casa era tão grande e cheia de recantos que seria possível esconder um regimento inteiro dentro dela sem correr grandes riscos de que fosse encontrado. Se o segredo estivesse ali, seria difícil desvendá-lo. Mas a porta que eu havia escutado bater certamente não ficava dentro da casa. Decidi explorar o jardim. Não tive nenhum problema, já que os velhos estavam ocupados cada um à sua maneira e me deixaram por minha própria conta.

"Dentre as várias construções anexas à casa, havia uma no fim do jardim sem conexões com as demais, grande o suficiente para servir de moradia para um jardineiro ou para um guarda. Seria esse o lugar de onde viera o barulho da porta? Andei até lá sem tomar cuidado, como se eu estivesse perambulando sem rumo pela propriedade. Enquanto isso, um sujeito barbado, baixo e vigoroso, vestido de casaco preto e chapéu-coco, tudo, menos a imagem de um jardineiro típico, saiu pela porta. Para minha surpresa, ele a trancou e colocou a chave no bolso. Em seguida, olhou para mim com um pouco de espanto no rosto.

" 'O senhor está de visita?', ele perguntou.

324 *Grandes Aventuras de Sherlock Holmes*

"Respondi que sim e que era amigo de Godfrey.

" 'É uma pena que ele esteja em viagem, porque teria gostado muito de me ver', prossegui.

" 'De fato. Claro', ele disse com ar bastante culpado. 'Sem dúvida o senhor vai voltar em uma ocasião mais apropriada.'

"Ele seguiu seu caminho, mas, ao me virar, percebi que ele estava me vigiando, meio encoberto pelos loureiros do outro lado do jardim.

"Dei uma boa olhada na casinha quando passei por ela, mas as janelas tinham cortinas pesadas, e, pelo que pude perceber, estava vazia. Eu podia colocar tudo a perder, e até mesmo ser expulso dali, caso me arriscasse demais, pois sabia que continuava a ser observado. Portanto, caminhei de volta para a casa e esperei pela noite antes de continuar minha busca. Depois que tudo ficou escuro e silencioso, saí pela janela do meu quarto e voltei, da forma mais silenciosa possível, até aquela casinha.

"Eu disse que as cortinas eram pesadas, mas percebi que, além disso, as janelas estavam fechadas. Um pouco de luz, no entanto, passava por uma delas, de forma que minha atenção foi atraída por aquilo. Tive sorte; a cortina não havia sido totalmente fechada, e pude ver o interior da sala por uma rachadura na folha de madeira. Era um lugar bem agradável, a lareira estava acesa e havia bastante luz. De frente para mim estava sentado o homenzinho que eu havia encontrado de manhã. Ele estava fumando cachimbo e lendo um jornal."

– Que jornal era? – perguntei.

Meu cliente pareceu incomodado pela interrupção em sua história.

– Faz diferença? – perguntou.

– Diferença essencial.

– Não percebi.

– Talvez o senhor tenha reparado se era um jornal de folhas largas ou aquele de tipo menor, que costuma ser associado com publicações semanais.

– Agora que o senhor tocou no assunto, não era grande. Provavelmente era o *Spectator*. No entanto, não pude prestar muita atenção nesses detalhes porque havia outro homem sentado de costas para a janela, e eu poderia jurar que era Godfrey. Não pude ver o rosto, mas reconheci a inclinação dos ombros. Ele estava apoiado no cotovelo, em uma postura extremamente melancólica, com o corpo virado para o fogo. Eu estava pensando no que fazer quando senti uma batida forte no ombro; era o coronel Emsworth ao meu lado.

" 'Por aqui, cavalheiro!', ele disse em tom de voz baixo. Ele andou em silêncio até a casa, e eu o segui até o meu quarto. Ao passar pelo salão de entrada ele havia pegado uma tabela com o horário dos trens.

" 'O trem para Londres sai às oito e meia', ele disse. 'Seu transporte para a estação estará na porta às oito.'

"Ele estava branco de raiva, e, na verdade, eu me encontrava em uma situação tão difícil que não pude fazer mais do que gaguejar algumas desculpas e alegar preocupação com o meu amigo.

" 'Não há o que discutir', ele disse de repente. 'O senhor invadiu a privacidade da nossa família. O senhor chegou como hóspede e vai sair como espião. Não tenho mais nada a dizer, a não ser que não tenho qualquer intenção de voltar a vê-lo.'

"Perdi o controle, sr. Holmes, e falei com certa irritação.

" 'Eu vi o seu filho, e estou convencido de que o senhor tem alguma razão para escondê-lo do resto do mundo. Não faço ideia dos seus motivos para isolá-lo dessa maneira, mas tenho certeza de que ele perdeu a liberdade. Estou avisando, coronel Emsworth, que até ter certeza de que o meu amigo está são e salvo, não vou desistir de solucionar esse mistério, e não vou permitir que o senhor me intimide com palavras nem com ações.'

"O velho parecia possuído, e desconfiei que ele estivesse a ponto de me atacar. Já disse que ele era enorme e violento, e embora eu não seja nenhum fracote, me veria em apuros caso precisasse enfrentá-lo. Contudo, após um demorado olhar de raiva, ele girou sobre os calcanhares e saiu do quarto. Quanto a mim, tomei o trem indicado já com a intenção de vir direto até o senhor para pedir conselhos e ajuda."

Tal era o problema exposto pelo meu cliente. Apresentava, como o leitor astuto provavelmente já percebeu, poucas dificuldades, pois o leque de alternativas para chegar à raiz do problema era muito reduzido. Todavia, por mais elementar que pudesse ser, não deixava de ter um pouco de curiosidade e de inovação que me escusam por tê-lo escrito. Continuei a conversa valendo-me do meu velho método de análise lógica para reduzir as soluções possíveis.

326 *Grandes Aventuras de Sherlock Holmes*

– Os empregados – eu perguntei –, quantos estavam na casa?

– Estou convicto de que apenas o mordomo e a mulher dele. Pareciam viver com a maior simplicidade.

– Então não havia nenhum criado na casinha afastada?

– Nenhum, a não ser que o homenzinho barbado fosse um criado. Ele parecia, no entanto, pertencer a uma classe bem superior.

– Significativo. O senhor flagrou algum indício de que se transporta comida de uma casa para a outra?

– Agora que o senhor tocou no assunto, vi o velho Ralph carregando uma cesta pela trilha do jardim em direção à casa. A ideia de que pudesse ser comida não me ocorreu naquele momento.

– O senhor fez alguma investigação nas redondezas?

– Sim, fiz. Falei com o chefe da estação e também com o estalajadeiro do povoado. Apenas perguntei se eles sabiam alguma coisa sobre o meu camarada Godfrey Emsworth. Ambos garantiram que ele estava em uma viagem ao redor do mundo. Ele tinha voltado para casa e embarcado na viagem quase imediatamente. A história parece difundida e aceita.

– O senhor não comentou as suas suspeitas?

– Nem uma palavra.

– Sábia decisão. O caso merece uma investigação, sem dúvida. Vou para Tuxbury Old Park com o senhor.

– Hoje?

Naquele momento eu estava ocupado com o desenrolar do caso que meu amigo Watson chamou de Caso da Abbey School, no qual o duque de Greyminster estava profundamente envolvido. Eu também lidava com um encargo do sultão da Turquia que demandava ação imediata, pois qualquer negligência poderia ter consequências políticas gravíssimas. Portanto, foi apenas no começo da semana seguinte, como mostra meu diário, que pude partir em missão para Bedfordshire na companhia do sr. James M. Dodd. No caminho até Euston, apanhamos um cavalheiro sério e taciturno, de aspecto cinza-férreo, com quem eu havia feito os arranjos necessários.

– Este é um velho amigo meu – eu disse para Dodd. – É possível que a presença dele seja completamente desnecessária, mas, por outro lado, pode ser fundamental. Por enquanto, não precisamos nos alongar nessa questão.

As histórias de Watson sem dúvida acostumaram o leitor ao fato de que não desperdiço palavras nem exponho meus raciocínios enquanto um caso está em andamento. Dodd parecia surpreso, mas nada mais foi dito, e nós três continuamos a viagem juntos. No trem, fiz mais uma pergunta a Dodd, pois eu queria que nosso acompanhante ouvisse a resposta.

— O senhor me disse que viu o rosto do seu amigo com nitidez pela janela, com tanta nitidez que o senhor tem certeza de que era ele, não é?

— Não tenho dúvida nenhuma. Ele estava com o nariz encostado na janela. A luz bateu em cheio nele.

— Não podia ser alguém parecido?

— Não, não; era ele.

— Mas o senhor disse que ele estava diferente?

— Apenas a cor. O rosto dele estava branco... como posso descrever?... branco como a barriga de um peixe. Estava descorado.

— Era uma brancura homogênea?

— Acho que não. Mas eu apenas vi o semblante com clareza quando ele encostou o rosto contra a janela.

— O senhor o chamou?

— Eu estava chocado demais. Logo depois fui atrás dele, como lhe contei, mas sem resultado.

O caso estava praticamente resolvido; faltava apenas um pequeno detalhe. Quando, depois de muita estrada, chegamos à casa estranha e cheia de recantos descrita pelo meu cliente, foi Ralph, o mordomo idoso, quem abriu a porta. Pedi ao meu amigo que ficasse dentro do coche, contratado por mim para o dia inteiro, a não ser que nós o convocássemos. Ralph, um velhinho enrugado, vestia o habitual traje preto e branco, com uma diferença curiosa. Ele usava luvas de couro marrom, das quais se livrou assim que bateu os olhos em nós, deixando-as na mesa do salão de entrada enquanto passávamos por lá. Sou servido, como é possível que meu amigo Watson tenha notado, de um conjunto de sentidos fora do comum, e senti um odor fraco, mas incisivo. Parecia vir da mesa do salão de entrada. Eu me virei, coloquei meu chapéu sobre ela, derrubei-o, abaixei-me para pegá-lo do chão e dei um jeito de deixar o nariz a alguns centímetros de distância das luvas. Sim, era inquestionável, elas emanavam a curiosa fragrância do alcatrão. Quando entrei no escritório, o caso já estava resolvido. Ai de

328 *Grandes Aventuras de Sherlock Holmes*

mim, que abro tanto o jogo quando conto a história por minha conta! É por guardar algumas cartas na manga que Watson se torna capaz de criar finais tão espalhafatosos.

O coronel Emsworth não estava na sala, mas veio assim que recebeu a mensagem de Ralph. Ouvimos seus passos rápidos e pesados no corredor. A porta se escancarou e ele entrou de supetão, com a barba eriçada e o rosto contorcido, o velho mais assustador que eu já vi. Ele pegou nossos cartões, rasgou-os e pisoteou os pedaços.

— Eu não lhe avisei, seu bisbilhoteiro dos infernos, que você não é bem-vindo? Nunca mais se atreva a dar as caras por aqui. Se você entrar mais uma vez sem a minha permissão, vou me valer do meu direito de usar a força bruta. Vou atirar no senhor! Juro por Deus que vou! E quanto ao senhor — ele se virou para mim —, o mesmo recado se aplica. Conheço bem a sua profissão desprezível. Leve seu famoso talento para longe. Aqui ele não serve para nada.

— Não posso ir embora — meu cliente disse com firmeza — até ouvir dos lábios de Godfrey que ele está bem.

Nosso anfitrião involuntário tocou a sineta.

— Ralph, telefone para a polícia e peça ao inspetor que mande dois guardas. Diga que invadiram a casa.

— Um momento — eu disse. — O senhor deve saber, sr. Dodd, que a lei está do lado do coronel Emsworth e que nós não temos nenhuma legitimidade dentro da casa dele. Por outro lado, ele deve reconhecer que a sua atitude se dá apenas por preocupação com o filho. Tenho o atrevimento de acreditar que, se eu pudesse ter cinco minutos de conversa particular com o coronel Emsworth, poderia fazê-lo enxergar a questão por outro ângulo.

— Não é tão fácil assim — disse o velho soldado. — Ralph, faça o que eu disse. Que diabo você está esperando? Ligue para a polícia!

— Nada disso — eu disse, apoiando as costas contra a porta. — A interferência policial apenas provocaria a catástrofe que o senhor tanto teme.

Saquei meu bloco de notas e rabisquei uma única palavra em uma folha.

— Isso — eu disse passando a folha ao coronel — foi o que nos trouxe aqui.

Ele pregou os olhos naquela palavra com uma expressão da qual tudo havia sido subtraído, menos o espanto.

O Soldado Embranquecido 329

— Como o senhor sabe? — arfou ele antes de se jogar sobre a cadeira.

— Saber as coisas é meu trabalho. Eu vivo disso.

Ele mergulhou em seus pensamentos, repuxando a barba desgrenhada com a mão ossuda. Por fim, fez um gesto de resignação.

— Bem, os senhores vão ver Godfrey, se é isso que querem. É contra a minha vontade, mas estou sendo obrigado. Ralph, diga ao sr. Godfrey e ao sr. Kent que estaremos com eles daqui a cinco minutos.

Cinco minutos depois, nós havíamos percorrido a trilha do jardim e estávamos diante da misteriosa casa ao fim dela. Um homenzinho barbado se encontrava diante da porta com um ar de assombro considerável no rosto.

— Isso é muito inesperado, coronel Emsworth — ele disse. — Vai perturbar os nossos planos.

— Não pude fazer nada, sr. Kent. Fomos obrigados. O sr. Godfrey pode nos receber?

— Sim, ele está esperando lá dentro.

Ele se virou e nos conduziu até uma sala ampla e bem mobiliada. Um homem estava de costas para a lareira; ao vê-lo, meu cliente se lançou para a frente com a mão estendida.

— Godfrey, meu velho, que bom!

Mas o outro gesticulou para que ele não se aproximasse.

— Não encoste em mim, Jimmie. Fique longe. Não é preciso disfarçar o espanto! Eu não me pareço mais com o dinâmico cabo Emsworth do Esquadrão B, pareço?

A aparência dele era, de fato, fora do normal. Era possível ver que ele havia sido um homem bonito, com traços bem delineados queimados pelo sol da África, mas sobre a superfície escura viam-se manchas esbranquiçadas que descoravam a pele.

— É por isso que eu não recebo visitas — ele disse. — Não tenho problemas com você, Jimmie, mas eu não precisava da visita do seu amigo. Imagino que tudo isso seja por um bom motivo, mas você me pegou de surpresa.

— Eu queria ter certeza de que você estava bem, Godfrey. Depois de ter visto você na minha janela, eu não conseguiria descansar até entender o que estava acontecendo.

Grandes Aventuras de Sherlock Holmes

— O velho Ralph me disse que você estava lá, e não pude deixar de dar uma espiada. Eu não tinha a intenção de ser visto, e precisei correr para a minha toca quando ouvi a janela se abrir.

— Mas, pelo amor de Deus, qual é o problema?

— Bem, a história não é nada longa — ele disse acendendo um cigarro. — Você se lembra da Batalha de Buffelspruit, nos arredores de Pretória, na ferrovia? Você ficou sabendo que eu fui ferido?

— Sim, eu soube, mas sem muitos detalhes.

— Três de nós nos separamos dos outros. O terreno era muito irregular, acho que você se lembra. Éramos Simpson, o camarada que nós chamávamos de Carequinha, Anderson e eu. Estávamos liquidando o irmão bôer, mas ele virou o jogo e pegou os três. Os outros dois morreram. Meu ombro foi atingido por uma bala de caçar elefante. Mesmo assim, consegui me segurar em cima do cavalo e cavalgar alguns quilômetros antes de desmaiar e cair da sela.

"Quando despertei, a noite caía, e consegui me levantar, cheio de fraqueza e mal-estar. Para minha surpresa, eu estava perto de uma casa, uma casa grande com muitas janelas e uma ampla varanda. Fazia um frio de matar. Você deve se lembrar do frio violento que fazia à noite, muito diferente de um dia de tempo fresco. Bem, eu estava arrepiado até os ossos, e minha única esperança parecia ser aquela casa. Cambaleei e me arrastei pelo caminho, pouco consciente de mim mesmo. Lembro com pouca clareza que subi devagar alguns degraus, passei por uma porta aberta, entrei em uma sala grande com várias camas e me joguei em uma delas com um gemido de satisfação. A cama estava desfeita, mas não dei atenção a esse detalhe. Puxei os lençóis para cima do meu corpo gelado e, no momento seguinte, caí em sono profundo.

"Já era manhã quando acordei, e pareceu que, em vez de voltar para o mundo da lucidez, eu havia ido para algum tipo de pesadelo. O sol africano entrava pelas janelas grandes sem cortinas, e cada detalhe do enorme dormitório branco se distinguia com consistência e nitidez. Diante de mim estava um homem pequeno, provavelmente anão, com uma cabeça gigantesca e bulbosa, tagarelando com agitação em holandês, balançando as duas mãos medonhas que lembravam esponjas marrons. Atrás dele havia um grupo de pessoas que pareciam bastante entretidas pela situação, mas eu me arrepiei ao olhar para elas. Nenhuma daquelas pessoas era um ser humano normal. Todas estavam deturpadas, inchadas ou desfiguradas de alguma forma. A risada daqueles monstros era pavorosa.

"Ninguém falava inglês, mas a situação precisava de ordem, pois a criatura da cabeça grande estava ficando cada vez mais furiosa e, urrando feito um animal selvagem, agarrou-me com as mãos deformadas para me arrastar para fora da cama, sem consideração pelo jorro de sangue que saía da minha ferida. O monstrinho tinha a força de um touro, não sei o que ele teria feito comigo se um homem idoso que visivelmente tinha autoridade sobre os demais não houvesse sido atraído pelo tumulto. Ele falou em holandês com severidade, e meu opressor se encolheu. Em seguida ele se voltou para mim, encarando-me com extremo assombro.

" 'Com os diabos, o que você está fazendo aqui?', ele perguntou, surpreso. 'Espere um pouco! Você está exausto, e esse ombro machucado precisa de cuidados. Eu sou médico, vou dar um jeito nisso. Mas, meu Deus!, você corre muito mais perigo aqui do que no campo de batalha. Você está em um hospital de leprosos e dormiu na cama de um deles.'

"Preciso dizer mais alguma coisa, Jimmie? Parece que, por causa da proximidade da batalha, todos aqueles pobres-diabos haviam sido evacuados no dia anterior. Em seguida, conforme o exército britânico avançava, eles foram trazidos de volta por aquele homem, o médico superintendente, que me garantiu que, embora se acreditasse imune à doença, jamais teria ousado fazer o que eu havia feito. Ele me colocou em um quarto separado e me tratou com gentileza, e dentro de mais ou menos uma semana fui transferido para o hospital público de Pretória.

"Eis a minha tragédia. Minha esperança ia contra a esperança, mas as marcas terríveis que você está vendo no meu rosto, a prova de que eu não havia escapado, só apareceram depois que eu voltei para casa. O que eu podia fazer? Eu estava nesta propriedade isolada. Nós tínhamos dois criados de confiança total. Havia uma casa onde eu poderia viver. Tendo prometido segredo, o sr. Kent, que é cirurgião, estava disposto a me tratar. Em vista de toda a situação, parecia ser a melhor saída. A alternativa, a segregação ao lado de estranhos sem a menor esperança de liberdade, era medonha. Era necessário manter segredo absoluto, senão haveria estardalhaço, até mesmo nesta região pacata, e eu seria arrastado para a minha sina. Nem mesmo você, Jimmie... nem mesmo você podia ficar sabendo. Não consigo sequer imaginar por que meu pai cedeu."

O coronel Emsworth apontou para mim.

— Este cavalheiro me forçou.

Ele mostrou o pedaço de papel onde eu havia escrito a palavra "lepra".

— Achei melhor, já que ele sabia tanto, que soubesse tudo de uma vez.

— E foi melhor mesmo. Quem sabe algo de bom não possa sair disso? Acredito que ninguém além do sr. Kent tenha visto o paciente. Posso perguntar, meu senhor, se o senhor é uma autoridade nesse tipo de doença de natureza, se não me engano, tropical ou semitropical?

— Tenho o conhecimento de qualquer médico instruído – ele respondeu com dureza.

— Não tenho dúvida alguma de que o senhor seja competente, mas tenho certeza de que o senhor há de concordar que uma segunda opinião seria valiosa. Acredito que isso tenha sido evitado até agora por medo de que alguém fizesse pressão para que o paciente fosse isolado.

— Exatamente – o coronel Emsworth disse.

— Eu me antecipei aos fatos – expliquei –, e trouxe comigo um amigo em cuja discrição podemos confiar de olhos fechados. Uma vez tive a oportunidade de lhe prestar uma pequena ajuda profissional, portanto ele está disposto a se envolver como amigo, não como especialista. Trata-se de Sir James Saunders.

A perspectiva de um encontro com lorde Roberts não teria despertado maior admiração e alegria em um simples subalterno do que transparecia no rosto do sr. Kent.

— Seria uma honra para mim – murmurou.

— Então vou pedir a Sir James que venha até aqui. Ele está em uma carruagem lá fora. Enquanto isso, coronel Emsworth, talvez possamos nos reunir no seu escritório para que eu forneça as devidas explicações.

Agora o meu Watson faz falta. Através de perguntas dissimuladas e exclamações de espanto, ele teria elevado minha arte simplória, que não passa de bom senso enquadrado a um sistema, a um prodígio. Quando eu mesmo conto a história, não disponho desse recurso. Ainda assim, vou expor meu processo de raciocínio da mesma forma como expus no escritório do coronel Emsworth diante da minha pequena plateia, que incluía a mãe de Godfrey.

334 *Grandes Aventuras de Sherlock Holmes*

– O processo – eu disse – começa com a suposição de que, depois de eliminado tudo o que é impossível, o que sobra, por mais improvável que pareça, deve ser a verdade. É possível que sobre mais de uma explicação; nesse caso, é preciso testá-las até que uma ou outra se sustente de forma sólida. Vamos aplicar o postulado ao caso em pauta. A princípio eram três as explicações possíveis para a reclusão ou para o encarceramento desse cavalheiro em uma casa anexa à mansão do pai. Ele está se escondendo porque cometeu um crime, ou ficou louco e a família quer evitar mandá-lo para o hospício, ou contraiu alguma doença que o obriga a se recolher. Não consegui pensar em nenhuma outra solução apropriada. As três, portanto, precisavam ser pesadas e peneiradas.

"A hipótese de um crime não resistiu a uma pesquisa. Não há registro de nenhum crime sem solução neste distrito. Eu tinha certeza disso. Se por acaso o crime ainda não houvesse sido descoberto, seria melhor que a família se livrasse do delinquente e o mandasse para o exterior ao invés de escondê-lo em casa. A conduta não se justificava.

"A loucura era bem mais plausível. A presença de uma segunda pessoa na casa insinuava um cuidador. O fato de ele ter trancado a porta ao sair reforçava a suspeita e fazia pensar em coerção. Por outro lado, não era uma coerção pesada, caso contrário o jovem não teria se libertado para dar uma olhada no amigo. O senhor deve estar lembrado, sr. Dodd, que eu procurei um conjunto de detalhes, perguntando, por exemplo, sobre o jornal que o sr. Kent lia. Se fosse *The Lancet* ou *The British Medical Journal*, isso teria me ajudado. Não é contra a lei, no entanto, manter um lunático em propriedade particular, desde que haja alguém qualificado para fazer o atendimento e que as autoridades tenham sido devidamente informadas. Por que, então, tanto desespero por segredo? Mais uma vez, fui incapaz de fazer com que a teoria se adequasse aos fatos.

"Restava a terceira hipótese, que, mesmo pouco comum e pouco provável, fazia sentido. A lepra não é uma coisa rara na África do Sul. Por algum acaso extraordinário, o jovem deve ter se infectado. Isso colocou a família em uma posição bastante delicada, já que eles deviam querer protegê-lo do isolamento. Toda a discrição seria necessária para evitar que os rumores se espalhassem e levassem a uma intervenção das autoridades. Não seria difícil encontrar um médico dedicado, por um bom pagamento, disposto a cuidar do paciente. Não haveria motivo para não deixá-lo em liberdade depois que a noite caísse. A descoloração da pele é um sintoma comum da doença. Fazia sentido, tanto sentido que decidi agir como se já tivesse as provas. Quando, ao chegar aqui, percebi que Ralph, que leva as refeições para fora, estava usando luvas e que elas estavam impregnadas de desinfetante, minhas últimas dúvidas se dissiparam. Uma única palavra foi suficiente, meu senhor, para mostrar que o seu segredo havia sido descoberto; se escrevi em vez de falar, foi apenas para que o senhor entendesse que pode confiar na minha discrição."

Eu estava terminando minha pequena análise do caso quando a porta se abriu e a figura austera do grande dermatologista se juntou a nós. Mas, o que fugia à regra, seus traços de esfinge estavam relaxados e seus olhos expressavam calor humano. Ele se aproximou a passos largos do coronel Emsworth e lhe apertou a mão.

— Minha sina é dar muitas notícias ruins e poucas boas – ele disse. – Neste caso, posso fazer o que eu prefiro. Não é lepra.

— Quê?!

— É um caso claro de pseudolepra, ou ictiose, uma doença de pele pouco agradável aos olhos, persistente, mas curável e não contagiosa. Sim, sr. Holmes, a coincidência é notável. Mas será mesmo coincidência? Certas forças sutis sobre as quais pouco sabemos não estariam em ação? Podemos garantir que a preocupação violenta que aquele jovem sem dúvida experimentou desde que se expôs ao contágio não tenha sido capaz de provocar resultados físicos parecidos com o que ele temia? De qualquer maneira, posso apostar minha reputação profissional que... Mas a senhora desmaiou! Acho bom que o sr. Kent tome conta dela até que se recupere desse agradável choque.

olmes leu com atenção o bilhete que o carteiro havia acabado de entregar. Quando acabou de ler, soltou aquele sorriso seco – o mais próximo que ele conseguia chegar de rir – e me passou o papel.

– Acredito que este seja o limite da mistura do moderno com o medieval, da realidade com o delírio – ele disse. – Qual é a sua opinião, Watson?

Eu li o que se segue:

"*Old Jewry, 46*
19 nov.

Re.: Vampiros
Caro senhor, nosso cliente, o sr. Robert Ferguson, da Ferguson & Muirhead, comerciante de chá de Mincing Lane, solicitou-nos informação sobre vampiros na data de hoje. Como nossa firma é especializada na avaliação de maquinário, o assunto foge completamente à nossa jurisdição, portanto recomendamos que o sr. Ferguson vá visitá-lo e exponha o problema ao senhor. Não nos esquecemos de sua intervenção bem-sucedida no caso que envolveu o Matilda Briggs.

Cordialmente,
Morrison, Morrison e Dodd".

– Matilda Briggs não é o nome de uma moça, Watson – Holmes disse em um tom de voz rememorativo. – Trata-se de um barco associado àquele rato gigante de Sumatra, uma história para a qual o mundo ainda não está pronto. Mas o que nós sabemos sobre vampiros? Eles fazem parte da nossa jurisdição? Qualquer coisa é melhor que a letargia, mas devo confessar que me sinto como se estivesse num conto dos irmãos Grimm. Estique o braço, Watson, e consulte a letra V.

Tirei da estante o volume do catálogo que ele queria. Holmes o apoiou nos joelhos e passou os olhos devagar e com carinho pelo registro de casos antigos, informação acumulada ao longo de uma vida.

– A viagem do *Gloria Scott* – ele leu. – História triste. Lembro vagamente que você escreveu alguma coisa a respeito, Watson, e que eu não pude elogiar o resultado. Victor Lynch, o falsário. O venenoso monstro-de-gila; foi um caso notável! Vittoria, a bela do circo. Venderbilt e os arrombadores. Vespas. Vigor, o orgulho de Hammersmith. Ora, ora! O bom e velho catálogo. Ele é imbatível. Escute só, Watson. Vampirismo na Hungria. Mais uma entrada: vampirismo na Transilvânia.

Ele passou as páginas com empolgação, mas, depois de uma leitura breve e atenciosa, soltou o livro com um rosnado de decepção.

– Besteira, Watson, besteira! O que nós temos a ver com cadáveres ambulantes que só voltam para a sepultura se alguém lhes meter uma estaca no coração? Isso é pura insanidade.

– Mas é muito provável – eu disse – que o vampiro não esteja morto. Um vivo pode ter os mesmos hábitos. Já li, por exemplo, sobre velhos que bebem sangue de jovens para tentar sugar-lhes a juventude.

– Você tem razão, Watson. Mas por que nós deveríamos dar atenção a uma coisa dessas? Nossa agência tem os pés bem enraizados no chão, e é onde eles devem permanecer. Temos todo um mundo para explorar. Podemos dispensar os fantasmas. Receio que não possamos levar o sr. Robert Ferguson muito a sério. É provável que esse bilhete venha dele e nos elucide um pouco.

Ele pegou uma carta que havia ficado em cima da mesa sem que eu houvesse percebido, enquanto a primeira tomava nossa atenção. Começou a lê-la com um sorriso divertido que logo se transformou em uma expressão de profundo interesse. Ao terminar, ficou por algum tempo perdido em pensamentos, com a carta pendurada pelos dedos. Por fim, de um golpe, saiu do devaneio.

– Cheeseman's, em Lamberley. Onde fica Lamberley, Watson?

– Em Sussex, no sul de Horsham.

– Não é longe, então? E Cheeseman's?

– Conheço o lugar, Holmes. É cheio de casas velhas chamadas pelo nome de quem as construiu séculos atrás. É possível encontrar Odley's,

Harvey's, Carriton's... Todos eles foram esquecidos, mas os nomes continuam vivos nas casas.

– Exatamente – Holmes disse com frieza.

Era um traço marcante daquela natureza orgulhosa e contida que, embora registrasse qualquer informação nova de forma muito rápida e precisa, ele raramente agradecia pela informação.

– Devemos nos informar melhor sobre Cheesman's, em Lamberley. A carta é de Robert Ferguson, como eu esperava. Aliás, ele alega conhecê-lo.

– A mim?!

– É melhor que você leia.

Ele me passou a carta. A data trazia o endereço mencionado. Dizia:

"Caro sr. Holmes

Meus advogados me aconselharam a procurar o senhor, no entanto o assunto é de uma delicadeza tão grande que é difícil falar a respeito. Sirvo de intermediário a um amigo. Ele se casou cinco anos atrás com uma peruana, filha de um negociante peruano que ele havia conhecido por causa da importação de fertilizantes. A mulher era muito bonita, mas sua condição de estrangeira e sua religião incomum provocaram alguns estranhamentos entre marido e mulher, de forma que, com o passar do tempo, o amor deve ter esfriado, e talvez meu amigo tenha passado a pensar na união dos dois com arrependimento. Ele se sentia incapaz de compreender alguns traços da personalidade dela. O mais doloroso de tudo é que ela era a mulher mais carinhosa que alguém poderia querer – ao que tudo indica, extremamente dedicada ao marido.

Agora vamos ao assunto, que vou esclarecer melhor quando nos encontrarmos. Na verdade, esta carta serve apenas para passar a ideia geral da situação e para indagar se o senhor quer ou não se envolver nela. A mulher começou a apresentar características estranhas, pouquíssimo comuns ao seu temperamento doce e gentil. O cavalheiro está em segundas núpcias e já tinha um filho com a primeira mulher. O menino está com quinze anos de idade e é um jovem encantador e afetuoso, apesar de ter sofrido um acidente na infância. A esposa foi pega duas vezes agredindo o pobre menino sem que ele houvesse feito nada para irritá-la. Uma vez ela chegou a usar uma vara, o que deixou um vergão no braço dele.

340 *Grandes Aventuras de Sherlock Holmes*

Isso é pouco comparado com o que ela fez ao próprio filho, um menininho de menos de um ano de idade. Mais ou menos um mês atrás, a babá deixou a criança sozinha durante alguns minutos. Um choro alto, um choro de dor, chamou a atenção dela. Ao entrar na sala, ela encontrou a patroa curvada sobre o bebê, mordendo o pescoço dele a ponto de deixar uma ferida e provocar sangramento. A babá, horrorizada, quis chamar o patrão, mas a mulher implorou que ela não fizesse aquilo e comprou o seu silêncio com cinco libras. Nada foi explicado, e o assunto foi deixado para trás.

A babá, contudo, não conseguiu superar a má impressão e passou a ficar de olho na patroa, redobrando os cuidados com o bebê, por quem tinha enorme carinho. Ela sentia que também estava sendo vigiada pela mãe, que ficava à espreita para aproveitar os momentos em que o bebê inevitavelmente precisasse ficar sozinho. Vinte e quatro horas por dia a babá vigiava o menino, e durante o mesmo número de horas a mãe parecia estar de tocaia como um lobo que espera pelo momento certo para atacar a ovelha. Deve ser difícil acreditar no que está escrito aqui, mas imploro que o senhor leve o caso a sério, pois a vida de uma criança e a sanidade de um homem dependem disso.

Afinal, não foi possível continuar a esconder do marido o que estava acontecendo. A babá perdeu o controle; ela não conseguia mais aguentar o fardo, e desabafou com o patrão. Tudo isso parecia tão fantasioso quanto deve estar parecendo ao senhor. Ele sabia que sua esposa era uma pessoa amorosa e, salvo o problema com o enteado, uma boa mãe. Por que ela machucaria o próprio filhinho, de quem gostava tanto? Ele disse que a babá devia ter sonhado aquelas maluquices e que ele não admitiria calúnias contra sua amada esposa. Enquanto eles discutiam, ouviram um grito de dor. A babá correu para o quarto da criança, seguida pelo patrão. Imagine o que passou pela cabeça desse homem, sr. Holmes, quando ele viu a esposa, que estava de joelhos ao lado do berço do filho, se levantar deixando marcas de sangue no lençol e no pescoço da criança. Com um grito de horror, ele pôs o rosto da mulher contra a luz e viu que sua boca estava suja de sangue. Não restava dúvida, ela havia bebido o sangue do bebê.

Eis o problema. No presente momento, a mulher foi proibida de sair do quarto. Ela não deu nenhuma explicação. O marido está à beira da loucura. Ele não sabe, assim como eu, coisa alguma sobre vampirismo. *Acreditávamos que isso não passava de uma lenda estrangeira. E, de repente, no coração de Sussex... Bem, podemos conversar melhor pela manhã. O senhor pode me receber? O senhor usaria seu enorme talento para ajudar um homem perturbado? Por favor, escreva para Ferguson, em Cheeseman's, Lamberley, e estarei na sua casa amanhã às dez da manhã.*

Atenciosamente,
Robert Ferguson

P.S.: Creio que o seu amigo Watson jogava rúgbi no Blackheath quando eu jogava no Richmond. É a única apresentação pessoal que posso oferecer".

— Sim, lembro-me dele — eu disse, soltando a carta. — Big Bob Ferguson, o melhor atacante da história de Richmond. Ele era uma boa pessoa. É a cara dele ficar tão preocupado por causa de um amigo.

Holmes fixou o olhar em mim e balançou a cabeça.

— Você está se superando, Watson — ele disse. — Você não para de me surpreender. Seja um bom camarada e mande um telegrama para ele: "Cuido do seu caso com prazer".

— Do caso *dele*?!

— Não podemos deixar que ele ache que nossa agência é um ninho de idiotas. É óbvio que é dele que se trata. Mande o telegrama, e vamos esperar até amanhã.

No dia seguinte, às dez em ponto, Ferguson entrou a passos largos na nossa sala. Eu me lembrava dele como um homem de ombros largos e braços ágeis que faziam com que ele passasse por vários zagueiros adversários. Sem dúvida, nada na vida é mais doloroso do que ver os escombros de um atleta que conhecemos no auge. A estrutura corporal sólida dos outros tempos havia desmoronado, o cabelo cor de linho escasseava, os ombros estavam

curvados. Tive medo de que ele estivesse tendo pensamentos semelhantes a meu respeito.

– Ora, Watson – ele disse numa voz que ainda era grave e cordial. – Você não parece mais aquele jogador que eu destruí no Old Deer Park. Acho que também mudei um pouco. Mas envelheci nos últimos dias. Vi pelo seu telegrama, sr. Holmes, que é inútil fingir que vim a mando de outra pessoa.

– É mais fácil ser direto – Holmes respondeu.

– Sem dúvida. Mas o senhor pode imaginar como é difícil ter que falar essas coisas da mulher a quem se deve ajudar e proteger. O que posso fazer? Como posso ir à polícia com uma história dessas? Mesmo assim, as crianças precisam de proteção. É loucura, sr. Holmes? Isso tem alguma coisa a ver com o sangue? O senhor já teve que resolver algum caso parecido na carreira? Pelo amor de Deus, dê-me um conselho, porque estou no limite das minhas forças.

– Claro, sr. Ferguson. Agora sente-se, fique calmo e responda a algumas perguntas. Posso garantir que estou bem longe do limite das minhas forças, e acredito que podemos resolver o problema. Primeiro, diga que providências o senhor tomou. Sua mulher ainda tem contato com as crianças?

– Foi horrível. Ela é adorável, sr. Holmes. Ela me ama mais do que qualquer mulher já amou um homem. Ficou arrasada porque eu descobri esse segredo espantoso, inacreditável. Chegou a perder a fala. A única resposta que ela conseguiu me dar foi um olhar desesperado, meio selvagem. Depois disso, correu para o quarto e se trancou lá. Tem se recusado a me ver desde então. Uma empregada que está com ela desde antes de nós nos casarmos, uma moça chamada Dolores, mais uma amiga que uma criada, é quem leva a comida para ela.

– Então a criança não corre perigo imediato?

– A sra. Mason, a babá, jurou que não vai tirar os olhos de cima do menino. Ela é de extrema confiança. Estou mais preocupado com o coitado do Jack, porque, como disse na carta, ele foi atacado por ela duas vezes.

– Mas não foi ferido?

– Não; ela bateu nele sem piedade. O pior de tudo é que ele é um pobre deficiente que não faz mal a ninguém. – As feições magras de Ferguson se suavizaram quando ele falou do menino. – A situação daquele doce garoto deveria amolecer o coração de qualquer um. Uma queda lhe causou uma

344 *Grandes Aventuras de Sherlock Holmes*

lesão na espinha, sr. Holmes. Ele tem o coração mais amável do mundo dentro do peito.

Holmes havia pegado a carta do dia anterior e a estava lendo novamente.

— Quem mora na sua casa, sr. Ferguson?

— Dois empregados que não trabalham mais comigo. Michael, que cuida do estábulo e dorme em casa. Minha esposa, eu, Jack, o bebê, Dolores e a sra. Mason. Mais ninguém.

— Presumo que o senhor tenha conhecido sua esposa pouco tempo antes do casamento.

— Poucas semanas antes.

— Há quanto tempo essa Dolores está com ela?

— Alguns anos.

— Então é possível dizer que Dolores conhece sua esposa melhor que o senhor?

— Sim, é possível.

Holmes anotou alguma coisa.

— Acredito – ele disse – que posso trabalhar melhor em Lamberley que aqui. É claramente um trabalho de campo. Se sua esposa continuar trancada no quarto, nossa presença não lhe causará incômodo. Vamos nos hospedar em uma pensão, é claro.

Ferguson expressou alívio com um gesto.

— Era o que eu esperava, sr. Holmes. Um trem sai da Victoria Station às duas, se o horário for bom para o senhor.

— Claro que é bom. Estou em um momento de calmaria profissional. Posso me dedicar inteiramente ao seu caso. Watson, nem preciso dizer, vai conosco. Mas quero ter certeza de algumas coisas antes de começar. Pelo que entendi, sua infeliz esposa atacou as duas crianças, o filho do senhor e o bebê, certo?

— Sim.

— Mas foram ataques diferentes, não? Ela bateu no seu filho.

— Uma vez com uma vara e outra com as mãos.

— Ela não disse por que fez isso?

— Disse que odiava o menino. Repetiu a mesma coisa várias e várias vezes.

— Bom, não é a primeira madrasta a odiar o enteado. Ciúmes póstumos, digamos. Ela é ciumenta?

— É, bastante ciumenta; ciumenta com toda a força que ela tira daquele amor inflamado que os povos tropicais costumam sentir.

— Mas o menino... O senhor disse que ele tem quinze anos, e provavelmente deve ter o intelecto bem desenvolvido, já que tem limitações físicas. Ele não disse por que a madrasta o atacou?

— Não, ele disse que não havia motivo algum.

— Eles chegaram a se dar bem?

— Não, nunca houve carinho entre os dois.

— Mas o senhor disse que ele é carinhoso.

— É o melhor filho do mundo. Ele vive para mim. Dá a maior atenção a tudo o que eu digo e faço.

Holmes fez outra anotação e ficou perdido em pensamentos por algum tempo.

— O senhor e o rapaz deviam ser grandes companheiros antes que o senhor se casasse pela segunda vez. Eram muito próximos, não é verdade?

— Sem dúvida.

— E, como ele tem uma personalidade tão carinhosa, deve ser afeiçoado à memória da mãe.

— Extremamente.

— Ele parece ser um jovem interessantíssimo. Mais um detalhe sobre os ataques. As investidas contra o bebê aconteceram logo em seguida aos problemas com o seu filho?

— Da primeira vez, sim. Foi como se ela tivesse caído em estado de transe e soltado toda a fúria em cima dos dois. Da segunda vez, o problema foi só com Jack. A sra. Mason disse que não aconteceu nada com o bebê.

— Uma complicação considerável, sem dúvida.

— Não estou acompanhando seu raciocínio, sr. Holmes.

— Provavelmente não. Acabamos formando teorias provisórias até que o tempo ou novas informações as ponham por terra. Não é um bom hábito, sr. Ferguson, mas a natureza humana tem suas fraquezas. Receio que o seu velho amigo ali tenha exagerado ao descrever meus métodos científicos. Mas por ora digo apenas que seu problema não me parece insolúvel e que o senhor pode nos esperar às duas da tarde.

Deixamos nossas malas em Chequers, Lamberley, no fim de um dia cinzento de novembro, e rodamos por uma estrada cheia de curvas e de barro até chegar à propriedade isolada onde Ferguson morava. Era uma construção grande e irregular, de centro muito antigo e alas muito novas, com chaminés de estilo Tudor e um telhado alto de lajes típicas de Horsham marcadas por liquens. Os degraus da soleira estavam gastos e curvos, e os ladrilhos antigos que margeavam o pórtico traziam a imagem de um brasão de armas do proprietário original, Cheeseman. Do lado de dentro, o teto era sustentado por pesadas vigas de carvalho, e o piso apresentava depressões acentuadas aqui e ali. Um clima de história e decadência prevalecia por toda parte.

Ferguson nos levou até um cômodo central muito grande. Lá, dentro de uma lareira antiquada, era possível ver uma placa de metal com a data de 1670 e uma bela chama que crepitava e reluzia.

Passei os olhos pela sala. Era uma curiosa mistura de épocas e lugares. As paredes apaineladas até a metade provavelmente eram do século XVII, do tempo do proprietário original. Contudo, na parte de baixo eram enfeitadas por aquarelas modernas escolhidas com bom gosto, e mais acima, onde o estuque amarelado tomava o lugar do carvalho, estava pendurada uma coleção de armas e ferramentas sul-americanas obviamente trazidas pela dama peruana que devia estar no andar de cima. Holmes, com a curiosidade que se apossava daquela mente inquieta, examinou tudo com cuidado. Os olhos dele tinham um ar meditativo.

– Olá! – ele gritou. – Olá!

Um *spaniel* que estava em um cesto no canto da sala veio devagar até o dono, andando com dificuldade. As patas traseiras se moviam de forma irregular, e o rabo se arrastava pelo chão. Ele lambeu a mão de Ferguson.

– Qual é o problema, sr. Holmes?

O Vampiro de Sussex 347

– O cachorro. O que ele tem?

– Nem o veterinário sabe. Um tipo de paralisia. Ele acha que é meningite. Mas ele está melhorando. Você vai ficar bom logo, não vai, Carlo?

O rabo caído tentou se mexer para concordar. Os olhos lúgubres do cachorro iam de um de nós para o outro. Ele sabia que estávamos falando dele.

– Isso aconteceu de repente?

– De um dia para outro.

– Faz quanto tempo?

– Uns quatro meses.

– Notável. Muito sugestivo.

– O que o senhor acha que significa isso, sr. Holmes?

– O que eu supunha que significava.

– Pelo amor de Deus, o que o senhor supõe, sr. Holmes? Isso tudo pode ser apenas um desafio intelectual para o senhor, mas é uma questão de vida ou morte para mim! Minha mulher pode ser uma assassina, meu filho está em perigo constante! Não brinque comigo, sr. Holmes. Isso é sério demais.

O jogador de rúgbi estava tremendo da cabeça aos pés. Holmes pôs a mão sobre o braço dele em um gesto de conforto.

– Sinto muito, mas acho que o senhor vai sofrer, sr. Ferguson, não importa qual seja a solução do caso. Por isso, vou poupá-lo o máximo que puder. Não vou dizer nada no momento, mas espero ter resolvido tudo antes de sair desta casa.

– Que Deus o ajude! Se os senhores me derem licença, vou até o quarto da minha mulher para ver se aconteceu alguma coisa.

Ele se ausentou por alguns minutos, que Holmes aproveitou para continuar a analisar a parede. Quando nosso anfitrião voltou, sua expressão abatida deixava claro que tudo continuava como antes. Junto com ele veio uma menina de rosto pardo, alta e magra.

– O chá está pronto, Dolores – Ferguson disse. – Providencie para que sua patroa tenha tudo do bom e do melhor.

348 Grandes Aventuras de Sherlock Holmes

– Ela muito doente! – a menina exclamou, fitando o patrão com um olhar indignado. – Ela não pedir comida. Ela muito doente. Ela precisar médico. Eu ter medo ficar sozinha com ela sem médico.

Ferguson me fitou com uma pergunta nos olhos.

– Terei prazer em ajudar.

– Sua patroa receberia o dr. Watson?

– Eu levar ele. Eu não perguntar. Ela precisar médico.

– Então vou com você agora mesmo.

Segui a garota, que estava tremendo, escadaria acima e pelo corredor. Paramos diante de uma porta maciça. Imediatamente me ocorreu que, em caso de emergência, se Ferguson precisasse arrombar a porta, não seria nada fácil. A garota tirou uma chave do bolso. O movimento das maçanetas fez ranger as pesadas placas de carvalho. Entrei, e ela me seguiu sem demora, fechando a porta às suas costas.

Na cama jazia uma mulher obviamente com febre alta. Ela não estava cem por cento consciente, mas percebeu minha chegada e ergueu um par de lindos olhos assustados, encarando-me com apreensão. A visão de um estranho pareceu aliviá-la. Com um suspiro, ela afundou novamente no travesseiro. Aproximei-me da cama dizendo algumas palavras de conforto; a paciente não se mexeu enquanto eu lhe tomava o pulso e a temperatura. Ambos estavam altos, mas ainda assim tive a impressão de que o estado dela se devia mais à agitação mental e nervosa do que a uma convulsão.

– Ela ficar assim dia inteiro, dois dia inteiro. Eu ter medo ela morrer – a garota disse.

A mulher virou o lindo rosto vermelho de febre para mim.

– Onde está meu marido?

– Está lá embaixo; ele quer ver a senhora.

– Eu não quero vê-lo. E não vou.

Em seguida, ela pareceu cair em estado de delírio.

– Aquele demônio! Aquele demônio! Oh, o que eu vou fazer com aquele maldito?

– O que eu posso fazer para ajudar?

– Nada. Ninguém pode ajudar. Acabou. Está tudo arruinado. Não importa o que eu faça, está tudo arruinado.

Ela devia estar tendo alucinações. Era inconcebível que o íntegro Bob Ferguson fosse um demônio ou um amaldiçoado.

– Minha senhora – eu disse –, seu marido a ama profundamente. Ele está sofrendo muito por causa dessa situação.

Mais uma vez ela fixou em mim aqueles olhos esplêndidos.

– Ele me ama. É verdade. E eu não o amo? Eu não o amo a ponto de me sacrificar para não magoar aquele coração tão doce? Eu o amo a esse ponto. Mesmo assim, ele pensou aquilo... e disse o que disse sobre mim.

– Ele está sofrendo muito, mas não consegue entender o que aconteceu.

– É claro que ele não consegue entender. Mas ele devia confiar em mim.

– Por que a senhora não fala com ele?

– Não, não. Não consigo esquecer as coisas horríveis que ele disse nem o jeito como ele me olhou. Vá embora. O senhor não pode fazer nada por mim. Dê um recado para ele. Eu quero meu filho. Tenho esse direito. É só o que tenho a dizer para ele.

Ela se virou para a parede e se calou.

Voltei para a sala, onde Ferguson e Holmes haviam permanecido sentados perto da lareira. Ferguson ficou perturbado ao me ouvir contar a conversa que tivera com a mulher dele.

– Como posso deixar a criança com ela? – ele disse. – O que me garante que ela não vai ter impulsos estranhos? Como posso apagar da mente a imagem dela com a boca suja do sangue do meu filho? – A lembrança lhe provocou arrepios. – O menino está seguro com a sra. Mason, e vai continuar com ela.

Uma empregada enérgica, a primeira coisa genuinamente moderna a aparecer naquela casa, trouxe o chá. Enquanto ela servia, a porta se abriu e um jovem entrou na sala. Era um rapaz notável, dono de um rosto pálido, de cabelos louros e olhos azuis que se incendiaram de alegria quando pousaram sobre o pai. Ele correu e passou os braços em volta do pescoço de Ferguson com o abandono de uma menininha amorosa.

– Oh, papai! – ele exclamou. – Não sabia que o senhor já tinha chegado. Eu queria esperar o senhor na porta. Ah, como é bom vê-lo!

Ferguson se soltou com cuidado, sem esconder certo constrangimento.

— Meu velho — ele disse dando um tapinha carinhoso na cabeça cor de trigo —, vim antes do planejado porque convenci meus amigos, o sr. Holmes e o dr. Watson, a vir nos visitar.

— O sr. Holmes é o detetive famoso?

— Sim.

O jovem nos encarou de forma cortante e, assim me pareceu, muito pouco amigável.

— E o seu outro filho, sr. Ferguson? O senhor pode nos apresentar ao bebê?

— Peça à sra. Mason que traga o bebê aqui embaixo — Ferguson disse.

O rapaz saiu mancando, e meus olhos de cirurgião não puderam deixar de notar que se tratava de uma fratura na espinha. Ele voltou seguido por uma mulher alta e ossuda que trazia uma criança no colo, um lindo menino de olhos escuros e cabelos claros, a mistura perfeita de sangue saxão com sangue latino. Ferguson o adorava, e isso ficou ainda mais claro quando ele pegou o bebê no colo e o acariciou com cuidado.

— Como alguém pode ter a frieza de fazer mal a ele? — ele murmurou com os olhos fixos na marca vermelha no pescoço do anjinho.

Naquele momento, olhei de relance para Holmes e pude ver que seu rosto exprimia a mais alta concentração. Ele estava rígido como se tivesse sido esculpido em mármore, e os olhos, que haviam passado pelo pai e pelo bebê, agora estavam fixos com enorme curiosidade em algo do outro lado da sala. Virado para onde estava, ele só podia estar olhando pela janela que dava para o melancólico jardim encharcado. Devo dizer que uma janela meio fechada obstruía a vista, mas, ainda assim, era a que chamava a atenção de Holmes. Ele sorriu e voltou a olhar para o bebê. Sem dizer uma palavra, Holmes examinou com cuidado a marquinha no pescoço dele. Por fim, apertou uma das mãozinhas cheias de covinhas que se balançavam na sua frente.

— Adeus, homenzinho. Você escolheu um jeito esquisito de começar a vida. Sra. Mason, gostaria de trocar duas palavras com a senhora em particular.

Ele se afastou com a babá e conversou seriamente com ela durante alguns minutos. Ouvi apenas as últimas palavras: "Acredito que sua angústia vai

passar em breve". A mulher, que parecia ser uma criatura amarga e quieta, retirou-se com a criança.

— O que o senhor acha da sra. Mason? — Holmes perguntou.

— Nada simpática por fora, como salta aos olhos, mas um coração de ouro. Ela gosta mesmo do bebê.

— Você gosta dela, Jack? — Holmes perguntou, virando-se de repente para o rapaz. Ele respondeu balançando a cabeça negativamente.

— Jacky tem grandes antipatias e grandes afetos — Ferguson disse, passando o braço pelo ombro do garoto. — Para minha sorte, ele gosta de mim.

O menino soltou um arrulho e aninhou a cabeça no ombro do pai. Ferguson se soltou delicadamente.

— Vá dar uma volta, pequeno Jacky — ele disse; em seguida esperou o filho sair da sala, fitando-o carinhosamente. — Agora, sr. Holmes — ele continuou depois da saída do filho —, sou levado a acreditar que o senhor está num beco sem saída. Acho que o senhor não pode me oferecer grande coisa além de solidariedade. O caso deve ser extraordinariamente delicado e complexo do ponto de vista profissional.

— Delicado, sem sombra de dúvida — meu amigo respondeu com um sorriso divertido. — Mas ainda não entendi onde está a complexidade. É um caso de dedução, mas quando a dedução é confirmada ponto a ponto por um bom número de incidentes, isso faz com que o que era subjetivo se torne objetivo, e pode-se dizer sem medo de errar que o caso foi bem resolvido. Para ser franco, resolvi tudo antes que saíssemos da Baker Street, e o resto não passou de observação para confirmar o que eu havia concluído.

Ferguson cobriu a testa enrugada com a mão.

— Pelo amor de Deus, Holmes — ele disse numa voz rouca —, se o senhor sabe o que está acontecendo aqui, não faça suspense comigo! O que devo fazer? Não me interessa como o senhor chegou aos fatos, desde que tenha mesmo chegado a uma conclusão.

— Eu lhe devo uma explicação, é claro. Mas peço sua permissão para fazê-lo à minha maneira. A senhora tem condições de nos receber, Watson?

— Ela não está bem, mas está consciente.

— Ótimo. O assunto só pode ser completamente esclarecido na presença dela. Vamos lá para cima.

O Vampiro de Sussex **353**

— Ela não vai me receber — Ferguson gritou.

— Ah, vai sim — Holmes respondeu.

Ele rabiscou algumas palavras num pedaço de papel.

— Você tem acesso a ela, Watson. Você faria a bondade de entregar este bilhete à senhora?

Voltei ao andar de cima e passei o bilhete a Dolores, que abriu a porta cheia de cuidados. Um minuto depois, ouvi um grito vindo de dentro do quarto, um grito no qual se mesclavam alegria e surpresa. Dolores reapareceu.

— Ela ver os dois. Ela ouvir.

Holmes e Ferguson subiram em resposta ao meu chamado. Quando entramos no quarto, Ferguson deu um ou dois passos em direção à esposa, que havia se erguido na cama, mas ela esticou a mão em um gesto de repulsa. Ele se jogou em uma cadeira. Holmes se sentou ao seu lado depois de cumprimentar com um gesto a mulher que o encarava de olhos arregalados, perplexa.

— Acho que podemos dispensar Dolores — disse Holmes. — Oh, tudo bem, senhora, se prefere que ela fique, não há problema. Agora, sr. Ferguson, eu sou um homem muito ocupado, com muitos casos para resolver, e meus métodos têm de ser objetivos e diretos. A cirurgia mais rápida é a menos dolorosa. Primeiro, vou tranquilizá-lo; sua esposa é uma mulher muito boa, muito carinhosa e foi muito maltratada.

Ferguson não escondeu a alegria.

— Prove, sr. Holmes, e ficarei em dívida com o senhor pelo resto da vida.

— Vou provar, mas isso vai magoá-lo profundamente de outra forma.

— Não me importa, desde que minha esposa seja inocente. Nada mais no mundo importa.

— Então vou expor as ideias que me ocorreram na Baker Street. Admitir que se tratava de um vampiro estava fora de cogitação. Esse tipo de criatura não existe na criminologia inglesa. No entanto, sua observação estava correta. O senhor viu sua esposa se erguer do berço com a boca suja de sangue.

— Vi.

354　*Grandes Aventuras de Sherlock Holmes*

– O senhor não parou para pensar que alguém pode chupar uma ferida por outros motivos além de beber o sangue? Não houve uma rainha na história da Inglaterra que chupou uma ferida para extrair veneno dela?

– Veneno?!

– Uma casa sul-americana. Meu instinto me alertou sobre a presença daquelas armas na parede antes mesmo que meus olhos pudessem vê-las. O veneno poderia vir de outro lugar, mas foi isso que me ocorreu. Eu já esperava encontrar algo assim quando pus os olhos em uma pequena aljava vazia do lado de um arco de caçar pássaros. Se a criança tivesse sido alvejada com uma flecha mergulhada em curare ou em outro veneno infernal, ela poderia morrer, a não ser que o veneno fosse sugado.

"E o cachorro! Se alguém fosse usar veneno, não precisaria testá-lo antes para ver se não havia perdido o poder? Eu não podia prever que havia um cachorro, mas pelo menos pude compreender o que aconteceu, e ele se encaixou bem na minha reconstrução mental dos fatos.

"Agora o senhor entende? Sua esposa estava com medo de que o bebê fosse atacado. Ela viu o ataque e salvou a vida dele. Mesmo assim, evitou dizer o que sabia para não lhe partir o coração, pois sabe como o senhor ama o rapaz."

– Jacky!

– Eu estava prestando atenção nele enquanto o senhor brincava com o bebê minutos atrás. Dava para ver um reflexo bastante claro do rosto dele na parte da janela que estava com a persiana fechada. E o que eu vi foi ciúme, ódio e crueldade de uma forma como pouquíssimas vezes observei no rosto de um ser humano.

– Meu Jacky!

– É melhor encarar os fatos, sr. Ferguson. O mais doloroso é que tudo foi provocado por causa de um amor distorcido, de um amor maníaco exagerado pelo senhor e provavelmente pela falecida mãe dele. Sua alma está consumida pelo ódio contra aquela criança cuja beleza e cuja saúde contrastam com a aparência dele.

– Deus do céu! Não dá para acreditar!

– Falei a verdade, minha senhora?

A mulher estava aos prantos com o rosto enterrado nos travesseiros. Ela se recompôs e se virou para o marido.

O *Vampiro de Sussex* 355

— Como eu poderia ter lhe contado uma coisa dessas, Bob? Eu sabia que você ficaria devastado. Era melhor esperar que você soubesse da verdade por alguém além de mim. Quando esse cavalheiro que mais parece um bruxo escreveu esse bilhete dizendo que sabia de tudo, fiquei muito feliz.

— Minha receita para Master Jacky é um ano no mar — Holmes disse pondo-se de pé. — Não entendi apenas uma coisa, minha senhora. É compreensível que a senhora tenha agredido Master Jacky. A paciência de uma mãe tem limites. Mas como a senhora conseguiu deixar a criança sozinha por dois dias?

— Contei tudo para a sra. Mason. Ela sabia.

— Certo. Era o que eu havia imaginado.

Ferguson estava parado ao lado da cama, sem ar, com as mãos estendidas e tremendo.

— Acho que está na hora de sairmos, Watson — Holmes sussurou para mim. — Se você pegar a fidelíssima Dolores por um braço, eu pego pelo outro. Agora — ele acrescentou ao fechar a porta às suas costas —, acho que é melhor que o resto seja resolvido entre eles.

Tenho apenas mais uma anotação sobre o caso. A carta que Holmes escreveu em resposta àquela que começou a história toda. Ela diz o seguinte:

"Baker Street,
21 nov.
Ref.: Vampiros
Caro senhor, em resposta a sua carta de 19 do corrente, comunico que atendi à solicitação do seu cliente, sr. Robert Ferguson, da Ferguson & Muirhead, comerciante de chá de Mincing Lane, e que o caso foi levado a bom termo.

Grato pela indicação,
Sherlock Holmes".

É bastante curioso que um problema sem dúvida tão intrincado e fora do comum quanto qualquer outro com o qual me deparei durante meus longos anos como profissional tenha surgido quando eu já estivesse aposentado, e que tenha sido trazido, como se costuma dizer, até a minha porta. Quando isso aconteceu, eu já havia me retirado para minha casinha em Sussex e me entregava à vida tranquilizante em meio à natureza pela qual eu tanto havia ansiado durante minha longa carreira na escuridão de Londres. Nesta fase da vida, quase não vejo o bom Watson. Uma ou outra visita de fim de semana tem sido nosso maior contato. Por consequência, eu mesmo devo registrar os fatos. Ah, se ele estivesse comigo, quanto ele teria tirado de um acontecimento tão extraordinário e da minha vitória final contra todas as dificuldades! No entanto, dadas as circunstâncias, preciso contar a história do meu jeito simplório, mostrando cada passo do complexo caminho que se abriu diante de mim para solucionar o mistério da juba de leão.

Minha casa de campo está situada sobre o declive ao sul dos Downs, de onde se impõe uma bela vista do canal da Mancha. O contorno da costa é todo formado por penhascos de giz, de forma que só é possível descer por um único caminho comprido e tortuoso, além de íngreme e escorregadio. Ao fim do caminho, há mil metros de seixos, mesmo quando a maré está cheia. Aqui e ali, contudo, estendem-se curvas e cavidades que proporcionam piscinas naturais que se enchem e esvaziam conforme o fluxo da correnteza. Essa praia encantadora se estende por alguns quilômetros de ambos os lados, até que a enseada e o povoado de Fulworth dão nova cara à paisagem.

Minha casa é pouco povoada. Não há ninguém além de mim, da governanta e das minhas abelhas. A meio quilômetro de distância, contudo, fica a famosa escola particular de Harold Stackhurst, The Gables, um lugar bem grande, que abriga uma vintena de jovens aprendizes de diversas profissões e a equipe de professores. O próprio Stackhurst, na sua época de estudante, ficou conhecido pelo que fez como remador da equipe de Cambridge e pela erudição. Nós dois mantemos relações amigáveis desde meu primeiro momento na costa; ele é a única pessoa com quem desenvolvi uma relação que permite visitas sem convites.

358 *Grandes Aventuras de Sherlock Holmes*

Por volta do fim de julho de 1907 um vendaval forte agitou o canal e lançou o mar contra os rochedos, o que deixou uma pequena lagoa na praia depois que a maré baixou. Na manhã em questão, o vento havia se acalmado, e a natureza parecia ter se revigorado. Era impossível trabalhar em um dia tão delicioso, e eu havia saído para um passeio antes do café da manhã para poder aproveitar o ar. Tomei o caminho que leva à descida íngreme até a praia. Enquanto caminhava, ouvi um grito às minhas costas; era Harold Stackhurst, que me cumprimentava com animação.

– Que manhã, sr. Holmes! Sabia que encontraria o senhor aqui fora.

– Vejo que o senhor vai nadar.

– Vejo que o senhor voltou a seguir pistas. – Ele riu e apalpou o bolso cheio. – Sim. McPherson foi mais cedo, espero encontrá-lo.

Fitzroy McPherson era o professor de ciências, um jovem íntegro cuja vida havia sido arrasada por problemas cardíacos seguidos de febre reumática. Contudo, era um atleta nato e destacava-se em qualquer jogo que não exigisse demais dele. Nadava no calor e no frio, e como eu também sou nadador, muitas vezes me juntei a ele.

Logo depois, McPherson apareceu em pessoa. A cabeça dele se insinuou no fim do caminho que leva à praia. Em seguida nós o vimos de corpo inteiro, cambaleando como se estivesse bêbado. Depois ele ergueu as mãos e, com um grito terrível, caiu de cara no chão. Stackhurst e eu saímos correndo – algo como uns cinquenta metros – e o viramos de barriga para cima. Não havia dúvida, ele estava morrendo. O rosto sem cor e os olhos fundos e embaciados não podiam significar outra coisa. Um vislumbre de vida lhe surgiu no rosto por um instante, e ele foi capaz de dizer duas ou três palavras com o ar impaciente de quem dá um alerta. O que ele disse foi praticamente ininteligível, mas ouvi o fim, que rompeu dos lábios dele na forma de um guincho, como "juba de leão". Não fazia sentido, era incompreensível, mesmo assim eu não podia acreditar que ele houvesse dito algo diferente. Em seguida, ele se ergueu um pouco, lançou os braços para o alto e caiu de lado. Estava morto.

Meu companheiro ficou paralisado de horror, mas eu, como é possível imaginar, estava em alerta máximo. E era preciso que estivesse, pois logo se tornaria evidente que estávamos diante de um caso extraordinário. O sujeito estava vestido apenas com seu sobretudo Burberry, as calças e um par de sapatos desamarrados. Quando ele caiu, o casaco, que estava apenas jogado sobre os ombros, se soltou e expôs o tronco. Ficamos espantados. As costas dele estavam cobertas de riscos vermelhos, como se ele tivesse sido açoitado com um chicote de arame fino. Sem dúvida o instrumento com o qual aquele castigo havia sido infligido era flexível, pois os vergões compridos contornavam os ombros e as costelas. O sangue pingava do queixo; ele havia mordido o lábio inferior no paroxismo da agonia. Seus traços deformados mostravam muito bem como aquela agonia havia sido terrível.

Eu estava ajoelhado junto ao corpo e Stackhurst em pé ao meu lado quando uma sombra caiu sobre nós, revelando a presença de Ian Murdoch. Murdoch era professor de matemática na escola, um homem alto, de pele morena, magro, tão taciturno e distante que não se sabia que tivesse amigos. Ele dava a impressão de viver em um mundo elevado e abstrato de números irracionais e secções cônicas com pouca conexão com a vida comum. Os estudantes o consideravam estranho e tirariam sarro dele se o sangue exótico do sujeito não se mostrasse apenas nos olhos cor de carvão e no rosto moreno, mas também em perdas de controle que não poderiam ser descritas de outra maneira além de selvagens. Uma vez, ao ser atormentado por um cachorrinho que pertencia a McPherson, ele ergueu o animal e o arremessou pela janela de vidro laminado, atitude pela qual Stackhurst o teria demitido sem pensar duas vezes se não se tratasse de um professor muito dedicado. Tal era o homem estranho e complexo que estava ao nosso lado naquele momento. O choque diante do que ele via parecia genuíno, embora o incidente com o cachorro pudesse levar a crer que não havia muita simpatia entre ele e o morto.

— Pobre homem! Pobre homem! O que eu posso fazer? Como posso ajudar?

— O senhor estava com ele? Sabe dizer o que aconteceu?

— Não, não. Acordei tarde. Eu nem estava na praia. Estou vindo direto de The Gables. Como posso ajudar?

— Pode correr até a polícia de Fulworth o mais rápido possível e contar o que aconteceu.

Sem dizer palavra, ele partiu a toda a velocidade, e eu passei a analisar o caso, enquanto Stackhurst, abalado pela tragédia, permanecia ao lado do corpo. O primeiro passo era, logicamente, ver quem estava na praia. De cima eu tinha uma visão panorâmica e podia ver tudo; estava deserta, a não ser por duas ou três figuras ao longe, que se moviam em direção a Fulworth. Após essa averiguação, desci a passos lentos o caminho que leva à praia. Havia barro ou marga junto com a cal no chão; pude ver trilhas do mesmo par de pegadas, tanto subindo quanto descendo. Também vi depressões arredondadas, o que indicava que ele havia caído de joelhos mais de uma vez. No fim do caminho estava a pequena lagoa criada quando a maré havia baixado. McPherson se despira ao lado dela, pois a toalha dele estava sobre uma pedra. Estava dobrada e seca, o que fazia pensar que ele não havia entrado na água. Uma ou duas vezes, enquanto eu esquadrinhava os arredores entre os seixos, me deparei com pequenos canteiros onde a marca do sapato, e também do pé descalço, era visível. Isso provava que ele havia se preparado para entrar na água, embora a toalha indicasse que ele não tinha concluído a ação.

Essas eram as características do problema – tão estranho quanto qualquer um dos que eu já havia encarado. O sujeito não tinha permanecido na praia por mais de um quarto de hora, no máximo. Stackhurst tinha saído de The Gables atrás dele, então não poderia haver dúvida quanto a esse dado. McPherson saíra para se banhar e chegara a se despir, como mostravam as marcas de pés descalços. Em seguida ele se vestira novamente às pressas – as roupas estavam amarrotadas e desatadas – e havia voltado sem se banhar, ou, em todo caso, sem usar a toalha. E o motivo para tal mudança de planos fora o fato de ele ter sido flagelado de forma selvagem, desumana, de ter sido torturado até morder o lábio em agonia, e abandonado com força suficiente apenas para rastejar e morrer. Quem havia feito tamanha barbaridade? Existiam, é verdade, grutas e cavernas pequenas na base do rochedo, mas estavam expostas pelo sol, e seria impossível alguém se esconder ali. Também havia algumas pessoas bem afastadas na praia. Pareciam estar longe demais para poderem estar ligadas ao crime; além disso, a lagoa onde McPherson pretendia se banhar estendia-se até as pedras e ficava entre ele e essas pessoas. No mar, não muito longe, viam-se dois ou três barcos pesqueiros. Os ocupantes poderiam ser interrogados quando considerássemos apropriado. Várias linhas de investigação se abriam, mas nenhuma levava a resultados muito claros. Quando finalmente voltei para junto do corpo, encontrei um grupinho de curiosos em volta dele. Stackhurst continuava lá, é claro, e Ian Murdoch havia acabado de chegar com Anderson, o policial do povoado, um homem grande com um bigode cor de gengibre, da linhagem lenta e sólida de Sussex – uma linhagem que dissimula muito do seu bom senso sob um exterior pesado e quieto. Ele ouviu cada palavra, anotou tudo o que dissemos e por fim me puxou de lado.

– Ficaria feliz se o senhor pudesse me aconselhar, sr. Holmes. O caso está além das minhas possibilidades, e vou ouvir mundos e fundos de Lewes caso não me saia bem.

Aconselhei-o a chamar seu superior imediato e um médico; também aconselhei que ele não permitisse que nada fosse tirado do lugar e que não houvesse novas pegadas, na medida do possível, até que a ajuda chegasse. Nesse ínterim, revistei os bolsos do morto. Encontrei um lenço, uma faca grande e uma caixinha dobrável para guardar cartões de visita. Dela projetava-se uma tira de papel, que desdobrei e dei para o policial. O conteúdo estava escrito em caligrafia feminina descuidada: "Pode ter certeza de que estarei lá. Maudie". Parecia tratar-se de um encontro amoroso, talvez clandestino, embora fosse impossível dizer quando ou onde. O policial colocou o bilhete novamente na caixinha e a pôs de volta no bolso do Burberry, junto com os outros pertences do morto. Em seguida, como mais nada me chamasse a atenção, voltei para tomar o café da manhã em casa, não sem antes providenciar para que a base dos rochedos fosse exaustivamente revistada.

Stackhurst apareceu dentro de uma ou duas horas para me dizer que o corpo havia sido levado para The Gables, de onde as investigações continuariam. Ele trouxe informações sérias e preciosas. Como eu esperava, nada havia sido encontrado nas cavernas abaixo dos rochedos, mas ele havia examinado a mesa de McPherson e encontrara vários papéis que indicavam intimidade com uma certa srta. Maud Bellamy, de Fulworth. Isso esclareceu a identidade da autora do bilhete.

— A polícia está com as cartas — ele explicou. — Não pude trazê-las. Mas não há dúvida de que se trata de um relacionamento amoroso sério. Não vejo motivo, no entanto, para conectá-lo à tragédia, a não ser, é claro, que a moça tivesse um encontro marcado com ele.

— Talvez tivesse, mas não em uma lagoa onde todo mundo tem o hábito de tomar banho — afirmei.

— Foi por puro acaso — ele disse — que não havia alguns estudantes junto com McPherson.

— Foi *mesmo* por acaso?

Stackhurst franziu as sobrancelhas em uma expressão pensativa.

— Ian Murdoch segurou os alunos — ele disse —, insistindo em algum problema de álgebra antes do café da manhã. Pobre sujeito, ficou arrasado com o que aconteceu.

— No entanto, acho que eles não eram amigos.

— Não foram durante algum tempo. Mas há um ou dois anos Murdoch se aproximou de McPherson como nunca teria se aproximado de mais ninguém. Ele não é muito comunicativo.

362 *Grandes Aventuras de Sherlock Holmes*

— É o que eu havia entendido. Uma vez você me contou que eles tiveram uma desavença porque ele maltratou um cachorro.

— Tudo acabou bem.

— Mas talvez tenha restado algum rancor.

— Não, não; tenho certeza de que eles eram amigos de verdade.

— Bem, então devemos voltar nossa atenção para a moça. Você a conhece?

— Todo mundo a conhece. Ela é a beleza da região. Linda, Holmes... ela chamaria a atenção em qualquer lugar. Eu sabia que McPherson estava atraído por ela, mas não fazia ideia de que havia ido tão longe quanto as cartas levam a crer.

— Mas quem é ela?

— Ela é filha do velho Tom Bellamy, dono de todos os barcos de Fulworth. Ele começou como pescador, mas hoje é um homem de posses. Controla os negócios junto com o filho, William.

— Vamos visitá-los em Fulworth?

— Com que pretexto?

— Ah, podemos achar um pretexto sem dificuldade. Afinal, aquele pobre homem não se torturou daquele jeito chocante sozinho. Algum ser humano manejou o chicote, se é que foi mesmo um chicote que provocou aqueles ferimentos. O círculo social do rapaz neste lugar isolado era reduzido. Se nós rastrearmos tal círculo social em todas as direções, dificilmente deixaremos de encontrar um motivo para o crime, o que, por sua vez, nos levará ao criminoso.

Teria sido uma caminhada agradável pelos Downs perfumados de tomilho se nós dois não estivéssemos com a mente intoxicada pela desgraça que havíamos presenciado. O povoado de Fulworth fica em uma depressão curva em um semicírculo ao redor da baía. Atrás da aldeia antiga, algumas casas modernas foram construídas sobre a parte mais elevada do terreno. Foi até uma dessas casas que Stackhurst me guiou.

— Ali é The Haven, como Bellamy a chama. Aquela casa com uma torre no canto e teto de ardósia. Nada mau para um sujeito que começou do nada, mas... Meu Deus, veja!

O portão do jardim de The Haven se abriu, e um homem saiu de lá. Não havia como confundir aquela figura alta, magra e desajeitada. Era Ian Murdoch, o matemático. No momento seguinte, cruzamos com ele no caminho.

— Olá — Stackhurst disse.

O sujeito acenou, olhou-nos de esguelha com aqueles olhos pretos estranhos e teria passado reto, mas seu diretor o deteve.

— O que você estava fazendo lá? — ele disse.

Murdoch ficou vermelho de raiva.

— Sou seu subordinado, senhor, apenas sob o seu teto. Não acredito que lhe deva qualquer satisfação sobre minha vida pessoal.

Os nervos de Stackhurst estavam perto do limite depois de tudo o que ele havia passado — caso contrário, talvez ele conseguisse se conter. Nesse momento, entretanto, ele se descontrolou completamente.

— Dadas as circunstâncias, sua resposta é completamente descabida, sr. Murdoch.

— Talvez isso também possa ser dito da pergunta que o senhor acaba de me fazer.

— Não é a primeira vez que preciso fazer vista grossa à sua indisciplina. Mas vai ser a última. Faça a gentileza de tomar providências para seguir sua vida profissional em outro lugar o mais rápido possível.

— Era o que eu pretendia fazer. Hoje perdi a única pessoa que deixava The Gables suportável.

Ele continuou seu caminho andando a passos largos enquanto Stackhurst o fulminava com olhos cheios de fúria.

— Ele não é impossível, intolerável? — ele gritou.

A única coisa que me causou uma impressão violentamente forte é que o sr. Ian Murdoch estava se valendo da primeira oportunidade para deixar o local do crime. A suspeita, embora vaga e nebulosa, começava a se esboçar. Talvez a visita aos Bellamy pudesse esclarecer a questão. Stackhurst se recompôs, e continuamos o caminho até a casa.

O sr. Bellamy era um homem de meia-idade que usava uma barba ruiva flamejante. Ele parecia estar muito irritado, e logo a cara toda ficou tão vermelha quanto a barba.

— Não, senhor, não quero nenhum detalhe. Meu filho — e mostrou um jovem forte, de rosto fechado, taciturno, no canto da sala — concorda totalmente comigo quando digo que os galanteios do sr. McPherson para Maud eram ofensivos. Sim, senhor, a palavra "casamento" nunca foi mencionada,

364 *Grandes Aventuras de Sherlock Holmes*

apesar das cartas e dos encontros e de muitas outras coisas que nenhum de nós poderia aprovar. Ela não tem mãe, nós dois somos a única proteção que ela tem. E estamos determinados a...

Mas suas palavras foram caladas pela aparição da moça em pessoa. Não é possível negar que ela era encantadora. Quem poderia imaginar que uma flor tão rara poderia crescer daquela raiz e em tal ambiente? As mulheres quase nunca me atraíram, já que meu cérebro sempre controlou meu coração, mas eu não podia olhar para aquele rosto perfeito, com todo o frescor dos Downlands na coloração delicada, sem reconhecer que rapaz algum cruzaria o caminho dela e sairia incólume. Tal era a moça que havia empurrado a porta e agora estava, com os olhos intensos arregalados, diante de Harold Stackhurst.

— Já sei que Fitzroy morreu — ela disse. — Não tenha medo de me dar detalhes.

— Outro do grupo dos senhores já deu a notícia — o pai explicou.

— Não há motivo para envolver minha irmã nisso — o jovem rosnou.

A irmã lhe lançou um olhar penetrante e furioso.

— Isso é problema meu, William. Por favor, deixe que eu resolva do meu jeito. Seja como for, cometeram um crime. Se eu puder ajudar a encontrar o culpado, será o mínimo que eu poderia fazer por aquele que se foi.

Meu companheiro contou a história em poucas palavras, e ela escutou com serenidade, o que me provou que o moral dela devia ser tão forte quanto era grande a sua beleza. Maud Bellamy permaneceu na minha memória como uma mulher completa e notável. Parecia que ela já me conhecia de vista, pois virou-se para mim quando a história acabou.

— Faça justiça, sr. Holmes. Estou disposta a ajudá-lo, não importa quem sejam os culpados.

Tive a impressão de que ela olhava com ar desafiador para o pai e para o irmão enquanto falava.

— Obrigado — eu disse. — Dou valor ao instinto feminino em questões como esta. A senhorita usou o plural, "culpados". Acha que mais de uma pessoa está envolvida?

— Eu conhecia o sr. McPherson bem o suficiente para saber que ele era corajoso e forte. Ninguém poderia ter sido tão violento com ele se não tivesse sido ajudado.

— Podemos dar uma palavrinha em particular?

– Maud, estou dizendo para não se envolver nesse assunto – o pai gritou com raiva.

Ela me encarou, desamparada.

– O que eu posso fazer?

– Todo mundo ficará a par dos fatos muito em breve, portanto não vejo por que não os discutir aqui – eu disse. – Seria melhor fazê-lo em particular, mas, se o seu pai não permite, ele vai ouvir a conversa.

Falei sobre o bilhete que havia sido encontrado no bolso do morto.

– Sem dúvida será usado no inquérito. Posso pedir que a senhorita me conte tudo o que puder?

– Não há motivo para fazer mistério – ela respondeu. – Nós íamos nos casar, só era segredo porque o tio de Fitzroy, que é muito velho e parece que está morrendo, o teria deserdado caso não aprovasse o casamento. Não havia outro motivo.

– Você podia ter nos contado – o sr. Bellamy grunhiu.

– Eu teria contado, pai, se vocês dois tivessem demonstrado boa vontade.

– Não quero que minha filha se meta com gente de outra classe.

– Foi esse preconceito que nos impediu de contar para o senhor. Quanto ao encontro – ela tateou o vestido com nervosismo e tirou dele um papel amassado –, era uma resposta a este bilhete.

O bilhete dizia:

"Querida, no lugar de sempre, na praia, logo após o pôr do sol, terça-feira.
Não vou poder sair outra hora.

F. M."

– Hoje é terça, eu tinha intenção de encontrá-lo à noite.

Analisei o papel.

– Não veio pelo correio. Como a senhorita recebeu este bilhete?

– Prefiro não responder. Não tem absolutamente nada a ver com a investigação. Mas estou disposta a falar sobre qualquer coisa que se relacione com ela.

Ela se mostrou à altura da palavra que havia empenhado, mas não nos disse nada que pudesse ajudar. Não tinha motivos para desconfiar que seu noivo tivesse algum inimigo secreto, mas admitiu que ela mesma tivera alguns admiradores apaixonados.

— Posso perguntar se o sr. Ian Murdoch era um deles?

Ela corou e ficou confusa.

— Houve um tempo em que pensei que fosse. Mas tudo mudou quando ele entendeu minha relação com Fitzroy.

Mais uma vez a sombra que rondava aquele homem estranho parecia estar tomando forma. Seria preciso investigar o passado dele. Seria preciso revistar os aposentos dele. Stackhurst colaboraria de bom grado, pois também estava começando a desenvolver as próprias suspeitas. Voltamos da visita a The Haven com a esperança de termos encontrado o fio da meada.

Uma semana se passou. O inquérito não serviu para fornecer nenhum tipo de esclarecimento e foi suspenso por falta de provas. Stackhurst havia feito perguntas discretas sobre seu subordinado, cujo quarto tinha sido revistado superficialmente, sem resultados. De minha parte, refiz todos os meus passos, literal e mentalmente, e não cheguei a conclusão alguma. Em nenhuma das minhas crônicas o leitor vai encontrar um caso que tenha me levado de tal forma ao limite das forças. Nem minha imaginação era capaz de conceber alguma solução para o mistério. Até que aconteceu o incidente do cachorro.

Foi minha velha governanta quem se inteirou da notícia através da estranha rede sem fio que esse tipo de gente usa para ficar a par das novidades da região.

— Que tristeza, senhor, essa história do cachorro que era do sr. McPherson — ela disse uma noite.

Não encorajo essas conversas, mas as palavras me chamaram a atenção.

— O que houve?

— O cachorro morreu, senhor. Morreu de tristeza pelo que aconteceu com o dono dele.

– Como você sabe disso?

– Ora, senhor, ninguém fala de outra coisa. Ele ficou muito abatido e não comeu nada durante uma semana. Hoje dois dos jovens cavalheiros de The Gables encontraram o corpo... lá embaixo, senhor, na praia, exatamente no mesmo lugar onde encontraram o dono dele.

"Exatamente no mesmo lugar." As palavras ficaram gravadas na minha memória. Uma leve percepção de que aquelas palavras tratavam de uma questão crucial me surgiu na mente. A morte do animal condizia com a boa e leal natureza dos cães. Mas "exatamente no mesmo lugar"?! Como uma praia vazia pode levar um animal à morte? Seria possível que ele também houvesse sido sacrificado por um inimigo vingativo? Seria possível que...? Sim, a impressão era leve, mas já estava começando a se formar na minha mente. Em questão de minutos eu estava a caminho de The Gables, onde encontrei Stackhurst. A meu pedido, ele chamou Sudbury e Blount, os dois estudantes que haviam encontrado o cachorro.

– Sim, ele estava bem na beira da lagoa – um deles disse. – Deve ter seguido o rastro do morto.

Vi a criaturinha leal, um *terrier airedale*, estendida sobre o capacho do saguão. O corpo ainda estava rijo e esticado, os olhos saltados, os membros contorcidos. Cada traço daquele corpo mostrava sofrimento.

Saí de The Gables e andei até a lagoa. O sol estava baixo e fazia a sombra do grande rochedo pairar sobre a água, que brilhava como se fosse feita de chumbo. O lugar estava deserto, não havia sinal de vida, a não ser por dois pássaros que voavam em círculos, fazendo barulho sobre a minha cabeça. Por causa da luz fraca, eu não conseguia enxergar bem o rastro que o cachorrinho havia traçado na areia, contornando a mesma pedra onde seu dono havia deixado a toalha. Por muito tempo, mergulhei em uma meditação profunda, enquanto as sombras se adensavam ao meu redor. Minha cabeça se encheu de pensamentos que se sucediam rapidamente. Você já deve ter sonhado que estava procurando uma coisa extremamente importante e que você sabe onde está, embora não consiga alcançá-la. Foi como me senti ao me encontrar sozinho naquele lugar marcado pela morte. Por fim, dei meia-volta e caminhei devagar para casa.

Eu havia chegado ao topo do caminho que leva à praia quando entendi. Em um lampejo, lembrei-me do que havia tentado compreender com impaciência e em vão. Você deve saber, ou o que Watson escreveu não serviu

368 *Grandes Aventuras de Sherlock Holmes*

de nada, que possuo uma vasta provisão de conhecimentos pouco comuns e aparentemente desconexos, que, embora não sejam regidos por nenhum sistema científico, são muito convenientes às dificuldades do meu trabalho. Meu cérebro é como um depósito abarrotado de pacotes de todos os tipos empilhados uns sobre os outros – são tantos que tenho apenas uma vaga noção do que tenho guardado. Eu sabia que algum desses pacotes se relacionava ao caso em questão. Ainda não era certo, mas, pelo menos, eu sabia o que fazer para clarear o pensamento. Era absurdo e inacreditável, mas não deixava de ser uma possibilidade. Eu estava disposto a ir até o fim.

O sótão da minha casa é cheio de livros. Mergulhei nele e fiz uma busca minuciosa durante uma hora. Ao fim desse tempo, emergi com um volume de encadernação marrom e prata. Ansioso, fui direto ao capítulo do qual eu tinha uma vaga lembrança. Sim, era uma ideia forçada e pouco provável, mas ainda assim eu não descansaria até me certificar de que estava errado. Era tarde quando me recolhi, ávido pelo trabalho do dia seguinte.

Mas tal trabalho enfrentou um atraso desagradável. Eu havia acabado de engolir meu copo de chá matinal e estava de saída para a praia quando recebi a visita do inspetor Bardle, da polícia de Sussex – um sujeito sóbrio, corpulento, bovino, dono de olhos reflexivos que me encaravam com uma expressão muito perturbada.

– Sei que a sua experiência é enorme, senhor – ele disse. – Esta visita não é oficial, é claro, e não deve sair daqui. Mas o caso McPherson me deixou em um beco sem saída. A questão é: devo ou não dar voz de prisão?

– O senhor se refere ao sr. Ian Murdoch?

– Sim, senhor. Não há outro suspeito. É a vantagem deste nosso ambiente isolado. O leque de possibilidades é muito pequeno. Se não foi ele, quem foi?

– Quais são as provas contra ele?

Ele havia caído no mesmo pântano que eu. A culpa era da personalidade de Murdoch e do ar de mistério que pairava em torno dele. E das explosões violentas de fúria, como no caso do cachorro. Além do fato de que ele havia se indisposto com McPherson no passado e de que talvez guardasse rancor porque o outro se envolvera com a srta. Bellamy. O inspetor refez o meu raciocínio, sem acrescentar nada de novo, a não ser que Murdoch parecia estar se preparando para ir embora.

– O que seria de mim se eu deixasse o sujeito ir embora com tantas suspeitas contra si?

Aquele homem troncudo e calmo estava visivelmente perturbado.

– Pense – eu disse – nas falhas da sua linha de raciocínio. Ele não teria problemas para provar que tinha um álibi na manhã do crime. Ele ficou com os alunos até o último segundo da aula, em seguida surgiu atrás de nós alguns minutos depois da aparição de McPherson. Também não deixe de levar em conta a impossibilidade de que ele sozinho tenha feito aquilo com um homem com quem estava em paridade de força. Por fim, ainda há a questão do instrumento com o qual os ferimentos foram produzidos.

– O que pode ter sido, além de um chicote?

– O senhor examinou os ferimentos? – perguntei.

– Dei uma olhada. O médico também.

– Mas eu os examinei com muito cuidado e com uma lupa. Eles têm características peculiares.

– Que características, sr. Holmes?

Fui até a minha escrivaninha e voltei com uma fotografia ampliada.

– É assim que eu trabalho nesse tipo de caso – expliquei.

– O senhor é bastante metódico, sr. Holmes.

– Se não fosse, muito provavelmente não teria chegado aonde cheguei. Agora, vamos analisar esse vergão que se estende pelo ombro direito. O senhor vê alguma coisa fora do normal?

– Nada.

– É evidente que a intensidade variou. Há uma mancha de sangue aqui e outra aqui. Esse outro vergão aqui embaixo tem marcas bastante parecidas. O que quer dizer isso?

– Não tenho ideia. O senhor tem?

– Talvez sim, talvez não. Em breve vou poder dizer com precisão. Qualquer coisa que nos diga qual foi o instrumento usado para fazer essas marcas vai nos deixar muito mais perto do criminoso.

– É uma ideia absurda – o policial disse –, mas se uma rede de arame fosse jogada nas costas dele, as manchas de sangue indicariam os pontos onde os fios da rede se cruzam.

– Muito engenhoso. Ou talvez tenha sido um azorrague grosso.

– Meu Deus, sr. Holmes, acho que o senhor descobriu.

370 *Grandes Aventuras de Sherlock Holmes*

— Ou talvez não seja nada disso, sr. Bardle. Mas o caso não se sustenta para que o senhor efetue uma prisão. Além disso, não podemos esquecer as últimas palavras: "juba de leão".

— Cheguei a pensar que pudesse ser...

— Sim, eu também pensei. Talvez fosse, se as palavras se parecessem um pouco mais com "Ian Murdoch", mas não é o caso. Quando ele falou, foi quase um guincho. Tenho certeza que ouvi "juba de leão".

— O senhor considera outras hipóteses, sr. Holmes?

— Talvez sim. Mas não quero falar sobre isso até que tenhamos algum indício mais sólido sobre o que falar.

— E quando o senhor acha que vamos ter algum indício mais sólido?

— Em uma hora, talvez menos.

O inspetor coçou o queixo e me olhou com hesitação.

— Queria poder ler seus pensamentos, sr. Holmes. Talvez o senhor esteja pensando nos barcos pesqueiros.

— Não, não; estavam longe demais.

— Bom, então, Bellamy e aquele seu filho grande? Nenhum dos dois morria de amores por McPherson. O senhor acha que foram eles?

— Não, não; o senhor não vai tirar uma palavra de mim antes que eu ache que chegou a hora de falar — eu disse sorrindo. — Agora, inspetor, nós dois temos trabalho a fazer. Talvez o senhor possa me encontrar aqui ao meio-dia para...?

As coisas estavam nesse pé quando sucedeu o terrível incidente que marcou o começo do fim.

A porta se escancarou, um barulho de passos desajeitados veio do corredor, e em seguida Ian Murdoch entrou na sala cambaleando, pálido, desgrenhado, com as roupas em total desalinho, tateando a mobília com as mãos ossudas para poder se manter de pé.

— Conhaque! Conhaque! — ele arfou, e caiu no sofá, gemendo.

Ele não estava sozinho. Stackhurst veio logo atrás dele, sem chapéu e ofegante, quase tão fora de si quanto o outro.

— Isso, isso, conhaque! — ele gritou. — O sujeito está nas últimas. O máximo que eu pude fazer foi trazê-lo até aqui. Ele desmaiou duas vezes no caminho.

Meio copo foi suficiente para produzir uma mudança assombrosa. Apoiando-se no braço, ele se ergueu e tirou o casaco de cima dos ombros.

– Pelo amor de Deus! Azeite, ópio, morfina! – gritou. – Qualquer coisa para acabar com este inferno!

O inspetor e eu nos espantamos. Vimos no ombro nu do sujeito os mesmos contornos emaranhados e estranhos de riscos vermelhos flamejantes que haviam marcado a morte de Fitzroy McPherson.

A dor era terrível e não era localizada, pois a respiração do sujeito se interrompia por um tempo, o rosto ficava escuro, depois ele batia a mão no peito, arquejante, enquanto o suor lhe pingava da testa. Ele podia morrer a qualquer momento. Tomou mais conhaque, e cada dose o trazia de volta à vida. Chumaços de algodão cru banhados em azeite ajudaram a diminuir a dor causada pelas feridas estranhas. Por fim, ele tombou com a cabeça sobre as almofadas. A exaustão havia se abrigado no que lhe havia sobrado de vitalidade. Era metade sono e metade desmaio, mas não deixava de ser alívio da dor.

Seria impossível interrogá-lo, mas assim que nos demos conta do estado em que ele estava, Stackhurst se virou para mim.

– Meu Deus! – ele gritou. – O que é isso, Holmes? O que é isso?

– Onde você o encontrou?

– Na praia. No mesmo lugar onde o coitado do McPherson morreu. Se o coração desse homem fosse fraco como o do McPherson, agora ele não estaria aqui. Mais de uma vez cheguei a achar que ele havia morrido no caminho. Estávamos longe demais de The Gables, por isso achei que seria melhor vir para cá.

– Você chegou a vê-lo na praia?

– Eu estava caminhando pelo rochedo quando ouvi os gritos. Ele estava perto da água, cambaleando como se estivesse bêbado. Corri até lá, joguei umas roupas sobre ele e vim para cá. Pelo amor de Deus, Holmes, use todo o seu talento, não poupe esforços para nos livrar dessa maldição, porque viver assim é insuportável. Será possível que nem você, que é mundialmente famoso, pode fazer alguma coisa para ajudar?

– Acho que posso, Stackhurst. Venha comigo! E o senhor, inspetor, venha também! Vamos ver se conseguimos colocar esse assassino nas suas mãos.

Deixamos o homem inconsciente sob os cuidados da minha governanta e partimos para a lagoa da morte. Encontramos uma pilha de toalhas e roupas deixadas sobre os seixos. Andei devagar margeando a água; meus companheiros me seguiam em fila indiana. A maior parte da lagoa estava bastante rasa, mas embaixo do rochedo, onde o terreno da praia sofre uma depressão considerável, a profundidade da água chegava a mais ou menos um metro e meio. Um nadador obviamente escolheria a parte mais funda, pois era bonita e translúcida como cristal. Acima dela, havia um caminho de pedras na base do rochedo; andei por ali, examinando com cuidado a água lá embaixo. Eu estava em cima do ponto onde a lagoa ficava mais funda e parada quando encontrei o que estava procurando e soltei um grito de triunfo.

— *Cyanea*! — eu gritei. — *Cyanea*! É a juba de leão!

O objeto estranho para o qual eu apontava de fato parecia um tufo emaranhado da juba de um leão. Estava em uma saliência rochosa a quase um metro de profundidade, uma criatura estranha, felpuda, ondulante, com traços prateados no meio dos cachos amarelos. A pulsação era lenta e pesada.

— Você já fez mal demais. Seus dias estão contados! — eu exclamei. — Stackhurst, ajude-me. Vamos acabar com esse assassino de uma vez por todas.

Havia um pedregulho grande bem acima da saliência rochosa, e nós o empurramos até derrubá-lo na água. Quando as ondulações cessaram, pudemos ver que o pedregulho havia caído bem em cima da saliência. Uma borda de membrana amarela mostrou que nossa vítima estava embaixo dele. Uma espuma densa e oleosa escorreu para debaixo da pedra, colorindo a água antes de subir aos poucos para a superfície.

— Ora essa! — o inspetor exclamou. — O que era aquilo, sr. Holmes? Sou nascido e criado na região, mas nunca tinha visto uma coisa dessas. Isso não é normal em Sussex.

— Bom para Sussex — observei. — Deve ter sido trazida pelo vendaval. Vamos voltar para a minha casa, onde vou lhes contar a experiência terrível de alguém que tem bons motivos para se lembrar de seu próprio encontro com a mesma ameaça dos mares.

Quando chegamos ao meu escritório, Murdoch já estava recuperado o suficiente para se sentar. Ele estava atordoado, e de vez em quando era lançado em um acesso de dor. Em um discurso irregular, ele nos explicou que não fazia ideia do que havia acontecido, a não ser que havia sido tomado por uma dor excruciante e que tinha precisado usar todas as forças para voltar à praia.

— Isto aqui — eu disse pegando o livrinho — foi o que me ajudou a esclarecer o que podia ter ficado para sempre nas trevas. O título é *Out of Doors*, e foi escrito pelo famoso J. G. Wood. O próprio Wood quase sucumbiu ao contato com aquela criatura desprezível, então podemos dizer que ele escreveu com conhecimento de causa. *Cyanea capillata* é o nome completo dessa maldita água-viva, que pode ser tão letal e muito mais dolorosa que a mordida de uma naja. Vou citar um trecho breve: "Caso o banhista se depare com uma massa solta e arredondada de membranas e fibras de coloração amarelo-castanha, é melhor tomar cuidado, pois pode estar diante da temível e mordaz *Cyanea capillata*". É possível fazer uma descrição mais clara da nossa sinistra amiga?

"O texto continua com a narrativa do contato do autor com um desses seres enquanto nadava na costa de Kent. Ele descobriu que a criatura irradiava filamentos quase invisíveis a uma distância de até quinze metros, e que qualquer um dentro desse alcance estaria em risco de vida. Mesmo a uma distância razoável, Wood quase morreu. 'Os numerosos filamentos causaram riscos de cor escarlate sobre a pele, os quais, após exame minucioso, se revelaram marcas ou pústulas mínimas, como se tivessem sido feitas por uma agulha fina que trespassasse os nervos.'

"A dor localizada é, nas palavras dele, a última parte do sofrimento agudo. 'Uma dor excruciante se apoderou do meu peito, derrubando-me como se eu houvesse sido atingido por uma bala. A pulsação parava por alguns instantes, e em seguida o coração dava seis ou sete saltos, como se tentasse abrir caminho para fora do peito.'

"Ele quase morreu, mesmo tendo sido exposto à criatura nas águas agitadas do oceano e não na calmaria de uma lagoa estreita. Ele diz que mal pôde se reconhecer, pois seu rosto ficou enrugado, murcho e pálido. Aqui está o livro, inspetor. Vou deixá-lo com o senhor; não tenha dúvida de que ele contém uma explicação detalhada da tragédia do pobre McPherson."

— E por acaso me inocenta — Ian Murdoch observou com um sorriso retorcido. — Não posso culpar o senhor, inspetor, nem o senhor, sr. Holmes, pois suas suspeitas eram naturais. Acho que acabei me inocentando instantes antes de ser preso só porque compartilhei da má sorte do meu amigo.

— Não, sr. Murdoch. Eu já estava seguindo a pista certa, e se eu tivesse saído de casa no horário programado, poderia ter poupado o senhor dessa experiência horrível.

– Mas como o senhor sabia, sr. Holmes?

– Eu sou um leitor compulsivo, leio de tudo, e tenho uma boa memória para guardar insignificâncias. As palavras "juba de leão" me ficaram na cabeça. Eu sabia que já tinha visto essas palavras em outro contexto. Como vocês viram, é a descrição da criatura. Não tenho dúvida de que McPherson a viu na água e não conseguiu pensar em outras palavras para nos transmitir a informação sobre o que o havia levado à morte.

– Então, finalmente estou limpo – Murdoch disse enquanto se punha de pé com dificuldade. – Preciso dar um ou dois esclarecimentos, pois sei em que linha a investigação dos senhores seguia. É verdade que fui apaixonado por aquela moça, mas desde que ela escolheu meu amigo McPherson, meu único desejo passou a ser ajudá-los. Fiquei satisfeito em me colocar de lado e servir como mediador para os dois. Mais de uma vez levei mensagens de um para o outro. Como ambos confiavam em mim, e porque gosto muito dela, corri para informá-la sobre a morte do meu amigo, para que ninguém se antecipasse e desse a notícia com menos cuidado. Ela seria incapaz de revelar o meu envolvimento, por medo de que o senhor desaprovasse e de que isso pudesse me prejudicar. Agora, com sua licença, vou tentar voltar a The Gables, porque preciso da minha cama.

Stackhurst o segurou pela mão.

– Nós nos descontrolamos – ele disse. – Vamos deixar o passado para trás, Murdoch. Vamos tentar nos entender melhor daqui para a frente.

Eles saíram juntos, de braços dados, amigavelmente. O inspetor não se moveu, e continuou a me encarar em silêncio com aqueles olhos de boi.

– Ora, o senhor conseguiu! – ele exclamou por fim. – Eu já havia lido sobre o senhor, mas era difícil de acreditar. É fantástico!

Fui obrigado a balançar a cabeça. Aceitar tal elogio seria rebaixar meus próprios padrões.

– Eu demorei demais. Minha lentidão foi repreensível. Se o corpo tivesse sido encontrado na água, eu não teria perdido tanto tempo. A toalha me enganou. O coitado jamais pensaria em se secar, e isso me levou a acreditar que ele não havia entrado na água. Por que então eu deveria cogitar o ataque de uma criatura marítima? Cheguei a perder o rumo. Ora, ora, inspetor, muitas vezes me atrevi a caçoar de policiais como o senhor, mas a *Cyanea capillata* quase vingou a Scotland Yard.

Sobre o Autor

ARTHUR CONAN DOYLE nasceu em 1859, em Edimburgo, na Escócia. Apesar do gosto familiar pela arte, formou-se médico – entre seus colegas de classe estava Robert Louis Stevenson, autor do célebre *O Médico e o Monstro*. Enquanto estudava, começou a escrever contos. Nos anos subsequentes, depois de abrir um consultório, dividiu-se entre atender seus pacientes e buscar o reconhecimento literário.

Conan Doyle já havia publicado algumas histórias quando, em 1887, lançou a primeira trama protagonizada por Sherlock Holmes, personagem que o alçaria à fama. Sua obra contempla também histórias de ficção científica e ensaios sobre guerra e espiritismo.

Conan Doyle casou-se duas vezes e teve cinco filhos. Morreu em 1930, aos 71 anos de idade.

Este livro foi impresso nas oficinas gráficas da Editora Vozes Ltda.,
Rua Frei Luís, 100 – Petrópolis, RJ.